SCIENCE FICTION

Herausgegeben
von Wolfgang Jeschke

Vom **BATTLETECH™-Zyklus** erschienen in der Reihe
HEYNE SCIENCE FICTION & FANTASY:

Die Gray Death-Trilogie:
William H. Keith jr.: Entscheidung am Thunder Rift · 06/4628
William H. Keith jr.: Der Söldnerstern · 06/4629
William H. Keith jr.: Der Preis des Ruhms · 06/4630

Ardath Mayhar: Das Schwert und der Dolch · 06/4686

Die Warrior-Trilogie:
Michael A. Stackpole: En Garde · 06/4687
Michael A. Stackpole: Riposte · 06/4688
Michael A. Stackpole: Coupé · 06/4689

Robert N. Charrette: Wölfe an der Grenze · 06/4794
Robert N. Charrette: Ein Erbe für den Drachen · 06/4829

Das Blut der Kerensky-Trilogie:
Michael A. Stackpole: Tödliches Erbe · 06/4870
Michael A. Stackpole: Blutiges Vermächtnis · 06/4871
Michael A. Stackpole: Dunkles Schicksal · 06/4872

Die Legende vom Jadephönix-Trilogie:
Robert Thurston: Clankrieger · 06/4931
Robert Thurston: Blutrecht · 06/4932
Robert Thurston: Falkenwacht · 06/4933

Robert N. Charrette: Wolfsrudel · 06/5058
Michael A. Stackpole: Natürliche Auslese · 06/5078
Chris Kubasik: Das Antlitz des Krieges · 06/5097
James D. Long: Stahlgladiatoren · 06/5116
J. Andrew Keith: Die Stunde der Helden · 06/5128
Michael A. Stackpole: Kalkuliertes Risiko · 06/5148
Peter Rice: Fernes Land · 06/5168
Michael A. Stackpole: Die Kriegerkaste · 06/5195
Victor Milán: Auge um Auge · 06/5272
James D. Long: Black Thorn Blues · 06/5290
Robert Thurston: Ich bin Jadefalke · 06/5314
Blaine Pardoe: Highlander Gambit · 06/5335
Don Philips: Ritter ohne Furcht und Tadel · 06/5358
William H. Keith jr.: Pflichtübung · 06/5374
Michael A. Stackpole: Abgefeimte Pläne · 06/5391
Victor Milán: Im Herzen des Chaos · 06/5392
William H. Keith jr.: Operation Excalibur · 06/5492
Victor Milán: Der schwarze Drache · 06/5493
Blaine Pardoe: Der Vater der Dinge · 06/5636
Nigel Findley: Höhenflug · 06/5655
Loren Coleman: Blindpartie · 06/5886
Loren Coleman: Loyal zu Liao · 06/5893
Blaine Pardoe: Exodus · 06/6238 (in Vorb.)
Michael Stackpole: Heimatwelten · 06/6239 (in Vorb.)
Thomas Gressman: Die Jäger · 06/6240 (in Vorb.)
Robert Thurston: Freigeburt · 06/6241 (in Vorb.)

Loren L. Coleman

Loyal zu Liao

Siebenunddreißigster Roman
im BATTLETECH™-Zyklus

Deutsche Erstausgabe

WILHELM HEYNE VERLAG
MÜNCHEN

HEYNE SCIENCE FICTION & FANTASY
Band 06/5893

Titel der Originalausgabe
BINDING FORCE
Übersetzung aus dem Amerikanischen von
SILVIA JETTKANT

Umschlagbild: FASA

Umwelthinweis:
Dieses Buch wurde auf chlor- und
säurefreiem Papier gedruckt.

Redaktion: Joern Rauser

Printed in Germany 1998
Umschlaggestaltung: Atelier Ingrid Schütz, München
Technische Betreuung: M. Spinola
Satz: Schaber Satz- und Datentechnik, Wels
Druck und Bindung: Elsnerdruck, Berlin

ISBN 3-453-12676-9

Dieser Roman ist meinen Eltern, LaRon und Dawn Coleman, gewidmet, die viel zu meiner Karriere beigetragen haben und mich den Wert einer Familie schätzen lehrten.

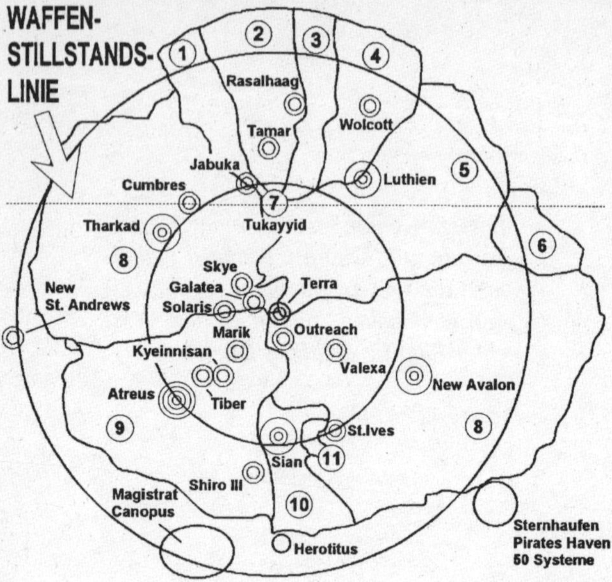

KARTE DER NACHFOLGERSTAATEN

1 • Jadefalken/Stahlvipern, 2 • Wölfe, 3 • Geisterbären, 4 • Nebelparder/Novakatzen, 5 • Draconis-Kombinat, 6 • Außenweltallianz, 7 • Freie Republik Rasalhaag, 8 • Vereinigtes Commonwealth, 9 • Liga freier Welten, 10 • Konföderation Capella, 11 • St.-Ives-Pakt

Karte erstellt durch COMSTAR,
nach Informationen des COMSTAR-EXPLORERDIENSTES
und des STERNENBUNDARCHIVS, Terra

DANKSAGUNG

Folgende Leute haben sich bei der Unterstützung eines berühmten Autors verdient gemacht:

Jim LeMonds, der mir das nötige Rüstzeug gab.

Keith A. Mick, der mich erstmals herausforderte. Ray Sainze, der mich mit seiner Faszination für BattleTech angesteckt hat. Tim Tousely und Matt Dillahunty, die meinen Computer in Gang hielten.

Jedes Mitglied der ›Gang‹, dem Eugene Professional Writer's Workshop. Jon, Jak und Tom, die mich dort eingeführt haben und dafür sorgten, daß ich mich stets willkommen fühlte. Jerry, Kathy, Steve, Chris, Ray, Dan und all die anderen, die ich erst vor kurzem wiedergesehen habe. Dean Wesley Smith und Kristine Kathryn Rush, die mir viel beibrachten und einiges für meine Karriere taten.

Greg Gordon, der Mann, der einfach Bescheid wußte.

Ein Dank an: Bryan Nystul für meinen ersten BattleTech-Job. Mike Stackpole, Blaine Lee Pardoe und Annalise Raziq für ihren Rat. Donna Ippolito, die mir viel dabei geholfen hat, diese Geschichte zu vollenden.

Heather Joy Coleman, meine Lebenspartnerin, die mich bereitwillig unterstützte. Meine Söhne Talon Laron und Conner Rhys, durch deren bloßes Dasein alles für mich eine Bedeutung bekam.

PROLOG

Palast des Himmels
Verbotene Stadt, Sian
Kommunalität Sian, Konföderation Capella

21. Februar 3058

Ion Rush, Meister der Imarra, durchmaß den im dritten Stock gelegenen Ballsaal und versuchte, den anderen Gästen möglichst aus dem Weg zu gehen. Manchmal nippte er dabei an seinem leichten, trockenen Wein, der ein wenig nach Pflaumen schmeckte. Für den Abend hatte sich Rush keine aufwendige oder gar extravagante Kleidung ausgesucht. Die Galauniform des Hauses Imarra genügte ihm, ein elfenbeinfarbener Anzug, reich verziert mit Borten, deren Farbe man gewöhnlich als Liao-Grün bezeichnete. Goldene Manschettenknöpfe schmückten die Ärmel, das Wappen des Hauses Liao saß an der rechten Schulter. Zur Imarra-Uniform gehörte nicht das protzige, schmale Cape, das die regulären capellanischen Truppen trugen. Ion verzichtete auch auf seine Zeremonial-Katana und seine Orden.

Im Palast des Himmels, dem Regierungssitz der Konföderation Capella, fand heute die – abgesehen vom Geburtstag des Kanzlers – größte Feier des Jahres statt: das chinesische Neujahrsfest. Fünfzehn Tage lang feierte man und hielt alte, heilige Rituale hoch. In dieser Zeit haben die sonst eher zurückhaltenden Capellaner Gelegenheit zum Abschalten und Entspannen.

Wenn das so ist, warum bin ich dann so verkrampft? Ion nahm den angebotenen *Jiaozi* vom Tablett, biß in einen würzigen Fleischkloß und konzentrierte sich jetzt mehr auf den Geschmack als auf die Frage, die er sich vorhin selbst gestellt hatte.

Das Gedränge im Ballsaal war nicht sehr groß, aber Rush vermutete, daß gewiß zweihundert Leute durch die weitläufige Etage flanierten und dabei *Jiaozi* aßen oder *Niangao*, den süßen Reispudding, der zu den besonderen Spezialitäten des Neujahrsfestes gehörte. Überall waren rote Tücher und Bänder gespannt. Die freundlich leuchtende Farbe sollte die festliche Stimmung noch verstärken. Das Gemurmel von hundert Dutzend Gesprächen drang Ion ins Ohr, aber niemand redete ihn an, so daß er allein umherspazierte.

Eigentlich konnte man ihn kaum ignorieren. Ion Rush war weder klein noch ein besonders ruhiger Mann. Mit seinem dichten blonden Haar und den breiten slavischen Gesichtszügen gehörte er sichtlich nicht zum Direktorat, der Verwaltungskaste der Konföderation. Deren stolze Mitglieder hingen einem Idealbild nach: dem des scharfsichtigen, dunkelhaarigen Asiaten. Sie heirateten in der Regel nur untereinander, um sich diesem Vorbild gewissermaßen immer näher zu züchten. Rush war auch kein Mitglied der Intelligenzia, einer weiteren hochrangigen Kaste, deren Techniker und Wissenschaftler ebenfalls nicht auf dem Fest fehlten. Mehr noch als seine Uniform war es sein starker Körperbau, sein siegessicherer stolzer Gang, seine Art, wie er die Menge ruhig betrachtete – die scharfen, durchdringenden blauen Augen schienen stets auf der Suche nach potentiellen Feinden oder Verbündeten zu sein –, die ihn als Mitglied einer dritten Gruppe auszeichneten. Er war ein *Janshi*, ein Krieger.

Die Innere Sphäre, die mehr als tausend Lichtjahre durchmaß und Hunderte besiedelter Welten umfaßte, war nicht homogen. Jeder dieser Planeten besaß bestimmte Rohstoffe im Überfluß, während es an anderen mangelte. Die Regierungen der Welten waren allesamt verschieden und kochten ihre eigenen Süppchen. Aber eines war überall gleich: Die Krieger bildeten eine privilegierte Klasse.

Die fünf großen Häuser der Inneren Sphäre, denen auch die Konföderation Capella angehörte, waren einst unter einer Regierung vereint gewesen, die als Sternenbund in die Geschichte einging. Der Bund zerbrach vor dreihundert Jahren, und die überlebenden Nachfolgehäuser gingen sich seitdem ununterbrochen gegenseitig an die Kehle. In ihren Kriegen kämpften sie mit BattleMechs, gigantischen, bis zu hundert Tonnen schweren, waffenstarrenden humanoiden Kampfrobotern.

Ion Rush war ein Veteran. Dreißig Jahre lang focht er nun in diesen niemals enden wollenden Kriegen; er war ein MechKrieger; seine Aufgabe war es, eine dieser zehn Meter hohen Kampfmaschinen in die Schlacht zu führen. Und Ion war ebenfalls Meister der Imarra, des renommiertesten der acht Kriegerhäuser, die das capellanische Militär unterstützten. Die Kriegerhäuser hatten ihre eigenen Gesetze, sie waren eine eigene Welt, die sich von der übrigen capellanischen Gesellschaft abgesondert hatte. Die Mitglieder waren handverlesen und wurden schon im Alter von zwölf Jahren vom Haus-Meister ausgesucht. Ein Kriegerhaus bestimmte das Leben seiner Angehörigen, ein Leben, das dem Dienst am capellanischen Regenten und dem Staat gewidmet ist – bis hin zum Tode. Jeder Bürger der Konföderation Capella strebte nach dieser Ehre.

Die damit verbundene Würde war außerdem der Grund, weshalb Rush nicht aktiv am Fest teilnahm. Als Beschützer der Konföderation war es seine Pflicht, allzeit bereit zu sein. Selbst wenn der Kanzler feierte, ja, gerade dann!

»Kommen Sie mit zum Fenster, Ion?«

Wenn man vom Teufel spricht! Plötzlich erschien Kanzler Sun-Tzu Liao an Rushs Seite, begleitet von zwei Kleiderschränken in schwarzen Uniformen. Der Meister der Imarra warf den Leibwächtern einen abschätzigen Blick zu, während er seine Überraschung zu verbergen suchte. Ein weißer Totenkopf-Anstecker am Kragen war ihr einziges Rangabzeichen. Den meisten Leuten reichte dies jedoch, um zu wissen, mit wem sie es zu tun hatten.

Die beiden waren Mitglieder des Todeskommandos des Kanzlers und gehörten damit zu den gefährlichsten Elitesoldaten der Konföderation. Sie wurden aus den regulären Einheiten oder den Kriegerhäusern gezogen, ihr Leben war das Pfand für die Sicherheit des Kanzlers. Aber Ion Rush hatte beide Männer ausgebildet. Sechs Jahre lang hatte er ihr Leben bestimmt. Er ließ sich von ihnen nicht einschüchtern.

Möglicherweise war das ein Fehler, vielleicht aber auch nicht.

Sun-Tzus hochgewachsener, schlanker Körper stand im krassen Gegensatz zur geballten Kraft seiner beiden Männer. Er war siebenundzwanzig Jahre alt, wirkte aber jünger. Rush wußte, daß sich der Kanzler regelmäßig in der Kunst des Karate übte. Sun-Tzu trug seine traditionelle Amtstracht, eine rote Seidenrobe, die auf jeder Brust mit einem auf den Hinterläufen stehenden bengalischen Tiger in Schwarz und Gold bestickt war. Auf dem Rücken befand sich der chinesische Tierkreis, der kürzlich erst an das neue Jahr angepaßt wurde.

Das unangenehme Gefühl, überrascht worden zu sein, schüttelte Ion Rush mit einem Achselzucken ab und lächelte den Kanzler unverbindlich an. Sun-Tzu hatte sich wirklich Mühe gegeben, den Meister der Imarra zu überrumpeln, und der Liao tat nichts ohne Überlegung.

»Stets zu Ihren Diensten, Weisheit des Himmels«, sagte Rush und ließ dem Kanzler den Vortritt.

Ein Viertel der Ostwand des Ballsaals bestand aus kugelsicherem Glas. Die Gäste konnten von hier aus den Hof und – jenseits der östlichen Palastmauer – die Lichter der Hauptstadt sehen, die wie tausend glühende Augen zurückstarrten. Auf dem Weg nahm sich Rush ein wenig Gebäck vom Büffet. Ein nützliches Utensil. Im rechten Moment in den Mund gesteckt, ließe es ihn die Konversation für eine Weile unterbrechen, Zeit, die er zum Nachdenken nutzen könnte.

Sun-Tzu schwankte leicht, als ob er zuviel getrunken hätte. Er stolperte sogar etwas, als er an Jesse Villars, Haus-Meister von LuSann, vorbeiging. Villars Gesicht blieb unbewegt, aber Rush konnte dennoch die Verachtung in seinen Augen lesen. Er wünschte, Sun-Tzu würde dies auch bemerken und die Anmaßung entsprechend beantworten. Das würde einige Probleme lösen, die dem Meister des Hauses Imarra Sorgen bereiteten. Aber Sun-Tzu hatte offenbar andere Dinge im Kopf.

Der Laternenumzug durchquerte gerade das Osttor und näherte sich damit dem Ende. Jetzt bedankte sich Rush im stillen für das exakte Timing des Kanzlers, riß sich ein kleines Stück zuckersüßes Jiaozi-Brot ab und kaute es langsam und mit Genuß. Für Ion war der farbenprächtige, temperamentvolle und lebhafte Umzug das schönste am Neujahrsfest. Er beschloß die Feierlichkeiten, und alle Einwohner der Hauptstadt stürzten sich voller Eifer in diesen Reigen.

Menschen mit riesigen bunten Löwen- oder Drachenmasken tanzten durch die Straße jenseits des Palasttores. Hier, so nah am Fenster, konnte Rush den Rhythmus der Trommeln und das Scheppern und Klirren der Becken hören. Der aufpeitschende Klang der Instrumente verwandelte die Straße in einen wahren Hexenkessel. Was Ion nicht wahrnahm, war das Stakkato der Neujahrsknaller; aber er wußte wohl, daß die Hunderte – Tausende – von Blitzen zwischen den Füßen der Tänzer von den Feuerwerkskörpern herrührten. Feuerräder, die an Stäben umhergetragen wurden, versprühten ihr rotes und oranges Licht über den Köpfen der Menschen und ließen glühende Funken auf die Menge niederregnen. Ein Stelzengeher passierte das Tor. Rush sah seine dunkle Silhouette vor dem Hintergrund aus leuchtendbuntem Feuer.

»Nun, das Jahr des gelben Pferdes steht vor der Tür«, lallte Sun-Tzu. Einige Mitglieder des Direktorats, die in der Nähe standen, überhörten dies taktvoll und zogen sich ein wenig von dem jungen Liao zurück.

Der goldene Tierkreis auf der Robe des Kanzlers war so ausgerichtet, daß das Pferd in der beherrschenden Position stand. Das wußte Rush, ohne es zu sehen. Er war in der Konföderation Capella geboren worden und hatte die zweiundfünfzig Jahre seines Lebens dort verbracht. Und obwohl die Regenten des Hauses Liao seit jeher das chinesische Kulturerbe hochgehalten hatten, verstand er bis heute den chinesischen Mystizismus noch immer nicht ganz.

Das letzte Jahr, 3057, war Ding Si, das Jahr der Roten Schlange. Sie bedeutete Feuer, sie war gewinnend und listig. Wie genau diese Eigenschaften auf das Jahr 3057 zutrafen, war schon fast unheimlich. Das Rot von Sun-Tzus Robe erinnerte Rush an die Ereignisse des vergangenen Jahres.

Vor einigen Monaten hatten sich Sun-Tzu und Thomas Marik von der Liga Freier Welten verbündet, um in einem gemeinschaftlichen Vorstoß die Planeten zurückzuerobern, die an das Haus Davion und dessen verdammtes Vereinigtes Commonwealth gefallen waren. Diese kurze Offensive war erfolgreicher, als man ursprünglich dachte. Sie schürte die inneren Streitigkeiten und zerbrach das Vereinigte Commonwealth wieder in zwei Staaten. Derweil holte sich die Konföderation Capella Dutzende von Welten zurück, die sie im Vierten Nachfolgekrieg verloren hatte, und unterstützte viele weitere in ihren Seperationsbestrebungen vom Haus Davion.

Nun, Welten zurückzuerobern war eine Sache, sie zu halten eine andere. Aus diesem Grunde standen die Planeten jetzt nur noch *unter starkem capellanischem Einfluß*. Einigen anderen Welten gelang es sogar, sich gänzlich loszusagen – vom Hause Liao und vom Vereinigten Commonwealth. Diese gerade erst unabhängig gewordenen Planeten bildeten die Chaos-Marschen.

Ja, Sun-Tzu konnte ebenfalls gewinnend und listig sein, und er hatte oft bewiesen, daß er Großes zu vollbringen vermochte. Aber es blieb abzuwarten, ob er nicht auch die Zwangsneurose seiner Mutter geerbt hatte. Ion Rush wußte nur zu genau, daß diese Romano Liaos Untergang gewesen war. Und es könnte den Untergang für die gesamte Konföderation Capella bedeuten, wenn Sun-Tzu nicht vorsichtig war.

Rush beobachtete, wie die ersten Laternen das Tor passierten, Öllampen mit bunten Blenden, getragen von ein paar Leuten, denen viele weitere folgten. Dieser Anblick, diese heitere Schönheit, die mit dem Getümmel einherging, lenkte Ion von seinen Gedanken ab. Yin und Yang. Außerdem dachte er in Sun-Tzus Gegenwart nicht gerne an den Tod Romano Liaos und die Rolle, die er dabei gespielt hatte. »Nun, was bedeutet das Gelbe Pferd, Weisheit des Himmels?«

»Es ist ein gutes Tierzeichen«, sagte Sun-Tzu nach kurzer Überlegung. Seine Stimme klang jetzt deutlicher. »Gelb entspricht dem Element Erde, es könnte außerdem auch Hitzewellen ankündigen. Das Pferd ist fröhlich, scharfsichtig und aufgeweckt. Es ist gerne da, wo was los ist.«

Sun-Tzu betrachtete die Fingernägel seiner linken Hand. Genau wie bei der rechten, waren die Nägel von Mittel-, Ring- und Kleinem Finger zehn Zentimeter lang, kohlefaserverstärkt und mit Ornamenten aus schwarzem Lack und Blattgold verziert. »Es gab mir die Idee, ein Kriegerhaus gegen Sarna einzusetzen.«

Sarna! Rush atmete ein paarmal tief durch, um seine Wut unter Kontrolle zu halten. Dann schluckte er sein kandiertes Brot hinunter. »Warum Sarna?« fragte er, obwohl er die Antwort bereits kannte.

»Die Souveränität Sarna liegt an der kernwärtigen Grenze der Konföderation und bohrt sich wie ein Krebsgeschwür in mein Reich. Sie ist das stabilste Bündnis in den Chaos-Marschen. Berichten zufolge heuert sie Söldner an und bereitet sich darauf vor, sich auf benachbarte Welten auszudehnen oder gar die Konföderation selbst anzugreifen.« Sun-Tzu blickte jetzt auf die Nägel der rechten Hand. »Das kann ich natürlich nicht zulassen.«

Der Haus-Meister von Imarra nickte, das erwartete man jetzt von ihm. Er glaubte, daß der Kanzler während der Invasion Sarna nicht sichern konnte, weil er eine ausreichende Streitmacht nicht früh genug dorthin entsendet hatte. Als er die benötigten Truppen erübrigen konnte, hatte Sarna bereits das benachbarte Sakhalin wegen seiner Bodenschätze und Kaifeng wegen seiner landwirtschaftlichen Ressourcen befreit. Sarnas Führer riefen die Auferstehung der Souveränität Sarna aus, ein Bündnis, dessen Charta schon vor Jahrhunderten verabschiedet wurde und älter war als die Konföderation Capella. Ja, Sarna konnte Ärger machen, aber nach Rushs Meinung war die Gefahr kleiner, als Sun-Tzu glaubte.

»Und wenn Sarna dann besiegt ist?« fragte der Haus-Meister.

Sun-Tzu lächelte ihre Spiegelbilder im Glas an, seine Augen wirkten stechend und leidenschaftlich.

»Dann ist der Weg zum Rest der Chaos-Marschen und den umstrittenen Territorien offen. Wir könnten ein paar Einheiten mobilisieren und über diese Systeme ohne Widerstand hinwegfegen.«

Welche Truppen mobilisieren? Rush wußte genausogut

wie Sun-Tzu, wie angespannt die Lage in den capellanischen Garnisonen war. Möglicherweise erwartete die Capellaner wirklich keine einheimische Gegenwehr bei ihrem Vorstoß in die Chaos-Marschen, aber Victor Steiner-Davion sollte man nicht unterschätzen. Steiner-Davion betrachtete sich immer noch als Prinz des gesamten vormaligen Vereinigten Commonwealth, und er würde sein Anrecht auf diese Welten nicht so leicht aufgeben. Rush sah sogar ein noch größeres Problem. »Haben Sie darüber nachgedacht, welches Kriegerhaus Sie entsenden wollen? Welchem können Sie trauen?« Er sprach sehr leise, seine Frage war nur für das Ohr des Kanzlers bestimmt.

»Spielen Sie damit auf Ihren Bericht an, daß nicht alle Kriegerhäuser so loyal sind, wie ich es gerne hätte?«

Ion Rush nickte. »Ihre Mutter verlangte äußerste Loyalität von den Kriegerhäusern. Sie bewies damals in den 3030ern höchstpersönlich ihre kämpferischen Fähigkeiten, als sie sich der Canopus-Andurien-Invasion entgegenstellte. Dann baute sie die Häuser wieder auf, die im vierten Nachfolgekrieg zerschlagen wurden. Ihre Maßnahmen im letzten Jahr haben Ihnen einigen Beifall eingetragen, verehrter Kanzler, aber Sie sind eben kein Krieger.«

»So wie meine Schwester einer wird?« fragte Sun-Tzu mit einem Anflug von Ungeduld.

Kali Liao war Rushs Meinung nach ungefestigt, aber nicht dumm. Außerdem war sie ehrgeizig, was eine größere Gefahr bedeutete. Er kannte die Narbe auf ihrer Brust, ein Überbleibsel ihrer grausamen Initiation in den Assassinenkult, dessen Mitgliedern an einem persönlichen Aufstieg *um jeden Preis* lag. Das sollte als Warnung dienen.

»Sie hat hart an ihren rudimentären MechPilotenfähigkeiten gearbeitet. Jetzt macht sie sich bei einigen Kriegerhäusern beliebt, indem sie sich für die Politik und die Methoden, die Ihre Mutter anzuwenden pflegte, einsetzt. Es gibt einige, die glauben, daß die Konföderation unter ihr erstarken würde.«

»Die Kriegerhäuser sind der Person des Kanzlers gegenüber loyal«, sagte Sun-Tzu so, als ob es sich dabei um eine goldene Lebensregel handelte.

Nein, Sir, sind sie nicht. Ion Rush suchte einen diplomatischen Weg, Sun-Tzu zu widersprechen, vor allem, was die Loyalität seines eigenen Hauses betraf. Er fand keinen. Die Kriegerhäuser waren zwar traditionell dem Kanzler persönlich verpflichtet, aber in Wahrheit galt ihre Treue der Liao-Blutlinie und nicht einem einzelnen Mitglied der Familie. Sun-Tzus Fixierung auf die Souveränität Sarna könnte eine Gefahr für das Reich darstellen. In diesem Fall würden die Kriegerhäuser sogar offen seine jüngere Schwester Kali unterstützen.

Das wäre nicht das erste Mal.

Wieder schweiften Rushs Gedanken in die Vergangenheit. Romano Liao, damals Kanzlerin, befahl die Ermordung ihrer Schwester Candace und ihres Gemahls Justin Allard. Allard war der persönliche Berater Prinz Hanse Davions. Hätte das Vereinigte Commonwealth zu dieser Zeit nicht mit der Clan-Invasion alle Hände voll zu tun gehabt, hätte Davion wahrscheinlich Romano – und auch Sian – als Strafe für ihre Unverfrorenheit vernichtet. Ion Rush konnte sich noch gut an seinen eigenen Zorn erinnern, daß Romano so leichtfertig das Schicksal der Konföderation aufs Spiel gesetzt hatte.

Candace überlebte das Attentat, ihr Ehemann aber nicht. Mit – unter anderem – Rushs Hilfe machte sie sich heimlich auf den Weg nach Sian und nahm Rache an ihrer Schwester. Als es vorüber war, lebten Romano und ihr Gatte nicht mehr, und Sun-Tzu war Kanzler.

Zusammenhalt war die einzige Hoffnung der Konföderation Capella. Davon mußte der Kanzler überzeugt werden, gerade jetzt, da seine Schwester soviel Aufsehen erregte.

»Wo möchten Sie Truppen abziehen?« fragte Ion in der Hoffnung, den Kanzler von seinem Standpunkt zu überzeugen, indem er das Pferd von hinten aufzäumte. Es war ganz einfach: Die Konföderation hatte gerade soviel Truppen, um ihr jetziges Gebiet zu verteidigen, aber bei weitem nicht genug, um die Chaos-Marschen zu erobern und zu halten, selbst wenn die Souveränität Sarna nicht mehr existieren würde. Daß er sich seine eigenen Gedanken darüber machte, ob und wie diese Aufgabe zu lösen wäre, verschwieg er jetzt noch.

Enttäuschung lag auf Sun-Tzus Gesicht. Insgeheim zog er dieselben Schlüsse. »Ich finde einen Weg«, versprach er flüsternd.

Am Tor zog jetzt der Neujahrsdrachen vorüber. Der aus zwei Meter langen Segmenten aus Bambus und bunten Seidenstoffen gearbeitete Wurm tanzte und wand sich die Straße entlang. Er maß mehr als hundert Meter. Dutzende von Leuten hielten die Segmente an langen Stäben empor und ließen den Drachen sich bewegen, als wäre er lebendig. Rush wußte, daß der Drache Fruchtbarkeit und Vitalität symbolisierte. Gewissermaßen war er auch ein Sinnbild für Ions Plan zur Zerschlagung Sarnas. Er sann über das kommende Jahr nach. Die Farbe Gelb verband man mit dem Element Erde. War dies eine Prophezeiung?

Sun-Tzu brach das Schweigen: »Kein Herrscher spricht gerne über Uneinigkeit in seinem Reich, Haus-Meister Rush.«

»*Dangran,* Weisheit des Himmels«, sagt Ion. *Natürlich.* Er stopfte ein weiteres Stück Brot in den Mund und kaute langsam und den süßen Geschmack genießend, während er den Drachen betrachtete.

»Das macht den Herrscher nervös«, fuhr der Kanzler so leise fort, daß nur Rush ihn hören konnte. Keine

Spur von Lallen war in seiner Stimme, als er weitersprach. »Nehmen wir zum Beispiel meine Tante Candace, die nach Sian kam und meine Mutter ermordete. Sie sagte – wie waren doch gleich ihre Worte? –, ach ja, ich würde nicht falsch liegen, wenn ich annähme, daß sie mehr Palastangestellte auf ihrer Lohnliste stehen habe als meine Mutter.«

Das *Jiaozi* schmeckte auf einmal bitter, selbst das, was Rush bereits gegessen hatte, lag ihm plötzlich schwer im Magen. Der Mund trocknete ihm aus, was das Kauen erschwerte. Er blickte kurz zu Sun-Tzu, der abwesend vor sich hinstarrte.

»Können Sie sich vorstellen, was meine Mutter an meiner Stelle wohl getan hätte? Zweifellos hätte sie eine dieser verdammten Säuberungen befohlen, auf die sie ihre Macht gründete. Und Kali? Wenn sie meiner Mutter gleicht, so wie Sie behaupten, hätte sie dasselbe getan, wenn sie jemals den Thron des Himmels bestiegen hätte. Insbesondere wenn sie die Namen hätte …«

Rush zweifelte keinen Augenblick daran, daß Sun-Tzu Beweise dafür hatte, daß er, Ion Rush, persönlich dabei geholfen hatte, Candace Liao nach Sian zu schmuggeln. Er konnte außerdem förmlich spüren, wie ihn die beiden Todeskommandos von hinten anstarrten. Plötzlich fühlte er sich von seinem Haus und seinen Kriegern verlassen. Aber wenn der Kanzler die Todesstrafe über ihn verhängen sollte, würde er sie auch mit der Würde tragen, die seine Ausbildung und sein Amt geboten. Er drehte sich um und erwiderte den unbewegten Blick von Sun-Tzus grünen Augen.

Sun-Tzu wandte sich wieder zum Fenster. Er wirkte nachdenklich, als das Schwanzende des Drachens und die letzten Laternenträger jenseits des Tores verschwanden. »Wissen Sie, was ich am neuen Jahr mag, Meister Rush?« fragte er beiläufig.

»Was, Sire?«

»Gemäß den chinesischen Bräuchen ist es die Zeit für einen Neubeginn. Nichts ist vergessen oder vergeben, aber der Ärger der letzten Jahre ist vergangen, und nun sollte man wieder nach vorne schauen.«

Ion Rush nickte bedächtig. Warf Sun-Tzu ihm einen Rettungsanker zu? »Eine bewundernswerte Haltung, Weisheit des Himmels.«

»Ach, und außerdem, sind Sie nicht Meister der Imarra?« Sun-Tzus Stimme klang jetzt vertraulich. »Sie vertreten die Autorität des Kanzlers bei allen Kriegerhäusern, nicht wahr?«

Theoretisch, dachte Rush. Aber ihm war jetzt nicht nach Widerspruch zumute. Er nickte einfach.

»Und da Sie ja als Krieger der Konföderation Capella – und besonders mir – loyal gegenüberstehen, habe ich nichts zu befürchten, nicht wahr?« Man hörte Sun-Tzu an, daß seine Frage rein rhetorischer Natur war.

Der Meister der Imarra dachte über dieses unausgesprochene Angebot nach. *Verpfände deine Loyalität und die deines Hauses dem Kanzler, und du darfst weiter der Konföderation dienen.* Rush glaubte, daß er eine solche Offerte von Romano Liao oder möglicherweise sogar Maximilian abgelehnt hätte. Sun-Tzu jedoch – das war ein anderer Fall.

»Schlagt sie«, befahl Sun-Tzu, ohne zu erwähnen, wer denn eigentlich gemeint war. Der Anflug eines Lächelns umspielte seine Mundwinkel. »Ich werde hier noch ein wenig herumstolpern und mich dann zurückziehen. Kali und ihre Anhänger sollen ein wenig Mut bekommen. Die Maskirovka wird sich dann mit den Verrätern aus dem Direktorat befassen. Sie halten die Kriegerhäuser bei der Stange und verhindern, daß Sarna weiter in die Konföderation eindringt. Den Rest der Chaos-Marschen überlassen Sie mir.«

»Ich werde diese Aufgabe lösen«, versprach Sun-Tzu. »Es ist nur eine Frage der Zeit.«

ERSTES ZWISCHENSPIEL

Taktvoll zu sein bei einer Unverschämtheit heißt zu wissen, wie weit man zu weit gehen kann.

– Jerome Blake, Gründer von ComStar

Festung des Hauses Hiritsu
Randar
Kommunalität Sian, Konföderation Capella

24. April 3047

Ein schmerzhafter Tritt in die Kniekehle ließ sein rechtes Bein einknicken. Aris Sung fiel schwer auf seine Knie, gerade als die Flügel des Hauptportals von zwei muskulösen Wachen, die ihre Haus-Meisterin kommen hörten, geöffnet wurden. Dann fühlte er, wie der Stahl zweier Katanaklingen, eine auf jeder Schulter, ihn hinunterdrückte und ihm jede Lust zum Aufspringen verdarb. Derjenige, der die Klinge auf seine rechte Schulter preßte, machte mit seiner Waffe eine leichte Sägebewegung, die Aris' enganliegendes schwarzes Hemd und das Fleisch darunter durchschnitt. Aris biß die Zähne zusammen und starrte auf die Tür. Er hatte sein Leben riskiert, um die Person zu treffen, die er jetzt erwartete.

Eine Frau trat mit zielstrebigem, festem Schritt ein. Das Grün ihrer Robe war so dunkel, daß es fast schwarz wirkte. Ihr langes, schwarzes Haar war an den Schläfen leicht ergraut. Ihre hohen Wangenknochen und die leicht mandelförmigen Augen verrieten ihre asiatische Abstammung. Ende dreißig, urteilte Aris nach dem Aussehen, weil er wußte worauf er achten mußte. Sie sah so alterslos aus wie viele Asiaten, in ihrem Fall mochte das aber weniger genetisch als durch ihren unbeugsamen Willen bedingt gewesen sein. Wie dem auch sei, in ihrer Gegenwart würde sich selbst die Zeit beugen.

Der Raum war einfach gestaltet und möbliert, wenn er auch zur größten Festung auf Randar gehörte. Aris ging durch die Hölle, als er die äußeren Mauern überstieg, die aus stahlverstärktem Fibridbeton bestanden und konstruiert wurden, um BattleMechs aufzuhalten. Dann galt es, Patrouillen auszuweichen und irgendwie durch Panzertüren zu gelangen. Nun war er da, wo er hinwollte, in einem Raum, mit Hartholz ausstaffiert, das so glänzend poliert war, daß die Maserung im Licht zu tanzen schien. Die meisten Sitzgelegenheiten bestanden aus einfachen Binsenmatten. Auf einer Seite befand sich eine Plattform, eigentlich zu niedrig für ein Podium, obwohl das, was darauf stand, ohne Zweifel einen Thron darstellte. Es war eine Art Bank aus dunklem Holz, mit handgeschnitzten Motiven verziert und mit Kissen aus grünem Seidenstoff gepolstert. Darüber befand sich eine leere Schwerthalterung an der Wand.

Die Frau betrat die Plattform und starrte eine Weile auf die Halterung. Aris Sung zählte dreizehn Blutstropfen, die durch seine dunkle Kleidung sickerten und auf den Boden träufelten. Ein gutes Zeichen, entschied er. Schließlich war er gerade erst dreizehn Jahre alt geworden.

Jetzt setzte sich die Frau auf die Bank, ordnete ihre Robe, als ob es ihr eben eingefallen wäre. Aris war sicher, daß, würde er seinen Mund öffnen, seine Kehle durchgeschnitten wäre, bevor er einen Laut äußern konnte. So wartete er und blickte ihr bestimmt in die kalten Saphiraugen. Er zwang sich, nicht zu zwinkern, ab und zu weitete oder entspannte er nur seine Augenlider ein wenig.

Niemand von ihnen rührte sich in der nächsten halben Minute, bis Aris schließlich das erste kalkulierte Risiko einging. Er machte seinen Rücken gerade, langsam und vorsichtig, damit die Klinge nicht noch tiefer in seine rechte Schulter eindrang. Dann schwang er mit zusammengebissenen Zähnen zurück, so daß er bequem auf seinen Fersen zu sitzen kam. Schmerzhaft, aber unvermeidlich fuhr ihm die Schneide tiefer in sein Fleisch. Aber jetzt hatte er eine bequeme Meditationshaltung inne und hockte nicht mehr da wie ein Häufchen Elend.

Sie blinzelte.

»Lanzenführer Non.« Die Frau blickte jetzt über Aris' rechte Schulter hinweg. »Wie kommt es, daß Mondsichel nicht da ist?«

»Haus-Meisterin, wir erwischten den Dieb in der äußeren Anlage.« Die Stimme klang stolz und fest. Bemerkenswert für einen Mann, auf dem der Blick dieser eindrucksvollen Frau ruht, dachte Aris.

Ihr Gesicht war unergründlich. Doch Aris glaubte, in ihrer Stimme so etwas wie Erheiterung zu vernehmen. »Aber warum liegt Mondsichel dann nicht da, wo sie heruntergefallen sein sollte, Ty?«

Der Druck auf Aris' Schulter ließ etwas nach, als der Schwertträger darüber nachdachte. Gemäß den Informationen, für die Aris einen gesalzenen Preis bezahlt hatte, hatte einst Dainmar Liao, dreiundzwanzigster Kanzler der Konföderation Capella, dem Kriegerhaus Hiritsu zu seiner Gründung die Katana Mondsichel geschenkt. Das war vor beinahe zweihundert Jahren. Nur der jeweils amtierende Haus-Meister durfte das Artefakt berühren. Eineinhalb Jahre lang, seitdem das Haus Hiritsu es ablehnte, ihn aufzunehmen, plante Aris, das Schwert zu stehlen. Es war nicht leicht, so lange auf eine günstige Gelegenheit zu warten. Wäre er zu früh gefaßt worden, hätte irgendein Hiritsu-Krieger ihn wahrscheinlich auf der Stelle niedergestreckt. Aber einem *erfolgreichen* Diebstahl des Schwertes mußte sich der Haus-Meister sofort widmen.

Lanzenführer Non hatte jetzt eine Antwort: »Wir haben die äußere Anlage abgesucht, aber der Dieb muß Mondsichel irgendwo anders in der Festung versteckt haben. Oder möglicherweise außerhalb, und er kam nur zurück, um noch mehr zu stehlen.«

Zeit, in das Gespräch einzugreifen, entschied Aris. Wenn die Haus-Meisterin nun ein Urteil fällte, wäre es vielleicht zu spät ...

Mit ruhiger Stimme sagte er: »Und wie oft bin ich wohl durch die Sicherheitseinrichtungen der Hiritsu spaziert, Ty?«

Aris hatte während der achtzehn Monate, in denen er seine Pläne schmiedete, einiges über das Haus Hiritsu herausgefunden, darunter auch, daß hier Höflichkeit und Etikette groß geschrieben wurden. Wie er vermutet hatte, versetzte der vertrauliche Gebrauch seines Namens den Lanzenführer in Wut. In einer fließenden Bewegung legte der Krieger seine Klinge flach auf Aris' Schulter und schob den Stahl weiter nach vorne, bis die Schneide schließlich unter dem Kinn lag. »Niemand hat dir erlaubt zu sprechen, du Hund.«

»Es ist eine berechtigte Frage, Lanzenführer.« War da der Anflug eines Lächelns im rechten Mundwinkel der Haus-Meisterin zu sehen? Aris war sich nicht sicher, aber er fühlte wieder Boden unter den Füßen.

Der Lanzenführer nahm dies als Herausforderung. »Wir werden sie finden, Haus-Meisterin York.«

»Niemals!« stieß Aris hervor.

Die Klinge schnitt ihm unterhalb des Kiefers jetzt ins Fleisch. Das war zwar schmerzhaft, mehr aber auch nicht. Aris war sich sicher, daß sein Wächter diszipliniert genug war, ihn nicht zu töten, bevor es die Haus-Meisterin befahl. Das war die Sachlage.

Der Wille des Haus-Meisters ist der Wille des Hauses. Wenn es ein ehernes Gesetz in den Kriegerhäusern der Konföderation Capella gab, dann dieses. Aris sehnte sich danach, zu dieser Gemeinschaft zu gehören, in der es nur um Ehre, Blutsbande und den Dienst am Kanzler und am Reich ging. Doch in diesem Moment hing sein Schicksal zunächst von seiner Kühnheit ab. »Sie werden Mondsichel ohne meine Hilfe nicht finden«, sagte er ruhig.

Die ursprüngliche Belustigung wich aus dem Gesicht der Haus-Meisterin. »Halten Sie wirklich so wenig von uns?« fragte sie.

Vorsichtig, warnte Aris sich selbst. Er schluckte die Antwort, die ihm in den Sinn kam, herunter. Mit Prahlerei kam er hier nicht weiter. »Ich habe eine so *hohe* Meinung von dem Haus Hiritsu«, sagte er schließlich, »daß ich mich achtzehn Monate auf diese Nacht vorbereitete. Ich habe nichts dem Zufall überlassen.«

Die Augen der Haus-Meisterin verengten sich zu Schlitzen, als sie in Aris' Gesicht zu lesen versuchte. »Sie sind gewillt, darauf ihr Leben zu verwetten?«

»Setzen Sie eine Position im Haus Hiritsu dagegen?«

Aris spürte im selben Augenblick, in dem ihm diese Worte über die Lippen kamen, daß er einen Fehler gemacht hatte. Über seiner linken Schulter hörte er eine weibliche Stimme flüstern: »Unverschämter Hurensohn.« Auch von hinten wurde Aris' Niedertracht mit Flüchen und Verwünschungen bedacht. Das berührte ihn aber nicht. Was ihn aber traf, war die Art, in der Haus-Meisterin Virginia York die Augen in Gedanken nach oben drehte und voller Vorfreude ihre Finger rieb. Wenn das Leben auf der Straße Aris irgend etwas gelehrt hat – abgesehen davon, daß das kein Dasein für ihn war –, dann war es die Körpersprache der Menschen. Er hatte ihr sein Motiv verraten, und jetzt versuchte sie, sich in seine Lage zu versetzen. Im Geiste spielte sie alle Möglichkeiten genüßlich durch.

Als ihr Blick forschend durch den Raum glitt, wußte Aris, daß sie bald finden würde, wonach sie suchte. »Sie werden das Schwert nicht entdecken, wenn Sie hier auf Ihrem Arsch sitzen bleiben«, sagte er, die Stimme voller gut gespielter Verachtung, die eigene Angst sorgsam verborgen.

Die Klinge verschwand unter seinem Kinn, und plötzlich fühlte er einen scharfen Schmerz in Wange und Schläfe. Zuerst dachte er, er wäre tot, bis er schließlich begriff, daß Lanzenführer Non ihn mit der flachen Seite seines Schwertes geschlagen hatte. Das ängstigte ihn mehr als alles andere bisher. Er war dem Tode nur um eine Vierteldrehung des Handgelenks entkommen.

Aber der hohe Einsatz schien sich auszuzahlen. Haus-Meisterin York suchte nicht mehr den Raum ab. Sie schien ihn mit Blicken an die Wand nageln zu wollen. »Wie heißen Sie?« wollte sie wissen.

»Aris Sung«, antwortete er mit trockener Kehle. Vielleicht hätte er nicht so kurz angebunden sein und seine Heimatstadt oder den Namen seines Vaters nennen sollen. Er hielt es aber für klüger, präzise auf die Fragen zu antworten; er mochte die Geduld der Haus-Meisterin nicht weiter auf die Probe stellen.

»Aris Sung, ich heiße Sie im Hause Hiritsu willkommen.« Die Wächter zogen ihre Klingen zurück, wobei Lanzenführer Non ein wenig zögerte. »Sind Sie nun glücklich?« fragte Virginia York beinahe freundlich.

Du meinst, ob ich glücklich sterben kann? übersetzte Aris diese Phrase für sich. Er wußte, daß sie den Tod jedes Haus-Mitglieds genauso einfach anordnen konnte wie den eines Diebes. Aber die Tür war nun einen Spaltbreit offen, und er wollte sichergehen, daß sie ihm nicht wieder vor der Nase zugeschlagen wurde. Deshalb beugte er sich vor und senkte beschämt sein Haupt, bis die Stirn beinahe den Boden berührte. »Nein, Haus-Meisterin York«, sagte er leise.

»Und warum nicht?«

Jetzt war es an der Zeit für ein paar Zugeständnisse. »Weil ich unwürdiger Wurm mich ungehobelt benommen hatte, als ich zu einem hochrangigen Haus-Krieger sprach«, sagte er mit gepreßter Stimme, »zur Haus-Meisterin persönlich. Außerdem habe ich es gewagt, Hand an die Mondsichel zu legen, die ich an der Unterseite Ihres Throns befestigt habe. Ich erwarte und wünsche meine Bestrafung. Ich bedauere, daß Sie sich bücken müssen, um die Klinge zurückzuholen.« Ein Schweißtropfen rann ihm über die Nase und perlte auf das Holz. Aris konzentrierte seine Aufmerksamkeit darauf, um bloß nicht aufzuschauen. War das genug?

Virginia Yorks Stimme verriet nicht, ob sie die Entschuldigung annahm oder sich darüber ärgerte. »Ich werde mich nicht bücken müssen, Aris Sung. Nachdem ich diesen Raum verlasse habe, werden Sie Mondsichel freiwillig an ihren Platz bringen und die doppelte Strafe erleiden.«

Aris schöpfte wieder ein wenig Hoffnung. Er konnte nur einmal sterben, also hatte die Haus-Meisterin wahrscheinlich andere Pläne mit ihm.

»Lanzenführer Ty Wu Non«, fuhr sie fort. »Sie sind von nun an der Ausbilder dieses Knaben. Er untersteht Ihrer Verantwortung, und ich erwarte, daß Sie ihn für den Tag trainieren, an dem seine Unverfrorenheit von Nutzen sein könnte. Für den Anfang gibt es fünfzehn Peitschenhiebe dafür, daß er Mondsichel auch nur berührt hat, fünfzehn weitere, weil er mich und nochmals fünf, weil er Sie beleidigt hat. Dann laufen Sie mit ihm fünf Kilometer. Wenn er stürzt oder schlappmacht, knallen Sie ihn ab.«

»Jawohl, Haus-Meisterin.«

Aris blickte auf, nicht weil er reden wollte, ohne gefragt zu sein, sondern weil er herausfinden wollte, ob seine Schuld mit der Genugtuung der Haus-Meisterin wirklich abgeglichen war.

»Ja, Aris Sung«, sagte sie, »Sie haben etwas anzumerken?«

Er nickte und blickte ihr in die Augen. »Die Haus-Meisterin hat mich nicht dafür bestraft, daß ich Mondsichel ein zweites Mal berühren werde.«

Ihr Blick war kalt und abschätzend, als ob sie sich darüber wundern würde, was denn ein Dreizehnjähriger dachte, aushalten zu können. »Wenn er den Lauf übersteht, gibt's noch mal zwanzig Peitschenhiebe.« Dann raffte sie ihre Robe und schritt genauso stolz aus dem Raum, wie sie hereingekommen war.

Aris lächelte bitter. Er war jetzt da, wo er hinwollte. Nun mußte er nur noch überleben.

1

Aufladestation *Jodo Shinsa* des Kaifeng-Systems
Zenit-Sprungpunkt, Kaifeng-System
Souveränität Sarna, Chaos-Marschen

10. Juli 3058

Der Haupt-Alarmschaltkreis auf der Brücke der Aufladestation *Jodo Shinsa* im Kaifeng-System piepte in gleichmäßigen Intervallen, während bernsteingelbe Warnlampen auf den Konsolen achtungsheischend blinkten. Die Unterhaltung der fünf MSM-Offiziere der Station brach sofort ab, das Schwätzchen über die letzten MechDuelle auf Solaris VII blieb unvollendet. Zwei der fünf Männer und Frauen drehten sich auf ihren Stühlen zu ihrer Schalttafel, eine dritte Person schnallte sich los und glitt durch den schwerelosen Raum zu einer Konsole, die nur während der Hauptschicht und zu Stoßzeiten besetzt war. Der Maat 2. Klasse Shen Dok To drehte sich ein wenig zu schnell und stieß mit dem Ellenbogen gegen sein Schaltfeld. Er fluchte, als er das Kribbeln im Musikknochen spürte. Noch während er den Arm rieb, in den langsam wieder etwas Leben kam, beugte er sich über den Monitor. »Wir haben starke elektromagnetische Impulse«, rief er zum Wachoffizier und den beiden Technikern. »Mehrere Sprungschiffe.«

Shen blickte wieder auf die Zahlenkolonnen, die bernsteinfarben über seinen Bildschirm liefen. Er saß an der Hauptkonsole, die auch routinemäßig Daten von den anderen Stationen empfing. Sie waren zwar nicht komplett, taugten aber für eine erste Auswertung. Jetzt berichtigte Shen seine frühere Interpretation. »Oder es ist ein einzelnes Schiff, direkt vor uns.«

Der interstellare Raumflug wurde mit Sprungschiffen abgewickelt, langen, schlanken Schiffen, die um den Kern eines Kearny-Fuchida-Sprungtriebwerks gebaut wurden. Dieser Antrieb erzeugte eine Energie, die stark genug war, gewissermaßen Löcher in das Raum-Zeit-Gefüge zu schießen, durch die das Schiff hindurchschlüpfen konnte. Bis zu dreißig Lichtjahre konnten mit einem Sprung in Nullzeit zurückgelegt werden. Das Hauptproblem war allerdings, daß das Raumschiff am Zielort üblicherweise ein bis zwei Wochen lang die riesigen Sonnenkollektoren ausfahren mußte, um das Sprungtriebwerk wieder aufzuladen.

Dieses Problem wurde durch Aufladestationen gelöst. Die Stationen befanden sich im Nadir- oder Zenitpunkt des Sonnensystems, die weit ober- oder unterhalb der Gravitationssenke liegen. An diesen Punkten kamen die Sprungschiffe an oder flogen ab und umgingen so die von den Gravitationssenken hervorgerufenen Kräfte, die im Falle eines Fehlsprungs ein Schiff in Stücke reißen konnten. Stationen wie die *Jodo Shinsa* besitzen kilometergroße Sonnensegel, die die gewaltigen Energiespeicher speisen. Diese Energie konnte in sechs Tagen auf das Sprungschiff übertragen werden. Ein Schnelladevorgang, der nur zwei bis vier Tage dauerte, war möglich, wenn das Schiff andockte. Dabei bestand jedoch die Gefahr, daß das Sprungtriebwerk beschädigt wurde. Abgesehen davon tankten die Aufladestationen die Landungsschiffe für den interplanetaren Verkehr auf und dienten noch als Umschlagplatz für Fracht. Außerdem konnten Landungsschiffe und Sprungschiffe bis zu einer Größe von hundertfünfzigtausend Tonnen gewartet werden.

Die Stationen dienten zudem noch als Frühwarnsystem. Mit ihren Sensoren entdeckten sie ankommende Schiffe und prüften, ob diese feindlich oder freundlich waren. Sollte ersteres der Fall sein, alarmierte man den Planeten, der dann einige Tage oder Wochen Zeit hatte, sich auf eine Invasion vorzubereiten.

Maat Belko, dessen Konsole links von Shens lag, bestätigte die zweite Annahme. »Nur eins«, sagte er, seine für gewöhnlich feste Stimme klang dünn vor Überraschung. »Händler-Klasse Sprungschiff vierhundertfünfzig Kilometer vor unseren vorderen Docks. Sein Infrarotbild stimmt mit dem der Liu überein. Ich schalte das Bild zu Shen.«

Shen verstand die Besorgnis seines Kameraden nicht. Die Liu war ein Sternenschiff der Händler-Klasse, das Kaifengs Nahrungsmittelüberschüsse zu den anderen Planeten der Souveränität Sarna, Sakhalin und Sarna selbst, wie auch zu verschiedenen anderen benachbarten Welten transportierte. Gut, vierhundertfünfzig Kilometer war nicht weit entfernt, zumindest in der Raumfahrt, aber er hätte nicht geglaubt, daß sich Belko so leicht erschüttern ließ. Dann zeigte sein Hauptbildschirm das Sprungschiff. Shen verschlug es die Sprache. »Bei Blakes Blut«, hörte er die Wachoffizierin flüstern, die von ihrem eigenen Posten aus Shen über die Schulter sah.

Die Liu war ein Wrack. Ihre Hülle wies einige riesige Löcher auf und ein paar kleinere, aus denen immer noch Luft entwich, die sofort gefror. Dünne Strahlen aus Eiskristallen verloren sich im Weltraum. Die Trümmer hingen noch immer um das Schiff herum, der Sprung hatte ihnen jeglichen Impuls genommen, sich vom Wrack zu entfernen. Shen glaubte, in ein paar größeren von ihnen halbe Luft/Raumjäger zu erkennen. Vielleicht *Drosseln*, Schiffe, die dem Hyperraumfeld des Sternenschiffes ein wenig zu nah kamen, als es sich für den Sprung vorbereitete. Wie eine Schleppe hing das zerstörte Sonnensegel am Schiff. Mit ausgefahrenem Segel zu springen heißt, dort, wo immer man auch ankommt, liegenzubleiben. Das war ein weiteres Zeichen dafür, was für eine Verzweiflungstat diese letzte Reise der *Liu* war.

»Landungsschiffe«, sagte Shen. Er war zu niedergeschmettert, um noch irgend etwas anderes als die beiden leeren Andockschleusen zu bemerken.

Maat Davidson überflog rasch seine Konsole. »Ich habe schon zwei große Stücke von … irgend etwas entdeckt. Könnten zu der Hülle eines Landungsschiffes gehören.«

Shen schüttelte den Kopf, um wieder einen klaren Gedanken fassen zu können. Da merkte er, daß das Klingeln in seinen Ohren immer noch das Piepen des Hauptalarms war. Ungeduldig wischte er mit seiner Hand über den Ausschalter und ließ das Geräusch verstummen. Jetzt endlich konnte er seine Gedanken sortieren. Das ergab keinen Sinn. Sprungschiffe galten als tabu. Sie gehörten einer Technologie an, die durch die jahrhundertelangen Kriege und Zerstörungen in Vergessenheit geraten war. Ein Sprungschiff war zu kostbar, als daß man es einfach abschießen würde. Keine Sprungschiffe hieße weder Handel noch Krieg, und keine Regierung wollte auf diese beiden Mittel der Politik verzichten.

Die Wachoffizierin, Leutnant Ellen Harris, schüttelte jetzt erst ihre Überraschung ab. »Transponder?« fragte sie.

Shen holte schon die Informationen aus seiner Konsole. »Der IFF-Transponder hat Aussetzer. Kein Wunder bei den Energieschwankungen, die sie drüben wahrscheinlich haben. Aber es ist die Liu.«

»Da kommt ein Funkspruch rein«, sagte Maat Davidson. Sie legte ein paar Schalter um und leitete die Übertragung zum Brückenlautsprecher. Statische Störungen erfüllten den Raum, unterbrochen von ein paar Worten, die wegen des schlechten Empfangs bar jeglicher Emotion klangen.

»… *Liu*. Hören Sie uns, Kaifeng-Station?«

Die Wachoffizierin nickte und sprach: »Wir hören

Sie. Wie ist Ihr Status?« Ihre ruhige Antwort gab dem Funker am anderen Ende neue Kraft.

»Kaifeng-Station. Die Hauptbrücke ist zerstört. Wir bedienen das Schiff von den Ersatzkonsolen aus. Wir haben einen ernsten Druckabfall und Energieschwankungen. Der Hauptantrieb ist ausgefallen, wird aber gerade repariert.«

Jetzt konnte sich Leutnant Harris nicht mehr zurückhalten. »Was ist passiert, *Liu*? Wer hat Sie angegriffen?«

Shens Gehirn stellte sich einen massiven Angriff aus der Konföderation Capella vor. Die auferstandene Souveränität Sarna steckte noch in den Kinderschuhen, und die Unsicherheit darüber, was Sun-Tzu Liao als nächstes plante, hing wie ein Damoklesschwert über allem, was der junge Staat aufzubauen versuchte. Das bereitete Shen zwar Angst, aber im Augenblick obsiegte die Erleichterung. Nie mehr würde er sich fragen, was die Zukunft wohl bringen mochte. Die Souveränität hätte sich früher oder später ohnehin gegen Liao erheben müssen, wenn sie überleben wollte. Dann lieber jetzt, dachten er und viele seiner Kameraden, während die Konföderation Capella gerade ihre Macht restaurierte. Hau ihr ein paar aufs Maul und gib ihr zu verstehen, daß man Sarna besser in Ruhe läßt.

Nun, die Antwort des Sprungschiffs enttäuschte und erleichterte ihn zugleich.

»Station *Jodo Shinsa*, hier spricht die MSM *Liu*. Die Angreifer kamen aus den umstrittenen Territorien – wir glauben von Menkib oder Zaurak – und versuchten, Sakhalin zu treffen. Wir waren vor Ort, hielten unsere Position und warteten auf die Rückkehr unserer Landungsschiffe. Die Angreifer haben uns hart getroffen. Möglicherweise wollten Sie uns zum Schweigen bringen, damit wir Sakhalin nicht warnen können. Wir sprangen – das war unsere einzige Chance.«

Shen wartete auf eine Unterbrechung der Unterhaltung, und jetzt sprach er, bevor Leutnant Harris weiterhin abschweifen konnte. Das hier war ohne Zweifel ein Notfall. »Wachoffizier, empfehle, daß wir einige Schlepper einsetzen, damit die *Liu* zum Wartungsdock 1 gebracht werden kann. Das Landungsschiff *Annabelle Lee* liegt zwar dort, aber sie kann in eines der kleineren Docks verlegt werden. Außerdem empfehle ich, den Kommandanten zu wecken und die Wachen auf der Station zu verdoppeln.« Letzteres war ein Dauerbefehl für Situationen, die die Souveränität Sarna in einen Krieg führen konnten. Der Überfall bedeutete vielleicht noch keinen Krieg, aber Shen zog es vor, im Zweifelsfall auf der sicheren Seite zu bleiben, und es war seine Pflicht, Vorschläge zu unterbreiten.

Die *Liu* meldete sich wieder, bevor Leutnant Harris antworten konnte. »Unser Ingenieur berichtet, daß der Antrieb wieder arbeitet. Wir können mit eigener Kraft andocken, wären aber für Schlepper dankbar.«

Harris nickte. »Tut das. Ich werde den Stationskommandeur anpiepen.« Sie nahm den Hörer auf und wählte das Quartier des Kommandeurs an. Bevor sie aber das Rufzeichen aktivierte, wandte sie sich dem fünften Mitglied der Brückenbesatzung zu. Der Posten hielt ein Sturmgewehr in den Händen und trug die graue Uniform der Militärakademie Sarna.

»Besser, du weckst jetzt deine Kumpels«, sagte sie ihm. »Wir verdoppeln die Wachen. Die restlichen Leute können sich unten im Wartungsdock nützlich machen und mithelfen, Tote und Verletzte zu bergen.«

Shen war schon bei der Arbeit, gab über seine eigene Kommunikationsanlage Befehle weiter und holte, wenn nötig, zur Rückversicherung Computerdaten ein. Eines war sicher, dachte er. Niemand würde sich künftig über langweilige Freischichten beschweren.

2

Sprungschiff *Liu*
Zenit-Sprungpunkt, Kaifeng-System
Souveränität Sarna, Chaos-Marschen

10. Juli 3058

Auf dem Grav-Deck der *Liu* befanden sich zwei Erholungsräume, ein Gemischtwarenladen, Mannschaftskojen und drei Kabinen, die für die Offiziere des Sprungschiffs bestimmt waren. Ty Wu Non hatte eine von diesen mit Beschlag belegt und für die Operation als Hauptquartier eingerichtet.

Lanzenführer Aris Sung stand gerade in der Tür und wartete ungeduldig darauf, daß der ältere Hiritsu-Krieger ihn zur Kenntnis nahm. Dieser saß an seinem Schreibtisch und studierte seelenruhig die Grundrißpläne der Aufladestation der *Olymp*-Klasse. Unruhig sah Aris immer wieder auf seine Uhr. In weniger als dreißig Minuten würde die *Liu* an die *Jodo Shinsa* andocken. Aris ballte die Fäuste, so fest, daß sich die Fingernägel schmerzhaft in die Handballen gruben. Diese Zeit könnte man nutzen, um die Einsatztruppe zu instruieren, natürlich aber auch, um – wie Ty es tat – die Pläne der Aufladestation zu betrachten. Auf jeden Fall konnte man die Zeit sinnvoller verbringen, als damit, sich von der zweitmächtigsten Person des Hauses Hiritsu ignorieren zu lassen oder mit ihr zu streiten.

Bei Ty und Aris war eines von beiden immer der Fall.

Aris Sung war bei dem Fünfkilometerlauf vor elf Jahren nicht gestrauchelt. Er glaubte nicht, daß Ty Wu Non ihm das jemals vergeben hat. Die Erinnerung an jene Zeit kam immer wieder hoch, wenn Aris Tys Anwesenheit ertragen mußte. Diese langen fünf Kilometer – Staub schlucken, Muskelkater und Blasen an den Füßen. Und dazu noch der stechende Schmerz in seinem wunden Rücken – nach den Peitschenhieben. Und Ty rannte mit der Nakjama-Laserpistole in der Hand immer neben ihm her, beleidigte ihn ohne Unterlaß. Aris hatte es dem damaligen Lanzenführer nie gesagt – und er wollte es sich selber auch nicht eingestehen –, daß es Tys Schmähungen waren, die ihn diesen Lauf überstehen ließen.

Ty Wu Non war ihm seit diesem Lauf nicht mehr von der Seite gewichen. Als Aris' persönlicher Ausbilder gehörte der Lanzenführer zu seinem Leben; er lehrte ihn die Gebräuche und Traditionen des Hauses Hiritsu und beaufsichtigte sein gesamtes Training. Alle Kriegerhäuser umfaßten ein MechBataillon und ein Bataillon spezialisierter Infanterie. Im Hause Hiritsu verbrachten die MechPiloten-Anwärter ihre ersten vier Jahre zusammen mit der Infanterie, damit sie sich aneinander gewöhnen und starke Bande entwickeln konnten – viel stärkere als sonst –, die MechKrieger und ihre verkannten Kameraden miteinander verbinden. Ty hatte einige Infanterie-Ausbilder – welche von der boshafteren Sorte – um Unterstützung gebeten. Sie schlugen ein hartes Tempo an, damit Aris die Zeit, die durch seinen späten Einstieg mit dreizehn Jahren verlorengegangen war, aufholte. Aris lernte Anti-Mech-Taktiken genauso wie sich beim Feind einzuschleusen oder als Assassine zu arbeiten und vieles andere. Als er mit sechzehn während einer Übung selbständig Virginia Yorks eigenen Mech stoppte, lobte die Haus-Meisterin Tys Arbeit als Ausbilder, beförderte ihn und nahm ihn in ihre BattleMech-Ehrengarde auf.

Aris durfte nun an den höheren Ausbildungsgängen teilnehmen, einschließlich MechOperationen und -Taktiken. Das gefiel ihm gut, alles war in Ordnung.

Mit zwanzig Jahren besiegte Aris Haus-Meisterin

York im MechSimulator. Damit verdiente er sich seine Katana, das Schwert, das jedem Haus-Krieger verliehen wurde. Auch Ty wurde zur Belohnung nochmals befördert, diesmal zum Kompanieführer. Virginia York teilte Aris Tys Kompanie zu. Auf diese Weise blieb stets alles beim alten. Wenn Aris irgend etwas erreichte, stärkte er damit auch Tys Position im Haus. Auf Aris' Beförderung zum Lanzenführer folgte sofort die von Tys zum Senior-Kompanieführer – das war der Rang direkt nach dem Haus-Meister.

Aris würde wetten, daß Ty sich gerade überlegte, wie er den Lorbeer für den Überfall auf Kaifeng einstreichen könnte.

Es war Ion Rush, Haus-Meister der Imarra, der Kaifeng als schwächsten Punkt in der Verteidigung der Souveränität Sarna erkannte. Kaifeng war nicht dicht besiedelt und hatte auch keinen besonderen strategischen Wert. Die Welt besaß aber Tausende Quadratkilometer fruchtbaren Ackerlandes. Sarna war sehr von Kaifengs Nahrungsmittelüberschüssen abhängig, ebenso wie Sakhalin, die dritte Welt der Souveränität, eine Eiswüste, in der Feldfrüchte nur in aufwendigen Treibhausanlagen gedeihen konnten. Nimm ihr Kaifeng weg, und die Souveränität Sarna kann sich nur ernähren, wenn sie tief in ihren Säckel greift. Auch bei den Militärausgaben müßte gespart werden, oder die Menschen würden hungern. Beides würde der Konföderation Capella nützen.

Als Haus-Meisterin Virginia York von einer Konferenz auf Sian mit dem Befehl zurückkehrte, Kaifeng anzugreifen und der Souveränität ihre Kornkammer abzuknöpfen, nahm sich Aris der Sache an.

Er war im Hause Hiritsu als innovativer Taktiker bekannt. Als die unterschiedlichen Vorgehensweisen vorgeschlagen wurden, billigte Virginia York seinen Plan. Dieser bestand aus zwei Teilen. Zunächst mußte die

Aufladestation übernommen werden, um zu verhindern, daß den Planeten die Nachricht über den Angriff erreichte. Dies wäre möglich, wenn man die *Liu* als Trojanisches Pferd gebrauchte. Der zweite Teil war ein Überraschungsangriff, nach dem die Konföderation Capella die Welt kontrollieren würde. Nach dem die Konföderation Capella die Welt kontrollieren *sollte.* Nach dem die Konföderation Capella die Welt kontrollieren *könnte.*

Aris wartete immer noch in der Tür. Er trat von einem Fuß auf den anderen und runzelte die Stirn. Er durchdachte die Lage erneut und hatte immer noch Bedenken. Das Kaifeng-MSM, das erste Bataillon der Militärakademie Sarna, war auf dem Planeten stationiert. Reguläre Einheiten, und sehr loyal zu ihrem jungen Reich. Auch wenn die Akademie sich wahrscheinlich mit keinem Kriegerhaus messen konnte, blieb da noch die Tatsache, daß sie über Kampferfahrung verfügte. Blutgetaufte Krieger, so sagte man früher. Die Truppen Haus Hiritsus waren meist noch grün hinter den Ohren. Während der letztjährigen Kämpfe in den Chaos-Marschen waren sie als Reserve zurückgehalten worden. Wie hieß es doch gleich? Irgendwas mit zwei ebenbürtigen oder fast ebenbürtigen Armeen, die das beste Rezept für ein Desaster wären, oder so.

Er fragte sich, was an den Gerüchten wohl dran war, die ihm in den letzten Monaten zu Ohren gekommen waren, Gerüchte, die besagten, daß Haus-Meister Ion Rush die Aufgabe hatte, die Kriegerhäuser an die Kandare zu nehmen, deren Loyalität fraglich war, indem er sie auf Missionen mit zweifelhaftem Ausgang schickte. Das Haus LuSann wurde auf einen längeren Feldzug in die Chaos-Marschen gesandt und das Haus Ijori in den Arc Royal Defense Cordon. Um sie zu testen, sagte Meister Rush, gegen die Jadefalken. Um sie zu schwächen, sagte das allgemeine Gerede. Die Häuser Ijori und LuSann sollen starke Verbindungen zu Kali Liao gehabt haben. War da ein Hintergedanke bei Haus Hiritsus Einsatz gegen Kaifeng? Aris hielt es für unwahrscheinlich. Virginia York war loyal zu Sun-Tzu. Und der Wille des Haus-Meisters war der Wille des Hauses.

Der Wille des Haus-Meisters war, Kaifeng zu erobern.

Aris Sung schüttelte seine Zweifel ab. Er war Virginia York einiges schuldig, der Gedanke, sie jetzt im Stich zu lassen, war einfach unfaßbar. Mit vierundzwanzig Jahren war er der jüngste Lanzenführer im Hause Hiritsu seit der Zeit vor dem vierten Nachfolgekrieg. Und er hatte sich seinen Rang hart erarbeitet. Haus-Meisterin York hatte ihn hart rangenommen und immer wieder sein Engagement und seine Fähigkeiten auf die Probe gestellt. Auch daß Ty wiederholt befördert wurde und immer über ihm stand, hatte in Aris keinen Widerwillen ausgelöst. Er hatte erkannt, daß die Haus-Meisterin dies mit Methode machte. Also würde er sich jetzt auf die kommende Aufgabe konzentrieren und politische Kernfragen in ihren kundigen Händen lassen.

»Bericht«, bellte Ty und machte sich nicht die Mühe, über die Schulter zu blicken, um wenigstens ein Minimum an Höflichkeit zu heucheln.

Aris versteifte sich, atmete dann aber ein paarmal tief durch, um sich zu beruhigen. Höflichkeit gehörte nach den Lehren des K'ung-fu-tzu, die vor einigen Jahrzehnten in die Statuten des Hauses aufgenommen wurden, zu den wichtigsten Traditionen des Hauses Hiritsu. Tys vorsätzliche Grobheiten waren nur ein Versuch, Aris aus der Reserve zu locken und ihn zu einer dummen Äußerung zu verleiten. Dann könnte er dem jungen Krieger verbieten, an der nächsten Schlacht teilzunehmen. Nichts würde Aris mehr treffen.

»Alles ist im Zeitplan«, antwortete Aris spröde. »Wir haben immer noch die Freigabe, am Wartungsdock anzulegen. Also müssen wir keinen Raumtransport vornehmen. Wir haben in zweiundzwanzig Minuten erstmals Kontakt, und der Andockvorgang wird innerhalb einer Stunde abgeschlossen sein.«

Die *Liu* zu finden, war der erste Schritt in Aris' Plan für den Überfall auf Kaifeng. Weil Sprungschiffe als unantastbar galten, schreckten einige Offiziere des Hauses Hiritsu zurück, als er sein Vorhaben erläuterte. Aber sie stimmten ihm zu, als er ihnen zeigte, wie das Haus Hiritsu ein Sprungschiff der Händler-Klasse erobern könnte. Und die meisten Schäden würden nur oberflächlich sein.

»Wann werden sie die Bestätigung von Sakhalin haben?«

Aris dachte einen Moment nach. Den Überfall auf Sakhalin zu organisieren war schwieriger gewesen. Es waren einige Konzessionen hinsichtlich Menkib zu machen gewesen und man hatte sich versichern müssen, daß niemand die Spur zu Haus Hiritsu zurückverfolgen konnte. Der andere Teil der Streitmacht sollte sich jetzt vollständig zurückgezogen haben, nachdem er einige Verwirrung gestiftet hatte. »Sakhalin sollte die Nachricht von einem versuchten Angriff inzwischen über das Hyperpulsgeneratoren-Netz von ComStar übertragen haben. Auf Sarna und Kaifeng sollte die Botschaft bereits eingegangen sein. Allerdings dauert die Übertragung vom Planeten bis zur Station vier Stunden.«

Aris rechnete das im Kopf kurz durch. »Irgendwelche Nachrichten über die Situation sollte die Aufladestation, wenn wir andocken, eigentlich bereits empfangen haben.«

Kompanieführer Non sah wie zufällig kurz zu Aris auf und musterte ihn abschätzend. »Haus-Meisterin

York kommt mit ihren Mechs in weniger als zehn Stunden hier an. Erwarten Sie Schwierigkeiten?«

Aris zuckte mit den Achseln, schließlich war er kein Prophet. »Wenn wir die Lage nicht innerhalb von zehn Minuten unter Kontrolle haben, verlieren wir unseren Vorteil.«

»Erwarten Sie irgendwelche Schwierigkeiten?«

»Nein.«

Ty Wu Non drehte sich mit seinem Stuhl und lehnte sich zurück in eine Positur, die etwas zu gleichgültig wirkte. *Da kommt noch was*, dachte er. *Genau auf mich zu.*

»Ich habe mir noch einmal Gedanken über unsere Entertruppe gemacht«, sagte Ty schließlich. »Ich dachte an ein paar Änderungen.«

Aris runzelte die Stirn. Das war ein gefährliches Spielchen. Wenn die Haus-Meisterin die Ausführung eines Plans befohlen hatte, dann wurde er nur geändert, wenn dies aufgrund feindlicher Reaktionen unumgänglich war. Ihr Wort war Gesetz und ihr Wille war der Wille des Hauses. Der Grund für dieses Gesetz lag darin, das Band zu festigen, das das Haus zu einer eng verbundenen Familie machte. Ein anderer Grund mochte darin liegen, daß die Haus-Meisterin direkt dem Kanzler verantwortlich war. Wenn man nur einen Schritt von der Weisheit des Himmels entfernt war, dann befaßte man sich meist auch auf *dieser* hohen Ebene mit eventuellen Fehlern. »Ihre Gründe, Kompanieführer Non?«

»Ihre Stoßtrupps sind sehr klein, nur fünf bis sieben Mann stark.« Ty warf wieder einen Blick auf die Pläne. »Wir reden hier von einer fünfzehnhundert Meter langen Station mit hundertfünfzig Mann Besatzung.«

Aris nickte. »Es befinden sich dort aber nur zwei Dutzend richtige Soldaten, und davon haben die meisten dienstfrei.« Er atmete durch und leierte die altbekannte Erklärung runter, obgleich er sicher war, daß Ty nur wegen seiner alten Feindschaft zum jüngeren Krieger Schwierigkeiten machte. »Kleine Trupps sind beweglicher, und jedes Mitglied ist ein Experte auf seinem Gebiet. Wir müssen sofort die Brücke unter Kontrolle bringen, ebenso die Hilfsbrücke, jedes angedockte Landungsschiff und die Kommunikationsanlagen. Hat nur eine dieser neuralgischen Stationen genug Zeit, kann sie eine Nachricht nach Kaifeng senden, und wir haben unser Überraschungsmoment verloren. Die nachrückenden Teams sind größer und besetzen dann die gesamte Station.«

»Jaja.« Mit einer Handbewegung tat Ty diese Erläuterung ab. »Aber der Brücken-Trupp? Fünf Leute? Die Station hat Audio- und Videonachrichten übermittelt. Da sind jetzt wenigstens sieben Mann auf der Brücke.«

»Ich empfehle trotzdem nicht mehr als fünf.«

Ty machte eine Pause, als würde er nachdenken. Dann weiteten sich seine Augen, als hätte er eine Erleuchtung erhalten. »Dann werde ich jetzt nur eine winzig kleine Änderung vornehmen, die unseren Nachteil aber wettmachen dürfte. Ich werde Ihren Platz als Anführer des Brücken-Trupps einnehmen.«

Verdeckt von den vor der Brust verschränkten Armen, spannte sich seine linke Hand und verwandelte sich in eine tödliche Waffe. *Einen Schritt vor, die Knie gebeugt, und dann Ty Wu Nons Hals an der Seite treffen*. Doch schon im selben Augenblick schämte er sich für seinen Gedanken. Erstens durften Hausmitglieder nicht ohne die ausdrückliche Erlaubnis der Haus-Meisterin gegeneinander kämpfen. Zweitens war das nicht mit dem Geist der Familie vereinbar. *Da mußt du durch.* »Und welche Aufgabe würde der Kompanieführer mir zuteilen?«

»Nun, ich habe daran gedacht, Ihnen einen Platz im Oberkommando zuzuweisen, damit Sie sich an der großen Taktik versuchen können. Der ursprüngliche

Plan stammt ja schließlich von Ihnen. Aber das wäre ein Affront gegen den Infanteriekommandeur Sebastian Jessup. Deshalb werden Sie den Stoßtrupp leiten, der die Kommunikationsanlage sichern soll.«

Aris entspannte sich. Infanteriekommandeur Jessup war der ranghöchste Infanterist des Hauses; ja, er war eigentlich an dritter Stelle der Befehlskette überhaupt, obwohl jeder Mechkrieger seine Autorität jederzeit anfechten konnte. Aris hatte drei Jahre unter Jessup gedient; er war froh, daß nicht Ty das alleinige Oberkommando innehatte.

Es störte ihn, daß Ty so kurz vor der Operation diese Änderung vornahm – und dies nur aus einem Grund: Er wollte Aris etwas verweigern, worauf dieser eigentlich ein Recht hatte – nämlich die Brücke zu nehmen. Andererseits hatte Ty Aris nicht gänzlich aus den Kampftrupps abgezogen. Ty verstand den jungen Krieger nicht richtig. Aris wollte nicht wirklich Macht, noch wollte er unbedingt ein Kommando haben. Das Haus Hiritsu war seine Heimat, er hatte es vor elf Jahren selbst dazu gemacht. Er wollte nur dienen und dazugehören. Und es war traurig, daß Ty Wu Non diese simple Tatsache nicht begreifen konnte.

Aber er wird, versprach Aris. Irgendwann würde Aris einen Weg finden, ihm das verständlich zu machen.

3

Aufladestation *Jodo Shinsa* des Kaifeng-Systems
Zenit-Sprungpunkt, Kaifeng-System
Souveränität Sarna, Chaos-Marschen

10. Juli 3058

Das Läuten der computersimulierten Alarmglocken schrillte durch die Gänge.

Ein schmerzerfülltes Grunzen kam über Aris Lippen, als ein Techniker der Station ihm einen Schraubenschlüssel über die Schulter zog. Die Wucht des Stoßes in Verbindung mit der niedrigen Gravitation ließ ihn trudeln, bis er an der Wand des Korridors landete. Mit einem Schlag der flachen Hand gegen das Metall fing er den Aufprall ab, zog die Beine an, stieß sich ab und warf sich wieder in den Kampf.

Noch zwei weitere Körper befanden sich weiter hinten im Korridor; während der eine an der Wand entlangrutschte und durch die Reibung nur langsam seinen Impuls verlor, lag der andere bereits still auf dem Boden. Damit blieben Aris zwei Gegner. Der Tech mit dem schweren Schraubenschlüssel war das Kämpfen bei niedriger Schwerkraft offensichtlich nicht gewohnt. Er hatte vergessen, sich festzuhalten, so daß sein eigener Schlag ihn ebenso weit fortschleuderte wie Aris, aber gegen die gegenüberliegende Wand. Seine Aballtechnik ließ stark zu wünschen übrig, so daß Aris während der nächsten Sekunden nicht mit ihm rechnen mußte.

Als Aris eben diese Wand traf, prallte er in einem Winkel ab, der ihn genau zwischen die beiden verbleibenden Techs brachte. Ein vierter Mann zog gerade einen Schraubenzieher aus dem Overall. Er hatte aus dem Fehler seines Kollegen gelernt und ließ sich zur

Einstiegsluke der Rettungskapseln treiben. Dort verschaffte er sich einen Halt, indem er seinen Arm hinter das große Handrad schob. Danach griff er den Schraubenzieher an der Klinge, als ob er ihn wie ein Messer schleudern wollte.

Aris war dankbar für die Dummheit des Mannes. Erstens wirft man niemals seine einzige Waffe fort. Besser hätte der Bursche sich von der Wand abgestoßen und versucht, Aris niederzustechen. Zweitens war die Chance, genau genug und hart genug zu werfen, um Aris auch tatsächlich zu verletzen, äußerst dürftig.

Dürftig heißt aber nicht ausgeschlossen, und Aris konnte es nicht darauf ankommen lassen. Insbesondere nicht, wenn die Gefahr bestand, sein Haus zu enttäuschen.

Der Zeitplan für die Übernahme der Station war sorgfältig ausgearbeitet worden. Die Kontrolle über die Wartungsdocks zu erlangen, war leicht gewesen. Die Hiritsu-Infanterie schwärmte aus, um das Notfallteam, das der Mannschaft des angeschlagenen Sprungschiffs zur Hilfe eilen sollte, zu umzingeln und zu entwaffnen. Dabei wurde auch der Stationskommandeur gefangen, ein unerwarteter, aber willkommener Glücksfall. Danach strömten die Stoßtrupps, die im Schiff bereits Aufstellung genommen hatten, heraus. Die Staffeln, die die weitesten Wege zu ihrem Ziel zurückzulegen hatten, kamen zuerst. Aris' Team war das erste, denn es mußte sich beinahe durch die ganze Station kämpfen bis zu den Kommunikationsanlagen, die achtern am Ende zu finden waren.

Die ersten Schwierigkeiten gab es, als man merkte, daß die ursprünglich geplante Route dicht war. Es gab einige Decks mit weitläufigen Lagerräumen, die von der typischen *Olymp*-Konstruktion abwichen und die Aris und seine Leute einige Minuten kosteten. Gerade als sie es wieder geschafft hatten, den vorgesehenen Weg zu erreichen, schmetterte der Alarm los. An den Kreuzungen der Hauptkorridore blinkte ein bernsteinfarbenes Licht synchron zu den durchdringenden Gongschlägen. Das letzte bißchen Hoffnung, an das sich Aris klammerte, war, daß dies das allgemeine Alarmzeichen sei, das die Mannschaft nur wecken und bereithalten sollte, bis weitere Anweisungen kamen. Das würde ihm noch ein wenig Zeit geben, bevor der Plan gänzlich unausführbar wurde.

Aber zwei bewaffnete Wächter außerhalb der Kommunikationszentrale brachten den Vorstoß von Aris und seinen Leuten endgültig zum Stillstand. Die Tür zur Zentrale lag am Kopf einer T-förmigen Verzweigung. Aris konnte von der Basis des T aus den Eingang sehen und jeden am Eintreten hindern. Die Wachen aber trugen Impulslasergewehre und steckten in den beiden Seitenfluren rechts und links der Tür. Es war ein Patt. Aris ließ seine vier Infanteristen an Ort und Stelle zurück. Sie sollten verhindern, daß die beiden Wachen in die Kommunikationszentrale gelangen konnten, während er zurückging, um einen Weg zu suchen, auf dem man in den Rücken der Wächter gelangen konnte. Er wußte, daß er keine Zeit mehr verlieren durfte; er mußte irgendwie handeln, und das schnell.

Dabei lief er den vier Technikern in die Arme, die ihm in dem Augenblick, als sie seine Waffen und seine Uniform sahen, mit Werkzeugen und bloßen Händen angriffen.

Nachdem Aris von der Wand zurückprallte, streckte er seine Arme in beide Richtungen aus, so daß er mit seiner Nakjama Laserpistole auf den Techniker zielen konnte, der gerade den Schraubenzieher werfen wollte, und mit der anderen Hand auf den Mann mit dem Schraubenschlüssel zeigte. Die Gegenkräfte stabilisierten sein Zielen, und er drückte ab. Der erste

Schuß traf den Mann mit dem Schraubenzieher an der Schulter, so daß er das Werkzeug losließ. Danach brannte er ihm ein Loch durch die Schläfe und durch das Hirn. Nun war es Zeit, sich zusammenzurollen und sich auf einen weiteren Aufprall vorzubereiten. Jetzt wartete Aris diesen einfach ab und drehte sich dann, um den letzten überlebenden Techniker dreimal in die Brust zu schießen. Der Schraubenschlüssel flog davon und traf auf seiner Bahn immer wieder scheppernd auf die Wände.

Vier tote Körper, eine volle Minute verschwendet, und Aris war immer noch zwei Abzweigungen von seinen eigenen Männern entfernt. Es lief nicht gut.

»Lanzenführer Sung!«

Aris wirbelte herum und sah, wie Infanterist Mikhail Chess auf ihn zuflog. Er hoffte, daß seine Leute es geschafft hatten, die Wachen auszuschalten, aber Chess' ernste Miene sagte ihm, daß dem nicht so war.

»Bericht«, rief er schon, als Chess noch gut zehn Meter entfernt war.

»Das Geschrei im Korridor hat jemanden aufgestört.« Chess streckte die Hand aus, um sich an der Wand abzubremsen. Er wurde noch ein kurzes Stück an Aris vorbeigetragen, bis er sich an demselben Handrad festhielt, das zuvor der Techniker benutzt hatte. »Die Tür zur Kommunikationszentrale hat sich geöffnet und jemand streckte den Kopf raus. Er hat ihn natürlich verloren, aber es war noch mindestens eine andere Person drinnen.«

Jetzt haben wir nicht nur wenig Zeit, jetzt haben wir gar keine mehr, dachte Aris. Sein Gehirn lief auf Hochtouren. Er biß sich so fest auf die Unterlippe, daß sie anfing zu bluten. Er überdachte ihre Möglichkeiten. Fünf Hauskrieger, vier davon mit Intek-Lasergewehren und er selbst mit einer Nakjama-Pistole. Vier tote Techniker. Einige kleine Werkzeuge. Er betrachtete nachdenklich den Korridor. Und irgendwo weiter hinten ein großer Schraubenschlüssel, mit dem man eine Wache niederschlagen könnte … *oder, ja, die Kommunikationsausrüstung.*

Er hatte eine Idee.

»Infanterist Chess. Gehen Sie zu den anderen zurück und beschäftigen Sie die Wachen. Ich kümmere mich um die Kommunikationszentrale. Jetzt!«

Ohne zu zögern stieß sich Chess ab und schoß wieder den Korridor hinunter. Aris verschwendete keine Zeit damit, ihm nachzusehen. Statt dessen umfaßte er das Handrad und drehte es unter Mühen. Jeder andere Zugang hätte eine ferngesteuerte Luke gehabt, aber ein Notausgang mußte auch unter widrigsten Bedingungen wie einem Stromausfall funktionieren.

Mit einem letzten metallischen Quietschen öffnete sich die Luke. Aris zog sie auf und tauchte durch. Dann drehte er sich um und schloß die Luke hinter sich und verriegelte sie. Er befand sich in einem kurzen Gang, der ihn in eine kleine, rechteckige Rettungskapsel führte. Schnell arbeitete er sich zur Vorderseite vor und glitt in den Pilotensitz. Aris schlug auf den Notauslöseknopf, und gleichzeitig startete er die Triebwerke. Die Maschine machte einen Satz. Aris hatte das Gefühl, von der Hand eines Riesen in den Sitz gepreßt zu werden, als die Rettungskapsel von der Station freikam und die Explosivladung gezündet wurde. Darauf folgte Schwerelosigkeit. In der Aufladestation hatte es durch die Manövriertriebwerke, die für das Einhalten der Position verantwortlich waren, eine geringe Schwerkraft gegeben. Aris flehte die alten Götter um ein paar Minuten an, nur ein paar Minuten.

Die Aufladestation gehörte ihnen – er wußte es. Sie gehörte ihnen seit dem Augenblick, in dem dem Sprungschiff *Liu* das Andocken erlaubt worden war. Ungefähr hundert Techniker und höchstens vierundzwanzig Marines gegen eine ganze Kompanie Hiritsu-Infanterie? Nein. Das einzige, was zu tun blieb, war die Station zu sichern, bevor jemand Kaifeng alarmieren konnte, damit das Überraschungselement erhalten blieb.

Aris forderte wieder das Glück heraus, er rechnete damit, daß die Crew der Station ihren Job kannte und der Brückenoffizier eher einen Sinn für Politik denn für militärische Angelegenheiten hatte. Die Techniker in der Kommunikationszentrale würden versuchen, zuerst die Brücke zu benachrichtigen und dann die Hilfsbrücke. Sie würden es nicht auf die eigene Kappe nehmen, Kaifeng zu alarmieren. Oder sollten es jedenfalls nicht. Aris runzelte beim Gedanken an den fanatischen Ausdruck im Gesicht der vier Techniker die Stirn. Wenn sie ihren Bericht an einen Offizier übermittelten, kam es darauf an, wie selbstsicher jener Offizier war. Ein wahrer Militär würde wahrscheinlich umgehend Kaifeng alarmieren, auch wenn ein Fehlalarm mindestens peinlich wäre oder gar mit einem Verweis geahndet werden würde. Ein karrierebesessener Offizier würde sich nur darum sorgen, ja keinen Fehler zu machen. Da eine Antwort erst in etwa acht Stunden und Hilfe erst in mehr als einer Woche eintreffen könnte, würde ein solcher Offizier die Bestätigung abwarten. Damit hätte Aris die benötigte Zeit.

Glücklicherweise waren Rettungskapseln für einen schnellen Start programmiert. Als das chemische Triebwerk startete, begann die Hülle der Kapsel leise zu vibrieren. Mit Hilfe der Manövrierdüsen drehte Aris die Kapsel. Mit dem kleinen Hauptkorrekturtriebwerk hielt er die Drehung erst auf und kehrte sie dann um. Nach kurzer Zeit bewegte er sich wieder auf die Station zu und glitt auf die andere Seite. Dort fand er zwischen den wuchtigen Masten, die die riesigen Solarsegel der Station hielten, was er suchte.

Würde man die Bürger der Inneren Sphäre fragen, wie eine Aufladestation an einem Sprungpunkt dem System Nachrichten übermittelt, würden die meisten vermuten, daß es mittels Radio geschah. Die Gebildeteren würden sagen, daß die Audio- und Videotransmission auf einer Mikrowelle gesendet werden würden. Die meisten aber würden nicht daran denken – und darin lag die Chance, dem Haus Hiritsu das Überraschungsmoment zu bewahren, daß die Übertragung *gerichtet* ist. Das mußte sie sein. Die Sprungpunkte befanden sich Millionen, oft sogar Milliarden Kilometer über oder unter der Ekliptik. Selbst die starken elektromagnetischen Impulse eines ankommenden Sprungschiffes konnten kaum weiter als eine Milliarde Kilometer empfangen werden und die Radaremissionen konnten bereits nach einer Million Kilometer kaum mehr aufgespürt werden.

Die Lösung dieses Problems bestand entweder in dem Bau eines Transmitters, der so groß wäre, daß ein unglaublicher Teil an dem zur Verfügung stehenden Raum und der Energie der Station davon aufgefressen wurde, oder darin, die Transmission zu einem schmalen Strahl zu bündeln, der ziemlich genau auf das System gerichtet werden konnte. Genau hieß: in der Größenordnung von einer Million Kilometer. Das klingt nicht weiter schwierig, betrachtet man aber die gigantischen Entfernungen im Raum, bedeutete das, daß die Abweichung unter einem Grad liegen mußte.

Der Transmitter war ein riesiges, doppelläufiges Gerät, das einer Waffe ähnelte. Es war dreißig Meter lang, saß auf einer ebenso großen Plattform und war parallel zur Hülle der Station ausgerichtet. In der Nähe der Basis des Transmitters war ein großer Apparat zu finden, der aussah wie eine Kombination von Radarschüssel und Teleskop, dem Zielfernrohr eines Gewehrs nicht unähnlich. Dieses Gerät ermöglichte die Präzision, mit der Kaifeng angepeilt werden konnte.

Aris lenkte die winzige Rettungskapsel vorsichtig in das kleine Tal zwischen den zwei Masten. Zu beiden Seiten erhoben sich Mauern aus grauem Metall. Der Transmitter und im Hintergrund die Haupthülle der Station selbst füllten seinen kompletten vorderen Bildschirm. Unter alleiniger Verwendung der Manövrierdüsen näherte er die Nase seines Gefährts den Rohren des Transmitters, bis er an dem metallischen Geräusch hörte, daß er an diese anstieß. Dann schaltete er die Hauptdüsen ein.

Einen Moment lang geschah nichts. Es war nur das leise, beständige Dröhnen des kleinen Triebwerks der Rettungskapsel zu hören, das alle paar Sekunden von einem metallischen Knarren, einem Protest gleich, übertönt wurde. Aris fragte sich, was zuerst nachgeben würde – der Transmitter, die Verstellvorrichtungen oder sein begrenzter Treibstoffvorrat. Rettungskapseln verfügten nur über Treibstoff für neunzig Sekunden unter maximaler Beschleunigung. Nach Aris Zählung waren davon bereits über sechzig verstrichen, als er ein leichtes Beben bemerkte und die gesamte Transmittervorrichtung sich um einen vollen Meter bewegte. Schnell schaltete er seine Hauptdüse aus. Das würde reichen, entschied er.

Mit Hilfe seiner Manövrierdüsen zog er sich ein paar Meter zurück und richtete die Rettungskapsel auf die Aufladestation aus. Jetzt hatten die Hiritsu-Krieger eine Chance. Vorausgesetzt, daß bisher noch kein Alarm abgesetzt wurde, spielte es nun keine Rolle mehr, ob die Brücke oder Hilfsbrücke schnell eingenommen werden konnte. Oder die Kommunikationsanlagen. Nur das Landungsschiff im Trockendock stellte noch eine potentielle Gefahr dar. Mit einem Lächeln auf dem Gesicht und dem Widerschein der gelben Lichter der Kontrollkonsole in seinen Augen schaltete er das Triebwerk auf minimale Beschleunigung und machte sich auf den Weg zu den Shuttledocks. Dort könnte ihn einer der Krieger des Hauses Hiritsu hineinlassen.

Beim Vorbeiflug gab er der Richtantenne noch einen Stoß, der diese in ihrem eigenem Präzisionsgetriebe verkeilte. Nur um sicherzugehen.

4

Aufladestation *Jodo Shinsa* des Kaifeng-Systems
Zenit-Sprungpunkt, Kaifeng-System
Souveränität Sarna, Chaos-Marschen

11. Juli 3058

Die Offiziersmesse, die sich auf dem massigen Gravitationsdeck der Aufladestation des Kaifeng-Systems, *Jodo Shinsa,* befand, stank nach ranzigem Fett und parfümierten Putzmitteln, die wohl eher dem Überdecken anderer Gerüche dienten als der Reinigung. Mit den schmalen Tischen, den harten Metallsitzen und der schwachen Beleuchtung ließ dieser Raum als Konferenzraum sehr zu wünschen übrig. Insbesondere in Anbetracht dessen, daß das Sprungschiff des Hauses Hiritsu, *Tao-te,* die ›Weg der Macht‹, kürzlich eingetroffen war. Dessen moderne Kommandozentrale war nur einen kurzen Shuttleflug entfernt.

Aris Sung wußte jedoch, daß die Haus-Meisterin Virginia York es vorzog, möglichst immer dort zu sein, wo den wichtigsten Interessen des Hauses Hiritsu am besten gedient werden konnte. Sofort nach ihrer Ankunft im Kaifeng-System begab sie sich zur Station, um dort persönlich eine Inspektion durchzuführen und die nächste, kurze Phase der Operation zu überwachen. Nur wenig später berief sie dieses Treffen ein.

Aris dachte, daß Gravitation einiges für sich hatte. Er hatte im Laufe von zwei Jahren die Kunst erlernt, sich in der Schwerelosigkeit zu bewegen, und war sehr bemüht, nichts zu verlernen. Jedoch fühlte er sich wie jeder Mechpilot mit ein wenig Masse um sich herum viel wohler. Vorzugsweise mit fünfundfünfzig Tonnen, dachte Aris mit einem Grinsen, dem Gewicht seines *Spuk.* Da auf der Station nur noch wenig erledigt werden mußte, erwartete er ungeduldig den Vorstoß auf die Oberfläche von Kaifeng.

»Wurde der Ursprung des Alarms schon entdeckt?« Mit dieser Frage lenkte Virginia York Aris Aufmerksamkeit wieder auf das Hier und Jetzt. Das ehemals dunkle Haar der Haus-Meisterin war mittlerweile von silbergrauen Strähnen durchsetzt. In den Augenwinkeln konnte man einige weitere Falten entdecken. Dennoch strahlte sie immer noch eine Stärke aus, um die sie von Kriegern, die nur halb so alt waren wie sie, beneidet wurde. Ihre klaren blauen Augen konnten immer noch in die Entschlossenheit eines jeden Kriegers eine Bresche schlagen.

Senior-Kompanieführer Lindell, der den Auftrag hatte, diese Untersuchung zu überwachen, hielt ihrem Blick stand. »Er kam von einer abgelegenen Feuerwachkonsole, zwei Schotten neben und ein Deck über dem Wartungsdeck, in dem die *Liu* sich befindet. Die Crew, die darauf reagiert hatte, wurde von unseren Sekundärteams gefaßt.«

»Dadurch erreichten diese Teams die Brücke und Hilfsbrücke verspätet. Und alle waren alarmiert. Wer, denken Sie, schaltete den Alarm ein?«

Lindells Stimme blieb ruhig und sein Gesicht ausdruckslos. Der Kompanieführer war für seine eiserne Selbstkontrolle bekannt. »Nun, wir vermuten, daß es ein Techniker war, der ein Team unserer Vorhut gesichtet hat. Sowohl das Brücken- als auch das Hilfsbrückenteam sind durch jenen Bereich vorgerückt. Der Tech löste den nächstgelegenen Alarm aus und versteckte sich dann.«

Virginia York kniff kaum merklich ihre Augen zusammen und löste den Blick kurz von Lindell, als ob sie einen Gedanken verbergen wollte. Aris kannte diesen Ausdruck in ihrem Gesicht, der kaum wahrnehmbare Vorbote einer wichtigen Frage, auf die sie bereits die Antwort kannte und nur noch die Bestätigung erwartete. Er beugte sich vor und wartete.

»Welches Team kam unmittelbar an dieser Feuerwachschalttafel vorbei?«

Lindell verblüffte diese Frage. »Meins.«

»Und wo war die nächstgelegene Interkomschalttafel, die ihnen eine Audio-Kommunikation mit der Brücke ermöglichte?«

»Nun, da war ein Sicherheitsschaltkreis zur Schadenskontrolle direkt an der Feuerwachschalttafel, aber die Schadenskontrolle ist nur in einem Notfall besetzt.« Lindell dachte einige Sekunden nach. »Es müßte im Hauptkorridor Einundzwanzig Theodor Zweiunddreißig Berta gewesen sein. Aber Senior-Kompanieführer Nons Kommando ist da langgekommen, und wenn der Tech sie gesehen hat, bezweifle ich, daß er riskierte, sich in einem Hauptkorridor sehen zu lassen.«

Aris wußte nicht, worauf die Haus-Meisterin hinauswollte, aber sie dachte immer einige Schritte voraus und er war nicht immer in der Lage, mit ihr Schritt zu halten. In einem Punkt war er mit Thom Lindell allerdings nicht einer Meinung. In Anbetracht des heftigen Widerstands seitens der sarnischen Techniker, den er selbst erlebt hatte, glaubte er nicht daran, daß irgendeiner von ihnen abgewartet hätte, bis das Brückenteam vorbeigezogen wäre und er versucht hätte, ein Interkom zu erreichen. Andererseits waren die meisten Leute in der Gruppe mutiger. Daher verzichtete Aris auf einen Einwand.

»In Ordnung.« Virginia York nickte. »Es lief nicht alles nach Plan, aber die Operation war erfolgreich.« Sie bedachte Ty Wu Non mit einem Lächeln und einer leichten Verbeugung. »Gute Arbeit, die Brückencrew zur Kapitulation zu bewegen. Es wäre schade gewesen, die Tür aufzusprengen. So haben wir die Brücke voll funktionstüchtig erhalten.«

Aris schluckte, um den sauren Geschmack loszuwerden, der sich in seiner Kehle bildete. Soweit es ihn betraf, hatte Ty Wu Non den Plan verpfuscht. Gut, er war nicht so glücklich dran gewesen wie Aris, der die sarnischen Wachen außerhalb der Kommunikationsanlage stellen konnte. Diese Wachen hatten sich zur Brücke zurückgezogen und Ty ausgeschlossen. Der Senior-Kompanieführer hatte sich ein halbes Dutzend Geiseln gegriffen und sie eine nach der anderen eliminiert, bis der Wachoffizier auf der Brücke endlich genug hatte.

In der Zwischenzeit hatte die Brückencrew jedoch versucht, einen Alarm nach Kaifeng abzusetzen. Wenn Aris den Transmitter nicht beschädigt hätte, wäre die gesamte Operation schiefgegangen. Er erwartete nicht, daß die Haus-Meisterin York dies erwähnen würde. Sie konnte ihn nicht loben, ohne auf die Fehler ihres Senior-Kompanieführers aufmerksam zu machen. Und das wäre nicht angemessen.

Daher war Aris überrascht, als statt dessen Lanzenführerin Terry Chan, die direkt neben Ty Wu Non saß, dieses Lob aussprach.

»Haus-Meisterin«, begann Terry Chan und wartete, bis sie angeschaut wurde. »Ich möchte Lanzenführer Sung eine Belobigung aussprechen. Seine rechtzeitige Aktion hat uns wahrscheinlich das Überraschungsmoment bewahrt.«

Aris verstand nicht, daß dies eine abgekartete Sache war. Terry Chan war die andere Lanzenführerin Ty Wu Nons und wurde von diesem als Chefstellvertreterin betrachtet. Wenn es im Haus Hiritsu eine Person gab, die ihn mit noch weniger Respekt als Ty behandelte, dann war es Chan. Von diesem Lob vollkommen überrascht, fühlte sich Aris stolz, diesem Haus gedient zu haben. Dann ergriff Ty das Wort, und Aris mußte feststellen, daß Chans Kommentar nicht mehr als ein Teil eines abgesprochenen Dialogs war, der darauf abzielte, ihn zu kritisieren.

»Anstatt rechtzeitig, könnten wir auch übereilt sagen«, bemerkte Ty und sah Terry Chan mißbilligend an, als ob es keine abgekartete Sache wäre. »Das Ausbleiben des normalen Nachrichtenverkehrs von der Station wird Kaifeng genausogut alarmieren wie eine direkte Warnung. Wenn wir den Schaden, den Aris am Transmitter und der Richtschüssel angerichtet hat, nicht bald reparieren können, geht der Plan den Bach runter, und wir können nur noch einen normalen Vorstoß unternehmen.«

Aris fühlte, wie von seinem Nacken aus die Röte aufstieg und sein Gesicht überzog. Üblicherweise durfte nur der Haus-Meister selbst gegenüber einem Haus-Krieger offene Kritik üben. Aber jeder konnte ein Lob aussprechen. Indem Chan sein falsches Lob für eine übereilte Aktion ausdrückte, konnte Ty, ganz rechtmäßig, Terry Chan berichtigen.

Und vielleicht hätte es wirklich einen anderen Weg gegeben. Aris war nicht bereit, seinerseits die Diskussion zu eröffnen. Das würde nichts ändern und nur dazu dienen, das Haus zu schwächen – die Familie. Er sah flüchtig zu Terry Chan hinüber, die so aussah, als wäre sie in der Tat gerügt worden. Aris jedoch sah, wie sie kaum merklich die anderen Offiziere des Hauses musterte und sorgfältig die Reaktionen auf ihre Vorstellung abschätzte.

Direkt gegenüber Chan saß Senior-Kompanieführer Lindell, dessen Gesichtsausdruck wie immer undurchdringlich war und nicht einmal von Aris gelesen werden konnte. Dennoch konnte bei Lindell davon ausgegangen werden, daß er die Traditionen hochhielt und Tys Methoden nicht in Frage stellen würde. Ty Wu Non würde eines Tages Haus-Meister sein, und sein Wille würde zum Willen des Hauses werden. Bis zu dieser Zeit war es allein an Virginia York, ihn zur Rechenschaft zu ziehen.

Ebenfalls an der gegenüberliegenden Tischseite und nur einen Platz von Aris entfernt, saß der dritte Kompanieführer, Jason James. Er war bereit, zu Aris' Verteidigung zu eilen. James nahm die Gegebenheiten nicht wie Lindell mit stoischer Ruhe hin. Er hatte im Gegenteil ein aufbrausendes Temperament, das nur von seiner Hingabe an Virginia York und das Haus Hiritsu in Schach gehalten wurde. Die Röte, die in sein sonst eher bleiches Gesicht stieg, zeigte Aris, daß der andere Mann das abgekartete Spiel ebenfalls als solches erkannt hatte und bereit war, für ihn in die Bresche zu springen. Aris schüttelte andeutungsweise den Kopf, zum Zeichen, daß er die Sache lieber auf sich beruhen ließe. James sah ihn einen Augenblick lang an und nickte dann leicht.

Schließlich brach Haus-Meisterin York das angespannte Schweigen. »Aris Sung, haben Sie berechnet, wie lange die Kommunikation unterbrochen sein wird?«

»Ja, Haus-Meisterin.« Aris wich ihrem Blick aus. Er wollte nicht, daß sie den Ärger in seinen Augen sah. Nicht den Ärger über Ty Wu Non und Chan, obwohl diese vielleicht ein gerüttelt Maß an Zorn verdienten, sondern den Ärger über sich selbst. Es sei dahingestellt, ob die Zerstörung des Transmitters die beste Lösung war oder nicht, auf jeden Fall hatte er voreilig gehandelt. Und er war nun ein Grund für Zwistigkeiten, das war das letzte, was er je für Haus Hiritsu hatte sein wollen.

»Der Transmitter wurde eher mittels Myomerfaserbündeln und Aktivatoren positioniert denn mit Getrieben, genau wie in unseren BattleMechs. Offenbar habe ich ein paar der künstlichen Muskeln durchtrennt und einen Aktivator zerstört. Das sollte innerhalb der nächsten Stunden repariert sein. Die Fokussierschüssel wurde aus unseren Vorräten ersetzt. Das ging schneller als die Reparatur derer, die ich beschädigt hatte. Dennoch wird der Transmitter die nächsten vier bis sechs Stunden nicht einsatzbereit sein.«

»Das heißt also höchstens zwölf Stunden.«

»Ja, Haus-Meister. Und eine zwölfstündige Funkstille wäre nicht ungewöhnlich.«

Virginia York nickte einmal. »Gut genug«, sagte sie zu ihm und wandte sich dann wieder dem Rest ihrer Offiziere zu. »Ich will, daß die nächste Phase glatt über die Bühne geht. Wir werden das Verlassen der Station um vierundzwanzig Stunden verschieben oder bis wir sicher sind, daß Kaifeng glaubt, daß hier oben alles in Ordnung ist. Die Wiederherstellung der Kommunikation sowie das Fingieren einiger Übertragungen genießt äußerste Priorität.«

»Ich würde das Vorgehen gerne überwachen, Haus-Meisterin«, bot Aris sich an. »Wie Senior-Kompanieführer Non sagte, ist es meine Verantwortung.«

Ty Wu Non meldete sich rasch zu Wort. »In Hinsicht auf die Reparatur der Kommunikationsanlage, stimme ich zu. Aber ich möchte das Absetzen der Nachrichten überwachen. Es war mein Team, das die Brücke intakt eingenommen hat.« Er betonte das Wort ›intakt‹, um noch einmal unausgesprochen darauf hinzuweisen, daß Aris die Transmitter beschädigt hatte. »Wir können mit der Brückencrew fertigwerden. Lieutenant Harris fürchtet mich bereits, und wenn sie unseren Anweisungen folgt, werden es die anderen nicht wagen, sich uns zu widersetzen.«

Aris dachte wieder an die vier Techniker, die ihm so beherzt Widerstand geleistet hatten, und das mit nicht mehr als ein paar Werkzeugen und den bloßen Händen. Er hatte den blanken Haß in ihren Gesichtern gesehen. Er nahm nicht an, daß diese Sarner so leicht eingeschüchtert werden konnten wie Ty Non zu glauben schien.

»So soll es sein«, sagte Virginia York einfach und beendete die Diskussion. »Ty, ich möchte, daß die erste Nachricht von der Brücke abgesetzt werden kann, sobald Aris mich informiert, daß der Transmitter einsatzbereit ist. Nur eine Aufzeichnung. Keine Live-Übertragung. Jeder, der nicht von Senior-Kompanieführer Non gebraucht wird, meldet sich auf der *Tao-te*. Infanterie-Commander Jessup und seine Infanterie können die Sicherheit aufrechterhalten. Wegtreten.«

Aris blieb sitzen, als die anderen den Raum verließen. Ty Wu Non, der als erster aufgestanden war, war auch als erster zur Tür hinaus und bemerkte nicht, daß Aris zurückblieb. Thom Lindell fiel es dagegen auf, auch wenn an seinem Gesicht keine Reaktion abzulesen war und er mit den anderen ging.

»Sie haben eine Frage, Aris?« fragte Virginia York, nachdem sich die Tür zur Messe endlich geschlossen hatte, und sie beide allein waren.

»Eine Beobachtung, Haus-Meisterin.« Aris biß sich auf die Unterlippe und dachte darüber nach, wie er fortfahren sollte. »Ich bin wegen der Übertragungen nach Kaifeng besorgt.«

Virginia Yorks Kinn hob sich leicht – wie zur Warnung. »Aris, ich habe Ty Wu Non diese Aufgabe übertragen. Es ist sein Kommando, und Sie können nur dann Empfehlungen abgeben, wenn er Sie darum bittet.«

Als ob er das je würde, dachte Aris, sprach es aber nicht aus. Wenn Ty Non sich haarspalterisch auf die Traditionen berufen konnte, konnte er es vielleicht auch. Und hier, allein mit der Haus-Meisterin, würde es darüber auch keinen Streit geben. »Ich würde nie daran denken, sein weises Urteil, oder Ihres, Haus-Meisterin, anzuzweifeln. Meine Beobachtung betrifft die Sarner, die mich außerhalb der Kommunikationszentrale angegriffen haben.«

Sie dachte einen Moment nach und nickte dann bedächtig. »Nun gut.«

»Ich bin mir nicht sicher, ob mein schriftlicher Bericht das Ausmaß an Widerstand richtig wiedergegeben hat. Selbst im Angesicht eines ausgebildeten Kriegers mit einer Laserwaffe in der Hand waren sie weder eingeschüchtert noch sichtbar um ihr Leben besorgt. Und ich würde annehmen, daß ich zumindest ein wenig bedrohlich gewirkt hatte.«

Virginia York ignorierte den Scherz und musterte Aris von Kopf bis Fuß, bevor sie fortfuhr. »Sie halten sie für Fanatiker?«

»Sagen wir Eiferer«, sagte Aris mit Bedacht. »Fanatiker kämpfen teilweise auch, wenn sie keine Chance haben. Eiferer sind klüger, neigen eher zum Abwarten und werden erst in einem günstigen Moment zu Märtyrern.«

»Wann denn?«

Vorsicht, ermahnte sich Aris. Diese Situation fing an, ihn an seine erste Befragung durch die Haus-Meisterin elf Jahre zuvor zu erinnern. Es war wie ein Gang durch ein Minenfeld, wo der kleinste Fehltritt vermieden werden mußte. »Nehmen wir an, ich wäre genau zu dem Zeitpunkt in die Kommunikationszentrale eingedrungen, als der Techniker gerade seine Vorbereitungen für die Live-Übertragung nach Kaifeng beendet hatte. Ich glaube, wenn fünf Waffen auf ihn gerichtet gewesen wären, und er die Wahl gehabt hätte, sich zu ergeben und zu leben, hätte er die Geräte angestellt, so daß sie seinen Tod zum Vorteil von Kaifeng aufgenommen und übertragen hätten.«

Haus-Meisterin York bewegte sich eine Zeitlang nicht, sprach auch nicht. Aris hielt ihrem Blick stand, verwendete die gleiche Technik wie elf Jahre zuvor, um nicht zu blinzeln. Sie müssen die richtigen Schlüsse ziehen, beschwor er sie in Gedanken.

»Ich habe angeordnet, daß Ty Wu Non nur Aufzeichnungen verwenden soll«, sagte sie schließlich. »Keine Live-Übertragungen.«

»Haben wir über Senior-Kompanieführer Non geredet?« fragte Aris unschuldig. »Ich wollte nur meinen Bericht erläutern. Ich kann mir in der Tat nicht vorstellen, wie die Crew der Station eine aufgezeichnete Nachricht sabotieren könnte.« Aris stand auf. »Mit Ihrer Erlaubnis, Haus-Meisterin?«

Mit gerunzelter Stirn blickte sie die Wand an und nickte abwesend.

Aris hielt im Türrahmen inne und blickte zurück. Die Haus-Meisterin stand immer noch da und schien auf ein Problem zu starren, das nur sie sehen konnte, während sie im Geiste alle Lösungsmöglichkeiten durchspielte. Gut, dachte Aris. Alles wird klappen, wenn Virginia York über das Haus wacht.

5

Aufladestation *Jodo Shinsa* des Kaifeng-Systems
Zenit-Sprungpunkt, Kaifeng-System
Souveränität Sarna, Chaos-Marschen

11. Juli 3058

Die Brücke der Aufladestation fühlte sich für den MSM-Maat Shen Dok To fremd und kalt an. Die Konsolen mit ihren Schaltern, Anzeigen und blinkenden Lichtern schüchterten ihn ein. Die Deckenbeleuchtung, die er vor zwölf Stunden noch als gedämpft oder gar als unzureichend bezeichnet hätte, schien jetzt förmlich auf ihn herab zu brennen, blendete seine Augen und ließ ihn schwitzen. Der Unterschied lag in den Kriegern des Hauses Hiritsu, die in seiner Nähe standen, um sein Wohlverhalten sicherzustellen. Nein, nicht ganz. Die Brücke selbst fühlte sich anders an. Weil es nicht mehr die ihre war, die der Souveränität Sarna. Er befand sich nun auf dem Eigentum der Konföderation Capella, Liao-Eigentum. Dieser Gedanke hinterließ in ihm das Gefühl, von der Realität getrennt zu sein.

Shen saß nun wieder an der Hauptkontrolle, nachdem er einen der capellanischen Techniker, die die Hiritsu-Krieger speziell für den Betrieb der Station mitgebracht hatten, abgelöst hatte. Es waren noch zwei weitere MSM-Offiziere anwesend. Hinter ihm, an der Station des Wachoffiziers, saß Lieutenant Ellen Harris, und neben ihm, an der Kontrolltafel für Brückenkommunikation, Maat Davidson. Maat Belko war der Zutritt zur Brücke verwehrt worden, da seine Station und somit auch seine Anwesenheit für die Transmission nicht benötigt wurden. Und selbstverständlich waren keine sarnischen Wachen da. Die Marines waren alle tot.

Shen war wegen der geringen Gravitation an den Sitz festgeschnallt und fühlte sich gefangen und hilflos. Auf der anderen Seite seiner hüfthohen Konsole stand eine Kriegerin des Hauses Hiritsu und starrte ihn an, als ob er ein Insekt wäre, das gleich seziert werden würde. Ihr Name war Terry Chan, und sie war für die Zeit der Übertragungen seine Aufseherin. Sie mußte gewährleisten, daß er nicht mal im Traum daran dachte, Kaifeng eine versteckte Warnung zukommen zu lassen. Shen war ein wichtiger Faktor, erklärte sie, da auch er und ein Teil seiner Konsole von der Kamera, die die Berichte des Wachoffiziers aufzeichnete, erfaßt wurde. Darüber hinaus war Shen ein wichtiger Faktor *für sie*. Dann schlug sie ihn, erst mit der Faust in den Magen, so daß er sich zusammenkrümmte – und dann zog sie ihr Knie hoch und traf seine Brust hart. Natürlich würde es keine Blessuren geben, die man mit der Kamera erfassen konnte.

Es war nur eine Erinnerung daran, wer das Sagen hatte.

Shen machte sich keine Illusionen darüber, wer das Sagen hatte, nicht die geringsten. Er hatte ihren Kommandanten vor zwölf Stunden getroffen, als der arrogante Bastard, nachdem er direkt vor der Tür vier Crewmitglieder ermordet hatte, die Brücke übernommen hatte. Shen erinnerte sich nur zu gut an den geflüsterten Bericht von jedem Schuß, gefolgt von den Aufforderungen der Marine-Wachen, die Tür zu öffnen, damit sie auf die Capellaner feuern könnten. Lieutenant Harris hatte ihnen diese Erlaubnis verweigert, hatte den Tod von vieren auf sich genommen, während sie verzweifelt bemüht waren, einen Alarm an Kaifeng abzusetzen. Schließlich mußte Maat Davidson den Mißerfolg eingestehen, sagen, daß der Haupttransmitter ohne umfassende Arbeiten nicht ausgerichtet werden konnte. Erst dann hatte Lieutenant Harris die Brücke übergeben.

Nein, dachte Shen, sich selbst berichtigend, *Lieutenant Harris hat einfach aufgegeben.*

Er blickte über seine Schulter zu Ellen Harris, die im Sessel des Wachoffiziers festgezurrt war, die Niederlage lag wie ein untragbares Gewicht auf ihren Schultern. Ihr Wächter stand bedrohlich wirkend neben ihr. Es war derjenige, der ihnen befohlen hatte, ihn Senior-Kompanieführer Non zu nennen – den Shen aber insgeheim nur als ›Der Schakal‹ bezeichnete. Es war dieser Mann, der die Brücke als letzter betreten hatte, seine Uniform und sein Gesicht waren mit Blut bespritzt – Exekutionen in niedriger Gravitation sind mit einer riesigen Schweinerei verbunden –, der aber immer noch das Auftreten von jemandem hatte, der vollkommen Herr der Lage ist. Er wechselte seine Schrotflinte gegen eine Laserpistole und exekutierte höchstpersönlich die beiden Wachen an der Tür und drohte dann damit, die gesamte Brückencrew einen nach dem anderen zu töten, weil Lieutenant Harris Widerstand geleistet hatte.

Während Shen selbst in seinem Sitz kauerte und wünschte, es gäbe irgend etwas, was er tun könnte, um sie aufzuhalten, war er gleichzeitig darüber verwundert, wie schnell Non den Lieutenant beherrschte. Er war unfähig, seine Augen von der Szene abzuwenden, hilflos beobachtete er den letzten Schlag, der Ellen Harris den Rest gab. Sie befahl Davidson dabei zu helfen, die Kommunikation mit der *Liu* wiederherzustellen. Dafür dankte Non ihr und strich mit einem Finger fast zärtlich über ihre Wange. Das Blut, vermischt mit ihren Tränen, hinterließ auf ihrer Wange einen roten Streifen. Shen würde niemals das traurige, kleine, zitternde Lächeln in ihren Mundwinkeln vergessen, als ihr Wille vollends brach.

Der Schakal sprach nun mit ihr, führte seinen persönlichen Kreuzzug fort, um sie zu brechen, und verstand gar nicht, daß ihm das bereits geglückt war.

»Wo leben Sie auf Kaifeng?« fragte er in einem beiläufigen, fast freundlichen Tonfall.

»Tarrahause.«

»Ja.« Shen konnte das Grinsen in der Stimme des ›Schakals‹ förmlich hören. »Das sagen auch die Stationsaufzeichnungen. Sie sagen außerdem, daß Sie Kinder haben. Zwei. Blieben sie bei Ihrem Ehemann, während Sie hier Ihren Dienst erfüllen?« Shen nahm an, daß sie genickt hatte; Der Schakal klang so selbstsicher. »Besitzen Sie Holographien?« Es gab eine kleine Pause, und eine Bewegung war zu hören. »Hübsche Jungs.«

Dann war Non neben Shen, der dessen Kommen nicht gehört hatte. *Wenn ich nur ein Gürtelmesser hätte,* dachte Shen. *Oder auch nur eine Schere oder einen Schraubenzieher.* Ein schneller Stoß in die Seite des ›Schakals‹ wäre vielleicht genug, um ihn zu töten. Aber Shen hatte nichts Derartiges, also verhielt er sich still.

Non gab die Holos an Terry Chan weiter. »Geben Sie das in die Datei ein«, sagte er zu ihr. »Möglicherweise subversive Elemente.«

Er begab sich wieder zur Konsole des Wachoffiziers – und damit erneut außer Sicht. Shen hatte das Gefühl, sich übergeben zu müssen.

»Könnten Sie nun Ihre Instruktionen für Ihre Brükkencrew wiederholen? Lassen Sie sie wissen, daß Sie die Absicht haben, uns zu assistieren.«

»Diese Station ...«

Non unterbrach sie mit einem leisen Schnauben. »Sie lassen Ihre Stimme besser fester klingen. Wenn ich auf die Idee kommem müßte, daß Sie irgend etwas zurückhalten und versuchen, diese Mission zu sabotieren, werde ich dafür Ihre Kinder zur Rechenschaft ziehen.«

»Diese Station ist das Eigentum der Konföderation Capella, und dient Seiner Weisheit des Himmels, Kanzler Sun-Tzu Liao.« Harris' Stimme brach, Tränen rannen durch ihr Gesicht, aber schnell faßte sie sich wieder. »Es ist unsere Verantwortung als loyale capellanische Untertanen, das Haus Hiritsu bei seiner Operation zu unterstützen. Daher werden wir keinen Versuch unternehmen, weder direkt noch durch verdeckte Maßnahmen, die tatsächliche militärische Situation dieser Station jemandem mitzuteilen.«

»Sehr schön«, sagte Non. »Ich denke, jetzt können wir anfangen.«

Maat Davidson arbeitete unter den wachsamen Blicken seines capellanischen Beobachters an der Kommunikationskonsole. Shen griff mit langsamen Bewegungen nach seinem Noteputer, seine Hände zitterten. Terry Chan blickte argwöhnisch auf ihn hinunter und nickte ihm dann, als sie merkte, was er vorhatte, kurz ihr Einverständnis zu. Irgendwer mußte sie in die Brückenoperationen eingewiesen haben. Mindestens einmal in jeder Stunde mußte der Techniker an der Hauptkontrolle die wenigen aktiven Anzeigen ablesen, protokollieren und von den Ereignissen auf der Brücke einen schriftlichen Bericht anfertigen. Shen dachte, daß ihm das wenigstens etwas zu tun gäbe, während Ellen Harris die falsche Nachricht aufzeichnete.

Shen klickte die Sektion Kommentar an und tippte mit dem Stift nachdenklich auf den Schirm. Was sollte er schreiben? Vielleicht könnte er die Gelegenheit nutzen, seine Gedanken zu ordnen. *Null-acht-vier-fünf,* schrieb er, *wurde loyaler capellanischer Untertan.*

Nicht Bürger. Untertan. Shen kniff die Augen zusammen, um seine Tränen der Wut und Frustration zurückzuhalten. Er war auf Kaifeng als freier Bürger des Vereinigten Commonwealth aufgewachsen. Er hatte aber immer eine starke Verbindung zu seiner capellanischen, nein, eher seiner chinesischen Herkunft empfunden. An diese wurde er stets erinnert, wenn er in den Spiegel blickte. Da waren die dunklen, mandelförmigen Augen, der leicht gelbliche Hautton. Sein dichtes schwarzes Haar trug er immer kurz geschoren, weil es bei der Arbeit in niedriger Gravitation praktischer war.

Und dann war da Kaifeng selbst, eine Agrarwelt mit einem breiten Gürtel landwirtschaftlicher Ansiedlungen, aber nur vier echten Städten. Auch nach fast dreißig Jahren unter der Kontrolle des Vereinigten Commonwealth waren viele chinesische Traditionen lebendig geblieben. Insbesondere die, die mit den lokalen Feiertagen und den Fruchtbarkeitsriten in Zusammenhang standen. Daher war die Wiedergeburt der Souveränität Sarna, die die Freiheiten des Vereinigten Commonwealth mit dem chinesischen Erbe verband, das unter den Liaos erhalten und gefördert wurde, für seine Heimatwelt und sein Volk wie ein lebendig gewordener Traum.

Ein Traum, der nur weniger als ein Jahr gedauert hatte.

Von seiten Sun-Tzu Liaos würde es kein Pardon geben. Die drei Welten der Souveränität Sarna gehörten nicht zu denen, die die Rückkehr der capellanischen Herrschaft begrüßt hatten. In dem Chaos, das der Liao-Marik-Invasion in das Gebiet des Vereinigten Commonwealth folgte, hatten sich die Planeten Kaifeng, Sarna und Sakhalin für eine unabhängige Allianz erklärt, die zu den Capellanern in Opposition stand.

So kam nun Sun-Tzu Liao als Eroberer und nicht als Befreier. Und in der Konföderation Capella war es üblich, daß Untertanen, die zum unmittelbaren Ergebnis eines Krieges gehörten, automatisch in die Kaste der Servitoren eingestuft wurden, ungeachtet ihrer früheren sozialen Position oder Ausbildung. Sie waren Sklaven, sie wurden nicht wie Menschen behandelt und mußten im Dienste der Konföderation die niedrigen Aufgaben erfüllen. Die Bürgerrechte konnten nach fünf bis zehn Jahren loyaler Dienste erworben werden, jedenfalls theoretisch. Praktisch konnten nur diejenigen der nächsten Generation, die unter der Herrschaft Liaos geboren worden waren, der Bürde der Servitoren-Kaste entfliehen.

»Maat Davidson, könnten Sie mir einen Moment helfen?« Shen hatte diese Worte ausgesprochen, bevor er darüber nachdenken konnte. Es war riskant, ihre Arbeit unter der Beobachtung ihrer Hiritsu-Wächter zu unterbrechen. Zudem war immer noch ein capellanischer Techniker auf der Brücke, der erkennen konnte, daß diese Bitte außergewöhnlich und somit verdächtig war.

Glücklicherweise war Davidson selbst kein Problem. Ihr Gesicht war von den anderen Anwesenden auf der Brücke abgewandt, und so hatte sie einen Augenblick Zeit, sich zu fassen, bevor sie sich umsah. »Ja«, fragte sie einfach mit neutralem Tonfall.

Shen schluckte, seine Kehle war plötzlich trocken. Er war sich der genauen Beobachtung durch Terry Chan bewußt und fühlte dort, wo ihn vermutlich die Blicke des ›Schakals‹ trafen, Hitze. »Ich brauche die Winkelabweichung zu Kaifeng. Für den Bericht.« Er blickte zu Terry Chan hoch, versuchte eingeschüchtert und ein wenig mutlos auszusehen. Unter ihrem mißtrauischen Gesichtsausdruck war das einfach. »Ich glaube nicht, daß ich gerade jetzt aufstehen sollte, um die Ablesung selbst zu machen.«

Davidson lächelte traurig. »Richtig«, sagte sie mit einem leichten Nicken. Sie überprüfte ihren Bildschirm und antwortete ihm dann: »Stabil bei vier-komma-zwei-neun Grad.«

Shen trug das in den Bericht ein und überlegte derweil fieberhaft. Warum hatte er das getan? Nur um zu sehen, ob Davidson ihm Rückendeckung geben würde? Nun, das hatte sie getan. Was sollte er jetzt mit dieser Information anstellen? Die Wahrheit war einfach, und er hätte daran denken sollen, bevor er etwas so Dummes versuchte, daß er nichts tun konnte. Nichts tun sollte. Nicht jetzt. *Warte,* gab er sich selbst den Rat. *Das ist nicht der rechte Zeitpunkt für eine Warnung. Nicht während die Hiritsu-Truppen reizbar sind und der ›Schakal‹ selbst auf der Brücke ist.* Kaifeng war mit einem Landungsschiff erst in mehr als einer Woche zu erreichen. Wenn die Leute *weg* waren, hatte er noch genug Zeit, eine Warnung abzusenden.

Shen wußte aber, daß sein Widerstandswille mit jeder gefälschten Nachricht kleiner werden würde. Es würde ihm so wie Lieutenant Harris ergehen. *Kooperation ist Taktik.* Er konnte sich an diesen Spruch, den er in den Kursen an der Militärakademie gelernt hatte, noch gut erinnern. Da die Planeten während der Nachfolgekriege und all der Grenzgefechte dazwischen häufig den Besitzer gewechselt hatten, war es für die Bewohner auf besetzten Planeten oft einfacher zu kooperieren als Widerstand zu leisten.

Er dachte immer noch angestrengt nach, als die schneidende Stimme des ›Schakals‹ seine Gedanken unterbrach. »Ruhe auf der Brücke. Sie, Ellen, machen Sie sich für die Aufzeichnung bereit. Machen Sie sich keine Sorgen, Sie werden hervorragende Arbeit leisten, auf die Ihr Land und Ihre Familie stolz sein werden. Sie, Shen, machen weiter Ihre Logbucheinträge. Das wird Sie beschäftigen. Alle Aufseher zurück aus der Kameraerfassung.«

Ty Wu Non und Terry Chan zogen sich zu Shens Linker zurück, setzten sich an Konsolen an der Wand. Auf der rechten Raumseite ging der Hiritsu-Wächter zur Steuerbord-Wand hinüber und verschaffte sich dort einen festen Halt. Der capellanische Techniker blieb neben Maat Davidson stehen, da dessen Position nicht von der Kamera erfaßt werden würde.

»Aufzeichnung«, sagte Davidson.

Shen versuchte zu überhören, daß Harris die vorher abgesprochene Platte abspulte: wie sie wegen des geringen Verkehrsaufkommens beschlossen hatten, die monatlichen Wartungsarbeiten vorzuziehen. Er fuhr damit fort, Kommentare in das Logbuch einzutragen. *Null-acht-fünf-null, Kooperation wird Taktik.*

Dann schlug Shen plötzlich mit einer kraftvollen, stechenden Bewegung auf die Punkt-Taste, die den Schirm zerspringen ließ. Er wog das Logbuch in der Hand und warf es so heftig er konnte nach dem Techniker, der Davidsons Arbeit an der Kommunikationskonsole überwachte. Das sich drehende Objekt traf diesen am Ohr und warf ihn einige wenige, wertvolle Sekunden völlig aus der Balance. Shen redete bereits hektisch.

»Capellanische Streitkräfte haben diese Station eingenommen und werden bald Kaifeng einnehmen. Trauen Sie keinen weiteren Übertragungen. Informieren Sie Sarna. Bereiten Sie sich ...«

Der erste Laserschuß traf ihn in die linke Schulter, der zweite in die linke Brustseite. Shen zuckte zusammen, sackte in dem Bemühen, dem Schmerz zu entkommen, nach rechts, der Gestank des verbrannten Overalls und verschmorten Fleisches ließ ihn würgen. Hinter ihm schrie Harris, daß er ein dummer, selbstsüchtiger Bastard wäre. Shen wollte im gleichen Moment lachen und weinen. Er konnte jedoch nur nach Luft schnappen, während er zu Maat Davidson an ihrer Station hinübersah.

Da sie vorgewarnt war, daß Shen etwas versuchen würde, flogen ihre Hände in gewohnter Eile förmlich über die Kommunikationsschalttafel. Sie versuchte die

Nachricht abzusetzen, bevor sie aufgehalten werden konnte. Sie drückte mehrfach auf den Knopf zum Absenden, hielt kurz inne, legte ein paar Schalter um und hämmerte weiter auf den Absendeknopf, bis sich der Techniker schließlich wieder gefangen hatte und sie mit einem harten Schlag gegen ihren Kopf stoppte. Dann änderte sich sein Gesichtsfeld, als Terry Chan ihn an seinem Haar hochzog und ihm ihre Nakjama an die Schläfe hielt. Er hörte, wie sich hinter ihm die Brückentür öffnete und weiteres Hiritsu-Personal auf die Brücke kam.

Es spielt keine Rolle, dachte er. *Ich habe sie geschlagen. Null-acht-fünf-fünf, habe Haus Hiritsu besiegt.*

»Ging sie raus?« fragte der ›Schakal‹ den capellanischen Techniker. Der Ärger in seiner Stimme versprach den Tod. »Wurde die Nachricht abgesetzt?«

Die Antwort kam nicht vom Techniker, sondern von einer Stimme, die er nie zuvor gehört hatte. »Nein, das wurde sie nicht.«

Shen konnte aus seinem Augenwinkel heraus nichts als den Lauf der Laserpistole an seiner Schläfe sehen und einen Teil von Terry Chans Hand. Aber die neue Stimme war die einer anderen Frau, voller Stärke und Autorität. Er merkte, daß er dieser Stimme glaubte, und Verzweiflung überkam ihn. Er hatte versagt.

Die Stimme erklang wieder, tadelnd. »Es war äußerst dumm zu denken, daß wir einen solchen Versuch nicht vorhergesehen hätten. Es ist nicht möglich, von der Kommunikationskonsole der Brücke eine Nachricht abzusetzen. Die Nachricht muß von Hand zur Kommunikationszentrale gebracht und von dort abgesetzt werden. Sie haben nichts erreicht.«

Shen hörte, wie Davidson leise weinte, und bemerkte, wie Tränen auch über seine Wangen hinunterrannen. Mit äußerster Mühe brachte er sich unter Kontrolle. »Wir haben es versucht«, sagte er. Er spuckte jedes Wort der unsichtbaren Stimme entgegen. »Die anderen werden wissen, daß wir es versucht haben.«

»Und versagt haben«, tat die neue Stimme den Einwand beiläufig ab. »Ellen Harris, Sie können Ihren Wert für uns beweisen, indem sie über diese beiden richten werden. Sie gehörten zu Ihren Leuten. Ziehen Sie sie für Ihr Verbrechen zur Rechenschaft, oder Sie werden statt dessen zur Rechenschaft gezogen.«

Es war einen Moment still, einen Moment lang hatte Shen die leise Hoffnung, daß der Lieutenant das Opfer, das sie gerade gebracht hatten, nicht unterminieren würde. Aber das war schon vorbei, als Shan sie ohne Zaudern antworten hörte.

»Ich empfehle, daß Sie zwei Brückencrews am vorderen Andockring versammeln. Lassen Sie sie zusehen, wie die Ungehorsamen dadurch bestraft werden, daß sie in den Weltraum geworfen werden. Das sollte Ihr Disziplinproblem lösen.«

»Ja, das sollte es. Und stellen Sie sicher, Ellen Harris, daß jeder versteht, daß auch das kleinste Anzeichen von Widerstand als Kapitalverbrechen geahndet wird.« Es gab eine kleine Pause, und dann wandte sich die neue Stimme an den ›Schakal‹. »Sie haben diese gut abgerichtet, Ty. Ich erwarte von den anderen zweien keinen weiteren Ärger, also können Sie die Leitung dieser Operation an Lanzenführer Sung übergeben. Ich brauche Ihre Anwesenheit an Bord der *Tao-te*.«

Shen fühlte sich kalt und leer, vollkommen mutlos. Er hätte nicht geglaubt, daß sein Schmerz noch vergrößert werden könnte, bis die nächsten Worte der unbekannten Frau noch mehr Salz in seine Wunde streuten. »Sagen Sie bitte Aris Sung, daß Ellen Harris als Belohnung für treue Dienste die Kontrollen der Luftschleuse selbst bedienen darf.«

Aris Sung schwebte in das Zentrum des Gravdecks. Es ähnelte einem gigantischen, sich drehenden Rad mit einem Durchmesser von ungefähr zwölfhundert und einer Höhe von vierzig Metern. Man konnte es nur durch die Mitte betreten, das Auge des Zyklons, wo die Zentrifugalkräfte so klein waren, daß man mit ihnen leicht fertigwerden konnte.

Aris faßte nach einem der Handgriffe und zog sich vom Zentrum in einen der Zugangstunnel, die zu dem äußeren Rad führten, wo eine Gravitation herrschte, die dem Erdstandard entsprach. Je weiter er sich bewegte, desto schwerer wurde er. Schließlich wog er seine üblichen sechsundsechzig Kilo, als er auf das äußerste Level des Gravdecks trat. Von da war es nur noch ein kurzer Gang bis zur Kabine des Stationskommandanten, die Virginia York für die Dauer ihres Aufenthalts bewohnte.

Aris war mit sich selbst zufrieden. Nicht darüber, daß er Ty Wu Non ausgestochen hatte. Er fühlte sich sogar schuldig, weil der Senior-Kompanieführer einen leichten Gesichtsverlust hinnehmen mußte. Es war jedoch notwendig, den Willen der Haus-Meisterin zu erfüllen, in diesem Fall also, das Überraschungsmoment zu bewahren. Abschließend betrachtet war Virginia York immer noch Meisterin des Hauses Hiritsu und Ty Wu Non ihr ältester Krieger. Aris hatte ihr gut gedient und sich die kleine Freude, mit sich selbst zufrieden zu sein, wohl verdient.

Dieses Gefühl schwand jedoch schnell, als er das kurze Stück Korridor entlangging, und wurde durch eine Unruhe, ein nagendes Gefühl im Magen, ersetzt. Wo waren die Wachen der Haus-Meisterin? Es hätte wenigstens ein Hiritsu-Infanterist am Anfang des Korridors stehen sollen. Und da es für die Haus-Meisterin zu früh war, um zu schlafen, hätten vor ihrer Kabinentür ein Junior-MechKrieger und ein MechKriegeranwärter stehen sollen, falls Anweisungen zu übermitteln waren.

Nein, es machte keinen Sinn. Aris zog die Nakjama Laserpistole und preßte sich gegen das glatte Metallschott. Er glitt vorwärts, passierte eine Tür, indem er sich ihr zuwandte. Er hielt den Laser in Hüfthöhe und sicherte die verschlossene Tür. Er vollendete seine Drehung und hatte am Ende der Bewegung den Rücken an das Schott auf der anderen Türseite gepreßt. Die nächsten drei Zugänge passierte er auf die gleiche, vorsichtige Weise, bis er endlich neben der Kabinentür der Haus-Meisterin stand.

Vielleicht ist sie zur *Tao-te* zurückgekehrt, dachte Aris, und überwacht die Vorbereitungen für den Angriff, oder sie hat entschieden, daß auf der Aufladestation ihre Anwesenheit nicht länger vonnöten sei. Die Idee war so verführerisch, daß er fast seine Vorsicht außer acht gelassen hätte und einfach so in den Raum marschiert wäre.

Fast.

Aris langte über die geschlossene Tür, um auf den Öffner zu drücken, und zog seinen Arm schnell weg, bevor der Öffnungsvorgang begann. Er wartete, bis sie sich wieder schloß und wiederholte dies. Aus dem dunklen Raum drang kein Geräusch. Keine Wahrnehmung einer Bewegung. Beim vierten Zyklus schwang Aris herum, sprang in den Raum hinein und rollte sich sofort zu einer Seite ab, um nicht im Korridorlicht sichtbar zu sein.

Er preßte sich gegen das äußere Schott des Raumes, und konnte immer noch keine Bewegung hören oder spüren. Das Licht, das durch die Türöffnung hereinkam, zeigte ihm, daß sich niemand in dieser spärlich möblierten Kabine aufhielt. Kein Lebender.

Virginia York saß zusammengesunken an ihrem Schreibtisch, als ob sie schliefe. Aris konnte den Geruch des Todes riechen, den nach Blut und nach einem Körper, der sich im Todeskampf entleert hatte. Rechts in einer Ecke lagen zwei weitere Körper – wie sauber aufgestapelt. Aris stand da, hielt die Pistole locker in der rechten Hand, die kraftlos nach unten hing. Er trat ein paar Schritte vor, weit genug, daß er im Korridorlicht Virginia Yorks starre, gebrochene Augen sehen konnte und die Blutlache, die sich auf dem Schreibtisch und auf dem Boden ausbreitete. Er schluckte schwer, seine Kehle war plötzlich trocken und kratzig. Aris mußte gegen einen nagenden Schmerz in seinem Magen ankämpfen, der ihm vollends die Kräfte zu rauben drohte.

Nachdem sich die Tür geschlossen hatte, stand er noch einige Minuten starr da. Seine Welt war wieder in der Schwärze versunken.

6

Sprungschiff *Tao-te*
Zenit-Sprungpunkt, Kaifeng-System
Souveränität Sarna, Chaos-Marschen

11. Juli 3058

»Der Tod von Virginia York ist ein tragischer Verlust für das Haus Hiritsu. Sie hat uns dreizehn Jahre lang geführt. Es gibt viele unter uns, die keinen anderen Meister des Hauses kannten. Viele von uns wären nicht hier, hätte sie uns nicht auf dem Schlachtfeld und auch sonst geführt.«

Ty Wu Non hielt in seiner Rede inne und ließ seinen Blick über die versammelten Krieger schweifen. Aris hatte den Eindruck, daß er auf ihm selbst einen Moment länger haften blieb als auf den anderen. *Ja,* dachte er, *es war allein Virginia Yorks Wunsch, daß ich in das Haus Hiritsu eintreten konnte. Muß er selbst jetzt darauf herumreiten?*

Aris fühlte sich hölzern, losgelöst. Er wußte, daß der Schock nachlassen würde, aber nicht so schnell. Er konnte sich nur noch schwach daran erinnern, wie er Alarm gegeben und sich an der Suche nach dem Attentäter beteiligt hatte. Gemeinhin nahm man an, daß es sich um einen Geheimagenten handeln mußte, der sich als Mitglied der Stationscrew ausgegeben hatte. Höchstwahrscheinlich ein Sarner, aber vielleicht auch ein Angestellter des Vereinigten Commonwealth, der die latenten Interessen von Prinz Victor Davion wahren sollte. Der Mord war mit Sicherheit zu sauber, um von einem gewöhnlichen Crewmitglied durchgeführt worden zu sein.

Wer auch immer der Meuchler war, die Tatsache blieb bestehen, daß der Haus-Meister tot war. Und das nagte an Aris.

In der Kommandozentrale der *Tao-te* hatten sich die sechsunddreißig MechKrieger und ein Dutzend ausgewählte Männer und Frauen der Infanterie versammelt. Der Kommandostab, Lanzenführer und höhere, saßen angeschnallt an ihren üblichen Plätzen am metallenen Konferenztisch. Die anderen drängten sich an den Wänden oder schwebten in der Schwerelosigkeit nach oben, um sich nahe der Decke einen Halt zu suchen. Aufgrund der vielen Körper war der Raum heiß und stickig. Es beschwerte sich jedoch niemand, und es ging auch niemand.

Aris hielt die Augen gebannt auf Ty Wu Non gerichtet. Von dem möglichen Ausrutscher ihm gegenüber einmal abgesehen, war Aris der Ansicht, daß der ältere Hiritsu-Krieger eine würdige Gedenkfeier für Virginia York abgehalten hatte. Er war sich nicht sicher, warum ihn das überraschte. Hatten ihn seine eigenen Gefühle in bezug auf Non blind gemacht – für dessen Hingabe an das Haus, dem sie beide dienten? Das mußte es sein. Aris fühlte einen Anflug von Scham. Das hing von seiner Fähigkeit ab, andere Personen korrekt einzuschätzen, und diese Fähigkeit hatte ihn nun im Stich gelassen.

Das Problem war, daß er nie geglaubt hatte, daß Virginia York je sterben könnte. Er konnte es immer noch kaum glauben, auch wenn er einige Minuten allein mit dem Leichnam verbracht hatte, bevor er den Alarm auslöste. Er hatte die Blutergüsse an den Halsseiten und ihrem Nacken, die fast von ihrem Haar verdeckt wurden, bemerkt. Sie war stranguliert worden. Dann war ihr die Kehle durchschnitten worden, zur Sicherheit. Es erinnerte Aris an einen Brauch der Hiritsu-Infanterie – *der Feind ist nicht tot, bevor man nicht Blut fließen sieht*. Aris hatte Doktor Hammond, den Chefarzt des Hauses Hiritsu, auf die Blutergüsse aufmerksam gemacht. Der hatte nur geistesabwesend genickt, eine

Notiz in sein privates Logbuch eingetragen und den Körper für die Rückkehr nach Randar versiegelt.

Virginia York war immer so voller Stärke gewesen, so fähig; ihre unermüdliche Hingabe an das Haus Hiritsu inspirierte die Menschen ihrer Umgebung. Er dachte wieder an seine Aufnahme in das Haus Hiritsu zurück, wie er von den anderen Anwärtern geschnitten und von seinen Ausbildern verachtet wurde. Und jeden Tag kam von der Haus-Meisterin eine Aufforderung, in der Inneren Kammer zu erscheinen, wo Aris dann eine Stunde damit verbrachte, auf Mondsichel zu starren und über seine Herkunft als Dieb und sein Brechen einer Hausregel nachzudenken. Aris dachte an diese tägliche Wache, vom Training ausgeschlossen und dann eine Stunde allein mit seinen Gedanken, als an die demütigendste Zeit in jenen ersten Monaten zurück.

Diese ersten sechs Monate bis zu dem Tag, als er endlich von den meisten akzeptiert wurde.

An diesem Tag hatte Virginia York das Übungsgelände besucht, hatte die Trainingsprozeduren von zwei Infanterieausbildern, sowie die Fortschritte ihrer Schüler inspiziert. Dies war eigentlich kein ungewöhnliches Vorkommnis, abgesehen davon, daß es die Stunde war, in der sie sonst Aris Sung holen ließ. Sie ging die Reihe der Anwärter, die mit ihren Gewehrübungen weitermachten, entlang – und als sie bei Aris angekommen war, fragte sie, wer in den letzten Monaten der beständig beste Schütze unter den Schülern gewesen war. Aris wußte, daß er es war, nahm aber an, daß die Ausbilder sicher einen anderen nennen würden, einen mit besserem Ruf. Er hatte noch immer nicht die wahre Natur der Bindung der Mitglieder an das Kriegerhaus verstanden.

Als die Ausbilder seine Leistung herausstellten, war in Virginia Yorks Tonfall weder Überraschung noch

Mißvergnügen zu erkennen gewesen. Sie akzeptierte die Information und befahl ihnen, Aris jeden Tag eine extra Trainingsstunde zuzuweisen, bis er mit dem besten Schützen Haus Hiritsus mithalten konnte.

Aris Zeit der Bestrafung war vorbei. Die anderen Anwärter erkannten ihn an. Und obwohl ihn seine Ausbilder auf Anweisung von Ty Wu Non immer noch stark forderten, zeigten sie keine Verachtung mehr für das, was er war. Aris hatte Virginia York dafür oder für irgend etwas anderes, das sie für ihn tat, niemals gedankt. Es wäre unangemessen gewesen. Aber er dankte ihr jetzt, im Stillen, und schwor sich noch mehr auf den Willen des Hauses Hiritsu ein.

Und er schwor sowohl sich selbst als auch ihrem Andenken, daß er nach dieser Operation herausfinden würde, wer für ihren Tod verantwortlich war. Finde sie und töte sie. Er war sich sicher, daß Haus-Meisterin Virginia York es so hätte haben wollen.

Aris verließ als letzter die Kommandozentrale, trödelte, bis er sicher war, daß Ty und Terry Chan weit genug weg wären. Nicht daß er einem von ihnen etwas nachtragen würde. Terry Chan mit ihrer feindseligen Haltung imitierte nur ihren Ausbilder Ty Wu Non. Und Ty, nun, er war jetzt der Meister des Hauses Hiritsu. Oder würde es sein. Kanzler Sun-Tzu Liao würde ihn noch als legitimen Nachfolger von Virginia York anerkennen müssen, aber das war eine reine Formalität, die erledigt werden würde, wenn der Kontakt mit Sian wiederhergestellt war. Bis dahin würde Haus Hiritsu dem Pfad folgen, den Virginia York festgelegt hatte: der Einnahme von Kaifeng. Ty Wu Non hatte diesen Punkt am Ende der Gedenkfeier klargestellt. Sie würden weiterhin den Willen des Haus-Meisters erfüllen, der nur in Übereinstimmung mit der Weisheit des Kanzlers ersetzt werden konnte.

Ty Wu Non nahm den temporären Titel eines Bataillonskommandanten an, um seine Verantwortung für die Streitkräfte des Hauses zu unterstreichen. Aris fand das beruhigend, da es bedeutete, daß Ty Wu Non Virginia Yorks Schlachtplan, der auf Aris zurückging, ausführen würde. Ty müßte bei allen Änderungen, die er machte, vorsichtig sein, da er einen Mißerfolg jetzt direkt gegenüber Sun-Tzu Liao zu verantworten hätte.

Aris erhob sich von seinem Platz, zog sich an den Stuhllehnen entlang zur Tür und schwebte schließlich in einen der Hauptkorridore der *Tao-te* hinaus. Dieser Korridor mündete nur wenig später in einen Quergang. Von da konnte man den Lift zu den anderen Decks nehmen oder einen der Gänge wählen, von denen einer zur Brücke und der andere zu den Offizierskabinen führte. Mit einem letzten Schubs schwebte er auf das T-Stück zu, in der Absicht, den Handgriff neben dem Lift zu ergreifen.

»Als letzter zur Tür hinaus, Aris Sung? Das sieht Ihnen gar nicht ähnlich.«

Die tiefe Stimme Ty Wu Nons erschreckte ihn. Als Aris herumfuhr, sah er, wie der Bataillonskommandant im Quergang, der zur Brücke führte, an der Wand hing. Durch die Drehung verpaßte er den beabsichtigten Zielpunkt, so daß er hart auf die Wand auftraf und in die Passage, die er gerade verlassen hatte, zurückgeworfen wurde. Er erholte sich schnell von dem Schreck, ergriff eine Wandecke an der Gabelung, und eine weitere Bewegung brachte ihn in den gleichen Gang wie Ty, nur an der gegenüberliegenden Wandseite.

Der Bataillonskommandant lächelte zwar nur dünn, aber immerhin. Aris vermeinte sogar Bewunderung aufblitzen zu sehen. »Nicht schlecht gefangen«, sagte Ty, um ein ansonsten unangenehmes Schweigen zu durchbrechen. »Entschuldigen Sie, wenn ich Sie überrascht habe, Lanzenführer Sung.«

Aris bemühte sich, sein Erstaunen zu verbergen; er konnte sich nicht mehr daran erinnern, wann Ty Wu Non sich das letzte Mal bei ihm entschuldigt hatte, nicht einmal der Form halber. »Ich hätte aufmerksamer sein sollen«, sagte er. »Sie wünschen, mich zu sehen, Bataillonskommandant?«

»Ja. Ich wollte mit Ihnen sprechen, einige lose Enden verknüpfen.« Ty machte eine Pause, aber Aris gab ihm nicht die Genugtuung, um Aufklärung zu bitten. »In Ihrem Bericht stand, daß sie wegen der Transmissionen auf dem Weg zu Haus-Meister York waren. Ich würde diesen Bericht jetzt gerne hören.«

»Natürlich. Ich hätte das längst tun sollen. Entschuldigung.« Aris schöpfte tief Atem. »Es ist alles bereit. Eine Nachricht muß nun zwei Stationen durchlaufen, die beide von unseren eigenen capellanischen Technikern unter schwerer Bewachung kontrolliert werden, bevor sie an die Kommunikationszentrale weitergegeben werden. Auf jeder Stufe werden die Nachrichten auf direkte oder indirekte Hinweise auf die Übernahme der Station untersucht. Das Kommunikationszentrum ist natürlich die größte Schwachstelle. Wir haben jetzt vier Infanteristen innerhalb und vier weitere direkt außerhalb stationiert. Ferner werden beide Teams von drei Zwei-Mann-Patrouillen in der Umgebung unterstützt.«

Ty runzelte die Stirn. »Das scheint übertrieben zu sein.«

»Wir haben möglicherweise einen Spion auf der *Jodo Shinsa*. Ich würde später lieber zu der Ansicht kommen, daß ich der Operation zu viele Männer zugeteilt habe als zu wenige.«

»Ich verstehe. Was ist mit dem Landungsschiff *Annabelle Lee*?«

»Die Kommunikationsausrüstung wurde vollständig ausgebaut«, sagte Aris. »In den letzten sechs Stunden vor meinem Transfer zur *Tao-te* habe ich höchstpersönlich einige unverfängliche Nachrichten und Ansagen der Flugkontrolle entworfen, die den normalen Station-an-Schiff-Nachrichtenverkehr simulieren.« Nachdem er seinen Bericht gegeben hatte, wartete Aris auf Ty Wu Nons Beurteilung.

»Adäquat«, war die Antwort des Senioroffiziers. Ein hohes Lob für Aris. Dann wurde der Ausdruck in den Augen des anderen Mannes vage und unergründlich. »Sie wissen, die letzte Anweisung Virginia Yorks Sie betreffend lautete, daß Sie den simulierten Nachrichtenverkehr zwischen der Station und Kaifeng überwachen sollten?«

Aris biß sich so fest auf die Zunge, daß sie leicht blutete. Wollte Ty das als Argument benutzen, um ihn von Kaifeng fernzuhalten? Wollte er ihn auf der Station zurücklassen, während die Landungsschiffe systemwärts auf Kaifeng zustürzten? Er schluckte, um den salzigen Geschmack des Blutes aus seinem Mund zu vertreiben. »Mit allem nötigen Respekt, Bataillonskommandant, ich denke ...«

»Machen Sie sich keine Sorgen, Aris Sung«, unterbrach ihn Ty. »Ich habe nicht die Absicht, Sie zurückzulassen. Ich befördere Sie sogar zum Kompanieführer *auf Zeit*.«

Aris zwinkerte, schüttelte dann leicht den Kopf, als wolle er so seine Verwirrung loswerden. Ty Wu Non, der Mann, der die letzten elf Jahre hinter ihm gestanden hatte, immer bereit gewesen war, ihn abzuschießen, wenn er stolperte, wollte ihn befördern? Bevor Aris noch reagieren konnte, klärte Ty ihn auf.

»Ich mag Sie nicht, Aris. Ich konnte Sie noch nie leiden. Wenn Sie denken, daß ich Sie darum so behandelt habe, haben Sie nicht ganz unrecht. Aber es war nie meine Aufgabe, Sie zu mögen. Ich hatte den Auftrag, Ihr Training zu überwachen, und das habe ich getan. Ich habe sichergestellt, daß Sie so hart angetrieben wurden wie jeder andere. Mich selbst habe ich noch härter rangenommen, damit Haus-Meisterin York mich Ihnen vorzöge, wenn die Zeit reif wäre.«

»Ich habe vier andere Kompanieführer überlebt, die seitdem getötet wurden oder als Vollzeit-Ausbilder arbeiten. Nun werde ich zum Haus-Meister ernannt. Das aber erst nach erfolgreichem Abschluß der Mission. Virginia York hat Ihren Plan befürwortet. Das muß ich jetzt auch. Dadurch, daß ich den Posten eines Bataillonskommandanten angenommen habe, wurde in meiner alten Kompanie ein Posten frei. Obwohl ich denke, daß Terry Chan diese Position eher verdienen würde, könnte sich dies später als Bumerang erweisen, wenn Ihr Plan nicht funktioniert. Daher befördere ich Sie. Ist das jetzt klar?«

Aris ertrug die so sanft ausgesprochene brutale Wahrheit besser als Tys Lob. Was der andere Mann sagte, machte Sinn. Virginia York hätte es nie nötig gehabt, mit einem Untergebenen ein solches Gespräch zu führen. Aber Ty war genauso willensstark und konnte in der Tat ein würdiger Haus-Meister werden. Und wenn er dachte, daß es notwendig wäre, mit der feindseligen Kontrolle von Aris Leben fortzufahren, dann mußte er das eben erdulden. *Was mich nicht tötet, härtet mich ab,* sagte Aris sich selbst. Laut äußerte er den Gedanken jedoch nicht.

»Ja, Bataillonskommandant Non«, war alles, was er sagte.

ZWEITES ZWISCHENSPIEL

»Zu sein, was wir sind, und zu werden, was wir fähig sind zu werden, ist das einzige Ziel des Lebens.«

– Inschrift über dem Tor der Festung von Haus Hiritsu auf Randar

Hsien-Park, Yushui
Gei-fu
Kommunalität Sian, Konföderation Capella

8. März 3051

Der kleine am Fluß gelegene Park im Zentrum von Yushui war kaum mehr als ein Stück flachen Rasens, auf dem wöchentlich der Basar und gelegentlich ein kleines Volksfest stattfanden. In der Nähe floß der Nunya River vorbei, der mit einem Bett aus Stahlbeton konstruiert worden war, damit die Stadt mit den jährlichen starken Regenfällen fertigwerden konnte, für die die Welt Gei-fu berüchtigt war. Etwa fünfzig Menschen hatten sich um eine kleines, hastig zusammengezimmertes Podest versammelt. Alle waren ernst und hatten ihre ganze Aufmerksamkeit auf das Podest gerichtet. Der Boden, auf dem sie standen, war weich und feucht. Der bedeckte Himmel und die feuchte Kälte in der Luft versprachen weiteren Regen in näherer Zukunft.

Aris Sung sah auf die dunklen, tief hängenden Wolken, als ob sie eine potentielle Bedrohung darstellten, und ließ den Blick dann über die versammelte Menge schweifen. Es bewegten sich nur seine Augen. Seine Füße standen leicht auseinander, sein Rücken war kerzengerade, das Hollyfeld-Sturmgewehr hielt er schußbereit. Er sah so aus, als ob er innerhalb einer Sekunde das Gewehr zur Schulter hochreißen und losschießen könnte.

Aris trug die einfache grün-schwarze Uniform eines regulären Infanteristen des Hauses Hiritsu, obwohl er jetzt mit sechzehn schon ein hochtrainierter Scout und kompetenter Assassine war. Außer ihm standen noch fünf weitere Infanteristen und zwei Haus-MechKrieger auf dem Podest. Sie gehörten alle zur persönlichen Garde von Haus-Meisterin York, die keine drei Meter entfernt stand. Sie beaufsichtigte die öffentliche Exekution der Anführer der Rebellen von Gei-fu.

Die Grenzwelt Gei-fu hatte sich für eine Rebellion den denkbar ungünstigsten Zeitpunkt ausgesucht. Der planetare Direktor plante mit Hilfe der Dritten Miliz des Planeten, zu der eine Lanze leichter BattleMechs gehörte, eine schnelle und vollständige Sezession von der Konföderation Capella und gedachte, dem St.-Ives-Pakt beizutreten. Er hatte schon die militärische Kontrolle über den Planeten erlangt, als er feststellen mußte, daß der St.-Ives-Pakt ihn nicht würde unterstützen können. Die Führung der gesamten Inneren Sphäre war auf Outreach zu einer großen Konferenz versammelt, um über die Clan-Invasion zu sprechen. Kein General war in dieser Situation dazu bereit, egal wie hochangesehen er war, etwas zu beginnen, was als eine militärische Invasion angesehen werden könnte, jedenfalls nicht ohne Rücksprache mit seinem Souverän.

Der rangälteste Oberst James Teng und der Imarra Haus-Meister Ion Rush, in deren Händen die Konföderation Capella belassen worden war, hatten keine Skrupel, für Loyalität innerhalb der Grenzen zu sorgen. Sie entsandten Haus Hiritsu, um die Rebellion niederzuschlagen, was diesem innerhalb kürzester Zeit gelang. Es mußten wohl nur noch ein einziger BattleMech und eine Handvoll konventioneller Truppen zur Strecke gebracht werden. In der Zwischenzeit hatte Virginia York die Aufsicht über die formale und öffentliche Exekution des planetaren Direktors und seiner Anhänger, wodurch der Kopf der Bewegung sehr effektiv abgetrennt wurde.

An jenem Morgen versammelte sich eine ausgewählte Gruppe von Bürgern aus Yushui, darunter die neue planetare Direktorin und ihr Stab. Virginia York hatte die Positionierung aller BattleMechs in den Randbezirken der Stadt angeordnet. Das Abriegeln von Yushui war eine routinemäßige Vorsichtsmaßnahme. Zudem hätten die gigantischen Kriegsmaschinen den Eindruck erweckt, daß der Kanzler seine Macht allein durch die BattleMechs hielt und nicht durch die Loyalität von Kriegern wie denen des Hauses Hiritsu und Bürgern wie der neuen Direktorin.

Ein einziger Trupp Anti-Mech-Infanterie und ein Trupp Sprungtruppen standen an den Seiten des Podestes in Bereitschaft. Sie trugen die meisten ihrer normalen Waffen, aber nicht schußbereit. Die Führung der Bewegung wurde von zwei Trupps regulärer Infanterie bewacht, für jeden Rebellen gab es einen Infanteristen mit einer Pistole. Wenn es an der Zeit war, führte jeder einzelne Hiritsu-Krieger, einer nach dem anderen, den Rebellen unter seiner Aufsicht vor die Menge und exekutierte ihn mit einem einzigen Schuß in den Kopf. Aris' Trupp allein hielt die Waffen schußbereit, der Anblick der Sturmgewehre schüchterte die Menge ein. Außer den Hollyfelds trug jeder Infanterist an seiner rechten Hüfte einen Medpack. Sollte das Undenkbare geschehen, war jeder bereit, an die Seite Haus-Meisterin Yorks zu springen. In Anbetracht der starken Infanteriepräsenz und der zwei BattleKrieger neben ihr, die jederzeit bereit waren, als Schild für sie zu fungieren, schien ein solcher Notfall kaum wahrscheinlich zu sein.

Andererseits hätte auch niemand gedacht, daß sie gegen einen BattleMech angehen müßten.

Es gab praktisch keine Warnung. Plötzlich war ein spritzendes Geräusch zu hören, und ein Mech stand in den Fluten des Nunya und kam dann wie eines der Monster aus alter Zeit auf das Podest zu. Eine *Hornisse.* Sie war fast neun Meter groß und von humanoider Erscheinung; sechs von den zwanzig Tonnen waren der Rüstung und der Bewaffnung vorbehalten. Zwei Zwillingsmaschinengewehre waren an die Arme montiert, eines an jeden, und in der rechten Hand trug sie – wie eine Art überdimensionaler Pistole – einen Omnicron Mittelschweren Laser. Die Schultern waren breit und eckig, aber die Beine hatten ein stromlinienförmiges Aussehen, und der Kopf schien, verglichen mit der Größe des Körpers, sehr winzig.

Es war unnötig, Aris zu sagen, daß der Mech mehrere Kilometer auf dem Grund des Flusses zurückgelegt haben mußte, da er sonst unbemerkt nie so nah herangekommen wäre. Das war genau die Art von verzweifeltem Plan, den er sich in der gleichen Situation ausgedacht hätte. Töte den Meister des Hauses Hiritsu, befreie die Führer der Rebellen, und die Rebellion kann weitergehen. Und *Hornissen* sind schnell, daher gab es sogar die Hoffnung auf ein Entkommen.

Die *Hornisse* feuerte, bevor sie noch den Fluß verlassen hatte. Die Maschinengewehre rissen lange, durchbrochene Furchen, die auf das Podest zuliefen, in den Boden. Aris war bereits in Bewegung, er ließ sein Sturmgewehr fallen und hechtete an den zwei wie betäubt dastehenden MechKriegern vorbei, um Haus-Meisterin York umzureißen und sie auf die andere

Seite des Podestes zu bringen. Das Stakkato der Schüsse war so nah. Er würde zu spät kommen. Er erwartete jeden Moment, daß ihn eines der Stahlmantelgeschosse treffen, daß er wie eine zerbrochene, nutzlose Puppe liegenbleiben würde. Aber der Dienst an Haus Hiritsu verlangte, daß er es versuchen mußte, und so hatte er keine Zeit, erst lange darüber nachzudenken.

Der einzige Aufprall erfolgte jedoch erst, als er und Virginia York auf den Boden hinter dem Podest auftrafen; Aris' Gesicht grub sich beim Versuch, nicht schwer auf der Haus-Meisterin zu landen, in die weiche Erde.

Aris spuckte Matsch und Gras aus, wischte das Blut weg, das aus seiner gebrochenen Nase lief, erhob sich dann schnell auf die Knie und versuchte sich über die Lage klarzuwerden. Seiner Ansicht nach hing der Pilot der *Hornisse* zu sehr am Leben. Diese ersten Salven der Maschinengewehre hatten unter den Anti-Mech-Truppen blutige Ernte gehalten, und jetzt vernichtete die *Hornisse* die einzige andere offensichtliche Bedrohung mit einem weiteren Feuerstoß aus jeder der an den Armen montierten Waffen. *Höchstens noch eine weitere Salve,* dachte Aris. *Dann wird er sie aufs Korn nehmen.*

Virginia York hatte sich zu einer halb gebückten Stellung aufgerichtet. Aris drückte sie an den Schultern wieder hinunter. »Rennen Sie zum Fluß. Bleiben Sie gebückt und bewegen Sie sich schnell.« Sie öffnete den Mund, aber Aris schüttelte heftig den Kopf. »Kein Widerspruch. Gehen Sie! Das Wasser wird Sie schneller davontragen, als Sie rennen können. Wenn der Mech Ihnen nachkommt, versuchen Sie so lange unter Wasser zu bleiben, wie Sie können.« Mit einem Schubs brachte er sie auf den Weg zum Flußufer, während er selbst zur Ecke des Podestes eilte. Er sah nicht zurück. Er wußte, daß sie zum Wohle des Hauses versuchen würde, am Leben zu bleiben.

Mittlerweile hatte die *Hornisse* ihre Aufmerksamkeit dem Haufen Hiritsu-Krieger zugewandt, nahm sie unter Beschuß, während sie nach der Haus-Meisterin suchte. Der einzige Vorteil, den Aris hatte, bestand darin, daß BattleMechs für den Kampf mit anderen BattleMechs konstruiert waren. Auch ein Mech, der so klein war wie die Hornisse, hatte damit Schwierigkeiten, aus einer Menge eine bestimmte Person herauszufinden. Es war allerdings fraglich, wie lange die Verwirrung anhalten würde. Aris war bestrebt, diese Zeit zu nutzen.

In seinem Kopf formte sich ein Plan, der zu garantieren schien, daß Haus-Meisterin York niemals eine Chance erhalten würde, ihn für sein rüdes Benehmen ihr gegenüber zu bestrafen. Handele jetzt, denke später. Diese Maxime wurde den Hiritsu-Kriegern eingeprägt, eine Kurzform für das Prinzip, daß es meistens besser ist, sofort etwas Konstruktives zu unternehmen, als abzuwarten und sich die bestmögliche Lösung auszudenken, die dann vielleicht zu spät kommt. Bevor Aris es sich noch selbst ausreden konnte, stürmte er hinter seiner Deckung hervor und rannte dahin, wo die Leichen der Anti-MechTruppen lagen.

Üblicherweise führten Anti-MechTruppen schwere Lasergewehre mit sich, die an der dicken Panzerung eines BattleMechs tatsächlich kleinere Schäden verursachen konnten. Aris bezweifelte jedoch, daß das viel ausmachen würde. Nein, er hatte ein anderes Werkzeug im Sinn, den Enterstab. Dieser einen Meter lange Stab besaß an seinem einen Ende eine Schlaufe für den Fuß und am anderen Ende eine Kugel, die aus einem speziellen Haftmittel bestand. Mit diesen Geräten konnten die Anti-MechTruppen an der Seite eines BattleMechs hochsteigen und an verwundbaren Stellen wie den Knie- oder Hüftgelenken Sprengladungen anbringen. Die toten Hiritsu-Krieger starben mit ihren

Enterstäben auf dem Rücken, aber Sprengstoff hatten sie nicht dabei. Wenn der MechKrieger in der Hornisse das geahnt hätte, wären die Haus-Meisterin Virginia York und Aris vermutlich schon tot. Aris brachte schnell zwei beim Angriff unbeschädigt gebliebene Enterstäbe an sich.

Er wollte viel höher hinaus als nur bis zur Hüfte.

Die *Hornisse* wandte sich wieder dem Podest zu und suchte immer noch nach ihrer lebenden Zielscheibe. Fast beiläufig richtete sie den rechten Arm auf die Mitte einer Gruppe von Hiritsu-Kriegern, die sie von der Seite mit Gewehrkugeln und Laserfeuer eindeckten, und aus ihrem Mittelschweren Laser schossen zwei lange rote Pfeile. Der scharfe Ozongeruch biß in Aris' Nase und Atemwege. Kurz danach mischte sich dem noch der schwache, aber übelkeitserregende Geruch von verbranntem Fleisch bei. Dann kam die neun Meter große Maschine mit Riesenschritten von je vier Metern Länge direkt auf ihn zu. Aris tat das Beste, was in dieser Situation möglich war, er blieb am Boden und rührte sich nicht.

BattleMechs erkennen ihr Ziel am ehesten durch Wärmeabstrahlung und Bewegung. Die Anti-Mech-Truppen waren glücklicherweise noch nicht lange genug tot, um viel kühler als Aris zu sein. So konnte auch der aufmerksame Blick des MechKriegers in der *Hornisse* Aris unmöglich sehen, der am Boden hockte und je einen Fuß in eine Schlaufe steckte und dann mit dem ersten Enterstab sorgfältig auf die Torsomitte des Mechs zielte.

Bei jedem Schritt des Mechs erzitterte der Erdboden. Aris wartete ab. Ein Enterstab taugte nur auf zehn Meter Entfernung, höchstens, und er mußte gleich beim ersten Versuch so hoch wie möglich kommen. Als der linke Fuß der *Hornisse* drei Meter entfernt auf den Boden stampfte und dabei in den weichen Boden einsank, betätigte Aris den ersten Kontrollknopf, der den Haftball abfeuerte. Dieser flog hoch, war aber mit dem Stab durch ein dünnes, zehn Meter langes Nylon-Myomer-Kabel verbunden, und traf die humanoide Maschine in Höhe der Brustmitte. Der rechte Fuß der *Hornisse* hob sich, als ob er Aris zermalmen wollte. Dieser drückte derweil den zweiten Kontrollknopf, der den Windenmotor in Betrieb setzte.

Plötzlich wurde Aris vom Boden und zwischen den Beinen der *Hornisse* hochgehoben, knapp an dem rechten sich hebenden Bein vorbei. Die rechte Ferse trat genau da auf, wo Aris noch Augenblicke zuvor gehockt hatte. Aris' traf hart auf den unteren Torso auf, als er zwischen den Beinen hochgezogen wurde, so daß er fast den zweiten Enterstab verlor. Er biß die Zähne zusammen und versuchte, den Schmerz zu ignorieren.

Als das Kabel ganz in den Stab gezogen war, baumelte Aris gegen die Brust der *Hornisse*. Die Maschine bremste, da dem Piloten jetzt doch dämmerte, was da vor sich ging. Aris sah schon vor seinem inneren Auge, wie eine gigantische Metallhand ihn wie ein lästiges Insekt von der breiten Brust fegte, zielte daher schnell mit dem zweiten Enterstab und drückte auf den Feuerknopf. Der Ball traf genau ins Ziel, auf den Metallvorsprung, der die obere Seite des Sichtschirms des Cockpits einrahmte. Aris ließ den ersten Enterstab fahren und sich vom zweiten so weit wie möglich nach oben ziehen. So hing er direkt vor dem Sichtschirm aus Hochsicherheitskunststoff und baumelte dagegen.

Beim Anblick des Hiritsu-Infantristen, der keinen Meter vor ihm hing, weiteten sich die Augen des MechPiloten der *Hornisse* vor Schreck. Aris verschwendete keine Zeit damit, den MechPiloten eines Blickes zu würdigen. Der Metallrahmen, an dem der Enterstab Halt gefunden hatte, verlief unter einem kleinen Winkel abwärts. Dies diente dazu, den Sichtschirm teilweise zu schützen – sowie der Unterbringung der äußeren Reiniger, die einen etwaigen Staub- oder Schlammfilm wegspülen würden. Aris hakte den linken Arm um den Enterstab, um einen besseren Halt zu haben, und langte dann mit der rechten Hand nach unten, um den Medpack von seiner Hüfte zu lösen. Der Pack war groß, rechteckig und dunkelgrün, und Aris hoffte, daß er einem Explosivpack genügend ähneln würde. Mit der Linken griff er in die Seitentasche des Packs und zog ein Digitalthermometer hervor. Während er auf dieses drückte, schob er den Medpack unter den Vorsprung und hielt ihn dort mit der Rechten fest.

Der Ausdruck von Furcht auf dem Gesicht des Mechpiloten zeigte deutlich, daß er den Pack für echt hielt. Aris hob das Thermometer hoch, seine Hand verbarg den größten Teil davon, und sein Daumen schwebte über dessen Ende, als ob es ein Fernzünder wäre. Nun blickte er dem MechKrieger in die Augen, sah ihn, um den Bluff glaubhaft zu machen, mit dem entschlossenen, an Wahnsinn grenzenden Ausdruck eines wahren Fanatikers an, so hoffte er wenigstens. Dies versuchte er damit zu erreichen, daß er nicht blinzelte, sondern seine Augen nur leicht weitete und dann entspannte. Ohne zu blinzeln angestarrt zu werden, kann manchmal ebenso entnervend sein wie eine Bombe.

Aris bemerkte die Unentschlossenheit des Mannes. Er hatte keine Möglichkeit, Aris von seinem Mech zu fegen, bevor dieser den Sprengstoff zünden konnte. Dann war da noch die Sache, daß *Hornissen* für ihre beengten Verhältnisse bekannt waren und der zwei mal zwei Meter große Sichtschirm das gesamte Cockpit bloßlegte. Der größte Teil der Explosion würde nach unten wirken, und wenn der Sprengstoff real wäre, würde Aris ohne Zweifel sterben. Dank des metallenen Vorsprungs würde allerdings auch der Sichtschirm betroffen sein, und dann hatte der Pilot keine Möglichkeit zu entkommen. Mit etwas Glück würde er sofort sterben, im anderen Fall würde er festgeschnallt in seiner Pilotenliege sitzen, während das Cockpit um ihn herum ausbrannte.

Natürlich gab es da noch den Schleudersitz. Aris sah den nervösen Blick des Piloten zu den Kontrollen. Der Mann versuchte offensichtlich abzuschätzen, ob er herauskommen konnte, bevor ihn die Explosion erfaßte. Aris lächelte herausfordernd. Einen Moment lang dachte er, er wäre zu weit gegangen, und der andere Mann würde den Schleudersitz benutzen, aber dann sah er, wie die Schultern des MechKriegers nach unten sackten und er sich geschlagen gab.

Die Wahl war offensichtlich Kapitulation. Es würde keine Gnade geben, nicht für einen Abtrünnigen. Aber der Mann schien darauf zu hoffen, daß die, die ihn gefangennahmen, gnädiger sein würden als eine Explosionsladung direkt vor seinem Gesicht.

Aris zeigte seine Begeisterung nicht, schließlich wollte er seinen Sieg nicht gefährden. Er hielt mit dem MechKrieger Blickkontakt, bis andere Hiritsu-Infanteristen den Mann aus seinem Cockpit zogen. Dann ließ Aris sich mit Hilfe der Enterstäbe auf den Boden hinunter und nahm wieder sein Sturmgewehr an sich.

Virginia York kam Aris entgegen, als er von dem Podest kam, und händigte ihm einen Neurohelm aus. Sie war tropfnaß, das schwarze Haar klebte an ihrem Kopf, nichtsdestotrotz verströmte sie Zufriedenheit. Sie reichte ihm den Neurohelm.

»Sie haben ihn erbeutet«, sagte sie einfach. »Jetzt lernen Sie ihn zu benutzen.«

7

Landungsschiff *Lao-tzu*
Inbound, Kaifeng-System
Souveränität Sarna, Chaos-Marschen

19. Juli 3058

Die vier Landungsschiffe des Hauses Hiritsu waren in der Verzögerungsphase und hielten ihre Rautenformation. Das hintere Ende der Schiffe zeigte auf das Raumgebiet, das der Planet Kaifeng in exakt zehn Stunden einnehmen würde. Lange Strahlen glühenden Plasmas schossen wie Höllenblitze in die Schwärze des Weltalls und markierten die Richtung ihres Weges.

An der Spitze der Diamantenformation befand sich die *Dainwu*, ein eiförmiges Raumschiff der *Overlord*-Klasse. Es war in den Hiritsu-Farben grün und schwarz gestrichen und trug die Insignie des Hauses, eine strahlendweiße Katana vor einem Sternenfeld. Das massige Landungsschiff hätte mit Leichtigkeit das komplette Bataillon BattleMechs des Hauses Hiritsu sowie seine sechs *Drossel*-Luft/Raumjäger befördern können. Eine solche Konzentration hätte jedoch ihre taktische Flexibilität eingeschränkt.

Zwei Landungsschiffe der *Union*-Klasse besetzten die äußeren Punkte der Rautenformation. Mit ihrer Kugelform sahen sie wie zwei graue Tränen in der Schwärze des Alls aus. Wie das Schiff der *Overlord*-Klasse trugen sie eine komplette Kompanie von zwölf BattleMechs sowie zwei Luft/Raumjäger. In den Hangars der Union drängten sich zudem ein voller Infanteriezug sowie Transportfahrzeuge, so daß eine gute Mischung aus Mechs und Luft- und Bodenunterstützung vorhanden war.

Die Basis der Raute wurde von einem etwas leichteren *Störenfried* gebildet. Dieser trug den Hauptteil der Infanterie, fast drei Züge, und würde mit der *Overlord* und Ty Wu Non landen.

Auf dem Landungsschiff der *Union*-Klasse *Lao-tzu* studierte Aris das holographische Modell der Flugformation Haus Hiritsus, während die Letzten seiner Kompanie in den Besprechungsraum kamen und sich setzten. Er konnte in der Verteilung und Aufstellung der Truppen keinen Fehler finden. Dennoch hatte er wegen der nur begrenzten Luftunterstützung ein ungutes Gefühl. Die fünfundzwanzig Tonnen schweren *Drosseln* waren eigentlich nur zur Feindaufklärung zu gebrauchen. Kaifeng konnte allerdings auch nicht über ein großes Luft/Raumjäger-Aufgebot verfügen, und da die Überraschung auf ihrer Seite war, mußten sie auch keinen Anti-Jäger-Schirm durchbrechen. Nein, er sah keinen Fehler, dennoch fühlte er sich zunehmend unwohl.

»Wo ist Lanzenführerin Chan?« fragte Aris. Müßig lehnte er sich vor und tippte auf die Kontrollen des Holo-Projektors. Der Projektor, in der Mitte des Tisches angebracht, wurde dunkel.

MechKrieger Justin Loup räusperte sich unsicher. »Lanzenführerin Chan ist unten in der Kommunikation und sendet eine Bestätigung der letzten Änderungen von Bataillonskommandant Non. Sie sagte, wir sollen ohne sie anfangen.«

Aris zwang sich, nicht die Stirn zu runzeln. Außer für dringende Nachrichten hätte seit der Zwölfstundenmarke absolute Funkstille herrschen müssen. Als Aris' Stellvertreterin hatte Terry Chan die Befugnis, Nachrichten abzuschicken, aber sie hätte mit Aris persönlich sprechen sollen, statt ihm dies durch einen Junior-MechKrieger mitteilen zu lassen. Aris hatte keinen Zweifel daran, daß dies nichts weiter war als noch ein sorgfältig inszeniertes Zeichen der Verachtung.

Eines, bei dem er gezwungen wäre, sich mit ihr darüber auseinanderzusetzen, jetzt, da er ihr Vorgesetzter war. Das täte er jedoch besser privat und nicht vor seinen Leuten.

»Nun, Terry Chan und ich haben das in den letzten Tagen oft genug besprochen«, sagte er abwiegelnd, als ob die Angelegenheit ohne Bedeutung wäre. »Und das haben wir alle. Nach dieser Besprechung möchte ich, daß jeder in seinem Raum bleibt und schläft. Gehen Sie zum Arzt, wenn Sie Medikamente brauchen, aber ich will, daß jeder ausgeruht ist. Wir machen uns in sieben Stunden bereit.«

Aris streckte den Arm aus und drückte einige weitere Knöpfe an den holographischen Kontrollen. Dieses Mal erschien oberhalb des metallenen Konferenztisches ein Modell von Kaifeng. Mit einem Nicken übergab Aris die Kontrollen an Lanzenführerin Raven Clearwater, stand auf und ging im Raum auf und ab.

Die Bewegung bereitete ihm keine Mühe, er fühlte sich in der durch die konstante Verzögerung des Landungsschiffes geschaffenen künstlichen Gravitation wohl. Da sie mit zwölf Metern im Sekundenquadrat bremsten, herrschte auf der *Lao-tzu* die gleiche Gravitation wie auf Kaifeng von 1,1 Standard. Um die Krieger daran zu gewöhnen, hatte Ty Wu Non angeordnet, daß der Flug nach Kaifeng mit 1,5 Standard begonnen werden sollte, über mehrere Tage hinweg wurde diese gesenkt, bis jetzt in der Mitte aller Landungsschiffe 1,1 Standard herrschten. Alle bewegten sich mühelos und würden so auf der Oberfläche durch nichts vom Kampf abgelenkt werden.

Diese Methode sollte ich mir merken, dachte Aris.

»Ich hoffe«, sagte er, »daß sich alle mit Kaifeng vertraut gemacht haben. Sechzig Prozent der Landmasse bestehen aus dichtem Dschungel. Wenn wir je gezwungen sein sollten, in dieses Gelände auszuweichen, kommen wir in Schwierigkeiten. Es ist dicht bewachsen und feucht, und wir kennen es nicht halb so gut wie die Eingeborenen. Also vermeiden wir es. Ganz einfach.«

Aris erwähnte nicht, daß der ihrem Operationsgebiet nächstgelegene dichte Dschungel über dreihundert Kilometer entfernt war. Wenn sie gezwungen sein würden, so weit von ihrer Route abzuweichen, wäre dichtes Unterholz noch das geringste ihrer Probleme. Allerdings war es vorzuziehen, ihre Ängste auf eine entfernte Gefahr zu richten und sie so von den nahen und persönlichen Gefahren, wie dem Kampf mit der Kaifeng-MSM, abzulenken.

»Der Rest der Landmasse wurde zu dem produktivsten Agrarland der Inneren Sphäre kultiviert. Kaifeng versorgt nicht nur sich selbst, sondern auch Sarna, Sakhalin und einige weitere Planeten in der Nähe. Das Farmland ist in drei riesige Distrikte aufgeteilt, eines in der südlichen Hemisphäre und zwei in der nördlichen. Jeder Distrikt wird von einer einzigen großen Stadt verwaltet, Franklin im Süden, Beijing – und unser Ziel, Tarrahause, im Norden. Die größte Stadt, Mahabodhi, liegt außerhalb des Beijing-Distriktes. Hier ist der einzige Raumhafen des Planeten, der den vollen Service bietet. Von Mahabodhi aus wird der Planet regiert, und hier liegt auch die wichtigste Garnison der Kaifeng-MSM.«

Aris nahm einen tiefen Atemzug. Über den nächsten Punkt war lange debattiert worden. Es war der Dreh- und Angelpunkt seines Plans. »Die meisten würden einen Angriff gegen Mahabodhi führen, versuchen, den Raumhafen einzunehmen und die Streitkräfte der Garnison zu besiegen. Das ist jedoch genau das, was wir nicht tun werden.« Ein Vorstoß gegen die Hauptstadt würde hohe Verluste auf beiden Seiten bedeuten und dennoch nicht unbedingt den sicheren Sieg bringen.

»Wir haben den Befehl, Kaifeng einzunehmen, ja. Aber was Imarra Haus-Meister Ion Rush wirklich von uns will, ist die Souveränität Sarna von den Lebensmittellieferungen abzuschneiden. Indem wir die Lieferung von überschüssigen Nahrungsmitteln nach Mahabodhi verhindern, erreichen wir beides.«

Ohne erst auf eine explizite Anweisung zu warten, hob Lanzenführerin Clearwater die vom Angriffsplan betroffenen Städte hervor. Aris führte seinen Rundgang fort. »Die drei Distriktstädte fungieren als Sammelstellen. Von diesen aus werden die überschüssigen Nahrungsmittel durch konventionelle Transportmittel nach Mahabodhi gebracht. Haus Hiritsu wird über diese drei Städte die Kontrolle übernehmen und so fast den ganzen Export von Nahrungsvorräten abschneiden. Dadurch wird die Kaifeng-MSM gezwungen, Mahabodhi zu verlassen und uns zu verfolgen. Wir können uns so mit ihnen befassen, wie wir es für angebracht halten.« Justin Loup beugte sich vor, die Arme vor der Brust verschränkt – und starrte nachdenklich auf die Projektion von Kaifeng. »Haben wir Informationen, inwieweit wir mit Söldnern rechnen müssen?«

Aris nickte. Das war auch eine seiner Hauptsorgen. Die Souveränität Sarna hatte als Teil ihrer Vorbereitungen, den Einfluß auf andere Welten innerhalb des umstrittenen Gebietes auszudehnen, schließlich Söldnereinheiten angeheuert. »Ausgehend von den abgefangenen zivilen Holovid-Signalen, vermuten wir, daß sich auf dem Planeten nicht mehr als zwei Söldner-Kompanien aufhalten, wahrscheinlich über die drei Distrikt-Städte verteilt.«

»Wir müssen also schlimmstenfalls mit einer Kompanie Söldner rechnen.« Lanzenführerin Clearwater strich sich über ihr sonnengebräuntes Kinn. »Oder vielleicht eine Doppellanze, die von einer Lanze Kaifeng-MSM-Truppen unterstützt wird.«

»Richtig«, nickte Aris bestätigend. »Und wir werden auf der Kompanieebene die gleiche Taktik wie auf der Bataillonsebene anwenden.« Er wartete, bis Lanzenführerin Clearwater die nächste Karte aufgerufen hatte. Gut, daß Terry Chan nicht anwesend war, dachte er. Sie hätte wahrscheinlich über dieses und jenes irgendwelche sinnlosen Diskussionen angefangen, und das wäre bei seinen Leuten nicht gut angekommen.

Das Modell von Kaifeng verschwand und wurde durch eine flache Höhenlinienkarte, die auf der Mitte des Konferenztisches zu liegen schien, ersetzt. Es waren keine Details mehr zu sehen. Eine grüne oder grünbraune Färbung gab die Vegetationsdichte an. Ferner enthielt die Karte ein Raster, das das Gebiet in Quadrate von einem Quadratkilometer aufteilte. Etwas, das wie verwischte graue Vorhügel aussah, nahm eine Ecke neben einem großen See ein. Aris beugte sich über den Tisch und deutete mit der Hand auf diesen Fleck. »Tarrahause«, sagte er, »direkt neben dem Ch'u Yuan-See.« Dann fuhr er mit dem Finger ein blaues Band entlang, das sich diagonal über die Karte schlängelte und die nordöstliche und südwestliche Seite des Sees miteinander verband. »Und dies ist der Fluß Jinxiang.«

Aris richtete sich auf und gestattete den anderen, das Terrain einige Minuten lang zu studieren. Die Karte war nicht ganz maßstabsgetreu, aber genau genug, um ihnen ein Gefühl für die Entfernungen und Richtungen zu geben. »Das Farmland um Tarrahause wird hauptsächlich zum Anbau von Reis, Gemüse und Früchten genutzt. Mit vierhundert Millionen Tonnen ist Reis Kaifengs Hauptexportartikel. Wir sind dafür verantwortlich, das zu unterbinden.« Er sah Raven Clearwater an. »Vergrößern Sie den Oberlauf.«

Das schmale blaue Band wurde zu einem breiten, das von vielen blauen Fäden umgeben war. »Fast den gesamten Jinxiang entlang sind große Reisfelder angelegt, die von Nebenflüssen oder Bewässerungskanälen gespeist werden. Nach der Ernte wird der Reis zu großen Sammelstellen entlang des Flusses gebracht, wo er eingelagert werden kann. Danach wird der Reis auf Schleppkähnen flußabwärts nach Tarrahause verschifft und von dort zum Export nach Mahabodhi geflogen. Wir werden die jetzige Ernte nur im äußersten Notfall vernichten. Es ist besser, die Sammelstellen einzunehmen und zu kontrollieren und so weitere Verschiffungen nach Tarrahause zu verhindern. Das wird die Garnison in Tarrahause aus ihrem Nest locken. Wenn sie sich außerhalb der Stadt befinden, werden wir sie mit aller Macht angreifen und sie entweder vernichten oder kampfunfähig machen. Die Zweite Kompanie wird bei Franklin eine ähnliche Taktik verwenden, Senior-Kompanieführer Non wird mit der Dritten Kompanie jedoch einen direkten Vorstoß auf Beijing führen. Beijing muß schnell fallen, da es nah an Mahabodhi liegt und von der dortigen Kaifeng-MSM-Garnison rasch unterstützt werden kann.«

Das sollte es gewesen sein. Aris ließ den Blick über das Netzwerk aus Flüssen und Strömen wandern. Der Plan schien immer noch keine Lücken aufzuweisen, dennoch konnte er das Gefühl von Unruhe in Hinsicht auf die komplette Mission nicht abschütteln. »Fragen? Beobachtungen?«

Raven Clearwater nickte. Ihr langes schwarzes Haar war auf einer Seite in mehrere Zöpfe geflochten, die von Holzperlen gehalten wurden. Diese Holzperlen verursachten, wann immer sich ihr Kopf bewegte, ein klapperndes Geräusch. »Was ist mit der Hauptstraße, die dem Flußlauf folgt? Gibt es ein Ersatztransportsystem?«

»Das reicht nur aus, um Tarrahause mit Nahrung zu versorgen. Und wenn sie anfangen, weitere Transporter in Dienst zu nehmen, können wir die Straße mit Leichtigkeit zerstören. Sie geht über zu viele Brücken, um verläßlich zu sein.«

»Sie haben uns in zwei Halb-Kompanien aufgeteilt, die eng zusammenarbeiten«, warf Justin Loup ein. »Warum sollen wir uns nicht in unsere drei Lanzen oder sogar in Zwei-Mech-Elemente aufsplitten? Wir könnten dann entlang eines langen Flußabschnitts gleichzeitig zuschlagen.«

Aris Muskeln spannten sich, aber er zwang sich zur Lässigkeit und ging langsam im Konferenzraum herum. Terry Chan hatte auch einen solchen Plan vorgeschlagen, den Aris aber abgelehnt hatte. Er fragte sich nun, ob sie da vor den anderen ihren Punkt rüberbringen wollte, indem sie Justin benutzte. Möglich. Terry Chan war vermutlich der Ansicht, daß Aris übermäßig vorsichtig war, oder sie schätzte ihn ganz allgemein so ein.

Er konnte einfach nicht den Gedanken abschütteln, daß Ion Rush in letzter Zeit Kriegerhäusern von zweifelhafter Loyalität auf ausgedehnte Kampagnen geschickt hatte, die zweifelsohne ihre Reihen ausdünnen würden. Sollte dies eine solche Mission sein, dann konnte Aris sich nicht auf die Berichte vom Imarra Haus-Meister verlassen. Dies konnte er jedoch nicht erklären, ohne die Befehlskette zu unterminieren und unter seinen Leuten in Hinsicht auf die Hauseinheit Mißtrauen zu säen. Das wäre ein sicherer Weg, den Kampf noch vor dem Beginn zu verlieren.

»Unser Ziel«, sagte er, »mein Ziel ist es, nach Tarrahause hineinzukommen, ohne einen BattleMech oder Infanteristen zu verlieren. Ich will einen schnellen Vorstoß den Fluß hinunter, ja, aber ich will nicht, daß wir so weit verstreut sind, daß wir auf eine Bedrohung nicht mehr reagieren können. Es könnte MechPatrouillen, Truppengarnisonen oder andere Verteidigungen geben, von denen wir nichts wissen. Eine Halb-Kompanie, die auf eine Standard-Vier-Mech-Patrouille trifft, kann sich selbst verteidigen. Und wenn wir in großer Nähe zueinander operieren, können sich die Halb-Kompanien gegenseitig unterstützen, sollte so ein Fall eintreten.«

Aris schenkte seinen Kriegern ein leichtes Lächeln und gab ihnen mit etwas sanfterer Stimme einen letzten Köder zu fressen: »Wenn Bataillonskommandant Ty Wu Non bei uns in Tarrahause eintrifft, möchte ich, daß wir die Stadt unter Kontrolle haben und ihn mit einer Formation empfangen, zu der jeder einzelne Krieger gehört, mit dem wir die Operation begonnen haben.«

Er sah, wie seine Leute lächelten und nickten, als sie über diese Herausforderung nachdachten. Ein Sieg ohne Verluste. Das war es, was er ihnen verkaufen wollte. Er vollendete seinen Rundgang durch den Raum, kam wieder zu seinem Platz am Kopfende des Tisches zurück und stützte sich auf die Rückenlehne auf.

»Der Wille des Haus-Meisters ist der Wille des Hauses«, wisperte er in einem fast ehrfürchtigen Ton, »und der Wille des Haus-Meisters war, Kaifeng mit minimalen Verlusten einzunehmen.« Er wartete einen Augenblick, um seine Worte wirken zu lassen, bis er sich sicher war, daß jeder wußte, daß er sich ebensosehr auf Virginia York bezog wie auf Ty Wu Non. Dann richtete er sich auf.

»Ruhen Sie sich aus«, befahl er, drehte sich um und verließ den Konferenzraum.

8

Landungsschiff *Lao-tzu*
Systemwärts, Kaifeng-System
Souveränität Sarna, Chaos-Marschen

20. Juli 3058

Der Alarm in den allgemeinen Quartieren auf der *Lao-tzu* klang so ähnlich wie der auf der Kaifeng-Auflade-station – es war ein greller, computererzeugter Gong. Er schlug siebenmal, die ersten zwei oder drei Schläge schreckten alle auf, und alle waren einige Sekunden lang wie gelähmt. Da das Landungsschiff noch eine Stunde bis zum Eintritt in Kaifengs Atmosphäre brauchen würde und es keine Anzeichen für eine Entdekkung gab, war das letzte, was irgendwer zu hören erwartete, ein Alarm, der eine unmittelbare Gefahr ankündigte.

Im unteren MechHangar des Landungsschiffes bewegte sich Aris als erster. Er ging mit festem Schritt auf seinen BattleMech zu und brüllte »Stationen!« zu den Technikern und anderen MechKriegern hinüber. Ein lautes Scheppern war durch die Halle zu hören, als jemand ein schweres Werkzeug auf den Metallboden fallen ließ. Als ob dieses Geräusch das Startzeichen gewesen wäre, brach mit einem Mal hektische Aktivität aus. Dennoch rannte niemand, denn rennen konnte in den schmalen Korridoren eines Landungsschiffes gefährlich sein und im Extremfall zur Panik führen. Es wurde auch nicht viel gesprochen, außer von denen, die in der Position waren, in einer solchen Situation Befehle zu erteilen.

Nach dem siebten Gong ertönte ein schrilles Pfeifen über die Lautsprecheranlage des Schiffes und zog die Aufmerksamkeit aller auf sich. Einer der Brückenoffiziere meldete sich und forderte alle auf, sich in ihre Quartiere zu begeben. Seine tiefe Stimme klang vertrauenerweckend und gab keinen Hinweis auf die Natur des Problems. Aber dann erzitterte die *Lao-tzu*, und alle taumelten einen Moment, als die durch die Verzögerung induzierte Gravitation einen Augenblick schwankte. Aris wußte sofort, daß sie gerade unter Beschuß genommen worden waren.

Es schien, als ob der Kampf um Kaifeng früher als erwartet begonnen hätte.

Aris *Spuk* war in einer kleinen Zelle direkt neben den Haupthangartoren untergebracht. Er sah wie ein gigantischer gepanzerter Wächter aus, der nur diejenigen vorbeiließ, die ihm genehm waren. Aris liebte das Aussehen seines Mechs, auch wenn es eine Konstruktion der Liga Freier Welten war und nicht von Capella kam. Der glatte, in Segmente unterteilte Körper hatte die Stromlinienform, die vielen anderen BattleMechs fehlte. Sein Kopf befand sich zwecks besserer Schockabsorption zwischen den Schultern, und seine schmale, geschützturmartige Taille konnte unglaublich weit geschwenkt werden. Von seinem linken Ellbogen entsprangen wie Sporen die Rohre eines mittelschweren Zwillingsimpulslasers, während die Hauptbewaffnung des *Spuk*, ein schwerer Tronel-XIII-Impulslaser, an der Außenseite des rechten Armes angebracht war. Mit einem sehr leichten LTV-385-Reaktor als Herz und Curtiss-Sprungdüsen war der *Spuk* das schnellste und beweglichste MechDesign seiner Gewichtsklasse. Aris hatte mit ein paar Technikern mit stahlblauer Farbe peinlich genau einen Gewehrlauf auf die Panzerung gemalt, der täuschend echt wirkte.

Eine Leiter aus stählernen Kettengliedern baumelte aus der offenen Cockpitluke am Hinterkopf des *Spuk*. Als Aris eine der unteren Sprossen ergriff, ertönte vielfach ein metallisches Knallen, mit dem sich die luftdichten Luken überall in der Nähe des Mechhangars schlossen, so daß im Falle eines Hüllenbruches der Atmosphärenverlust möglichst gering blieb. Aris beeilte sich, zum Cockpit hochzuklettern, zog die Leiter nach und schloß und versiegelte die Luke hinter sich.

Er setzte sich in der Pilotenliege zurecht und holte aus einer kleinen, offenen Ablage unter dem Kommunikationssystem des *Spuk* einen schnurlosen Kopfhörer hervor. Dann befestigte er den Sender-Empfänger an seinem Gürtel und setzte dann den Kopfhörer auf, der aus einem Ohrstück und einem kleinem Mikrophon an einem dünnem Draht bestand. Er ähnelte dem Gerät, das Teil eines Neurohelms war, aber so brauchte er den sperrigen Helm nicht aufzusetzen, wenn er den Mech noch nicht steuern wollte. Mit dem Gürtelsender konnte er im Notfall den Mech sofort verlassen, aber die Benutzung des Komsystems verlangte einige Sicherheitsüberprüfungen. Aris stellte den Computer auf Batteriebetrieb und schaltete ihn an.

»Ich beginne mit der Stimmanalyse«, sagte der Computer emotionslos.

»Kompanieführer Aris Sung.«

»Stimmanalyse abgeschlossen. Autorisation bestätigt.«

Da eine Identifikation mittels Stimmanalyse keine hundertprozentige Sicherheit bot, waren BattleMechs meistens auf einen besonderen ›Schlüssel‹ programmiert. Dies war ein Codewort oder meistens eine Redewendung, die allein dem MechKrieger bekannt war. Aris lächelte. »Ich bin genau da, wo ich sein wollte, nun muß ich es noch überleben.« Dieser Gedanke ging ihm seit elf Jahren im Kopf herum, er hatte ihn nie verlassen. Er erschien ihm immer dann besonders angemessen, wenn ihn ein Kampf erwartete.

»Kompanieführer Aris Sung on line«, sagte er, als er

die Freigabe vom Computer hatte. »Erbitte Statusbericht.«

»Einen Augenblick, Sir«, antwortete eine dünn und entfernt klingende Stimme. Die aus dem Kopfhörer dringenden Geräusche ließen darauf schließen, daß das Mikrophon weitergereicht wurde.

Die Radioübertragung konnte die nächste Stimme nicht gänzlich ihres vollen, tiefen Klanges berauben. Es war dieselbe Stimme, die alle in die Quartiere beordert hatte. »Sir, Brückenoffizier Kyle Lee. Wir werden von einer kompletten Kompanie Luft/Raumjäger, teils *Lightnings* und teils *Sperber* angegriffen. Sie kamen plötzlich hinter Nochen hervor, als wir in dessen Orbit eintraten.«

Nochen war das, was auf Kaifeng als Mond bezeichnet wurde. Aris wußte durch sein Studium des Systems, daß der kleine Planetoid kaum größer als ein Asteroid war. Dennoch konnte er mit Leichtigkeit eine Kompanie Luft/Raumjäger verbergen. *Sie wußten also, daß wir kommen.*

»Eine unserer *Drosseln* ist bereits außer Gefecht gesetzt worden«, fuhr Brückenoffizier Lee fort. »Wir waren für die kampfbereiten Jäger verantwortlich und haben sie schon gestartet. Beim letzten Angriff des Feindes haben wir einen geringen Schaden am Hauptfahrgestell erlitten.«

Aris dachte angestrengt nach, versuchte sich im Kopf die Mechanik des dreidimensionalen Raumkampfes vorzustellen. »Rufen Sie Bataillonskommandant Non an«, befahl er. »Schlagen Sie vor, eine dichtere Rautenformation einzunehmen. Dadurch müssen Sie ihre Jäger bei jedem Vorstoß einem größeren Risiko aussetzen.«

»Schon geschehen, Sir. Zwei, nein drei feindliche Jäger kampfunfähig oder zerstört. Verdammt, auch eine weitere *Drossel.*«

Verdammte leichte Jäger. Wie zur Bestätigung erzitterte die *Lao-tzu* erneut, als sie wieder einen Treffer einstecken mußte. Aris schluckte schwer und legte auf der Kontrolltafel die Schalter um, die den Reaktor seines *Spuk* hochfuhren.

»Brückenoffizier Lee, ich will, daß alle MechPiloten, die es nicht schon gemacht haben, ihre Mechs bemannen und starten. Machen Sie das Schiff klar für einen Sturzflug zur Oberfläche.« Ein Sturzflug zur Oberfläche bedeutete einen steilen Atmosphäreneintritt und eine hohe Gravitation während des ganzen Weges zum Boden. Die Krieger durchzuschütteln, war mit Sicherheit nicht der beste Weg, einen Angriff zu beginnen, aber immer noch besser als sich das Landungsschiff unterm Hintern wegschießen zu lassen. »Die Techniker sollen sich mit MechAbwurfdüsen bereithalten. Wenn die *Lao-tzu* zu stark beschädigt wird, möchte ich, daß die Kompanie für einen Abwurf aus der oberen Atmosphäre bereit ist.«

»Verstanden, Sir. Bataillonskommandant Non ist auf dem Zusatzkanal Berta für Sie dran.«

Frustriert biß Aris die Zähne zusammen und drehte die Kanaleinstellung am Kopfhörer, um den privaten Kanal anzuwählen. »Bereit, Bataillonskommandant.«

»Aris Sung, können Sie diesen Angriff erklären?« Ty Wu Nons Stimme klang kalt und fordernd, verlor durch die Übertragung nur wenig von ihrer Stärke.

»Nein, Bataillonskommandant. Ich vermute, daß unsere Annäherung von Sensoren erfaßt wurde. Ich kann jedoch auch nicht die Möglichkeit ausschließen, daß eine verschlüsselte Nachricht von der Aufladestation geschmuggelt wurde.«

Es entstand eine kleine Gesprächspause, als ob sich Ty Wu Non erst überlegen müsse, ob er mit Aris über die Nachrichten von der Aufladestation streiten wolle. »Ich will wissen, Aris, inwieweit dieses Scharmützel ihren Angriffsplan beeinflußt.«

Darauf war Aris vorbereitet. »Kurzfristige Auswirkungen sind vernachlässigbar, falls wir durch den Jägerangriff keine zu starken Verluste erleiden. Vielleicht ist es sogar ein Vorteil. Kaifeng wird sich über Mahabodhi die meisten Sorgen machen. Vielleicht werden sie Streitkräfte von den Außenposten abziehen, sie werden sich auf jeden Fall bemühen, die Verteidigung zu verstärken. Dadurch werden die Distriktstädte und die Nahrungsproduktion nur um so verwundbarer. Auf lange Sicht müssen wir die Möglichkeit im Auge behalten, daß Sarna von unserem Angriff benachrichtigt wurde, und eher als wir dachten Verstärkungen nach Kaifeng entsendet.«

»Machen Sie sich über Sarna keine Sorgen«, sagte Ty und überraschte Aris damit. Was wußte Ty Wu Non über Sarna, was Aris nicht wußte? Bevor Ty fortfuhr, machte er wieder eine kleine Pause. »Ich habe angeordnet, daß sich unsere verbliebenen Jäger auf die schwereren *Lightnings* konzentrieren sollen, um sie abzulenken. Wir setzen den Sturzflug fort.«

Einen Augenblick, nachdem Ty Wu Non diese Anweisung gegeben hatte, ertönte Terry Chans Stimme und überraschte damit Aris. Er hatte gedacht, daß er privat mit Ty Wu Non spräche. »Kompanieführer Sung«, sagte sie ganz formal, »bei den neuen zeitlichen Beschränkungen würde ich wieder vorschlagen, die Kompanie in Zwei-Mech-Elemente aufzusplitten, um schneller Resultate zu erzielen.«

Wie ein Blitzschlag durchzuckte Aris heiße Wut. Es gab nur einen Ort, von dem aus Terry Chan diesen Kanal abhören konnte. »Lanzenführer Chan«, sagte er in schneidendem Ton, »Sie hatten den Befehl, Ihren BattleMech zu bemannen. Sie werden sich sofort von diesem Kanal, von der Brücke der *Lao-tzu* zurückziehen, und den Befehl ausführen. Wenn ich von Ihnen noch ein einziges Wort höre, bevor Sie Ihren *Cataphract* gestartet und bereit haben, werde ich Sie von der Kampfaufstellung entfernen und statt dessen Justin Loup den Befehl über Ihre Lanze übertragen.«

Nachdem er dies gesagt hatte, zwang Aris sich dazu, ruhig abzuwarten, bis ihn entweder Terry Chan auf die Probe stellte oder Ty Wu Non seine Autorität untergrub, indem er Aris das Recht verweigerte, ein Mitglied seiner Kompanie zu disziplinieren.

Nichts davon geschah jedoch, und plötzlich beunruhigte es Aris sehr, daß er tatsächlich von zwei Mitgliedern seines Hauses ein solches Verhalten erwartet hatte.

Nach einigen Sekunden sprach Ty Wu Non weiter. »Ihre Brückencrew bestätigt, daß Terry Chan gegangen ist. Nun, Kompanieführer Sung, ist ihr Argument stichhaltig?«

»An den Argumenten hat sich nichts geändert, Bataillonskommandant. Meiner Ansicht nach rechtfertigt die gesparte Zeit nicht das erhöhte Risiko, unsere Linien so auszudünnen.«

»Schlagen Sie dann überhaupt eine Änderung des Plans vor?«

Dies war offensichtlich der Auftakt zur Beendigung des Gesprächs, und Aris wollte schon einfach nein sagen, lächelte dann aber und nickte in seinem Cockpit vor sich hin. »Ja, Bataillonskommandant Non. Ich würde eine Änderung vorschlagen. Wir bewegen uns momentan unter einem elektronischen Blackout. Ich würde sagen, daß wir unsere IFF-Transponder der Landungsschiffe anstellen und Kaifeng wissen lassen, wo wir genau sind. So geraten sie noch mehr in die Defensive.«

»Ich werde Entsprechendes anordnen.« War da in

der Stimme von Ty Wu Non Amüsiertheit zu hören? »Es scheint, daß die Kaifeng-Jäger endlich genug haben. Sie ziehen sich zurück. Wir sollten jetzt einen störungsfreien Flug zum Planeten haben.«

»Ich sehe Sie am Boden, Aris Sung.«

9

Jinxiang Flußhafen-Terminal 12 Nord
Distrikt Tarrahause, Kaifeng
Souveränität Sarna, Chaos-Marschen

20. Juli 3058

Das Hafenterminal Zwölf Nord erstreckte sich in einem großen Halbkreis entlang des westlichen Ufers des Jinxiang, ein wahres Labyrinth von Gebäuden umgab das ausgedehnte System von Hafenanlagen. In den Untiefen drängten sich die goldenen, lotusähnlichen Blumen, die dem Jinxiang ihren Namen gaben, und ihr Duft erfüllte die Luft. Von Westen blies ein leichter Wind, der den Staub zwischen den Gebäuden aufwirbelte. In diesem Idyll waren Kampfgeräusche zu hören, das Rasseln und Stampfen der BattleMechs.

»Mechs auf dem Weg hierher«, rief jemand aufgeregt, den Kampflärm übertönend. »Schwere. Jeder sechzig bis siebzig Tonnen.«

»An den nordöstlichen Lagern und einem Wartungsdepot öffnen sich die Tore«, sagte jemand anders mit ruhiger Stimme. »Eine Lanze mittelschwerer Mechs. Verdammt. Und *Von Luckner* Schwere Panzer. Zwei … sechs, nein, insgesamt acht.«

»Hat wer gesehen, wo der *Kampfschütze* hin ist?«

Das *Hafenterminal Zwölf Nord* war eine Falle. Haus-Krieger Justin Loup brauchte einige lange Sekunden, bis dieser Gedanke an die Oberfläche kam. Der plötzliche, hektische Ausbruch an Komverkehr hatte den jungen Krieger so überrascht, daß er einen Moment lang nicht handeln konnte. Niemand hatte Widerstand erwartet. Nicht so früh. Nicht hundertzwanzig Klicks außerhalb von Tarrahause und am ersten Tag!

Die Hiritsu-Halbkompanie unter dem Kommando

von Kompanieführer Sung war in das Hafenterminal eingerückt, genau wie sie es in den zwei vorherigen Terminals gemacht hatten, das heißt, sie hatte kritische Positionen besetzt und sicherte offensichtliche Bedrohungen wie die Warenlager. Justins Position befand sich in den Docks, den Konstruktionen aus Stahlbeton und Holz, an denen die Lastkähne festmachten und beladen wurden, bevor sie ihre Fracht aus Reis und anderem Getreide flußabwärts nach Tarrahouse transportierten. Der Plan, der vorher so gut funktioniert hatte, verlangte, daß Mechs die Kontrolle über diese Anlage übernehmen sollten. Danach trafen in einem Hovercraft die Hiritsu-Infanteristen ein, um den Ort stillzulegen. Der einfachste Weg dazu war, die Maschinen, die die Sachen aus den riesigen Speichergewölben im Untergrund nach oben beförderten und die Frachträume der Lastkähne beluden, zu beschädigen. Ohne diese Maschinen konnten immer nur kleine Mengen an Nahrungsmitteln nach oben gebracht und verschifft werden.

Die ersten feindlichen BattleMechs kamen aus diesen Speichergewölben hoch, leichte Mechs, die schnell und hart zuschlugen und so die Streitkräfte des Hauses Hiritsu kurzzeitig in Verwirrung stürzten, während die schwereren Feindeinheiten die Falle schlossen. Aus Justin Loups Empfänger drang immer noch eine Vielzahl an Stimmen, einige besorgt, andere ruhig, als er sich zum Handeln zwang.

Er ließ seinen *Tomahawk* um die Ecke eines kleinen Hafenspeichers gehen, so daß er vom Rest der Anlage aus nicht mehr zu sehen war. Sein 45-Tonnen-*Tomahawk* war einer von nur fünfen in der gesamten Konföderation Capella, jedenfalls seines Wissens nach, und dieser war ein Überbleibsel aus den späten 3020ern, als Richards Panzerbrigade aus dem Lyranischen Commonwealth kam, um Haus Liao zu dienen. Justins

Großvater gehörte zu dieser Söldnereinheit und lernte seine Wahlheimat schätzen, wenn nicht gar lieben. Als Virginia York Justin in ihr Haus aufnahm, war der alte Mann so stolz auf ihn, daß er den Mech Justin hinterließ und nicht seinen älteren Enkelsöhnen, Justins Brüdern, die beide in der Brigade dienten.

Die Sensoren schrien ihm, sobald er den Sensorschatten des zweigeschossigen Gebäudes verlassen hatte, ihre Warnungen entgegen. Er drehte dem Anleger und den Lastkähnen, die er sichern sollte, den Rücken zu und blickte über den Hauptstapelplatz. Die Warenlager und Verwaltungsgebäude umringten einen Platz aus festgestampfter Erde von hundert Metern Durchmesser. Es wirkte wie eine kleine Arena inmitten des Hafenterminals. Und auf der gegenüberliegenden Seite drehte sich jetzt die kompakte Form eines 35-Tonnen-*Jenner* Justin zu.

Justin legte den Finger sanft auf den Auslöser des Steuerknüppels in seiner rechten Hand. Die Autokanone auf der Schulter seines *Tomahawk* spuckte grauen Rauch und eine Feuerlanze aus, deren Rückstoß seine rechte Schulter nach hinten riß. Die Granaten schlugen in die linke Seite des *Jenner* ein, ließen ihn seitwärts taumeln, als sie tiefe Löcher in einen seiner stummelartigen Arme rissen. Justin zog sich schnell wieder hinter die Mauerecke zurück und hoffte, daß der feindliche Mech auf ihn zu kommen würde. Er zählte langsam bis zehn.

Ein kaltblütiger Killer. So dachte Justin Loup gewöhnlich über seinen *Tomahawk*. Abgesehen vom auffällig langgezogenen Kopf, sah der *Tomahawk* außerordentlich humanoid aus. Darin ähnelte er seinem ›großen Bruder‹, dem *Kriegsbeil*. Der *Tomahawk* trug in seiner rechten Hand ein riesiges Kriegsbeil aus Titan, das keine Wärme erzeugte und im Nahkampf gefürchtet war. Im Fernkampf stützte er sich auf seine LB-X-Autokanone, auch hier wurde lieber ein höheres Gewicht in Kauf genommen statt eine Waffe zu wählen, die mehr Wärme produziert. Nur das Trio von mittelschweren Impulslasern und die Sprungfähigkeit verursachten eine nennenswerte Wärmeentwicklung, die allerdings von den doppelten Wärmetauschern, die die Techniker Haus Hiritsus eingebaut hatten, schnell abgeleitet wird. Manchmal fragte sich Justin, ob er nicht ganz auf die Kühlweste verzichten konnte, die von allen MechKriegern getragen wurde, um die tödliche Hitze, die sich in den winzigen Cockpits bilden konnte, zu überleben.

Er hatte gerade mit dem Zählen begonnen, als er über Funk Aris Sung hörte. »Ich will eine Bestätigung der Panzer«, sagte er. »Acht *Von Luckners*?« Justin konnte den Anflug von Besorgnis in der Stimme seines Kommandanten heraushören. Da die *Von Luckners* mit einer Waffe höchster Zerstörungskraft ausgerüstet waren, einer großkalibrigen Autokanone, stellten sie eine nicht zu unterschätzende Gefahr dar.

»Bestätigt, Kompanieführer. Und es sind Söldner. Ich konnte ihr Wappen aus größerer Nähe sehen, als mir lieb war. Sieht aus wie Jacobs Juggernauts. Ich ziehe mich aus deren Reichweite zurück.«

»Ich will, daß sich *alle* zurückziehen«, sagte Aris daraufhin. »Einer von uns soll einen Ausgang aus dem Hafenterminal finden. Jetzt.«

Justin fuhr mit seiner Zählung fort. Sechs Hiritsu-Krieger gegen eine ganze Kompanie, das war ein mieses Verhältnis, und da waren die Panzer noch nicht einmal eingerechnet. Die *Von Luckners* waren in beengten Verhältnissen wie einem Hafenterminal so gut wie zu Hause. Niemand stellte sich acht Zwölf-Zentimeter-Autokanonen auf kurze Distanz, niemand, der nicht Selbstmord begehen wollte. Acht … neun …

Bei zehn hob Justin Loup das Beil seines Mech hoch

über den Kopf und trat wieder hinter der Ecke hervor. Der *Jenner* kam ihm entgegen, er war keine dreißig Meter mehr entfernt. Die beste Vorgehensweise des *Jenner*-Piloten wäre gewesen, einfach mit seinem Vorstoß fortzufahren und in vollem Lauf in den *Tomahawk* hineinzurennen, um ihn so möglicherweise von den Docks und in den Jinxiang zu stoßen. Der Anblick des schwarz und grün bemalten Mech, der sein Kriegsbeil zum Zuschlagen erhoben hatte, war jedoch offenbar zu furchterregend, denn der *Jenner* versuchte in letzter Minute, den Kurs noch zu ändern und ließ ein Sperrfeuer von sechs Kurzstreckenraketen los, die den *Tomahawk* zurückhalten sollten.

Die Raketen trafen die Beine und den unteren Torso des *Tomahawk* und schüttelten ihn ordentlich durch. Justin war aber ein zu gut trainierter Krieger, um sich eine solche Gelegenheit entgehen zu lassen. Er preßte den Auslöser seiner drei mittelschweren Impulslaser und ließ dann den *Tomahawk* hinuntersausen. Die grünen Lanzen schnitten ihren Weg in die Seite des *Jenner*, schmolzen die Rüstung im Bereich des linken und zentralen Torsobereiches. Dann kam das Kriegsbeil herunter, seine Titanschneide durchschlug das Cockpit des *Jenner* und schnitt tief in die Torsomitte.

Der leichte Mech wurde von seinem Schwung an Justin vorbeigetragen, ging zuerst in die Knie und schlug dann auf dem Boden des Docks auf. Dann rutschte er den Boden entlang und erzeugte sprühende Funken auf der Oberfläche aus Stahlbeton – und grauer Staub stieg auf. Der *Jenner* zerschmetterte noch einen hölzernen Mast und glitt dann mit dem Kopf voran in den Fluß, wobei er nur knapp einen tief im Wasser liegenden Lastkahn verpaßte. Ein Bein blieb noch auf dem Dock hängen, während die obere Hälfte des Mech im Wasser versank.

Justin öffnete einen Kanal zu Aris Sung. »Kompanieführer Sung, hier ist MechKrieger Loup. Die Docks sind frei, kein Feind. Wir könnten hier einfach den Fluß durchwaten und über das östliche Flußufer entkommen.«

Aris meldete sich sofort. »Wie breit ist der Fluß?«

Justin schätzte die Entfernung ab, verstand nicht, warum die Frage wichtig war. Es sah nach etwa hundertfünfzig Metern aus, aber die flache, sich langsam bewegende Wasseroberfläche ließ die wahre Entfernung vermutlich geringer erscheinen. »Breit«, sagte er daher. »Vielleicht zweihundert Meter. Ich bezweifle jedoch, daß er sehr tief ist. Die Lastkähne haben nicht sehr viel Tiefgang, und ich sehe keine Anzeichen für das Ausbaggern einer Fahrrinne.«

Nur Stille antwortete ihm. Justin stand an der Ecke des Hafenspeichers und beobachtete, wie die BattleMechs weiter entfernt im Hafenterminal hinter Gebäuden Deckung suchten und einander in einem tödlichen Spiel verfolgten. Die meisten befanden sich außerhalb seiner Reichweite oder erschienen und verschwanden zu schnell, als daß ihm eine Zielerfassung hätte gelingen können. Er dachte flüchtig daran, selbst zum Kampf zu eilen, bezwang aber sein Verlangen und faßte sich in Geduld. *Ich wurde von meiner Position nicht abberufen.* Aris Sung hatte ihm die Docks zugewiesen, und gerade jetzt stellten sie für die Krieger seines Hauses vielleicht den einzigen Weg in die Sicherheit dar.

Jemand schrie nach Feuerunterstützung, verfluchte die *Von Luckners.* Der Hilferuf schien den Ausschlag zu geben, und Aris traf eine Entscheidung. »Wir probieren es«, sagte er schließlich. »Alle Einheiten sammeln sich auf den Docks. Errichten Sie eine Rundumverteidigung. Bereiten Sie sich auf die Flußüberquerung vor.«

In einem knappen Viertelkilometer Entfernung sah Justin, wie sich die dunkle Form eines Mech über den

Dächern der Lagerhäuser erhob und mit Plasmastrahlen seine Position ausrichtete. Ein schneller Blick auf sein HUD zeigte, daß es sich um Aris' *Spuk* handelte. Mit einer Eleganz, die seinen 55 Tonnen Hohn sprach, überflog der *Spuk* die Dächer und den Umschlagplatz und landete schließlich, ein kleines Erdbeben verursachend, sechzig Meter zu Justins Linken. Nur der kleine Hafenspeicher lag zwischen ihnen. Justin verstand nicht ganz, warum Aris zögerte, den Fluß zu überqueren. Die Sprungdüsen würden den *Spuk* mit Leichtigkeit über den Fluß bringen, vielleicht würden dabei noch nicht einmal die Füße des Mech naß werden.

Dann verstand Justin. Aris' BattleMech war der einzige, der auch nur die *Chance* hatte, in einem Sprung rüber zu kommen. Justins *Tomahawk* käme vielleicht hundert Meter weit, würde dann aber auf die Wasseroberfläche treffen und müßte den Rest des Weges laufen. Und einige BattleMechs konnten überhaupt nicht springen. Während sie hinüberwateten, verlangsamt durch das Wasser und den Schlamm am Grund, könnten die feindlichen Mechs vom Dock aus ein vergnügliches Übungsschießen veranstalten.

Und Justin hatte den Weg auch noch vorgeschlagen.

Er fühlte die Verantwortung wie das Gewicht eines *Atlas* auf seinen Schultern, als zwei BattleMechs des Hauses Hiritsu in sein Blickfeld liefen, gefolgt von drei APC Hovercraft voller Infanteristen. Es waren seine Brüder und Schwestern, sie alle. Justin trat beiseite, um den *Donner* und den *Kampfhund* vorbeizulassen. Die APC schwebten einfach zwischen den Beinen von Aris' *Spuk* hindurch.

»In den Fluß«, befahl Aris, nachdem der dritte APC vorbeigeflogen war. Die Mechs sprangen hinein und gingen los. Die ersten zwei APCs waren bereits auf dem Fluß und glitten so leicht über die Wasseroberfläche wie über festen Boden.

Doch Justin hatte keine Zeit, ihr Vorwärtskommen zu beobachten. Die Sensoren seines *Tomahawk* schrillten nur einen Augenblick, bevor sein Mech zur Seite geschlagen wurde, los. Er mühte sich, die Kontrolle zu behalten; sein schwerer Neurohelm übertrug die Signale seines eigenen Innenohrs und fütterte damit das große Gyroskop des *Tomahawk,* das genau unter dem Fusionsreaktor saß. Mit Hilfe der Steuerknüppel bewegte er die Arme des Mech, um so die Balance wiederzufinden, während er gleichzeitig die Schadensanzeige und das HUD ablas.

Ein *Kampfschütze* war zur Rechten aus seiner Deckung gebrochen und kam an der Rückseite eines langen, niedrigen Warenhauses entlang. Seine großen Laser schmolzen die Panzerung des rechten Torsos und der Torsomitte des *Tomahawk,* die in langen Rinnsalen zu Boden tropfte. Nun hielt der 60-Tonnen-Mech seine Position und griff aus dem Hinterhalt an, schoß abwechselnd aus seinen zwei großen Lasern und seiner kleinen Autokanone. Sogar als Justin den Torso drehte, um seine eigene Autokanone auszurichten, traf der *Kampfschütze* ihn. Die Panzerung seines rechten Torsos wurde heruntergerissen, und der Treffer fraß sich bis auf das Skelett aus Ferrotitan hindurch. Mehrere Schüsse trafen die Abschirmung um den Fusionsreaktor, öffneten eine Bresche, wodurch der Wärmemonitor hoch in den gelben Bereich schoß.

Aris' *Spuk* sandte eine Serie von roten Lanzen auf den *Kampfschütze,* während Justin seine Autokanone mit Bündelmunition ausstattete. Dann betätigte Justin den Auslöser und gab dem *Kampfschütze* etwas, worüber er nachdenken konnte.

Bündelmunition war, wie auch die LB-X-Autokanone selbst, eine der wiederentdeckten Technologien, die in den Kriegen nach dem Kollaps des Sternenbundes verlorengegangen waren. Die Bündelgranate zerfiel kurz nach Verlassen des Laufes in kleinere Geschosse, ganz ähnlich einer Anti-Mech-Schrotflinte. Während Justin seinen *Tomahawk* manövrierte, damit er nicht mehr so leicht zu treffen war, beobachtete er durch den Sichtschirm, wie die Geschosse den *Kampfschütze* an mehreren Stellen tief aufrissen und auch vom Lagerhaus dahinter an einigen Stellen die Farbe wegrasiert wurde. Er sah auch hochbefriedigt, wie einige der Fragmente den Kopf des feindlichen Mechs trafen. Das würde mit Sicherheit auch den MechPiloten durchschütteln. Der *Kampfschütze* zog sich um die Gebäudeecke zurück, und Justin versuchte herauszufinden, wie die Dinge für seine Einheit standen.

Ein fünfter BattleMech ging gerade ins Wasser, und der sechste, ein *Totschläger*, hielt mit Aris zusammen das Dock. Der *Totschläger* und der *Spuk* lehnten sich immer wieder von entgegengesetzten Enden des kleinen Hafenspeichers vor, verschossen Blitze roten und grünen Laserfeuers und duckten sich dann hinter der Deckung. Gelegentlich mußten sie einen Treffer einstecken, aber meistens wurde nur das Lagerhaus getroffen.

»Ins Wasser, Justin.« Aris Befehl ertönte im gleichen Augenblick, als die Wand vor dessen *Spuk* explodierte und diesen in einem Regen aus Ziegelsteinen und Metall halb vergrub.

Justin steuerte seinen Mech schnell an Aris Seite, bot sich selbst dem Laserfeuer dar. Sein Zielerfassungscomputer zeichnete Strahlen auf seinem HUD. Vier der *Von Luckner*-Panzer hielten die gegenüberliegende Seite des Stapelplatzes und deckten das Vorrücken von einem halben Dutzend BattleMechs, die sich auf die Flanke der Hiritsu-Krieger zubewegten. Justin griff den *Spuk* an einem Arm und zog ihn in die Deckung des Speichers. Er wußte, was getan werden mußte. Aris Sung würde niemals seine Leute im Stich lassen.

Er wäre der letzte, der den Fluß überquerte, und mit den verdammten *Von Luckners* im Nacken, die immer näher kamen, würde er dafür vermutlich mit seinem Leben bezahlen müssen.

Justin würde das nicht zulassen. Er glaubte an Aris Sung, an die Fähigkeiten seines Kompanieführers und an den Plan, den er entwickelt hatte, und der dem Haus einen Sieg über Kaifeng bescheren würde. »Wir müssen rüber«, sagte Justin und positionierte sich so, daß sich der *Spuk* zwischen ihm und dem Fluß befand.

»Jemand muß den Übergang bewachen«, erwiderte Aris, und bewegte sich, um seine Position am dockwärtigen Eingang wieder einzunehmen. »Ins Wasser, Justin. Jetzt!«

Der ankonditionierte Gehorsam hätte Justin fast dazu veranlaßt zu gehen. Man verweigerte einem Vorgesetzten nicht den Gehorsam; man stellte die Befehle noch nicht einmal ohne Aufforderung in Frage. Aber seine persönliche Loyalität gegenüber seinem Kompanieführer und seinen MechKrieger-Kameraden war genauso stark. Sie würden Aris Sung dringender brauchen als Justin Loup.

»Jemand wird schon«, sagte Justin. Er war sich nicht sicher, ob er das zu sich selbst oder zu Aris sagte. Er zog die Arme seines BattleMechs an und schubste dann den *Spuk* mit der ganzen Kraft seiner Myomer-Muskeln weg. Der *Spuk* stolperte rückwärts, kämpfte an der Dockkante noch mit dem Gleichgewicht, aber dann ergab Aris sich der Schwerkraft und sprang lieber in den Fluß, als hineinzufallen.

Justin trat hart auf den Gashebel und betätigte seine Sprungdüsen, bevor Aris sich vom Schubser erholen konnte. Sich auf den Plasmastrahlen in die Luft erhebend, schwebte er über den Totschläger und auf die vorrückenden Söldner zu. Er drosselte den Ausstoß der Sprungdüsen und ließ seinen *Tomahawk* direkt hinter den *Von Luckners* landen. *Sechzig Sekunden,* dachte er, nachdem er überschlagen hatte, wie lange Aris' *Spuk* brauchen würde, um auf die andere Seite zu waten. *Ich muß ihm nur eine Minute erkaufen.*

Er schlug mit seinem *Tomahawk* zweimal auf den Geschützturm des hintersten *Von Luckner,* dellte ihn gehörig ein, bevor die anderen auch nur auf seine Anwesenheit reagieren konnten. Dann setzte er seinen Mech wieder in Bewegung, rannte über den Platz und sah zu, ein möglichst schwer zu treffendes Ziel abzugeben. Er bewegte sich immer ganz schnell ein kurzes Stück weit, drehte sich dann manchmal um, um den Weg, den er gerade genommen hatte, zurückzulaufen, stand aber niemals still. Und wann immer eine feindliche Einheit nah genug war, schlug er zu.

Auf seinem ersten Rundgang über den offenen Platz tauschte er mit einer feindlichen *Cicada* Lasersperrfeuer aus und schlug mit einem kräftigen Tritt in einen zweiten *Von Luckner* ein Loch.

Auf seinem zweiten Rundgang ließ er sich von seinen Sprungdüsen weit zur Linken tragen und schlug mit seinem *Tomahawk* einem *JägerMech* den linken Arm ab.

Beim dritten Mal zündete er wieder seine Sprungdüsen und landete diesmal direkt hinter der *Cicada,* die er schon vorher beschädigt hatte, durchschlug mit seinem Kriegsbeil die schwach gepanzerte Rückseite und traf die Hülle des Gyroskops. Der leichte Mech fiel wie eine Marionette, der man die Fäden durchschnitten hatte.

Heiterkeit erfaßte Justin, führte ihn zu immer größeren Taten. Eine Salve aus seiner Autokanone und seinen Lasern richtete einen dritten *Von Luckner* schlimm zu, mit einem Schwung des Tomahawks beschädigte er einen *Vollstrecker* schwer. Justin begann gerade zu glauben, daß er einige Hoffnung hätte, sich den Weg freizukämpfen. Ein weiterer Durchgang, sagte er sich. Vielleicht auch zwei. Dann in den Fluß und nichts wie weg.

Die Salve einer AK/20 traf seinen *Tomahawk* in das bereits beschädigte rechte Bein und trennte es unterhalb des Knies ab. Der glücklose Mech fiel auf die Seite. Justin wurde hart gegen die Gurte seiner Pilotenliege geworfen, die Kanten der breiten Gurte schnitten ihm in die Schultern und Hüfte, als der Mech auf dem Boden auftraf.

Er schmeckte Blut im Mund, und der scharfe Schmerz in seiner linken Schulter versprach mindestens eine Verrenkung, wenn nicht gar einen Bruch. Seine Primärmonitore waren ausgefallen, sie zeigten nichts als Schnee. Seine Schadensanzeige funktionierte noch. Auf der Liste stand eine zerstörte Autokanone, ein fehlendes Bein und ein Fusionsreaktor, dessen Abschirmung nur noch ein schlechter Scherz war. Er rollte den Mech leicht vorwärts und erhob sich halb, indem er einen Arm unter den MechKörper schob. Er schüttelte leicht den Kopf, versuchte einen klaren Gedanken zu fassen. Durch seinen Sichtschirm studierte er die Szenerie. In ihm war immer noch ein Funken Widerstandswillen vorhanden.

Zwei *Von Luckners* kamen näher, die Autokanonen schußbereit. Der *JägerMech* war schon an ihm vorbei, auf das Flußufer zu, und der *Vollstrecker* schien dabei, das gleiche zu tun. Daß sie so leicht einen Krieger des Hauses Hiritsu abtaten, der immer noch im Besitz eines wenigstens teilweise funktionierenden Mech war, verärgerte Justin und fachte den Funken zur lodernden Flamme an. Der *Kampfschütze* von vorhin stand am Rand der Docks, vielleicht vierzig Meter entfernt, und feuerte seine Autokanone wiederholt in Richtung Fluß ab. Daß Aris immer noch in Gefahr war, gab Justin seine Geistesgegenwart zurück.

Es gab noch einen letzten Dienst, den er leisten konnte.

Mit seinem anderen Arm verschaffte er sich eine stabilere Lage, sein *Tomahawk* lag nutzlos auf dem Boden. Er konnte den *Kampfschütze* mit keiner wirkungsvolleren Waffe als einem mittelschweren Laser erreichen, aber sein *Tomahawk* hatte noch einen letzten Trumpf im Ärmel. Justin schaltete die Cockpitstabilisatoren aus und aktivierte dann die Schleudersitzkontrolle.

Der *Tomahawk* war anders als die meisten BattleMechdesigns konstruiert, da er die Pilotenliege nicht rausschleuderte, nachdem mit einer speziellen Explosivladung das Cockpitdach abgesprengt wurde. Statt dessen wurde der gesamte Kopf mittels Flüssigtreibstoffdüsen abgetrennt. Bei ausgeschalteten Stabilisatoren hatte Justin allein die Kontrolle. Er hatte die Zähne zusammengebissen und hielt die Lippen fest geschlossen, während ihn die Beschleunigung in seinen Sitz preßte. Er mühte sich, den Kopf weiter mit der Nase nach unten fliegen zu lassen und einen geraden Kurs auf den Rücken des *Kampfschütze* und seine dort papierdünne Panzerung zu halten. Das einzige, was er durch den Sichtschirm seines Cockpits sah, war, wie der Boden unter ihm vorbeiflog. Er mußte nach Gefühl arbeiten.

Das reichte.

Mit einem befriedigenden Knall durchschlug der Kopf die Panzerung. Der Kopf des *Tomahawk* begann sich zu drehen, als Justin die Kontrolle verlor. Er beschrieb einen Bogen in der Luft und hielt dann auf die Wand eines Lagerhauses zu. *Geschafft,* dachte er mit überströmender Freude. Die Außenwelt drehte sich vor ihm, schneller als der Flug über dem Boden, der nur kurz währte. Das letzte, was er durch den Sichtschirm sah, bevor der Ausblick nur noch aus Ziegelsteinen und Stahl bestand, war der *Kampfschütze,* der in den Fluß stürzte und aus dessen Rücken glühende Metallstücke schossen, da der Fusionsreaktor überlastet war und explodierte.

Justin lachte laut, seine Stimme klang stark und sicher in seinen Ohren. Es war der Wille des Haus-Meisters, Kaifeng zu nehmen. Aris Sung war für den Plan unentbehrlich. Wenn Justin Aris gerettet hatte, dann machte ihn das auch unentbehrlich für sein Haus.

Was könnte es noch geben?

10

Jinxiang-Dschungel
Distrikt Tarrahause, Kaifeng
Souveränität Sarna, Chaos-Marschen

20. Juli 3058

Aris Sung stand am Flußufer und widmete sowohl dem Studium des Flusses als auch dem frühen Nachmittagshimmel seine Aufmerksamkeit. Er war in der Stadt geboren und in den Straßen aufgewachsen. Für ihn gehörte der Aufenthalt in der freien Natur zu den Dingen im Universum, die er am wenigsten mochte. Für ihn bedeutete die Natur kaum mehr als eisiger Wind oder glühende Hitze, etwas, dem man aus dem Weg gehen sollte. Auf Kaifeng würde sie jetzt zu einem bedeutenden Bestandteil der Mission werden.

Der Fluß war breit und floß nur träge dahin. Am Ufer war das Wasser klar, aber schon zwanzig Meter weiter zur Flußmitte hinüber war es trübe. Er floß ungefähr von Nordosten nach Südwesten und verband die Stadt Tarrahause mit ihren größten Reisfeldern. Kaifengs Mond, Nochen, verursachte nur eine äußerst geringe Tide. Daher änderte sich die Tiefe des Flusses kaum. Der Jinxiang speiste einen großen Salzwasserozean mehrere hundert Kilometer südlich von Tarrahause. Nach seinen kürzlich erworbenen Erfahrungen bei der Flucht von Hafenterminal 12 wußte Aris, daß der Fluß an einigen Stellen tiefer als zwölf Meter war.

Er hob das Gesicht wieder dem Himmel entgegen. Große, graue Wolken wanderten über den Nachmittagshimmel. Sie warfen einen Schatten auf den Boden, so daß Aris fröstelte, da er nicht mehr als die für MechKrieger üblichen Shorts, Kühlweste und Stiefel mit Stahlkappen trug. Es hätte irgendein kalter Sommernachmittag sein können, aber von Westen kamen dunklere Wolken, die schwere Regenfälle ankündigten. Regen würde einen großen Teil des Landes, das sie durchqueren mußten, in einen Sumpf verwandeln. Das würde ein Problem werden, aber Aris hatte keine Ahnung, wie er das voraussehen oder verhindern sollte.

»Kompanieführer Sung?«

Er erkannte die Stimme von Raven Clearwater sowohl an ihrer Heiserkeit als auch an ihrer Höflichkeit. Ihr Gruß rüttelte ihn früh genug auf, so daß ihr Erscheinen ihn nicht überraschen konnte, war aber andererseits leise genug, um nicht als Schreien bezeichnet werden zu können. Zudem erkannte er in ihrer Stimme einen fragenden Unterton, der eine Bitte um ein Gespräch enthielt. Auch Aris hatte die Haustraditionen in Hinsicht auf Höflichkeit studiert und erlernt, er wußte aber, daß er sie mit der gleichen Subtilität wie Raven meistern würde.

»Ja, Lanzenführer Clearwater.« Nach einem letzten flüchtigen Blick flußauf und flußab, ob auch noch alle APCs in Position waren und gegen weitere Überraschungen Wache hielten, wandte er sich ihr zu.

Begleitet wurde Raven Clearwater von Terry Chan. Diese versuchte, immer einen halben Schritt vor ihr zu bleiben. Ravens langes, glattes, schwarzes Haar unterstrich die dunkle Haut und die scharf geschnittenen Züge ihrer Navajo-Herkunft, die sie jedoch in ihrer Hingabe an Haus Hiritsu hinter sich gelassen hatte. Im Vergleich dazu wirkte der Teint von Terry Chan gelb, sogar gelbsüchtig. Ihr dunkles Haar war kürzer, feiner und wellte sich an den Enden etwas. Wie verschieden doch diese zwei Frauen waren, dachte Aris. Er bemerkte wohl die Arroganz in Terry Chans Haltung, die zu sagen schien, daß sie sich dem Rest der Welt überlegen fühlte.

»Die überfluteten Sektionen des *Totschläger* wurden

getrocknet und so gut es unsere Feldausrüstung erlaubt, repariert«, sagte Lanzenführer Chan ohne jede Einleitung. »Er hat die Mobilität des rechten Armes vollständig verloren, den Laser konnten wir jedoch retten.«

Nach einer höflichen Pause sprach Raven Clearwater: »MechKrieger Lewis hat den Arm in einem Winkel von neunzig Grad befestigt, daher kann der Laser im Kampf weiterhin eingesetzt werden.«

Aris blickte zu den hohen, mit Kletterpflanzen bewachsenen Bäumen hinüber, unter denen die Frauen gerade hervorgetreten waren. Er konnte seinen *Spuk* gerade noch so erkennen. Die anderen BattleMechs seiner Kompanie waren tiefer im Dickicht versteckt. Sie hatten in dem kilometerbreiten Dschungelgürtel, der hier bis an den Fluß reichte, Deckung genommen. Die Regierung von Kaifeng hatte in regelmäßigen Abständen den Dschungel stehen lassen, da sie die Ökologie des Planeten nicht ernstlich gefährden wollten. Nun bot dies den Kriegern Haus Hiritsus ein relativ sicheres Versteck. »Sind wir dann bereit weiterzuziehen?«

Terry Chan nickte. »Elf Mechs sind betriebsbereit und könnten Gefechtspositionen einnehmen«, sagte sie. Sie hielt ihren Gesichtsausdruck bemüht nüchtern, als sie Aris daran erinnerte, daß er gerade einen Krieger verloren hatte.

Aris war bei weitem zu geübt darin, die Haltung zu wahren, als daß er sie hätte merken lassen, daß der Pfeil getroffen hatte, obwohl er sich innerlich krümmte. Justin Loup hatte sein Leben gegeben, um die Sicherheit seines Kompanieführers und der anderen Haus-Krieger zu gewährleisten. Sein Opfer hatte ihnen die kostbaren Sekunden geschenkt, die sie brauchten, um auf die andere Flußseite zu kommen. Justin hatte eine hervorragende Leistung erbracht, immerhin mußten sie den *Kampfschütze* aus dem Fluß fischen. Aris rechnete Loup den Abschuß dreier schwerer Panzer und zweier BattleMechs zu. Ein außergewöhnliches letztes Gefecht.

Aber jetzt war Justin tot, und Haus Hiritsu hatte seinen Mut und seine Stärke verloren, weil Aris seine Leute in eine Falle geführt hatte. Er hatte offenbar von Anfang an die militärischen Führer Kaifengs unterschätzt. Sie hatten ihn an Nochen und dann wieder am Hafenterminal erwartet. Aris war sich sicher, daß Ty Wu Non was dazu zu sagen hatte. Nun, beim nächsten Mal würde Aris auf sie warten, wenn die Streitkräfte Kaifengs auf ein Schlachtfeld seiner Wahl kämen. Der Feind hatte einen Fehler gemacht, und Aris würde ihn ausnutzen.

»Befehlen Sie unseren Kriegern, die Reaktoren hochzufahren und sich marschbereit zu machen«, sagte er. »Wir marschieren gegen Tarrahause.«

Beide Frauen sahen überrascht aus, aber nur Terry Chan sprach herausfordernd: »Tarrahause? Sie ändern den Plan?«

Die gleiche Anklage hätte Aris häufig Ty Wu Non gegenüber äußern wollen. Es fühlte sich seltsam an, mal auf dieser Seite zu stehen. »Der Plan sah immer vor, die Verteidiger aus der Stadt zu locken, damit wir leichter mit ihnen fertig werden konnten, um dann die Stadt ohne Hindernis zu nehmen«, erklärte er. »Das haben wir erreicht. Tarrahause hat eine volle Kompanie, unterstützt von Panzern, ausgeschickt, um uns zu stoppen. Wie stark kann da die Garnisonsstreitkraft noch sein? Wir stoßen jetzt zur Stadt vor, bevor die Söldner uns zuvorkommen können.«

Raven ließ den Blick über den Fluß schweifen, über die Straße, die am Ufer des Jinxiang entlangführte und die ungefähr acht Kilometer flußabwärts auf Tarrahause traf. Sie sprach ihre Gedanken laut aus, so als ob sie versuchte, sie zu ordnen. Aris hatte aber das Gefühl, daß sie ihren Kompanieführer unterstützen wollte, ohne eine Konfrontation mit Terry Chan direkt einzugehen. »Wir können sicher sagen, daß die Söldner noch nicht zurückgekehrt sind, da die Straße auf der anderen Flußseite der schnellste Rückweg ist, und sie sind hier noch nicht vorbeigekommen. Nähmen sie einen anderen Weg, würden wir sie weit hinter uns lassen.«

Aris nickte. »Es gibt auf dieser Flußseite eine ähnliche Straße, nur ungefähr zehn Klicks flußabwärts. Auf ihr können wir schneller vorstoßen. Zudem habe ich die *Lao-tzu* kontaktiert. Es gibt keine Anzeichen für Landungsschiffaktivitäten, also sind die Söldner zu Fuß.«

»Aber wir haben die Garnisonsstreitmacht nicht besiegt.« Terry Chans Tonfall war kaum respektvoll zu nennen.

»Das Primärziel dieses Angriffs verlangt nicht nach ihrer Elimination«, sagte Aris ruhig. »Es besteht darin, die Nahrungsmittellieferungen nach Sarna zu unterbinden – und in der Einnahme von Kaifeng. Wenn wir Tarrahause jetzt einnehmen, können wir den gesamten Distrikt stillegen. Dadurch sind wir in der besseren Position, sobald die Söldner versuchen, die Stadt zurückzuerobern.«

»Haben Sie die neue *Interpretation* der Pläne an Bataillonskommandant Non übermittelt?« fragte Terry Chan mit unverhohlener Feindseligkeit.

»Er war nicht abkömmlich. Die Kaifeng-MSM wird von Söldnern unterstützt und hält ihn außerhalb von Beijing fest. Er mußte das Landungsschiff entsenden, damit es in die Lage kam, sich mit den übriggebliebenen Luft/Raumjägern zu befassen. Daher ist er momentan außerhalb der Kommunikationsreichweite. In der Tat scheint es nur Senior-Kompanieführer Lindell leicht zu haben, mit Franklin unten in der südlichen Hemisphäre.«

Terry Chan kreuzte die Arme herausfordernd, obwohl sie ihre Worte vorsichtig wählte. »Bataillonskommandant Non könnte es für voreilig halten, Tarrahause anzugreifen, solange in unserem Rücken feindliche Streitkräfte stehen. Wenn wir Kompaniestärke beibehalten, könnten wir damit fortfahren, die Hafenterminals entlang des Flusses zu schließen. Und wenn die Söldner uns erneut angreifen, wären wir stark genug, sie zu vernichten.«

Aris merkte, wie wegen Terry Chans Mangel an Unterstützung in ihm der Ärger hochstieg. Erst wollte sie die Streitkräfte in kleinere Einheiten aufspalten als vom Plan vorgesehen, und nun argumentierte sie dafür, auf Kompaniestärke zu bleiben. Solange sie innerhalb des Hauses gleichrangig blieben, war er bereit, ihre Feindseligkeit zu ignorieren, aber das konnte er ihr jetzt nicht mehr erlauben. Hatte sie denn keinen Respekt vor den Traditionen, wenn schon vor nichts anderem?

»Das würde uns unnötig verlangsamen.« Er versuchte geduldig zu bleiben. »Und in Anbetracht dessen, daß die Söldner sich bereits im Feld befinden, würden sie gemäß Ihrem Vorschlag zuviel Spielraum haben, um zu manövrieren. Nehmen wir jedoch Tarrahause ein, engen wir ihren Bewegungsspielraum ein. Es ist der gleiche Plan, nur von einer anderen Richtung aus umgesetzt.«

»Ein bekannter Feind auf offenem Feld ist besser.«

Terry Chan würde auch noch diskutieren, wenn Aris behauptete, daß der Himmel über Kaifeng blau sei. Er fühlte, wie sich seine Muskeln spannten, und wie sich diese Spannung wie ein Umhang über seine Schultern legte. »Lanzenführerin Clearwater, geben Sie meine Befehle bitte an die Kompanie weiter. Sagen Sie aber MechKriegerin McDaniels, daß ich sie zu sehen wünsche, bevor sie ihren Mech hochfährt.«

»Selbstverständlich, Kompanieführer Sung.« Raven Clearwater drehte sich zackig um, ganz so, als ob sie von der Spannung zwischen den beiden Hiritsu-Offizieren nichts bemerkt hätte.

Aris beobachtete die verschiedenen Ausdrücke, die auf Terry Chans Gesicht miteinander in Widerstreit lagen. Erst Feindseligkeit, dann Argwohn – und schließlich Besorgnis. Nach Justin Loup war Jill McDaniels die fähigste MechKriegerin der Kompanie und wahrscheinlich die nächste in Frage kommende Person für die Position als Lanzenführer. Terry Chan fragte sich vermutlich, ob Aris seine frühere Drohung, sie zu ersetzen, wahr machen würde.

»MechKrieger McDaniels ist ein Mitglied meiner Lanze, Kompanieführer.«

Aris stand nur da, beobachtete den Fluß und überließ sie ihren Sorgen. Nach diesem Ärger beruhigten ihn das langsame Fließen des Flusses, die Wirbel und Strömungen, die langsame, majestätische Kraft.

»Wenn Sie Befehle haben, sollten sie durch mich übermittelt werden.«

Aris warf ihr einen langen, taxierenden Blick zu, bemerkte das leichte Zucken in ihrem rechten Augenwinkel, der ihre Nervosität verriet. »Vielleicht *sollte* ich etwas mit Ihnen besprechen, Terry Chan.«

»Ja, Kompanieführer?«

Ganz erstaunlich, wie die angedeutete Drohung einer Degradierung ihre Höflichkeit steigerte. »Chan, Ich weiß, daß Sie mich nicht mögen. Es ist ganz gleich, ob das an meinem Lebenslauf, meiner Art zu kommandieren oder meiner Persönlichkeit allgemein liegt. Es ist mir egal. Sie müssen mich nicht mögen, aber Sie haben meine Position zu respektieren.« *Oder ich finde jemanden, der das tut.* Er sprach es nicht aus, aber ihr Gesichtsausdruck zeigte ihm, daß das auch gar nicht nötig war.

»Selbstverständlich, Kompanieführer Sung.«

Er nickte. »Abtreten.«

Sie zögerte, als ob sie versuchte, ihre nächsten Worte vorsichtig zu formulieren. »Ich sorge dafür, daß MechKrieger McDaniels sofort zu Ihnen geschickt wird.«

Eine clevere Art, das Thema wieder aufzugreifen, ohne zu hartnäckig zu wirken. Aris ließ sich erweichen und hoffte, sie würde es als Geste guten Willens sehen. »Danke. Ich habe von Raven Clearwater und anderen gute Berichte erhalten. Ich hielt ein persönliches Lob für angebracht.«

»Ja. Natürlich.« Terry Chan nickte einmal und ging respektvoll rückwärts, dann drehte sie sich und marschierte energisch zur Baumlinie zurück.

Aris seufzte. Er bezweifelte, daß das Problem damit gelöst wäre, aber er hatte ihr etwas zum Nachdenken gegeben, und vielleicht änderte das ihr Verhalten wenigstens für den Moment. In der Zwischenzeit mußte er über Tarrahause nachdenken. Es war an der Zeit, daß er sich mehr dem Feind widmete, statt sich mit solch kleinlichen Auseinandersetzungen zu beschäftigen. Er hob einen Stein auf und warf ihn über das Wasser. Aris beoabachtete, wie er mehrfach über die Wasseroberfläche hüpfte, bevor er schließlich versank.

Er realisierte plötzlich, daß er kaum anders als Ty Wu Non geklungen hatte, als er Terry Chan die Standpauke hielt. Er war sich nicht sicher, ob ihm das gefiel.

11

Tarrahause-Brücke, Shé-Shan-Hügel
Distrikt Tarrahause, Kaifeng
Souveränität Sarna, Chaos-Marschen

20. Juli 3058

Drei Kilometer flußaufwärts von Tarrahause nahm der Jinxiang ungefähr einen ost-westlichen Verlauf zwischen den Shé-Shan- oder Schlangen-Hügeln hindurch. Am nördlichen Ufer folgte die Hügellandschaft dem Fluß zwei Kilometer weit nach Westen. Die grün bewachsenen, sanften Hügel und Täler erinnerten den Reisenden an eine Schlange. Am südlichen Ufer zogen sich die Erhebungen in Form eines verkümmerten Z erst nach Süden und dann nach Südosten. Eine kleine Brücke verband die beiden Ufer des Jinxiang; sie war gerade hoch genug, daß die Lastkähne darunter durchfahren konnten. Der Fluß floß schnell dahin. Er wurde durch die Hügel auf eine Breite von weniger als zweihundert Metern reduziert. Daher war die Brücke für die BattleMechs der sicherste Übergang.

Und eine gute Stelle für einen Hinterhalt.

In der Pilotenliege seines TG2-O *Totschläger* festgeschnallt, hob Major Karl Bartlett das Fernglas an seine Augen. Durch den Sichtschirm seines Cockpits und einer Öffnung in der Tarnung suchte er das Südufer nach Mechaktivitäten ab. Major Bartlett kommandierte die Dritte Kompanie der Kaifeng-MSM. Alle seine zwölf Mechs standen hinter sorgsam konstruierten Deckungen am Nordufer. Die Mechs waren auf niedrige Leistung heruntergefahren und warteten im Hinterhalt auf Haus Hiritsu. Seine Artilleriebeobachter oben in den Shé-Shan-Hügeln hatten berichtet, daß die

Invasoren auf zwei Kilometer heran waren. Und Jacobs Juggernauts hatten die Spur der Capellaner aufgenommen und würden sie schon bald vor sich herjagen. Jetzt konnte es nicht mehr lange dauern, dachte er. *Dann vielleicht zeige ich Cyndi Fallon, wie eine Invasion richtig gestoppt wird.*

Lieutenant General Cynthia Fallon hatte in Erwartung des Angriffs Haus Hiritsus die Dritte Kompanie drei Tage zuvor Tarrahause zugewiesen. Sie hatte außerdem die Söldner in die entfernteren Regionen entsandt, um die Invasoren zu zermürben und aus dem Gleichgewicht zu bringen. Ihre Strategie verlangte eine Serie von begrenzten Scharmützeln.

»Versuchen Sie, sie zu schwächen«, sagte sie. »Lassen Sie sich zurückziehen. Wir werden keine Alles-oder-nichts-Konfrontation herausfordern, bevor Sarna uns nicht verstärken kann.« So wie sie sprach, klang es, als ob die Truppen von Sarna jederzeit eintreffen müßten – das war seltsam. Und dann hatte Fallon heute morgen eine Liste mit Primärzielen herumgegeben, gekennzeichnet durch das MechDesign.

Bartlett haßte es, wenn ihm die Taktik vorgegeben wurde, und besonders zuwider war es ihm, gesagt zu bekommen, welche BattleMechs angegriffen werden sollten und welche nicht. Im Kampfeifer sollte ein MechKrieger nicht darüber nachdenken müssen, ob ein feindlicher Mech auf einer Liste stand oder nicht. Der Kampf war schnell und hart, und auf solche Details achten zu müssen, bot den sichersten Weg zur Niederlage.

Aber Fallon spielte ihre Karten vorsichtig – Bartletts Wort dafür war ›ängstlich‹ – aus. Sie war darüber besorgt, den capellanischen Krieger-Haus-Truppen gegenüberzutreten. Sie wollte ihre Informanten glücklich sehen, damit sie weiter mit Informationen versorgt werden würden, und versuchte beständig Zeit zu gewinnen. Sowie Bartlett die Sache sah, sollte man jede Schwäche des Gegners ausnutzen. Und das war genau das, was er tun würde. Zur Hölle mit den Befehlen des Generals. Es würde ihnen nicht leichtfallen, einen Helden vor ein Kriegsgericht zu stellen.

Eine Bewegung erregte seine Aufmerksamkeit, und Bartlett stellte sein Fernglas scharf. Auf der anderen Seite des Jinxiang, nahe an der Brücke, war ungefähr eine Kompanie BattleMechs aus dem lichten Dschungel getreten, der an das Südufer grenzte. Die Mechs waren mit Schlingpflanzen und Zweigen und großen, nassen Blättern getarnt. Die linke Torsoseite aller Mechs war schwarz gestrichen, so daß sie aussah wie ein Stück Nachthimmel. Auf der linken Brustseite war eine strahlendweiße Katana zu sehen, deren Schneide wie eine Mondsichel geformt war.

Haus Hiritsu.

Bartlett zählte elf BattleMechs. Das bestätigte, was er von der Kompanie unter Aris Sung wußte. Dann sah er den *Spuk*, der vermutlich dem capellanischen Kompanieführer gehörte, auf die Brücke zugehen. *Bald*. Bartlett las auf einem Hilfsmonitor den Zustand seiner Bewaffnung ab. Er checkte die Konfiguration seines Mech nun schon zum zwölften Mal. Sein *Totschläger* war einer von zwei OmniMechs der Inneren Sphäre, die im Kaifeng-MSM-Bataillon Dienst taten. Er war ihnen zu der Zeit zum Test überlassen worden, als die Einheit noch Teil des Vereinigten Commonwealth war. Bartlett war besonders stolz auf seinen Mech, obwohl er sich mit der modularen Bauweise der Waffen immer noch etwas unwohl fühlte.

Mit den zwei 80-mm-LB-X-Autokanonen als Armen konnte er die Mitte der Brücke entweder mit normaler oder mit Bündelmunition beschießen. Eine Fähigkeit, die ihm sehr gelegen kam, und die er so gut wie möglich nutzen würde. Er koppelte beide Autokanonen an seinen Zielerfassungsschaltkreis, so daß er mit dem Auslöser beide Waffen gleichzeitig abfeuern konnte.

»Komm zu mir«, wisperte er.

Die Brücke war schmal, aber auf hohe Tragkraft ausgelegt. Aris haßte sie vom ersten Moment an. Sie konnten sie nur einer nach dem anderen überqueren, und die vorderen Mechs würden die Schußlinie der folgenden blockieren. Er bestimmte, daß Terry Chan und ihre Feuerlanze die Führung übernehmen sollte, damit ihre schwereren Mechs so bald wie möglich am anderen Ufer eine Art Brückenkopf bilden konnten. Er führte die Vorauslanze, die nach dem tragischen Verlust von Justin Loup nur noch aus drei mittelschweren BattleMechs bestand, danach auf die Konstruktion. Raven Clearwater bildete mit ihrer Unterstützungslanze aus mittelschweren Mechs die Nachhut. Aris war schon halb rüber, als Chans *Cataphract* seinen massigen Metallfuß aufs Nordufer setzte.

Seine Sensoren schrien ihm eine Warnung entgegen, und er sah im gleichen Moment, wie vier BattleMechs aus dem Dschungel siebenhundert Meter nördlich hervorbrachen und die Waffen abfeuernd auf die Brücke zukamen.

Aris' *Spuk* schwankte beim Aufprall der Bündelmunition der Autokanone; einige Fragmente trafen sein Cockpit und warfen ihn in die Haltegurte seiner Pilotenliege. Glücklicherweise wurde durch die Konstruktion des *Spuk* viel von der Kraft des Stoßes absorbiert, und Aris kam mit einem leichten Klingeln in den Ohren davon. Das Klingeln ging nur zu bald in einem schnell auf- und abschwellenden Heulton unter, der ihn vor einer Raketenzielerfassung seiner Maschine warnte. Durch seinen Sichtschirm konnte Aris die weißen Rauchfahnen sehen, die die Langstreckenraketen, die ein *Dunkelfalke* abgefeuert hatte, hinter sich herzogen.

Er brauchte keine Sekunde, um zu reagieren. Auf der Brücke festgenagelt, konnte er nicht viel machen. Jede rückwärtige Bewegung wurde von seiner eigenen Lanze unterbunden. Yan Lus 70-Tonnen-*Donner* hatte am Fuß der Brücke abgewartet, um seine schwere Autokanone abzufeuern. Dadurch hatte Aris keine fünfundsiebzig Meter zwischen sich und dem *Donner*, um den Raketen auszuweichen. Das reichte bei weitem nicht. Er könnte von der Brücke springen und im Jinxiang Deckung nehmen, aber das hieße, die Kompanie zu verlassen. Das war nicht akzeptabel.

Aris trat hart auf die Pedale des *Spuk*. So hart, daß er die Stange, die sich sonst vor und zurück bewegte, um die Richtung der Bewegung und die Geschwindigkeit zu kontrollieren, auf den Boden drückte, wo sie einen Begrenzungsschalter betätigte. Der Computer des BattleMech ignorierte die normalen Pedalkommandos und leitete Plasma aus dem Fusionsreaktor zu den Sprungdüsen am Rücken des *Spuk*.

Der 55-Tonnen-Mech erhob sich auf Feuerlanzen in die Luft, sprang den Raketen aus dem Weg und beschrieb einen Bogen zum Nordufer und damit zum Kampf. Während er noch in der Luft war, gab er einen ersten Schuß aus seinem schweren Impulslaser ab. Er wurde mit einem Treffer gegen die rechte Torsoseite des *Dunkelfalke* belohnt. Unter dem scharlachroten Strahl schmolz die Panzerung. Es reichte noch nicht, um durchzukommen, aber Aris hoffte, daß das den Söldner jetzt etwas nachdenklich stimmen würde.

Er bemerkte seinen Irrtum erst, als *der Spuk* am Nordufer landete. Aris hatte angenommen, daß die feindlichen Krieger Söldner wären. Die vier Mechs waren mittelschwer, sein Computer identifizierte sie als einen *Totschläger*, zwei *No-Pasaran* und den *Dunkelfalke*. Er hatte eine ziemlich genaue Vorstellung von der Stärke des Feindes auf Kaifeng. Und für ihn machte es Sinn, daß dies eine Hilfslanze der Söldnerkompanie war, auf die sie bereits gestoßen waren, und die für den Fall, daß der anfängliche Angriff fehlschlug, in Reserve gehalten wurde. Beide waren in den hellen und dunklen Grüntönen einer Dschungeltarnung angestrichen. Es handelte sich um eine Truppendivision, die Aris unter ähnlichen Umständen so auch aufgestellt hätte.

Der feindliche *Totschläger* änderte alles.

Totschläger waren Kampfmaschinen von 45 Tonnen mit einem sehr charakteristischen Aussehen. Schulter und Torso sahen wie ein Geschützturm aus, und anstelle der üblichen kantigen Arme hatte er zwei schwere Laser. Dieser Mech aber war größer und hatte eine eckige, kompakte Silhouette. Die großkalibrigen Läufe an jedem Arm konnten nur 80-mm-Autokanonen sein.

Modular! Als Aris seine taktische Anzeige betrachtete, schrie das Wort förmlich in seinem Kopf auf. Der Beweis war direkt neben dem roten Dreieck aufgemalt, der die Zugehörigkeit des feindlichen Mech angab. Kein TG-2, wie er dachte, sondern ein TG2-*O*. Ein OmniMech. Eine Innere-Sphäre-Version der fortgeschrittenen Technologie der eindringenden Clans.

Diese Kampfmaschine paßte nicht zu dem Profil der Söldner, von denen sie am Hafenterminal Zwölf angegriffen wurden. Jene Mechs hatten Standarddesign und -technologie. Noch nicht einmal Haus Hiritsu hatte bis jetzt Omnis im Einsatz, obgleich das Krieger-Haus ansonsten mit einem hohen Prozentsatz an topaktuellen Mechtypen aufwarten konnte, die praktisch noch heiß vom Reißbrett kamen.

Aris überstand noch einige weitere Lasertreffer gut, rief auf seinem Primärmonitor ein Videobild des *Totschläger* auf und schaltete auf Vergrößerung. Da war der Beweis, ein Wappen oben am rechten Bein. Ein Dreieck aus drei vierstrahligen Sternen vor einem roten Schild, das Emblem der Souveränität Sarna.

Lanzenführer Chan kam offensichtlich zum gleichen Schluß wie Aris. Er konnte selbst über die Funkverbindung ihren Ärger und ihre Frustration hören. »Aris, das sind MSM-Truppen!« Die Art und Weise, in der sich ihre Transmission mit der der anderen Hiritsu-Krieger mischte, die sendeten, sagte Aris, daß sie nicht ihren privaten Kanal benutzte. »Sie haben uns in einen Hinterhalt gelockt. Ich habe Sie gewarnt ...«

Aris konnte diese Insubordination nicht ignorieren, nicht auf den allgemeinen Frequenzen. Er schnitt ihr das Wort ab. »Lanzenführer Chan, Sie werden sich jetzt zurückhalten!«

Er drehte den *Spuk* nach rechts und hielt vom Flußufer aus unter einem schiefen Winkel auf die feindlichen Mechs zu. Er verließ sich als Verteidigung ganz auf seine Geschwindigkeit. Wenn er die Flanke des Feindes beschäftigen könnte, dann hätten es die schwereren Kampfmaschinen am Brückenkopf leichter, die MSM-Lanze einfach zu überrollen. Die Hiritsu-Krieger waren immer noch im Vorteil. »Konzentrieren Sie das Feuer auf den *Totschläger*«, befahl er. Der Omni mußte der Lanzenkommandant sein. »Unterstützungslanze und Vorauslanze mit Höchstgeschwindigkeit vorwärts. Feuerlanze vorrücken und angreifen.«

Ein halbes Dutzend LSRs spickten die rechte Hüfte des *Spuk*, die Schüsse mit der Autokanone und wenigstens ein weiteres Dutzend Raketen verfehlten ihn nur knapp. Aris drehte sich wieder, diesmal zur linken, und eilte sich, den *Dunkelfalke* abzufangen. Dieser war jetzt zwischen ihm und dem Rest der Kaifeng Mechs, und Aris hoffte, bald unterhalb der effektiven Reichweite der Langstreckenraketen zu sein, bevor sie wieder abgeschossen werden konnten.

Bei zweihundert Metern feuerte er seinen schweren und ein Paar mittelschwere Impulslaser ab. Alle scharlachroten Strahlen trafen ihr Ziel und rasierten noch mehr von der Panzerung des *Dunkelfalke* an seinem linken Bein und rechten Torso ab. In Aris' Cockpit wurde es plötzlich heiß, da der Fusionsreaktor zum gleichzeitigen Aufladen aller drei Waffen eine Leistungsspitze liefern mußte. Die Hitze trocknete ihm Augen und Mund aus und überzog seinen ganzen Körper mit einem Schweißfilm. Aris blinzelte, weil er nur noch verschwommen sah, und leckte sich dann den salzigen Schweiß von den Lippen. Noch ein Schuß in den rechten Torso des *Dunkelfalke,* und er würde die innere Struktur wegfressen. Da, wo die Raketen gelagert wurden. Aris grinste bei der Vorstellung des Abschusses.

Seine Sensoren schrien ihm wieder eine Warnung zu. Mehrere schwere Treffer schlugen an der rechten Seite seines *Spuk* ein; Aris kämpfte um die Kontrolle seines Mech. Er wunderte sich, was zum Teufel, jetzt wieder passiert war. Er rang mit dem Steuerknüppel, versuchte das Gleichgewicht zu halten, während der Neurohelm, den alle MechKrieger trugen, Signale von seinem Innenohr zu dem schweren Gyroskop im Torso des *Spuk* sandte. Es gelang ihm, einen Sturz zu vermeiden. Ein schneller Blick auf die Schadensanzeige zeigte, daß er an seiner rechten Seite ungefähr anderthalb Tonnen Panzerung verloren hatte. Nirgendwo ein Bruch, aber einige rote Bereiche wiesen darauf hin, daß an ein paar Stellen nicht mehr viel fehlte.

Auf seinem HUD wimmelten die feindlichen Mechs. Sein Computer zeigte vier weitere rote Dreiecke auf dem taktischen Display. Und dann noch vier. Aris schwenkte herum, um seinen Rücken dem Fluß zuzuwenden, und bearbeitete die Pedale. Der *Spuk* zog sich rückwärts aus der Bedrohung zurück. Der Boden, auf dem er stand, hatte von den Fehlschüssen Löcher, war verbrannt und rauchte. Plötzlich hatte er das Gefühl, daß er sich glücklich schätzen konnte, nur einen Teil seiner Panzerung verloren zu haben.

Zwei Lanzen Kaifeng-BattleMechs kamen aus dem Dschungel hervor. Aris konnte durch den Sichtschirm beobachten, daß mit Raketen bewaffnete BattleMechs wie der *Dunkelfalke* und ein neu angekommener *Orion* Raketensalven abschossen, die einen Bogen beschrieben und dann auf der Brücke landeten. Die mit nichtballistischen Waffen ausgerüsteten Mechs richteten diese auf ihn. Aris trat wieder auf die Pedale. Vergessen war der *Dunkelfalke* und dessen geschwächter rechter Torso. Jetzt wollte Aris nur noch so viel Distanz wie möglich zwischen sich und die angreifende MSM-Kompanie bringen, bevor seine Maschine durch deren konzentrisches Feuer in einen Schlackehaufen verwandelt wurde.

»Donner-Sprengköpfe auf der Brücke«, rief jemand über Funk. »Wiederhole, Donnerminen auf der Brücke.«

Aris hatte gerade den Höchstpunkt seines Sprunges erreicht und senkte sich zur Landung am nördlichen Brückenkopf. Bei diesen Nachrichten fluchte er deftig. Donner-Sprengköpfe waren eine ganz spezielle Munition für LSRs. Sie detonierten über dem Boden und gaben Hunderte kleiner Bomben frei, die ein Gebiet äußerst effektiv verminten. Als der *Dunkelfalke* und der *Orion* eine neue Raketensalve abschossen, wußte er, daß auch diese auf die Brücke fallen würden. Sie wollten ihnen den Fluchtweg abschneiden.

Die Feuerlanze fiel im Angesicht einer ganzen feindlichen Kompanie zurück. Aris' Vorauslanze war am Nordende der Brücke zusammengedrängt. Raven Clearwater und ihre Leute waren immer noch über die ganze Brücke verteilt. *Je länger wir hier sitzen, desto größer werden ihre Chancen, uns einzukesseln.* Aris biß sich so fest auf die Lippe, daß sie zu bluten anfing. Es war das zweite Mal in genauso vielen Tagen, daß er einen Rückzug anordnen mußte. Aber er konnte ein Verlierer-Szenario erkennen, wenn er eins sah. Der Kaifeng-Kommandant hatte die Initiative ergriffen, und Aris war nicht dazu bereit, das Leben der Krieger des Hauses Hiritsu aufs Spiel zu setzen, um seine persönlichen Ruhmesgelüste zu befriedigen. Er hatte bereits einen seiner Männer verloren. Er würde keinen weiteren verlieren.

Aris öffnete einen allgemeinen Kanal zu seiner Kompanie. »Zurückziehen. Wiederhole, ans Südufer zurückziehen. Sprungfähige Mechs durch die Luft. Alle anderen passen so gut wie möglich auf die Donner-Minen auf. Feuerlanze, brechen Sie den Kampf jetzt ab. Yan Lu, übernehmen Sie die Nachhut. Sie müssen rückwärts gehen, um ihnen die unbeschädigte Panzerung zuzuwenden.«

Yans *Donner* hatte von allen BattleMechs aus Aris' Kompanie die beste Panzerung. Er könnte Treffer von der Donner-Munition besser als jeder andere überstehen. Und seine Autokanone würde die MSM-Mechs davon abhalten, zu dicht zu folgen.

Den Rückzug so gut wie möglich vorbereitet, wendete Aris den Mech und rannte zum Flußufer. Mit einem Sprung konnte der *Spuk* fast zweihundert Meter schaffen. *Das wird knapp,* dachte er, als er zum dritten Mal in diesem Kampf seine Sprungdüsen einsetzte und auf das andere Ufer zuhielt.

Er schaffte es nicht.

Während er sich stetig in die Luft erhob, beobachtete er durch seinen Sichtschirm, wie seine Leute zum Südufer zurückkehrten.

»Sobald wir rüber sind, jagen wir die Brücke in die Luft«, sagte er. Das würde die Kaifeng-Truppen dazu zwingen, sie nur mit ihren sprungfähigen Mechs zu verfolgen, oder sonst müßten die Hälfte ihrer Mechs hinüberwaten und wären dann für seine Leute ein leichtes Ziel.

»Lanzenführer Clearwater, gehen Sie am Südufer zur Verteidigung über.« Das war das letzte Kommando, das er geben konnte. Vom Nordufer kam ein blau-weißer PPK-Strahl von Partikeln und Energie auf ihn zu und traf seinen Mech hundert Meter vom Ufer entfernt. Das PPK-Feuer bohrte sich in seinen ohnehin geschwächten rechten Torso, brannte die Reste der Panzerung weg und fraß sich in den Endostahl des Internen Skeletts. Es ruinierte auch zwei der drei Sprungdüsen, die hier montiert waren.

Fünfundfünfzig Tonnen Metall und Myomer fliegen nicht besonders gut, wie man sich vorstellen kann. Plötzlich die Hälfte seiner Fähigkeiten zu verlieren, und das mitten im Sprung, war mehr als das Gyroskop des *Spuk* ausgleichen konnte. Der Mech taumelte heftig nach rechts und fand sein Gleichgewicht nicht wieder. Aris kämpfte um die Kontrolle, aber er war chancenlos.

Der *Spuk* glitt tief über die Brücke, verfehlte Richard Smith' *Verteidiger* nur knapp und plumpste dann fünfzig Meter flußab von der Brücke in den Fluß. Der Aufprall warf Aris nach vorne, seine Haltegurte schnitten tief in Schultern und Bauch, und dann schlug er heftig zurück gegen die Rückenlehne der Pilotenliege.

Noch bevor der *Spuk* den Grund des Flusses erreichte, hatte Aris Sung das Bewußtsein verloren.

12

Jinxiang-Fluß
Distrikt Tarrahause, Kaifeng
Souveränität Sarna, Chaos-Marschen

20. Juli 3058

Aris kletterte lautlos durch das offene Fenster. Er schnitt sich von der Leine los und trat auf den Boden aus Hartholz. Sein Ziel, ein gewisser Captain James Luange, saß nur wenige Schritte entfernt mit dem Rücken zum Fenster an einem Tisch. Aris atmete ruhig und zwang sich, nicht zu schlucken, um die Trockenheit in seinem Mund zu vertreiben. Schlucken konnte gehört werden. Aus dem rechten Ärmel seines engen Pullovers zog er einen dünnen Draht, an dessem einen Ende ein Metallnagel von Fingerlänge und am anderen ein Metallring hing. Zog man den Nagel durch den Ring, formte sich die Garrotte zu ihrer tödlichen Schlaufe. Nun blieb nichts weiter zu tun, als die Schlaufe über den Hals des Opfers zu werfen und fest am Nagel zu ziehen. Aris hatte diesen Mann auf exakt diese Weise schon einmal zuvor getötet.

Auch beim zweitenmal erwartete er kein Problem.

Ein starker Arm legte sich von hinten über Aris' Brust und umklammerte ihn mit Bärenkräften. Die andere Hand legte sich über Nase und Mund, und er konnte nicht mehr atmen. *Kam durchs Fenster, genau wie ich.* Der Gedanke zuckte ihm durch den Kopf, während er sich gegen die Umklammerung wehrte, die so stark wie ein Stahlband zu sein schien. Das war zuvor nicht geschehen. Irgend etwas war hier falsch. Niemand – niemand, der nicht Mitglied von Haus Hiritsu war – hätte wissen sollen, daß er kam.

Aris' Sicht verschwamm, verzerrte seinen Blick auf das Büro. Der Raum war, von ein paar Lichtflecken abgesehen, düster. Seine Brust brannte durch den Mangel an Sauerstoff, und er fühlte, wie sich ein taubes Gefühl in seinen Muskeln breitmachte. Er versuchte, die Hand des anderen zu ergreifen, die weiterhin auf seine Brust drückte. Aber er bekam keinen Halt. Verzweifelt schlug und kratzte er nach ihr, versuchte einen Ansatzpunkt zu finden. Dann fiel er nach vorne. Seine rechte Schulter wurde herumgerissen, war immer noch im Griff des anderen, aber die Hand war von seinem Gesicht genommen, und er konnte atmen.

Kaum.

Aris wachte auf und merkte, wie er von den rechten Haltegurten herabhing und über den Cockpitkontrollen baumelte. Durch seinen Sichtschirm war nur Dunkelheit zu sehen. Er versuchte, einen tiefen Atemzug zu nehmen, aber eine glühende Faust schien nach seiner Lunge zu greifen. *Ich bin im Fluß*, erkannte er. *Und verbrauche meinen letzten Sauerstoff.*

Selbst durch den Nebel, der sich langsam lichtete, aber seine Gedanken noch immer verlangsamte, verstand Aris, was gerade geschah. Er wurde bewußtlos, als der *Spuk* in den Jinxiang fiel, und nun lag der Sichtschirm seines Cockpits im schlammigen Grund des Flusses. Wie lange er ohne Bewußtsein war, wußte er nicht sicher. *Jedoch lange genug, um den größten Teil meiner Luft verbraucht zu haben, auch wenn sie im Recycler immer noch gereinigt wird.* Das Luftreinigungssystem, das kontinuierlich frische Luft von außen einzog, natürlich ordentlich gefiltert, hatte sich beim Eintritt ins Wasser automatisch abgeschaltet, und Aris war nicht in der Lage gewesen, seine Notluftvorräte zu aktivieren.

Und dann hatte er diesen seltsamen Traum. Die

Schwierigkeiten mit der Atmung. Und der Druck gegen seine Brust, da hing er wohl in den Haltegurten. Irgendwie, als er an der ›Hand‹ zerrte, die gegen seine Brust drückte, hatte er tatsächlich den linksseitigen Freigabeknopf getroffen. Und dann war da noch etwas anderes… Etwas wichtiges, an das er sich jetzt nicht erinnern konnte…

Mit den Füßen drückte sich Aris an der Ecke seiner Kontrolltafel ab und öffnete die rechten Haltegurte. Danach setzte er den Neurohelm ab. Mit einem raschen Ruck entfernte er die Sensorkonsolen von Hüfte und Brust. Als nächstes löste er seine Kühlweste von der Kühlmittelzufuhr und war jetzt endlich in der Lage, sich frei zu bewegen.

Da der Mech sozusagen auf dem Gesicht lag, brauchte Aris eine Sekunde, um seine Gedanken zu sammeln und das Luftventil zu finden. Das Drehen des ersten Kugelventils um neunzig Grad stellte das Luftreinigungssystem auf Unterwasserbetrieb um. Das zweite Ventil startete die Zufuhr frischer Luft in einer festgelegten Rate aus den Tanks im Torso des Mechs in das Cockpit. Aris erhöhte die Luftzufuhr für einige Minuten, um die schlechte Luft im Cockpit erst zu ersetzen, bevor er zum Normalbetrieb überging, der ihn im Notfall mehrere Stunden am Leben halten konnte.

Die BattleMechs waren ursprünglich nicht für den Einsatz unter Wasser konstruiert worden, sie *waren* aber für begrenzte Operationen im Vakuum oder unter lebensfeindlichen Atmosphären gebaut worden, wo die gleichen Prinzipien galten. Ein MechKrieger hing von der Panzerung seines BattleMechs ab, die ausreichend druckdicht sein mußte. Ein eingebautes Reserveluftsystem zusammen mit den normalen Recyclern sorgten im Cockpit für eine atembare Atmosphäre. Diese Luft konnte, reguliert durch einen Computer, einen Krieger für einige Zeit am Leben und wohlauf erhalten. Ferner gab es für den Fall, daß ein Krieger in einem Schutzanzug den Mech verlassen wollte, einen Sicherheitsspielraum, der es erlaubte, daß das Cockpit zweimal ins Vakuum entlüftet und dann wieder auf Standarddruck gebracht wurde.

Unter Wasser waren die Sorgen eines MechKriegers größer, da zum einen ein Integritätsverlust überall ein Problem darstellen würde und nicht nur beim Cockpit. Aris beugte sich über die Kontrolltafel und begann mit dem Systemcheck. Das Glück hatte ihn nicht verlassen; der Mech besaß noch immer eine vollständige Hüllenintegrität. Jetzt mußte er entscheiden, was er als nächstes tun sollte. Darin lag das zweite Problem mit Unterwasseroperationen. Man konnte nicht sagen, was über einem vorging.

Nach Aussage des Computers hatte er drei Stunden auf dem Grund gelegen. Früher Abend. Sein letzter Befehl an die Kompanie war der Rückzug in den Dschungel gewesen. Terry Chan hatte bestimmt kurz danach den Befehl über die Kompanie übernommen. Wie seine Leute jedoch mit der Situation umgegangen waren, entzog sich Aris' Kenntnis. In Anbetracht der taktischen Situation war er sich jedoch sicher, daß sie sich zurückgezogen hatten. Vielleicht hatten sie noch ein paar Minuten den südlichen Brückenkopf gehalten, auf ihn gewartet, aber sicherlich nicht eine Stunde lang. Nicht mit einer Söldnerstreitmacht, von der sie nicht wußten, wo sie war, und der Kaifeng-MSM am Nordufer.

Das warf eine weitere Frage auf. Was ist aus der Kaifeng-MSM-Kompanie geworden? Wenn sie Terry Chan und den Rest seiner Krieger verfolgt hatten, könnten die beiden Seiten genausogut dreißig Kilometer von hier in einen Kampf verwickelt sein. Wenn nicht, dann könnten sie an der Brücke oder entlang dem Ufer stehen. Vielleicht sogar nach ihm suchen. Nein, er wagte es nicht, hier wieder an die Oberfläche zu kommen. Er mußte wenigstens einen halben Kilometer flußabwärts gehen, bevor er es versuchte.

Besser einen ganzen Kilometer.

Besser noch, zwei.

Aris setzte wieder den Neurohelm auf und manövrierte seinen *Spuk* vorsichtig zur Flußmitte, wo er aufstehen konnte, ohne vom Ufer aus entdeckt zu werden. Er schnallte sich erneut in der Pilotenliege fest und begann die langwierige und anstrengende Aufgabe, den Fluß entlangzugehen. Den Luftrecycler hielt er unter strikter Computerkontrolle.

Auf dem Weg hatte er genug Zeit nachzudenken. Er watete zwei Kilometer durch das schlammige Wasser und paßte insbesondere darauf auf, im tiefsten Teil zu bleiben und sich so langsam zu bewegen, daß die Oberfläche ruhig blieb. Bei dieser Vorsicht brauchte er ganze fünfundvierzig Minuten. Aber dann erkannte Aris seine besondere Position. Er war fit. Sein *Spuk* hatte nur einen leichten Schaden erlitten, abgesehen von der Zerstörung zweier Sprungdüsen. *Und er war hinter den feindlichen Linien.* Es erinnerte ihn an Gei-fu, und wo dieser sich positioniert hatte, um Haus-Hiritsu anzugreifen – und der nur durch Aris' Bluff gestoppt werden konnte. Ein Mech, der dort auftauchte, wo ihn der Feind am wenigsten erwartete, konnte entscheidend sein. Warum hatten sie nicht früher daran gedacht, die ganze Kompanie unter Wasser nach Tarrahause hineinzuführen?

Am Ende brachte Aris' Unentschlossenheit die Entscheidung. Er konnte nicht mit Sicherheit sagen, daß Ty Wu Non wollen würde, daß er wieder zu seiner Kompanie stieße. Es war genauso wahrscheinlich, daß der Kommandant ihm befehlen würde, seine Position bei Tarrahause zu halten. So war die einzige

Antwort, seinen *Spuk* in einem Versteck zu sichern und dann zu versuchen, den Bataillonskommandanten zu erreichen.

Aber warum den Spuk *bei Tarrahause sichern,* dachte er plötzlich, *wenn ich ihn nach Tarrahause hineinbringen kann?*

13

K'ung-fu-tzu-Park, Tarrahause
Distrikt Tarrahause, Kaifeng
Souveränität Sarna, Chaos-Marschen

20. Juli 3058

Der K'ung-fu-tzu-Park war in den frühen Abendstunden äußerst beliebt. Die Leute ruhten sich auf den hölzernen Bänken aus oder schlenderten die Kieswege entlang, die von den hohen Bäumen des Parks beschattet wurden. An der Südseite trennte eine zweispurige Straße den Park vom Sandstrand des Sees Ch'u Yuan. Die Füßgängerüberwege waren voll von denen, die zu einem späten Picknick am See unterwegs waren, und denen, die nach einem Nachmittag am Strand nun zurückkehrten.

Li Wynn stand, an einen der immergrünen Bäume gelehnt, an der Südgrenze des Parks. Die rauhe Rinde fühlte sich durch das leichte Baumwollhemd kratzig an. Der junge Mann tat so, als streckte er sich und genieße die kühle Brise, die vom See herwehte. Alle paar Sekunden zuckten seine Augen aber nach rechts und links, während er gewohnheitsmäßig nach Beute Ausschau hielt. Und nach der Djing-cha, der Kaifeng-Polizei. Es war bisher ein profitabler Tag gewesen: drei Brieftaschen und eine Kamera, die auf den Handtüchern am Strand zurückgelassen worden waren. Der Tag war bisher profitabel genug, um eine Arbeitspause einzulegen und seine persönliche Neugier zu befriedigen.

Warum geht ein Mann im See schwimmen, hat aber kein Handtuch und keine Sandalen mitgebracht?

Li war von Natur aus ein aufmerksamer Beobachter. Das mußte man in seinem Gewerbe sein, wenn man nicht hoppgenommen werden wollte. Er hatte gesehen, wie der Mann stolpernd aus dem Wasser kam, wie wenn er nach einem langen Tag des Schwimmens erschöpft gewesen wäre. Er wirkte älter als Li, vielleicht um fünf Jahre, also wäre er wohl ungefähr vierundzwanzig oder fünfundzwanzig. Ein Asiate, und sehr sportlich. Ein schnelles Kopfschütteln, um einen Teil des Wassers aus den schulterlangen, schwarzen Haaren zu schleudern, und dann schlenderte er vom Strand weg, als ob er alle Zeit der Welt hätte. Genau wie ungezählte andere. Außer, daß er nur Shorts trug, keine Sonnenbrille und kein Badetuch, kein T-Shirt oder Sonnenschutz. Er trug nicht einmal Zehensandalen, um seine Füße vor dem heißen Sand oder ein paar Minuten später vor dem heißen Fußgängerweg zu schützen.

Jetzt ruhte sich der Mann auf einer der Parkbänke aus und sah den Mädchen hinterher, als wäre es die natürlichste Sache der Welt. Nur daß Li niemanden sonst erblickte, der barfüßig über den Kiesweg ging. Das alles beunruhigte Li, er hatte das Gefühl, etwas Offensichtliches zu übersehen.

Der Mann hatte sein Interesse auf einen Rotschopf gerichtet. Das Mädchen kam auch gerade erst vom Strand. Sie war mit einem Sarong und Bikini bekleidet und trug einen Netzbeutel lässig über der Schulter. Sie kam an der bewußten Bank vorbei und schien den Mann, der sich umdrehte, um ihr nachzuschauen, nicht zu bemerken. Einen Augenblick lang glaubte Li, daß der Fremde aufstehen und ihr folgen würde, da die geschürzten Lippen des Mannes auf Hintergedanken schließen ließen, und er schließlich mit einem entschlossenen Nicken und Blick auf das Ziel seiner Gelüste schnell aufstand.

Jedoch nur, um mit einem Pärchen, das gerade vorbeikam, zusammenzustoßen.

Es folgte ein Gespräch, von dem Li annahm, daß es der übliche Austausch von Entschuldigen wäre. Der Mann deutete den Pfad entlang, in die Richtung, in die das Mädchen gegangen war. Li mußte beim Anblick des enttäuschten Gesichtsausdrucks des Fremden lächeln, als dieser feststellte, daß der Rotschopf in einem der Seitenwege verschwunden war. Mit einer letzten entschuldigenden Geste sank der Mann mit hängenden Schultern wieder auf die Parkbank zurück. Das Pärchen hakte sich unter, die Frau lächelte mitfühlend, und dann setzten sie ihren Weg fort.

Der Mann schüttelte noch immer enttäuscht den Kopf. Dann erhob er sich erneut, diesmal vorsichtiger, und ging dem Pärchen hinterher. Einen Moment später wählte er einen Seitenweg, sein Schritt war entschlossen, als ob er das Objekt seiner Begierde noch einholen könnte.

Li zuckte mit den Schultern. Das schien doch eine ganz alltägliche Geschichte zu sein. Er nahm aus seinem Hemd eine Sonnenbrille und setzte sie auf. Dann stieß er sich vom Baum ab. Der Kies knirschte unter seinen Turnschuhen. Wenn man möglicherweise rennen muß, trug man besser Schuhe, die mehr Schutz boten als Sandalen. Er kam an der Parkbank vorbei, auf der eben noch der Fremde gesessen hatte, bemerkte den feuchten Fleck auf dem Holz, den die nassen Shorts hinterlassen hatten.

»Djing-cha!«

Bei dem Ruf schreckte Li Wynn auf, suchte instinktiv nach dem schnellsten Fluchtweg sowie der Quelle des Schreis. Er sah das junge Pärchen von eben. Der junge Mann zog seine Freundin an der Hand hinter sich her, als sie den Weg zurück zur Bank eilten. »Sie«, rief er, deutete auf Li. »Sahen Sie den Mann, der hier gesessen hat? Asiate? Mit Shorts?«

Li zwang sich zur Ruhe. Er wäre beinahe losgestürzt, als der Mann auf ihn zeigte. Jetzt, da alle Leute in der Nähe aufmerksam wurden, waren die Chancen, sich herauszureden, besser als die einer Flucht. »Ja«, sagte er. *Lüge niemals, wenn die Wahrheit irreführend sein kann.* Diese Regel hatte er schon früh auf den Straßen gelernt. »Irgendwas nicht in Ordnung?«

»Meine verdammte Brieftasche wurde gestohlen«, fauchte der Bursche und blickte sich suchend nach dem Taschendieb um. »Haben Sie gesehen, welchen Weg er genommen hat?«

Li mußte keine Überraschung vortäuschen. Der Mann hatte sich direkt vor seinen Augen ein Opfer ausgesucht und einen perfekten Griff getätigt! In ihm stieg das natürliche Bedürfnis auf zu lügen, den anderen Dieb zu decken, aber Li unterdrückte das Gefühl. Falls ihn ein anderer gesehen hatte, würde ihn eine Lüge selbst verdächtig machen. Also sagte er die Wahrheit, oder etwas in der Richtung.

»Ich weiß nicht genau, wo er hin ist«, sagte Li. Er wählte seine Worte mit Bedacht und kaschierte das, indem er sich übers Kinn strich und vorgab, sich zu konzentrieren. »Ich erinnere mich aber, daß er keine Schuhe trug. Ich glaube nicht, daß er lange auf dem Kies geblieben ist.« Li scharrte leicht am Boden und verstreute ein paar Steinchen. »Er ist bestimmt wieder zum Strand geschlichen.«

Der andere Mann blickte über die Straße und suchte den Teil des Strandes, den er von hier erkennen konnte, ab. Mindestens ein halbes Dutzend Männer von ähnlichem Körperbau und Aussehen waren in Sichtweite.

»Danke, Freund.« Seine Freundin wieder hinter sich herziehend, ging er unachtsam über die Straße und achtete nur auf die Gesichter der Leute um ihn herum.

Li nickte, zuckte mit den Schultern und ging dann langsam den Kiesweg entlang. Er nahm die gleiche

Abzweigung wie der Dieb, beschleunigte und begann eine eigene Suche nach dem Mann. Sein Verhalten wurde von seiner Neugier bestimmt und nicht vom gesunden Menschenverstand. Man sollte einen Dieb nicht in die Enge treiben. Das konnte häßlich werden. Aber die Tatsache, daß der Dieb einerseits so herausragende Arbeit geleistet hatte, aber andererseits seine Kleidung so schlecht gewählt hatte, sagte Li, daß der Mann wahrscheinlich in Schwierigkeiten war und wohl Hilfe brauchen würde.

Zwanzig Meter weiter vorne kreuzte ein anderer Weg den seinen. Nun gab es drei Wege, die der Bursche genommen haben konnte, und Li versuchte, die Gedanken eines Kollegen nachzuvollziehen. Wenn er an seiner Stelle wäre, wäre er erst geradeaus gegangen, um die Distanz zu vergrößern. An der Abzweigung zur Linken würde er riskieren, in sein Opfer zu laufen. Der Weg zur Rechten führte zum Tatort zurück, wo die Polizei mit ihrer Suche beginnen würde. Dann erinnerte er sich an die Ruhe, mit der der Mann das Opfer nach dem Griff verfolgt hatte. Dazu brauchte man Nerven – zu riskieren, daß das Opfer den Verlust erst bemerken würde, wenn der Taschendieb längst eine andere Abzweigung gewählt hatte.

Li wandte sich nach links und streifte leicht eine Hecke, die rechts des Weges wuchs. Er schlug einen schnellen Schritt an. Rennen würde so aussehen, als ob er den Mann verfolgte und nicht nach ihm suchte. Ein kleiner, aber wichtiger Unterschied. Er dachte noch immer darüber nach, wie er denn eigentlich vorgehen wollte, als er eine Hand spürte, die sich wie ein Schraubstock um seine Schulter schloß. Er wurde herumgewirbelt. Schon das zweite Mal innerhalb von fünf Minuten wurde Li Wynn überrascht.

Sein erster Gedanke war, daß er auf den richtigen Weg getippt hatte.

Sein zweiter Gedanke war, daß der Taschendieb die ganze Zeit gewußt hatte, daß er beobachtet wurde, und *sein* Verhalten vorausberechnet hatte.

»Ich bewundere Beharrlichkeit«, sagte Aris Sung. »Wenn ich mich nicht täusche, haben Sie ein Angebot für mich. Nicht wahr?«

14

K'ung-fu-tzu-Park, Tarrahause
Distrikt Tarrahause, Kaifeng
Souveränität Sarna, Chaos-Marschen

20. Juli 3058

Bisher war das Schwierigste für Aris gewesen, aus seinem BattleMech herauszukommen.

Er hatte eine Stunde damit verbracht, den Jinxiang hinunterzugehen. Er hatte nur einmal die Oberfläche durchbrochen, und das versehentlich, als sich der Fluß verbreiterte und flacher wurde. Glücklicherweise war jene Stelle abgelegen gewesen, und Aris war mit seiner Maschine wieder schnell untergetaucht. Danach hatte er sich noch langsamer und vorsichtiger bewegt.

Die Änderungen in der Wassertemperatur und die Absenkung des Grundes sagten Aris schließlich, daß er den See Ch'u Yuan erreicht hatte. So weit Aris sich daran erinnern konnte, war der See überall mindestens zehn Kilometer breit und hatte die Form eines umgedrehten L. Der Jinxiang speiste den See am nordöstlichen Ende und floß am südwestlichen Ende wieder heraus. Tarrahause rahmte den Außenwinkel ein. Wenn Aris gewollt hätte, hätte er seinen *Spuk* direkt ins Herz der Stadt führen können.

Aber das gehörte nicht zum Hiritsu-Plan. Nicht jetzt. Aris mußte einen Weg finden, sich mit Ty Wu Non zu beraten. So brachte er seine Kampfmaschine an einen Ort, weniger als einen halben Kilometer von Tarrahause entfernt und nur fünfzehn oder zwanzig Meter tief.

Dann hatte er das Problem, das Cockpit zu verlassen, ohne daß es überflutet wurde.

BattleMechs konnten zum Vakuum geöffnet werden,

das ja. Da mußte hinterher nur die entwichene Luft ersetzt werden. Aber ein Vakuum schloß auch nicht die Stromkreise kurz. Wasser dagegen war etwas ganz anderes. Zudem befand sich die Cockpitluke an der Rückseite des Kopfes des *Spuk*. Wenn er die Luke einfach so geöffnet hätte, wäre das Cockpit vollgelaufen.

Aris' Lösung, nun, ein Teil der Lösung, bestand darin, den *Spuk* mit dem Sichtschirm des Cockpits nach oben in den schlammigen Seegrund zu legen. Dadurch wäre die Luke der tiefste Punkt des Mechcockpits. Dann könnte er einfach die Luke öffnen und ins Wasser gleiten, während die Luft unmöglich entweichen konnte.

Aris machte sich an die Arbeit. So sehr er sich aber auch abmühte, es gelang ihm nicht, die Luke auch nur um einen Millimeter zu bewegen. Der Wasserdruck! Aris hätte sich ohrfeigen können, daß er dies nicht gleich bedacht und soviel Energie verschwendet hatte. Niemand kann in zwanzig Meter Wassertiefe eine Luke gegen den Wasserdruck öffnen.

Danach war der zweite Teil der Lösung ein Kinderspiel. In den nächsten Minuten erhöhte er den Druck im Cockpit. Dazu mußte er das Recyclersystem abschalten und von Hand Luft aus den Reservetanks strömen lassen. Er mußte den erreichten Druck abschätzen, aber nachdem er viermal durch Schnauben seinen Ohrendruck angepaßt hatte, rechnete er damit, daß es nun gut sei. Dieses Mal öffnete sich die Luke mit Leichtigkeit, hing nach unten in das kalte Seewasser, während ein kleiner Teil der Cockpitluft sich ihren Weg nach oben erkämpfte und blubbernd an der Außenseite des Mechkopfes nach oben stieg.

Im Vergleich dazu war das Anbringen einer Markierung einfach. Wie die meisten anderen BattleMechs auch, hatte der *Spuk* eine Notausrüstung. Aris band zwei zehn Meter lange Nylonschnüre zusammen. Ein

Ende befestigte er am äußeren Lukenrad. Dann leerte er zwei Flaschen eines Sportdrinks, der in MechKriegerkreisen sehr beliebt war, um die in der Hitze des Cockpits verlorengegangenen Elektrolyte zu ersetzen, und band sie an das andere Ende der Schnur. Nach einem tiefen Atemzug glitt er in die kalte Umarmung des Ch'u Yuan und zog die Markierung hinter sich her. Er schloß die Luke hinter sich und schwamm mit den Flaschen im Schlepptau zur Oberfläche.

Wassertretend suchte er nach ein paar Landmarken am Ufer, um eine ungefähre Vorstellung davon zu gewinnen, wo er den *Spuk* versteckt hatte. Einen halben Kilometer zu schwimmen war hart, aber Aris war recht gut in Form. Im Park ruhte er sich aus. Er war sich die ganze Zeit des Jugendlichen bewußt, der ihn beobachtete. Dann verschaffte er sich etwas Reisegeld und ging weiter. Er wartete direkt auf der anderen Seite der Hecke, um herauszufinden, wie beharrlich und kompetent sein Schatten war.

Nun saß er auf einem kalten Betonsockel in der Mitte des Parks und lehnte sich gegen die Statue von K'ung-fu-tzu. Der große chinesische Gelehrte in einfacher Robe erhob sich graniten über ihm. Sein faltiges Gesicht spiegelte seine Weisheit wider, und er schien laut aus einem Buch zu lesen, das er in einer Hand hüfthoch hielt. Die andere Hand war erhoben, als ob er die Menge zu ihm rufen wollte, auf daß sie seine Rede hörten.

Ob man ihn nun K'ung-fu-tzu oder Konfuzius nannte, er blieb Meister K'ung, und Aris kannte alle Reden und Schriften des Weisen. Viele seiner Lehren gehörten zum Herz des Hauses Hiritsu und waren für seine Art zu leben genauso wichtig wie der Lorix-Orden. Die Lehren definierten die grundsätzlichen Beziehungen, seien es die zwischen Vorgesetzten und Untergebenen, oder die zwischen Gleichen. Seinen

Platz im Leben zu wissen, war das Herz des Konfuzianismus. Gehorche Vorgesetzten. Behandle Untergebene rechtschaffen. Und habe immer, immer Respekt vor der Position des anderen im Leben, ungeachtet seines Ranges oder Standes.

Aris hatte an dem Tag, an dem er in Haus Hiritsu aufgenommen wurde, geschworen, nach diesem Codex zu leben. Er bot ein gutes Gegengewicht zu seinen anderen Schwüren, denen des Lorix-Ordens, die von ihm verlangten, sich als Krieger auszuzeichnen. Die Kombination erklärte, daß Krieg gerechtfertigt war, aber durch die Vernunft gemäßigt sein sollte. Diese und andere Schwüre halfen, das Krieger-Haus zu definieren, einmal in bezug auf sich selbst und in bezug auf seinen Platz in der Konföderation Capella.

Das Baumwollhemd, das Li ihm geliehen hatte, war ihm zu klein und spannte in den Schultern, aber Aris schüttelte die Unbequemlichkeit einfach ab. Der Junge würde bald in den Park zurückkommen, zusammen mit gekauften oder gestohlenen Hemden und Sandalen. Aris konnte nicht anders, als von ihm als Kind zu denken, obgleich Li Wynn wenigstens neunzehn oder zwanzig terranische Standardjahre alt war. Li schien genau die Person zu sein, die Aris wahrscheinlich geworden wäre, hätte er es nicht geschafft, in Haus Hiritsu aufgenommen zu werden. Dadurch war er schnell erwachsen geworden. Li hatte diesen Vorteil nicht genossen, und Aris bezweifelte, daß er je etwas anderes als die Straße kennengelernt hatte.

Er hörte das leise Geräusch von Turnschuhen auf Beton, einen Moment bevor er eine Veränderung des Schattens der Statue bemerkte. Jemand versuchte sich von hinten anzuschleichen und benutzte die Statue, um den eigenen Schatten zu verbergen. Aris konnte nicht entscheiden, ob Li Wynn ihn beeindrucken wollte oder ob der Straßenjunge immer so seine Fähigkeiten testete. Er wollte letzteres glauben, aber wie auch immer, es wäre nicht damit getan, so zu tun, als ob er nichts gemerkt hätte.

»Viel zu unruhig, Li Wynn. Sie dürfen die Ungeduld nie die Oberhand gewinnen lassen.«

Ein Paar schwarze Zehensandalen fielen auf den Beton neben Aris und er schaute auf. Li Wynn stand hinter ihm mit einem dunklen Hemd in seine rechte Hand geknüllt. Zögernd nickte Li. »Entschuldigen Sie, daß es so lange gedauert hat.«

Aris stand auf und zog schnell das Hemd, das Li ihm geliehen hatte, über den Kopf, und gab es diesem zurück. »Ich bin nicht in der Position, wählerisch zu sein. Ich schätze Ihr Hilfsangebot.« Aris zog die Brieftasche, um die er das Pärchen erleichtert hatte, und nahm zwei zwanzig C-Noten heraus. »Das sollte für den Einkauf reichen.«

Li Wynn erwähnte nicht, daß dieser Betrag sicher dreimal so hoch war, wie der Einkauf tatsächlich gekostet hatte. Aris' Achtung für den jüngeren Mann stieg noch ein wenig. Was nicht gesagt wurde, konnte manchmal genauso wichtig sein, wie das, was gesagt wurde. »Wohin werden Sie jetzt gehen?« fragte Li.

»In die Stadt«, antwortete Aris unbestimmt. »Ich muß noch einige andere Einkäufe erledigen. Ich war«, er machte hier eine Pause und grinste, »*gezwungen*, meine Habseligkeiten anderswo zurückzulassen.«

»Sie sind neu in Tarrahause.«

Aris' Grinsen verebbte. Der Bursche drängte nach Informationen, und Aris war sich nicht sicher, inwieweit er Li Wynn vertrauen konnte. Andererseits sollte man einen Straßenkontakt nicht leichtfertig aufgeben. »Wie kommen Sie darauf?«

Nun grinste Li. »Wenn Sie hier *Verbindungen* hätten, würde ich Sie kennen.«

Das war vermutlich richtig. Aris konnte sich noch an

seine eigene Zeit auf der Straße erinnern, als es zum Überleben gehörte, am Gesicht zu erkennen, wer ein Undercover-Schnüffler war und an wen man sich um einen Rat wenden konnte, einen Rat, für den natürlich ordentlich bezahlt werden mußte. »Okay. Ich bin nicht von hier. Aber ich bleibe vielleicht eine Weile hier, und muß mich also eingewöhnen und die lokalen… Gebräuche büffeln.« *Was heißt, auf welche Zehen ich vermutlich treten werde?* Aris war besorgt. Wenn es in Tarrahause organisiertes Verbrechen gab, wäre es ihm schneller auf den Fersen als die Polizei. Sie würden ihn nicht automatisch der Polizei übergeben, aber sie würden das tun, was sie für das beste für sich selbst halten würden. Aris stellte sich besser gut mit ihnen.

Li schürzte die Lippen, als ob er darüber nachdächte, inwieweit *er* Aris trauen konnte. »Nun, zuerst einmal sind Sie in erstklassigen Jagdgründen. Am Strand ist es leicht, einen Griff zu machen, allerdings wird er aber auch recht gut von der lokalen Djing-cha patrouilliert. Und über kurz oder lang wird wohl das Kriegsrecht verhängt, und das ist nie gut für das Geschäft.«

Aris nickte verständnisinnig. Kriegsrecht bedeutete, daß Diebe auf der Stelle erschossen werden konnten. Es bedeutete Ausgangssperre und Militärpräsenz auf den Straßen. »Ich habe von dem ganzen Ärger gehört. Haben Sie eine Vorstellung, wie lang sich das hinziehen wird?«

»Franklin ist bereits gefallen. Für Mahabodhi sieht es nach der Mahabodhi-Nachrichtenstation auch nicht gut aus.« Li schüttelte den Kopf. »Dieser General Fallon, sie führt die Kaifeng-MSM, sie hat bereits zwischen den drei Distriktstädten eine Nachrichtensperre verhängt. Die einzigen Nachrichten kommen von und über Mahabodhi.«

Das klang gar nicht gut. Eine Kommunikationssperre würde Aris' Möglichkeiten, mit Bataillonskommandant Non in Kontakt zu treten, ernstlich einschränken. »Ich nehme an, daß das nicht für Stationen von ComStar gilt.«

»Nicht direkt«, schnaubte Li Wynn. »Aber ComStar hat eine ihrer berüchtigten Preiserhöhungen durchgeführt.«

Das paßte. *Ich muß also an mehr Bargeld kommen. Aber dann kann ich über Franklin jemanden von Haus Hiritsu erreichen.* Ein Tag. Vielleicht auch zwei. »Haben Sie eine Idee, wo ich eine billige, unauffällige Unterkunft für ein paar Tage finden kann?« fragte er. Aris merkte, wie er wieder in die Sprache und das Verhalten der Straße verfiel.

»Nehmen Sie einen Bus in die Stadt. Wenn Sie über die Fünfzigste Straße rüber sind, dann sind Sie in der Zone.«

Aris mußte nicht nachfragen, was das sei. Jede Stadt hatte ihre ärmeren Viertel, die meist von denen, die keine andere Wahl hatten, als hier zu leben, einen fast liebevollen Spitznamen erhielten. »Nochmals Danke, Li. Ich schulde Ihnen was.«

Li zögerte kurz, überlegte, ob er Aris noch mehr sagen sollte. »Schauen Sie. Wenn Sie noch etwas Action brauchen, dann gehen Sie zu einem Ort, der Monte's heißt. Ich muß einige Nachrichten überbringen, einige Leute treffen. Wenn etwas dabei herauskommt, kann ich Sie vielleicht beteiligen.«

Aris dachte, daß der Jüngere zu vertrauensselig sei, aber dieses Mal würde er ihm keine Lektion erteilen. »Monte's. Ich werde es mir merken.« Er zog die Brieftasche aus seiner Hose, entnahm ihr eine Handvoll Geldscheine und übergab die Börse dann an Li. »Tun Sie mir den Gefallen und werfen Sie sie irgendwo weg, ja?«

»Ist gemacht.«

Aris ging weiter. Er hatte eine weitere zwanzig C-Note in der Brieftasche gelassen. Das würde Li zweifelsohne vor dem Wegwerfen entdecken. Man konnte auf den Straßen keine Loyalität kaufen; jeder, der je hier gelebt hatte, wußte das. Aber großzügige Geldgeschenke stärkten den Eigennutz. Aris war sich sicher, daß er Li Wynn wiedersehen würde. Vielleicht hatte er dann eine bessere Vorstellung von der Lage auf Kaifeng. Wenn er sein Kommunikationsproblem nicht bald lösen könnte, wäre er gezwungen auf eigene Faust zu handeln.

Und das versetzte Aris mehr als alles andere, was ihm auf diesem Planeten zugestoßen war, in Furcht.

15

Beijing-Flugplatz, Beijing
Distrikt Beijing, Kaifeng
Souveränität Sarna, Chaos-Marschen

22. Juli 3058

Das Verwaltungsgebäude lag direkt neben dem Haupthangar des Beijinger Flugplatzes. Die *Dainwu,* oder Großer Tiger, das Landungsschiff der Overlord-Klasse Haus Hiritsus, stand auf dem Stahlbeton-Landeplatz vor dem Hangar. Seine Höhe von sechsunddreißig Stockwerken ließ alles andere um sich herum zwergenhaft erscheinen. Auf dem Gelände des Flugplatzes patrouillierten sechs BattleMechs. Zusätzlich umringten zwei Züge Hiritsu-Infanterie den Hangar und das Verwaltungsgebäude.

Der kleine Konferenzraum des Gebäudes war nur für sechs Personen ausgelegt. Am Tisch saßen Bataillonskommandant Non, Infanterie-Commander Jessup und die drei BattleMech-Kompanieführer, zu denen nun Terry Chan gehörte. Jeder Kompanieführer hatte auch einen Lanzenführer mitgebracht, aber da es am Tisch nicht genug Stühle gab, standen sie hinter ihrem jeweiligen Kompanieführer. Zu Terry Chan gehörte Jill McDaniels, die nach dem Verschwinden von Aris zum Lanzenführer befördert worden war. Eine interessante Wahl in Tys Augen. Technisch gesehen hätte sie von Raven Clearwater begleitet werden sollen. Andererseits wollte sie vielleicht den Hauptteil ihrer Kompanie keineswegs, nicht einmal in einer Kampfpause, unter dem Kommando des dienstjüngsten Lanzenführers lassen.

Ty stand hinter seinem Stuhl, nachdem er den anderen bereits befohlen hatte, sich zu setzen. Er stützte sich auf die Lehne, quetschte das Vinylpolster zusammen. Es mußten Belobigungen ausgesprochen werden und auch Verwarnungen. Keines von beidem lag ihm, aber in seiner Rolle als Haus-Meister wurde es von ihm erwartet. Der erste Tagesordnungspunkt lag jedoch in der Feststellung des Status eines verlorenen Sohnes des Hauses.

»Kompanieführer Chan. Ihrem Bericht zufolge ist Aris Sung bei der Überquerung des Jinxiang verschwunden, aber es gab keinen Beweis für seinen Tod. Ist Aris Sung also vermißt oder verstorben?«

Terry Chan fuhr mit den Fingern durch ihr kurzes Haar. »Ich müßte sagen, vermißt, Bataillonskommandant. Mehrere von uns sahen, wie der *Spuk* in den Jinxiang fiel, aber das schien eher von einem fehlerhaften Sprung denn von einem tödlichen Treffer verursacht worden zu sein. Wir hielten den Brückenkopf so lange, wie es vertretbar erschien, und zogen uns dann gemäß seinen letzten Befehlen zurück. Eine Lanze der Kaifeng-MSM schloß sich mit den Söldnern zusammen und trieb uns immer weiter weg. Wenn Aris überlebt haben sollte, ist er, meiner Einschätzung nach, entweder gefangen oder verfügt über keinen BattleMech mehr. Wie auch immer, er wäre uns momentan nicht von Nutzen.«

Ty Wu Non hielt sein Gesicht neutral. Er hatte Aris Sung immer abgelehnt, erst wegen der Art, in der er in die Dienste Haus Hiritsus getreten war, und danach wegen seiner überlegenen Ausführung seiner Pflicht. Wenn Ty nicht diesem Straßenjungen als Ausbilder zugewiesen worden wäre, sondern sagen wir, James oder Lindell, wäre vielleicht einer dieser Kompanieführer in die Position des Haus-Meisters aufgestiegen. Ty hätte es vorgezogen, denken zu können, daß er diese Position durch seine eigenen Fähigkeiten erreicht hatte. Aris war jedoch eine stete Erinnerung, daß er Hilfe hatte. Daß er diese Hilfe nötig gehabt hatte.

Aber Ty Wu Non würde jetzt der Haus-Meister *werden,* wenn kein Unglück dazwischenkam, und als Haus-Meister konnte er sich diese kleinlichen Eifersüchteleien und Rivalitäten, die unter den jüngeren Haus-Mitgliedern üblich waren, nicht mehr leisten. Das hatte Virginia York ihm beigebracht. Nicht mit so vielen Worten, wohl aber durch die Unparteilichkeit ihrer Führung. Ty schwor sich, danach zu streben, diesen Standard zu erreichen.

»In Ordnung. Aris Sung wird also als im Dienst vermißt geführt. Wenn er noch lebt, wird er ohne Zweifel versuchen, mit uns Kontakt aufzunehmen. Jeder«, er machte eine Pause, und sah Terry Chan direkt in die Augen, »*jeder* hat auf einen solchen Versuch zu achten.« Ty ignorierte die leichte Röte, die in Chans Gesicht aufstieg. Er mochte es nicht, sie rauszupicken, aber er wußte auch, wie stark die Versuchung wäre, ein Signal von Aris einfach zu ignorieren. *Hätte ich das getan?* Nein, er wollte das nicht von sich glauben.

»Statusbericht«, bellte er, zwang seinen Geist von solchen Gedanken fort und richtete die Aufmerksamkeit auf seinen Kommandostab. »Die von Aris ausgearbeiteten Pläne haben recht gut funktioniert, selbst in Anbetracht des frühen Verlustes von Haus-Meisterin York und der Tatsache, daß Kaifeng offensichtlich auf uns vorbereitet ist. Senior-Kompanieführer Lindell hat den Distrikt Franklin abgeschnitten und die Kontrolle über die Stadt übernommen. Ganz gemäß dem ursprünglichen Zeitplan. Thom?«

Thom schaukelte mit seinem Stuhl zurück, bis dieser nur noch auf zwei Beinen stand, während sein Gesicht vollkommen ausdruckslos wurde. Ty wußte, daß der Bericht trocken und fast monoton werden würde. Er schätzte die Selbstkontrolle des anderen, hatte aber immer das Gefühl, das etwas Wichtiges ausgelassen werden konnte, ohne daß es jemand anders jemals merken würde.

»Uns stand nur eine einzige Lanze der Kaifeng-MSM, unterstützt von einer Lanze Söldnern und verstärkt von einer Kompanie Panzern gegenüber«, begann Thom Lindell. Jedes seiner Worte hatte die gleiche präzise Intonation. »Aris Plan hatte ihre Aktionen perfekt vorhergesagt. Wir verfügen über die Kontrolle über die wichtigen Schiffsrouten für ihre wichtigsten Ernteerträge an Reis, Früchten und Gemüse. Als diese nicht mehr in die Stadt geliefert wurden, kamen die Söldner heraus. Von Befragungen wußten wir, daß die Stadt Franklin nur von einer einzigen Lanze der MSM gehalten wurde. Wir erzwangen die Konfrontation und eroberten die Stadt an einem einzigen Tag.«

»Senior-Kompanieführer Lindells detaillierter Bericht über die von beiden Seiten eingesetzten Taktiken liegt auf Disk vor«, informierte Ty die anderen. »Ich schlage vor, daß sie sich diese auf dem Rückweg zu ihren Kommandos ansehen.« Er sah Lindell wieder an. »Aufstellung der Streitkräfte?«

»Ich nehme nicht an, daß Lieutenant General Fallon versuchen wird, Franklin zurückzuerobern«, sagte Lindell. »Wir haben uns hinter den Verteidigungen der Stadt gut eingerichtet, und sie hat dringendere Probleme. Ich habe sechs meiner BattleMechs und eine Infanterie-Kompanie in der Stadt gelassen, um sie zu halten. Der Rest erwartet einen neuen Auftrag.«

Ty nickte bestätigend zum Bericht. »Gut gemacht, Thom.« Er war froh, daß Lindell nicht übermäßig ehrgeizig war. Eine solche unerschütterliche Kompetenz könnte ihn sonst über Non gestellt haben, Aris Sung hin oder her.

»Der Vorstoß auf Beijing verlief nicht gemäß dem Zeitplan«, fuhr Ty fort, »aber seit elf Uhr heute morgen haben wir endlich die Kontrolle über diesen Distrikt. Mit Verwendung der *Dainwu* für die Luftüberwachung konnten wir diese verdammten Luft/Raumjäger nach Mahabodhi zurücktreiben. Unsere MechStreitkräfte haben zwei Kaifeng-Lanzen ausgeschaltet und eine komplette Söldnerkompanie vertrieben, von der wir glauben, daß sie sich nach Mahabodhi zurückgezogen hat. Die Kaifeng-MSM-Lanzen haben uns entlang der Schiffsrouten erwartet. Deshalb glaube ich, daß sie wußten, wo wir zuschlagen wollten.«

Ty sah zu Kompanieführer Jason James hinüber. »Das schnelle Handeln von Kompanieführer James verhinderte schwere Verluste. Er trickste drei feindliche Einheiten aus, die in sumpfiges Terrain sprangen, wo sie dann steckenblieben. Gute Arbeit, Jason.«

James nickte, eine Seite seines Mundes verzog sich zu einem Lächeln. Dann wurde er plötzlich ernst, als ihn eine frühere Bemerkung erfaßte. »Wie konnten sie wissen, daß wir kommen?«

»Das ist die Frage. Terry Chan berichtet von einem ähnlichen Vorfall in Tarrahause, und dann ist da noch die Sache mit dem Luft/Raumjägerhinterhalt, als wir Nochen passierten. Hat irgend jemand eine Antwort?«

Terry hatte schnell eine Antwort parat. »Wer auch immer Haus-Meisterin York getötet hat, es war ein Assassine, vielleicht arbeitete das MGUO des Vereinigten Commonwealth noch, als Sarna unabhängig wurde. Sie könnten eine Nachricht durchbekommen haben, die uns entgangen ist.«

Ty Wu Non nickte. »Daran wurde schon gedacht. Ich habe letzte Nacht an die Station eine Nachricht geschickt. Sie werden alle Nachrichtenlogs durchsehen. Die Befragungen aller MSM-Gefangener haben dasselbe ergeben, die Befehle kamen direkt von General Fallon. Von da gibt es also keine Hilfe. Andere Ideen?«

»Nun …«

Ty wendete sich Lanzenführer McDaniels zu. »Ja, Jill? Haben Sie etwas zu sagen?«

Die gerade erst beförderte Lanzenführerin trat unbehaglich von einem Fuß auf den anderen. Dann schien sie ihr zögerliches Verhalten zu registrieren und nahm schnell eine würdevollere Position ein.

»Das beruht nur auf Gerüchten«, sagte sie. »Aber da sind diese *fragwürdigen* Aufträge, die Haus-Meister Ion Rush in den letzten Monaten erteilt hat.« McDaniels schaute sich um, sah, daß sie die ungeteilte Aufmerksamkeit aller besaß. »Ich meine, es gibt Spekulationen darüber, daß sie dazu dienten, die Krieger-Häuser, deren Loyalität zum Kanzler ungewiß ist, zu schwächen.«

Ty griff ihren Gedankengang auf. »Und Sie denken, daß vielleicht der geachtete Ion Rush uns reingelegt hat?« Er schüttelte leicht den Kopf. »Ich sage nicht, daß ich ihm eine solche Taktik nicht zutraue, Jill. Ich denke aber nicht, daß er ein Spiel wie dieses in einer solchen Situation spielen würde. Wir haben es hier nicht mit einer bloßen Übung zu tun. Dies ist eine wohldefinierte Militäroperation, die ein Ziel verfolgt, das für den Staat wichtig ist.«

Thom Lindell beugte sich unmerklich vor. »Lassen wir die Herkunft des Verrates mal beiseite. Haben wir eine frühzeitige Warnung in Betracht gezogen, als wir die Ankunftszeit der Verstärkungen von Sarna vorherberechnet haben?«

Ty fühlte, wie er sich verspannte, während er überlegte, wieviel er ihnen sagen sollte. Dann entschied er sich zur bedingungslosen Offenheit. »Vor zwei Tagen, jedenfalls wenn alles nach Plan ging, sprangen drei der neuen Kriegsschiffe der Konföderation, die bisher unter Geheimhaltung standen, in das System Sarna. Ihre Landungsschiffe tragen nur Luft/Raumjäger. Sarna steht unter einer Blockade, die innerhalb der nächsten Woche noch verstärkt wird. Haus-Meister Ion Rush hatte Haus-Meisterin York einen vollen Monat versprochen. So lange würde Sarna brauchen, um einen Durchbruchsversuch gegen die Kriegsschiffe zu organisieren.«

Mehrere fingen gleichzeitig an zu sprechen und verfielen dann sofort lieber wieder in Schweigen, als sie merkten, daß auch andere redeten. Nach einer angemessenen Pause lehnte sich Kompanieführer James vor und sprach für sie alle. »Drei Kriegsschiffe? Das ist fast alles, was die Konföderation besitzt. Ist das nicht sehr riskant?«

Einige der anderen nickten zustimmend.

»Das Risiko wurde als gering eingeschätzt. Zudem brauchen diese Schiffe einen Test ihrer Fähigkeiten. Sie haben zum Schutz ausreichend Luft/Raumjägerunterstützung, und alle drei halten kontinuierlich die Sprungdaten auf dem neuesten Stand. Sie haben den Befehl, im Notfall die Jäger im Stich zu lassen, um einer etwaigen Zerstörung zu entgehen.« Ty machte eine Pause, hoffte, damit die Spannung zu steigern. »Ich habe mir die Pläne angesehen, und ich glaube, daß die Blockade funktionieren wird.«

Er beobachtete, wie sich die Gesichter seiner Leute entspannten, und ein inneres Feuer wärmte ihn. Wie es auch bei der Haus-Meisterin York war, diese Versicherung schien ausreichend für seine Leute. Er glaubte, einen Schimmer von Zweifel in Terry Chans Augen zu sehen, schrieb das aber dem Wissen um den nächsten Tagesordnungspunkt zu.

»Nächster Punkt«, sagte er mit festerer Stimme, »Tarrahause.« Er gab seiner Stimme ein wenig Schärfe. »Kompanieführer Terry Chan, was geht da vor?« Ty freute sich nicht gerade auf das folgende. Egal, was gesagt wurde, er war sich sicher, daß er Chan würde zurechtweisen müssen. Als Tochter zweier Krieger Haus

Hiritsus, die im Kampf gefallen waren, war sie in den letzten Jahren ein fähiger und würdiger Schützling gewesen. Ty hatte ihre Aufnahme in das Haus befürwortet, und hätte es nicht Aris Sung gegeben, hätte er sie als seine persönliche Schülerin ausgewählt. Aber Ty konnte nun nicht länger aktiv an der Karriere einer Person interessiert sein, und mit der Aufnahme des Kommandos im Distrikt Tarrahause war sie auch für den Mißerfolg, um ihn zu sichern, verantwortlich.

Terry Chan wußte, wie man die Verantwortung trug. Mit geradem Rücken und gestrafften Schultern stand sie ihrem Bataillonskommandanten gegenüber. »Wir haben es in Tarrahause nicht geschafft, die Initiative zu übernehmen. Wie schon erwähnt, schienen sie zu wissen, was wir vorhatten. Söldner, unterstützt von *Von Luckners,* schlugen uns im Hafenterminal. Dann legte uns eine volle Kaifeng-MSM-Kompanie an der Brücke einen Hinterhalt. Unsere Mechs waren durch das konzentrierte Feuer und die Donner-Minen stark beschädigt, daher zog ich mich lieber in den Dschungel zurück, als aus dieser schlechten Position heraus weiterzukämpfen.«

»Wir hatten niemals die Chance, selbst wieder die Initiative zu ergreifen. Der MSM-Kommandant wußte, daß er uns hatte und spielte seinen Vorteil aus. Eine Kaifeng-MSM-Scoutlanze stieß zu der Söldnerstreitmacht, die unserer Spur gefolgt war, und drängte uns aus unserem Operationsfeld. Dann habe ich die *Lao-tzu* gerufen, um aufgenommen zu werden. Seitdem erneuern wir die Panzerung und die Waffen.«

Ty Wu Non fixierte sie. »Ein direkter Angriff auf Tarrahause – vor der Elimination der Verteidigungsstreitkräfte – stellt eine Abweichung vom Plan des Hauses dar.« Er führte das nicht näher aus. Er wollte sehen, wie sie sich auf politisch unsicherem Boden verhielt.

»Kompanieführer Aris Sung interpretierte den Plan

aufgrund der unerwarteten Anwesenheit von Garnisonstruppen auf dem Feld um. Er glaubte, daß wir Tarrahause vor ihnen erreichen und die sicherlich nur kleine Garnisonsstreitmacht in der Stadt besiegen könnten. Er irrte sich.« Sie machte eine Pause, fuhr dann vorsichtig fort. »Um ehrlich zu sein, ich hätte auch keine volle Kaifeng-MSM-Kompanie erwartet. Insbesondere nicht außerhalb der Stadt. Und das Hauptziel des Plans *war* schließlich, die Streitkräfte von der Stadt wegzulocken, so daß wir sie mit weniger Widerstand nehmen könnten.«

Gut. Ty Wu Non war zufrieden. Terry Chan hätte die Chance ergreifen können, Aris' Taktik mit vernichtender Kritik zu bombardieren. Statt dessen zeigte sie eine Portion Zustimmung mit ihrem früheren Kompanieführer. Indem sie Aris' Fehler herunterspielte, verringerte sie eine eventuelle Bestrafung, die nun sie an seiner Stelle treffen würde.

»Tarrahause könnte der Schlüssel zu dieser Operation sein«, sagte er. »Kompanieführer James und ich wägen noch immer die Kosten eines direkten Angriffs gegen Mahabodhi ab, aber nach den anfänglichen Schätzungen sind die nicht akzeptabel. Wir nehmen an, daß wenigstens eine Kaifeng-MSM-Kompanie, die Kommandokompanie von Lieutenant General Fallon, zur Verteidigung in der Stadt verbleiben wird. Wir wissen von einer Söldnerkompanie, die sich in die Stadt zurückgezogen hat, und es ist gut möglich, daß da noch eine weitere sitzt. Und solange Nahrungsmittel von Tarrahause nach Mahabodhi geliefert werden, hat der Feind keinen Grund, eine Konfrontation mit uns zu forcieren. Sie werden einfach auf die Verstärkung von Sarna warten, gleichgültig ob das einen Monat dauert oder sechs. Wir haben nicht genug Jäger, um die Lieferungen aus der Luft zu unterbinden. Wir müssen Tarrahause einnehmen.«

Nachdem sich jetzt jeder auf das Ziel konzentrierte, war es an der Zeit, das, was zu einer steckengebliebenen Offensive geworden war, zu reorganisieren. »Senior-Kompanieführer Lindell, nehmen Sie ihre Halb-Kompanie und vereinigen Sie sich mit Terry Chans Einheiten in Tarrahause. Kompanieführer Chan, betrachten Sie sich als gerügt. Sie werden weiterhin ihre Kompanie führen, aber Thom ist der Senior-Offizier, und Sie werden ihm berichten.« Terry nickte höflich und akzeptierte den Verweis ohne Diskussion. Non entschloß sich, die nackte Wut in ihren Augen zu übersehen.

Ty nickte zurück. Vor ein paar Tagen noch hätte er ein *Ist das klar?* zugefügt. Nun fühlte er dazu nicht mehr die Notwendigkeit. Er lernte dazu. Wenn er Haus-Meister werden würde, könnte er sich nicht mehr auf solche Klarstellungen stützen, um die anderen an seine Autorität zu erinnern. Entweder hatte er sie, oder er hatte sie nicht. Er erinnerte sich an die Konfrontation mit Aris Sung, so kurz nach Virginia Yorks Tod. Ty war da sehr hart gewesen und hatte zuviel seiner persönlichen Gefühle in das Gespräch fließen lassen. Er hoffte, daß er das jetzt besser konnte.

»Lanzenführer James und ich werden damit fortfahren, unsere Verteidigung um Beijing zu stärken. Wir sind hier sehr nahe an Mahabodhi, so daß ein Gegenschlag eine ernstzunehmende Gefahr darstellt. Ich will wenigstens eine ganze Kompanie kampfbereit haben, die bei jeder Schwäche in Mahabodhis Verteidigung eine günstige Gelegenheit ergreifen kann.«

Seine Augen schweiften durch den Raum. »Ich habe noch einen letzten Punkt, der die Strategien aller betreffen könnte.« *Also passen Sie auf.* Und wieder fühlte er nicht die Notwendigkeit, das auch auszusprechen.

»In drei Tagen gibt es einen wichtigen Feiertag. Das Drachenbootfest. Diejenigen von Ihnen, die sich nach dem chinesischen Mondkalender richten, werden wissen, daß gemäß dem terranischen Standardkalender der offizielle Feiertag noch ein paar Wochen auf sich warten läßt. Kaifeng hat ein kürzeres Jahr als Terra, und dieser Feiertag beruht auf den alten Fruchtbarkeitsriten. Kaifeng hatte daher das Datum in Hinsicht auf ihre eigene Wachstumsperiode korrigiert. In drei Tagen werden also Yang und Yin einander abwechseln, und Kaifeng bittet um eine zweiundsiebzigstündige Waffenruhe, um die Zeremonien auszuführen, beginnend mit der morgigen Mitternacht. Die Anfrage kam vor drei Stunden im Namen des Volkes von Kaifeng vom Planetaren Gouverneur Teresa Larsen herein.«

»Lassen Sie mich erklären, warum wir diese Bitte erfüllen werden«, sagte Ty, die Fragen vorwegnehmend. »Die Liao-Familie ist sehr stolz auf ihre chinesische Herkunft. Sie haben die alten Religionen zwar nicht aktiv gefördert; Sie wissen aber, daß jeder Kanzler die Feier der traditionellen chinesischen Feste ermutigt hat. Dies ist darin begründet, daß die Menschen regelmäßig eine Möglichkeit zur Ausgelassenheit brauchen. Nun, ein Teilziel ist, Kaifeng zu befrieden und in Capellas Schoß zurückzuführen. Wir müssen den Menschen zeigen, daß sich ihr Leben unter unserer Herrschaft nicht dramatisch ändern wird.« Ty lächelte. »Das liefert uns die günstige Gelegenheit.«

»Ich glaube, daß wir aus diesem Ereignis auch weitere Vorteile ziehen können. Hier ist also mein Vorschlag. Wir starten eine Großoffensive gegen Tarrahause, beginnend um neunzehn Uhr morgen nacht. Damit haben wir fünf Stunden, bevor die Waffenruhe in Kraft tritt. Wenn wir Glück haben, wird der feindliche Kommandeur so kurz vor der Waffenruhe keinen Angriff erwarten.«

Ty machte eine Pause, wartete ab, was die anderen sagen würden. Thom Lindell griff die Idee als erster auf. »Die Offensive kann unmöglich in so kurzer Zeit die Stadt einnehmen, aber sie kann die Verteidiger immens schwächen.« Er nickte, eine für ihn ganz uncharakteristische Geste der Zustimmung – dann sah er Ty gerade ins Gesicht. »Wir beenden unseren Angriff kurz vor Mitternacht?« Ty nickte. »Und wenn ihre Truppen auf uns feuern, während wir uns zurückziehen?«

Ein Lächeln kehrte auf Tys Gesicht zurück. »Genau darauf hoffe ich. Wenn sie nach null Uhr auf uns feuern, haben sie die Waffenruhe gebrochen, und wir können die Offensive weiterführen und in die Stadt vorrücken. Und wir können die Schuld daran der Kaifeng-MSM und ihren Söldnerfreunden geben.«

Jeder stimmte dem Plan zu, und damit war das Treffen beendet. Ty Wu Non hielt Thom Lindell und Terry Chan allein durch Augenkontakt an ihren Plätzen. Nachdem die anderen hinaus waren, nickte er beiden zu. »Ich erwarte, daß die Offensive auch nach Mitternacht weitergehen wird. Es interessiert mich nicht, wie«, sagte er, seine Stimme war nur noch ein Flüstern, »aber dies könnte die Chance sein, die wir brauchen. Finden Sie einen Weg, den Gegner dazu zu bringen, die Waffenruhe zu brechen.«

16

Die Zone, Tarrahause
Distrikt Tarrahause, Kaifeng
Souveränität Sarna, Chaos-Marschen

23. Juli 3058

Aris lehnte sich auf seinem Stuhl zurück, mit einer Hand umfaßte er sein Glas, die andere hielt er betont unverdächtig unter dem Tisch, als ob er dort eine Waffe versteckt hielte. Es starrte auf die dunkle Flüssigkeit in seinem Glas. Etwa jede Minute hob er die Augen und ließ seinen Blick durch den Raum schweifen. Er hielt nach einer Gefahr oder einer Gelegenheit Ausschau, und sein Blick schien niemals Gesellschaft einzuladen. Eine solche Erscheinung und ein solches Verhalten waren dem Wirt dieser Bar vertraut. Beides paßte zu einem Haus, wie Monte's, und Aris begann sich hier viel zu wohl zu fühlen.

Es hatte ihn überrascht, wie schnell er sich unter die unterdrückten, aber an das Leben auf der Straße angepaßten Bürger der Zone mischen konnte, ohne aufzufallen. Der Ort und die Menschen erinnerten ihn frappierend an seine frühe Jugend auf Randar. Er fühlte sich allerdings allein, da er nicht daran gewohnt war, von der Familie des Hauses Hiritsu getrennt zu sein. Aber er fühlte sich nicht länger ängstlich oder deplaziert.

Aris suchte erneut die spärlich beleuchtete Bar ab. Von seiner Nische aus hatte er die beiden Türen und den Großteil des Raumes gut im Blick. Hier hingen vornehmlich Jüngere herum, und als es später Nachmittag wurde, zog das Geschäft an. Immer noch kein Anzeichen von Li Wynn, obwohl er versprochen hatte, innerhalb von zwei oder drei Stunden zurück zu sein.

Er mußte ein paar mögliche Geschäfte auskundschaften, hatte er gesagt. Aris sah ein paar andere Typen, denen er in den letzten Tagen vorgestellt worden war, aber sie gingen ihren eigenen Angelegenheiten nach und überließen Aris sich selbst.

Drei Tage. Den ersten Tag hatte Aris damit zugebracht, ein bißchen Geld aufzusammeln und sich ein paar andere Klamotten neben der Strandkleidung zu kaufen. Er hatte auch herausgefunden, daß selbst etwas so einfaches wie ein Visiphonanruf nicht nach Franklin oder Beijing durchkam. Den Plan konnte er also vergessen. Am nächsten Tag hatte er es mit Amateurfunk probiert, nur um festzustellen, daß alles, was leistungsstark genug war, um Beijing zu erreichen, überwacht wurde. Natürlich würde auch das lokale Radio nicht auf das Hiritsu-Radionetz abgestimmt werden. Wenn er versuchen würde, Radiokristalle zu kaufen, die für das richtige Frequenzband, das für den militärischen Gebrauch reserviert war, geeignet waren, würde er zuviel Aufmerksamkeit erregen. Aris würde sie stehlen müssen, oder er müßte Li überreden, ihn mit dem hiesigen Schwarzmarkt in Kontakt zu bringen.

ComStar stand seit gestern nachmittag auch nicht mehr als Option zur Verfügung. Da Haus Hiritsu die Kontrolle über Franklin und Beijing besaß, war das Schicksal von Kaifeng ungewiß. ComStar hielt sich aus dem Konflikt heraus, blieb neutral, da man befürchten mußte, diejenige Seite, die irgendwann gewinnen würde, zu verärgern. Oh, man sorgte immer noch für die Kommunikation mit der Außenwelt, die Preise für HPG-Nachrichten waren jedoch angepaßt an das, was Gefahrbereichstransmissionen genannt wurde. ComStar verweigerte jedoch jede Übertragung zwischen den Städten. Aris könnte versuchen, ein Signal über Randar an Franklin zu übermitteln, aber das würde mehr Zeit und natürlich auch mehr Geld verschlingen.

Er fluchte leise über seinem Drink, und erinnerte sich an die Zeiten, in denen Comstar ein wenig selbstsicherer und auch etwas aggressiver war. Blakes Wort hatte sie offensichtlich beunruhigt, insbesondere seit die Anhänger von Blake ihnen Terra abgenommen hatten. Da HPG-Kommunikationen nicht länger ein Monopol von ComStar waren, war es für sie besser, neutral zu bleiben, als die Verliererseite zu unterstützen. Aris erinnerte sich gut an die alten Beschwerden über die Arroganz von ComStar, und wie sehr alle wünschten, daß jemand für Wettbewerb sorgen und ComStar in seine Schranken weisen würde. Nun war ihr Wunsch erfüllt worden.

Aris entschied sich, noch einen Tag zu warten. Vielleicht konnte er einen Amateurfunksender erwerben und ihn selbst modifizieren. Falls Li die Kristalle für einen auch nur halbwegs akzeptablen Preis bekäme. Wenn nicht, dann müßte Aris ein Fahrzeug stehlen und Tarrahause verlassen, um die Krieger seines Hauses zu suchen. Das hätte er beinahe heute schon getan. Er wäre auch gegangen, wenn er nicht gehört hätte, daß sowohl die Kaifeng-MSM-Kompanie als auch Jacobs Juggernauts, die Söldner, die zum Schutz von Tarrahause eingesetzt waren, vom Schlachtfeld zurückgekehrt waren.

Li hatte erklärt warum. Er hatte ihm alles über die zweiundsiebzigstündige Waffenruhe erzählt, die um Mitternacht in Kraft treten würde. Die Vorbereitungen für das Fest waren in vollem Gange. Aris hatte die Leute die leuchtendroten Fahnen aufhängen sehen, die immer für die chinesischen Feste verwendet wurden. Er war sich nicht sicher, warum Ty Wu Non einer Waffenruhe zugestimmt hatte. Aber wenn er das getan hatte, dann würde Haus Hiritsu diese Vereinbarung auch achten. Es würde ihn allerdings nicht überraschen, wenn Ty heute nacht noch einen besonderen Vorstoß vorhätte, einen, der kurz vor der Waffenruhe angesetzt sein würde.

Tief in diese Überlegungen verstrickt, bemerkte Aris Li Wynn nicht, bis dieser schon auf halben Weg zu seiner Nische war. Aris setzte sich auf und beantwortete Lis leichtes Nicken mit einem eigenen. Der größte Teil seiner Aufmerksamkeit war an Lis linker Schulter vorbei auf die Vordertür und den Rest der Bar gerichtet, während er dem jüngeren Mann vertraute, die andere Hälfte im Auge zu behalten.

»Entschuldigen Sie, daß es so lange dauerte, Aris. Im Büro war es ein bißchen hektisch.«

Aris lächelte bei diesem Anflug von Humor. »Sie sagten, daß es vielleicht Arbeit gäbe. Bessere als morgen in den Menschenmassen am See zu arbeiten?« Er brauchte Geld, und dachte, daß er gute Gelegenheiten finden würde, während die Leute wegen der Drachenbootrennen zum See strömten.

»Viel besser.« Lis Augen waren vor Aufregung ganz groß und glänzend, seine Nasenflügel zitterten und seine Mundwinkel zuckten. Aris konnte ganz leicht in Lis Gesicht lesen und wußte, daß der Bursche glaubte, was er sagte. Er hatte also etwas Großes im Sinn, vielleicht auch außerhalb seiner Klasse. »Vielleicht gut genug, um von diesem Hinterwäldlerplaneten wegzukommen. Und es können sich noch andere beteiligen.«

Aris verstand das Angebot, überlegte aber einen Augenblick. Er wußte immer noch kaum mehr über Li als vor zwei Tagen. »Ich möchte über den Job mehr wissen«, sagte er schließlich.

Li glitt aus der Nische. »Kommen Sie. Wir müssen los. Wir reden auf der Fahrt.«

Außer ihnen waren da noch drei andere, die bereits

im Wagen vor der Vordertür warteten. Alle waren noch jung, nervös und aufgeregt. Li stellte den Fahrer als Kyle vor, *nur* Kyle. Aris verstand. Nur Vornamen, vielleicht weil er neu war. Li nannte ihm keinen der anderen Namen. Der Wagen entfernte sich von Monte's und bog in eine Hauptstraße ein, die sie schnell aus der Zone hinausbringen würde. Aris bemerkte, daß ein Großteil des Verkehrs die andere Richtung nahm. »Was ist los?« fragte er schließlich.

»Wir haben endlich Nachricht erhalten«, erklärte Li. »Diese Hiritsu-Krieger werden innerhalb der nächsten Stunden einen Überfall auf die Stadt unternehmen. Wir haben schon erwartet, daß sie vor der Waffenruhe aktiv würden. Sie erwarten, daß wir schlafen werden.«

Haus Hiritsu überfällt Tarrahause? Aris wollte schreien vor Verzweiflung. Wenn er das eher gewußt hätte, hätte er zeitgleich seinen *Spuk* vom Seegrund holen können. Jetzt war dafür keine Zeit mehr. »Wie sicher ist diese Information?« fragte er.

»Direkt aus dem Mund eines MechJockeys. Üblicherweise hängt immer jemand in dem kleinen Club herum, in den sie alle gehen, dem *Goldener Pavillion,* und lauscht den Gesprächen. So wissen wir immer, was das Militär vorhat. Nun, nachdem wir wußten, was geschehen würde, hatten wir mit einem der Techniker, der für die Söldner, die Jacobs Juggernauts, arbeitet, ein kleines Gespräch. Sie brachte mich in Kontakt mit einem MechJockey, der mich in die Pläne einweihte, gegen ein hübsches Sümmchen, natürlich.« Li lehnte sich vor und schlug Kyle leicht auf die Schulter. »Hier abbiegen.«

Der Wagen schwenkte in eine Seitenstraße, die zum Geschäftsviertel im Westen der Stadt führte. Wieder war der Verkehr in die andere Richtung viel stärker, Aris schenkte dem aber kaum Aufmerksamkeit. Er dachte angestrengt darüber nach, wie er eine Nachricht an seine Leute übermitteln könnte. Die Infanterie zu kontaktieren wäre vielleicht möglich, wenn sie an der Operation teilnahmen, und wenn er den Ort des Angriffs kennen würde. Aber die Stadtgrenzen verliefen ein Dutzend Kilometer entlang dem See und noch einige Dutzend mehr entlang dem Farmland.

»Wie auch immer«, fuhr Li fort, »wir lassen diese Metallmonster für uns ein paar Geschäfte auftreten, und dann ist Einkaufszeit.«

Aris zog eine Augenbraue hoch. »Das ist großartig, wenn Sie die Angriffsstelle schnell genug finden und noch verhindern können, dabei getötet zu werden.«

»Sie finden?« Li prustete laut heraus. »Aris, wir sind da.«

Aris sah sich um. Von ein wenig Schwerverkehr in Richtung Innenstadt abgesehen, war nichts Ungewöhnliches zu sehen. Eine ganz normale zweispurige Straße mit zwei- oder dreistöckigen Gebäuden zu jeder Seite. Die Geschäfte waren geschlossen, auch wenn es dafür noch ein wenig früh war. »Ich würde sagen, daß dies das ruhigste Schlachtfeld ist«, er machte eine Pause, er wollte schon sagen *auf dem ich je gewesen bin*, »von dem ich je gehört habe.«

»Nun, sie sind noch nicht hier, mein Freund. Hier wird der Scheinangriff stattfinden. Ich schätze, daß die Capellaner hoffen, daß sie so die Patrouillen von den MechHangars abziehen können. In der Zwischenzeit wird ihr Hauptangriff gegen die MechHangars und den Tarrahause-Flugplatz am nordöstlichen Ende der Stadt geführt. He! Da ist einer unserer Rosteimer.«

Aris' Blick folgte dem ausgestreckten Finger. An der nächsten Kreuzung war ein 30-Tonnen-*Hermes II* zu sehen, der die Querstraße entlangstapfte. Er zeigte das Wappen von Jacobs Juggernauts. Sein Kopf bewegte sich langsam von einer Seite zur anderen, als ob er etwas suchte. Schließlich hatte er es wohl gefunden, denn der Mech trat in eine Gasse hinter einem vier Stockwerke hohen Parkhaus, kniete sich dann nieder und blieb außer Sicht. *Er suchte einen Parkplatz,* dachte Aris. *Für einen Hinterhalt? Aber wie?* »Ich verstehe das nicht«, sagte er, größtenteils zu sich selbst, aber Li sprang darauf an.

»Was ist da nicht zu verstehen?« Er schlug Aris freundschaftlich auf die Schulter. »Eine der Söldnerlanzen versteckt sich hier in der Nähe. Wenn die Capellaner mitten in ihrem Scheinangriff stecken, wird sie hochspringen und sie begrüßen. Wir werden uns in den Kanälen verstecken, bis der Spaß vorbei ist. Dann klettern wir raus und sehen nach ›Gelegenheitszielen‹, wie die MechJockeys sagen.«

Li lehnte sich über den Vordersitz. »Schauen Sie, ob Sie hier irgendwo einen *Vulkan* sehen können«, sagte er zu dem Fahrer. »Es ist ein wirklich scheußliches Ding mit einem runden Kopf, dünnem Körper und Armen wie Gewehrläufen. Wenn er nicht innerhalb von, sagen wir, zwei, drei Blocks ist, kommen wir zurück und hängen uns an dieses Biest.« Li setzte sich wieder zurecht. »Der *Vulkan* gehört unserem Söldnerfreund«, erklärte er Aris. »Er wurde dafür bezahlt, in Juweliergeschäfte und ähnliches zu treten.«

Aris faßte seinen jungen Kumpan hart am Arm. »Li, was geht hier vor? Es ist eine Sache, einen Angriff zu erwarten. Scouts oder Luftpatrouillen können zu dem Schluß kommen, daß einer bevorsteht. Es ist aber eine ganz andere Sache, genau zu wissen, wo der Scheinangriff stattfinden wird.« Aris Gedanken drehten sich. Könnten Funksendungen abgefangen worden sein? Luftaufklärung?

Lis glucksendes Lachen vertrieb diese Gedanken aus seinem Hirn. »Mann, bist du hinterm Mond! Die Kaifeng-MSM weiß Stunden oder sogar Tage vorher von jedem Zug, den die Capellaner um Tarrahause herum machen. Vielleicht sogar um Beijing. Die MechKrieger haben von nichts anderem geredet.«

»Aber wie ist das möglich?« Aris verstärkte unbewußt seinen eisernen Griff.

Li zog seinen Arm weg und rieb die schmerzende Stelle in der Mitte seines Bizeps. »Was ist los mit dir? Die Capellaner haben einen Verräter unter sich, was sonst? Einer ihrer MechKrieger.« Er sah Aris' verblüfften Gesichtsausdruck und lachte wieder. »Das ist Klasse, was?«

17

Tarrahause
Distrikt Tarrahause, Kaifeng
Souveränität Sarna, Chaos-Marschen

23. Juli 3058

Im gelblichen Licht der Straßenlampe sah das Innere des Parkhauses aus wie die ausgeweideten Überreste eines Gebäudes, die Stahlbetonwände hatten die weißgraue Farbe alter Knochen. Eine hüfthohe Wand war alles, was die vier Parkebenen vom Draußen trennte.

Aris fuhr Kyles Auto vorsichtig die letzte Rampe der Garage hoch. Er fuhr ohne Licht und hielt sich von der Nordseite des Gebäudes fern, der Gassenseite, wo sich der *Hermes II* in seinem Versteck duckte. Neben ihm auf dem Vordersitz bewegten sich fünf große Glasflaschen, sie klirrten gegeneinander. Aris roch den Farbverdünner, mit denen die Lumpen, die die Molotowcocktails verstopften, getränkt waren. Der ätzende Geruch stach in seine Nase und verursachte ihm Kopfschmerzen.

Kyle und Li Wynn hatten den *Vulkan* nicht so schnell finden können und das Auto daher in der Nähe des *Hermes II* verlassen. Jeder bekam einen Metallhaken, mit dem man einen Kanaldeckel anheben konnte, und dann zerstreuten sie sich in verschiedene Richtungen, um sich zu verbergen. Der Plan war einfach. Warte bis der Lärm vorbei ist, dann komm wieder hoch und mach einen Einkaufsbummel.

Aber Aris hatte eigene Pläne. Er war zum Wagen zurückgegangen und hatte ihn kurzgeschlossen. Dann fuhr er zu einem nahe gelegenen Baumarkt und einem Supermarkt. Die Glasflaschen waren ursprünglich mit Essig gefüllt gewesen. Den ersetzte er durch Farbverdünner in Industriekonzentration sowie einem flüssigen Reinigungsmittel. Eine Rolle Klebeband, ein Wegwerffeuerzeug und ein kaputter Besenstiel vervollständigten seinen Einkauf. Er beeilte sich, denn er befürchtete, daß Haus Hiritsu mit seinem Angriff beginnen würde, bevor er in Position war.

Aris' Plan sah vor, sich seinem Haus auf dem Schlachtfeld anzuschließen.

Die vierte Parkebene war das Dach, eine offene Fläche – abgesehen von der dünnen Betonwand, die an den Seiten entlanglief. Von den anderen Gebäuden im Umkreis war keines so hoch, außer dem einen genau gegenüber der Gasse, ein Ziegelsteingebäude mit einer Reklametafel für den hier produzierten Softdrink. Aris wendete den Wagen, so daß er mit Fahrtrichtung zur Rampe stand.

Er zerschmetterte mit dem Ellbogen die Innenbeleuchtung des Wagens, zischend zog er den Atem ein, als ein Stück der Verglasung ihn durch seine dünne Jacke hindurch schnitt. Dann öffnete er die Tür und stieg aus. Alles schien in Ordnung. Er lauschte angestrengt, ob er schon den donnernden Tritt näherkommender BattleMechs hören konnte. Aber da waren nur die üblichen Geräusche einer nächtlichen Stadt, zu denen auch das Hupen in der Ferne gehörte. Vielleicht ein paar Nachtbummler auf dem Weg nach Hause.

Oder vielleicht einige Mitternachtskunden, die auf den Beginn der Einkäufe warteten.

Aris nahm eine der Flaschen auf und begann mit der Vorbereitung des Autos. Er öffnete den Kofferraum und klemmte ein kleines Stück des Besenstiels in das Scharnier, um ihn offen zu halten; dann fixierte er ihn mit Klebeband. Daraufhin entfernte er den Lumpen aus der Flasche und schüttete die Hälfte der stinkenden und klebrigen Flüssigkeit auf die Reifen und die Unterseite des Tankes. Danach verschloß er die Flasche wieder und legte sie in den Kofferraum. Als letztes nahm er den Tankdeckel ab und ließ ihn auf dem Boden liegen. Aris schaute sich um. Er lauschte. Nichts. Alles, was er jetzt noch tun konnte, war zu warten und zu hoffen, daß er genug getan hatte.

Er mußte nicht lange warten. Es dauerte keine fünf Minuten, bis er in der Entfernung hörte, wie unter dem Gewicht eines BattleMechFußes der Beton aufriß. Es gehörte zum Training eines MechKriegers Haus Hiritsus zu wissen, welche Anzeichen eine Annäherung ankündigten. Ein Tritt auf betonierte Wege war immer ein sicheres Zeichen. Diesmal war es Absicht, da war Aris sich sicher. Schließlich war es ein Scheinangriff. Sie wollten der Stadt ihre Anwesenheit ankündigen und so die BattleMech-Patrouillen von den MechHangars anziehen. *Sie wissen nicht, daß die Patrouille bereits hier ist.*

Wie zur Bestätigung von Aris' Gedanken war ein anderer krachender Laut zu hören. Dieses Mal von Ziegelsteinen und Glas, als ein Mech eine Gebäudewand eintrat. In der Ferne war ein Schellen zu vernehmen, wie von einer Alarmanlage. *Li Wynn und seinen Freunden wird das gefallen,* dachte Aris, als er die Lärmquelle lokalisiert hatte. Zwei Blocks entfernt kam ein *Hurone* die Straße herunter. Er trat absichtlich auf ein geparktes Auto. Das Quietschen und Krachen sich verbiegenden Metalls und zerschlagenen Glases hallte die Straße herunter.

Raven Clearwater, dachte Aris, *oder Lynn Trahn*. Sie waren die Piloten der *Huronen* in seiner Kompanie. Wer auch immer es war, er lief auf jeden Fall genau in den Hinterhalt. Bevor er die Straßenkreuzung erreichte, käme er an der Gasse und dem wartenden *Hermes II* vorbei.

Vor einem Augenblick noch hatte Aris alle Zeit der Welt, und jetzt ging es um jede Sekunde. Er sprang zurück zum Auto und rollte es die Rampe hinunter auf die dritte Ebene, dann suchte er sich die längste Strecke aus, die auf den Kopf des *Hermes II* zeigte. Die meisten anderen Fahrzeuge in der Garage befanden sich auf der ersten Ebene, und so war Aris in der Lage, sich in die südöstliche Ecke zu drücken und Kyles Auto nach Nordwest auszurichten, so daß er die ganze Diagonale der Ebene zur Verfügung hatte. Er nahm die vier Überraschungscocktails aus dem Wagen und stellte sie weit genug weg an die Westwand. Dann kehrte er zurück und zerschlug die halbvolle Flasche im Kofferraum.

Aris konnte jetzt jeden Fußtritt des 50-Tonnen-Hiritsu-Mechs hören, der die Straße herunterkam. Alle paar Sekunden pausierte er, um entweder ein Gebäude oder ein Auto zu beschädigen. Aris versicherte sich, daß die Räder alle gerade standen, und fixierte dann die Lenkung des Wagens, indem er mit Klebeband das Steuerrad mit dem Armaturenbrett verband und dann das Klebeband einige Male um den Drehpunkt der Lenksäule wickelte. Danach rannte er um das Auto und setzte mit dem Wegwerffeuerzeug die Räder, den Tank und den Kofferraum in Brand.

Jetzt ließ er sich auf der Ecke des Fahrersitzes nieder, hielt die Tür mit einem Fuß auf und setzte den Wagen in Bewegung. Er überprüfte noch einmal die Fahrtrichtung. Dann stampfte er mit dem Besenstiel auf den Gashebel und verkeilte ihn gegen den Sitz, so daß der Wagen förmlich nach vorne sprang. Aris hatte für Kurskorrekturen keine Zeit mehr und warf sich aus dem Auto.

Die Ellbogen an die Hüfte gepreßt und die Fäuste an den Schläfen, rollte Aris sich ab, als er auf dem Boden des Parkhauses auftraf. Er schlug mit dem Hinterkopf härter als beabsichtigt auf. Ein Stück Haut und Haare wurden abgeschürft, und Aris drohte, in Bewußtlosigkeit zu versinken. Er stoppte mit einem Schlag der flachen Hand auf den Boden ab. Er schüttelte seine Benommenheit ab und rannte stolpernd zu den vier Cocktails an der Wand, als der Wagen die Sicherheitswand der dritten Ebene durchbrach.

Aris kam niemals dazu, sich das Ergebnis seiner Arbeit anzusehen. Die Wand war nur wenige Zentimeter dick. Sie war nur dazu bestimmt, ein an der Wand langschrappendes Auto zurückzuhalten und nicht einen Wagen, der mit Höchstgeschwindigkeit dagegenfuhr. Das Auto brach durch die Wand und flog in hohem Bogen vom Gebäude weg und landete direkt auf dem *Hermes II*. Aris hatte auf den Kopf gezielt und wäre glücklich gewesen, wenn das Auto auch nur zehn Meter neben dem Mech auf dem Boden aufgekommen wäre. Der Wagen traf den Mech jedoch von hinten, genau über dem linken Hüftgelenk. Leicht aus der Balance gebracht, versuchte der Pilot gerade, sich wieder zu fangen, als der Wagen auf dem Pflaster der Gasse auftraf. Wie Aris gehofft hatte, zerplatzte der Tank, und die Flammen, die bereits im Kofferraum und im Tank selbst loderten, entzündeten den Treibstoff. Der Tank explodierte, warf den Wagen in die Luft und wieder gegen den *Hermes II*. Der *Hermes* stürzte nicht, aber er taumelte aus der Gasse und fiel beim Versuch, das Gleichgewicht wiederzufinden, auf ein Knie.

Aris zündete die Stofflumpen an zweien der Flaschen an, während die Explosion die Nacht erhellte und die Flammen aus der Gasse im Norden des Parkhauses zum Himmel schossen. Mit den brennenden Flaschen in der Hand rannte Aris zu der durchbrochenen Sicherheitswand und blickte hinunter. Der *Hermes II* kam gerade wieder auf die Beine. Aris warf erst den einen Molli und dann den anderen in seine Richtung. Der erste explodierte an der Schulter. Das verursachte keinen Schaden, aber Aris hatte die Mollis auch als Markierungen gedacht, damit die Krieger Haus Hiritsus in der dunklen Nacht ein Warnzeichen hätten. Aber dann zerschellte der zweite an der Seite des MechKopfes, und die Flammen schlugen über den Sichtschirm des Cockpits.

Was MechKrieger am meisten fürchteten, war, in einem brennenden Mech gefangen zu sein. Es war schlimm genug, von einem Flammer oder Infernoraketen angegriffen zu werden. Aber wenn Feuer von Infanterie sie bedrohte?

Als der *Hermes II* wieder in die Gasse trat, rannte Aris schon los, bevor sein linker Arm noch hochkam. Der Mech war mit einer 50-mm-Autokanone in seinem rechten Torso und einem mittelschweren Laser in seinem rechten Arm ausgerüstet. Man verschwendete solche Waffen jedoch nicht für unbewaffnete Infantristen. *Bekämpfe Feuer mit Feuer.* Der Flammer in seinem linken Arm schoß einen Flammenstrahl ab, der über die ganze Seite des Parkhauses strich und wegen der offenen Bauweise die zweite und dritte Ebene in Flammen hüllte.

Aris fühlte die Hitzewelle, die den Flammen vorausging, die ihn jagten, und hechtete hinter eins der wenigen geparkten Autos, die auf dieser Parkebene standen. Er hatte dem *Hermes II* das Überraschungsmoment genommen, ihm vielleicht sogar ein wenig Schaden zugefügt und sogar seine erste Attacke auf sich gezogen. Er war sich nicht sicher, was er sonst noch für den *Hurone* hätte tun können. Er rollte sich zu einem Ball zusammen, als die ersten Flammenzungen über ihn hinwegstrichen. Hoffentlich hatte er genug getan.

Raven Clearwater schlug mit einem kräftigen Tritt ein weiteres Loch in die Seite des Gebäudes. Für einen kurzen Augenblick stellte sie sich vor, daß Terry Chan drinnen war, schämte sich aber sofort für ihren Gedanken. Sie mochte Terry Chans Führungsstil nicht oder ihr respektloses Verhalten gegenüber Aris Sung, als er Kompanieführer war. Aber das gab ihr nicht das Recht, einem anderen Krieger ihres Hauses Böses zu wünschen. Vielleicht war sie auch nur verärgert, weil Terry Chan Ravens Lanze für den Scheinangriff eingesetzt hatte und nicht Jill McDaniels.

Nach den üblichen Regeln des Hauses hätte es der dienstjüngste Offizier sein sollen, der den unbedeutenderen Angriff anführte. Eine List. Aber Kompanieführer Chan hatte die Wichtigkeit eines genauen Timings betont. Dann war da noch die Anweisung Senior-Kompanieführer Lindells, daß die Operation von einer ganzen Lanze durchgeführt werden sollte, und Jill kommandierte nur drei Mechs. So war es eigentlich niemandes Fehler, daß sie hier war und nicht die MechHangar angriff. Jedenfalls wenn sie sich nicht selbst die Schuld dafür zuschreiben wollte, daß sie Kompanieführer Sung nicht beschützen konnte. Aris wäre vielleicht in der Lage gewesen, nach dem Hinterhalt bei der Brücke über den Jinxiang wieder die Initiative zu ergreifen, und die Ereignisse wären dann wohl anders verlaufen.

So waren Raven und ihre Lanzenkameraden zu einer dünnen Linie ausgestreckt und näherten sich von Nordwesten der Stadt. Thom Lindell hatte diesen Punkt ausgewählt, weil er einer der wenigen Bereiche an der Stadtgrenze war, die nicht in erster Linie Wohngebiete beinhaltete. Kein MechKrieger wollte gegen Zivilisten Krieg führen, und ein Geschäftsviertel war zu dieser Tageszeit mit großer Wahrscheinlichkeit verlassen. Er hatte recht. Raven hatte bis jetzt keine einzige Person gesehen und erwartete auch keine. Jeder Bürger von Tarrahause würde sich spätestens jetzt so schnell wie möglich in die andere Richtung aufmachen. Wenn Raven Glück hatte, würde einer von denen die Verteidiger der Stadt alarmieren, und das bald. Sie trat auf ein weiteres Auto, merkte den Widerstand, bevor sich das Metall bog und unter den 50 Tonnen zusammengepreßt wurde.

Dann gab es da plötzlich eine Explosion weiter vorn auf der Straße, keine sechzig Meter entfernt. Eine einzige Flammenwand schoß hinter einem der Gebäude zu ihrer Linken hervor. Schatten tanzten über die Straße, die von dem flackernden Licht des Feuers in der Seitenstraße erzeugt wurden. Die Explosion folgte so kurz auf das Zermalmen des Autos, daß Ravens Gedanken unvermittelt versuchten, eine Verbindung zwischen den Ereignissen herzustellen.

Dann schrien ihre Sensoren ihr einen schrillen Alarm entgegen. Auf der Straße liefen mehr als nur tanzende Schatten. Ihr Zielerfassungssystem markierte einen BattleMech, der halb aus einer Gasse gestolpert kam. Es reichte für die Nahortung gerade aus, ihn zu erfassen, und ihr Computer identifizierte ihn als *Hermes II*. Auf der linken Schulter und dem Kopf des anderen Mechs schlugen plötzlich Flammen hoch. Die 40-Tonnen-Kampfmaschine richtete sich auf und wandte ihre Aufmerksamkeit einem Gebäude zu, das an die Seitenstraße grenzte. Es sah für Raven wie ein Parkhaus aus. Sie nahm das Gaussgeschütz hoch, das ihren rechten Arm bildete, und richtete es auf den Rücken des *Hermes II*.

Raven hatte keine Zeit, darüber nachzudenken, wie dieser Mech so schnell auf der Bildfläche erscheinen konnte. Daß er so nah herangekommen war, schien in einer Stadt nicht ungewöhnlich, wo die Gebäude alle visuellen Sensoren blockierten und die Nahortung verfälscht wurde. Zum jetzigen Zeitpunkt wußte sie nur, daß der Feind vor ihr stand, und ihre Vorgesetzten erwarteten von ihr, daß sie angriff und diesen Bereich der Stadt so lange wie möglich hielt. Das goldene Fadenkreuz auf ihrem Hauptschirm wanderte über den feindlichen Mech. Sie zog ihren Hauptauslöser zurück und drückte dann zusätzlich auf einen ihrer Daumenauslöser, um auch die mittelschweren Impulslaser abzufeuern.

Die Kondensatoren des Gaussgeschützes entluden sich und schufen ein unglaublich starkes Magnetfeld, das eine Kugel aus einer Nickel-Eisen-Legierung beschleunigte. Der silberne Ball traf den *Hermes II* in den hinteren linken Torso, brach die Panzerplatten am breiten Rücken des Mech auf, so daß große Stücke zu Boden fielen. Die Kugel durchschlug den gesamten linken Torso und zerstörte die Titanknochen. Die komplette linke Seite sackte zusammen. Die Impulslaser vollendeten die Arbeit, sein roter gepulster Strahl schnitt durch die Reste der Panzerung der Torsomitte und grub sich wie ein Messer in die Abschirmung des Reaktors, das Herz des BattleMechs.

Der *Hermes II* wankte vorwärts, als ob er gestoßen worden wäre, aber der Fall wurde vom Parkhaus aufgehalten. Bevor Ravens Waffen wieder aufgeladen waren, zog sich der feindliche Mech tiefer in die Seitenstraße zurück und verschwand aus ihrer Schußlinie.

Sie grinste boshaft. Der *Hermes II* war verletzt. Wenn der Pilot klug war, würde er versuchen, durch die Gasse zu entkommen. Aber Raven dachte nicht daran, ihn so leicht fliehen zu lassen. Sie brachte ihren *Hurone* auf volle Gehgeschwindigkeit und hatte schnell die Einmündung erreicht. »Artillerieführer an Artillerieeinheiten«, sagte sie, nachdem sie einen Kanal zu ihren Lanzenkameraden freigemacht hatte. »Habe Feindkontakt. An meinem Standort zusammenziehen. Verdammt!«

Der mittelschwere Laser des *Hermes II* traf sie am Kopf. Grünes Licht hüllte den Sichtschirm ihres Cockpits ein und ließ ihre Sicht einen Moment lang verschwimmen. Glücklicherweise reichte es nicht, um ihren Schirm zu zerstören. Raven verließ sich auf ihren Instinkt und ihre Erinnerung an das, was sie kurz zuvor gesehen hatte, und löste den schweren Laser im linken Arm aus.

Sie blinzelte die Punkte weg, die vor ihren Augen tanzten. Der *Hermes II* duckte sich in der Gasse und versuchte, hinter einem Lastwagen in Deckung zu gehen. Dreißig Meter weiter hinten endete die Gasse. Das erklärte, warum er noch da war. Der versengte Asphalt und das Loch durch die Fahrerkabine des Lastwagens zeigten ihr, wo ihr Laser getroffen hatte.

Ah, wir beide kennen die schmerzliche Wahrheit, dachte sie, als sie den schweren Extremreichweiten-Laser erneut auf den feindlichen Mech richtete. Der rubinrote Strahl schnitt in das rechte Bein, das nicht mehr hinter die dürftige Deckung gepaßt hatte, und rasierte die Panzerung in geschmolzenen Stücken ab. *Der* Hermes *lagert seine Autokanonenmunition im linken Torso, den mein erster Schuß mit dem Gaussgeschütz ruiniert haben müßte. Du hast jetzt also keine Munition mehr, Freundchen.*

Die Gegenwehr mit dem mittelschweren Laser im rechten Arm des *Hermes II* war nur kläglich zu nennen. Raven wartete, bis ihr Laser wieder aufgeladen war, und feuerte ihn erneut ab, dieses Mal zugleich mit dem mittelschweren Laser. Warum Gaussmunition an solch ein leichtes Ziel verschwenden? Der mittelschwere Laser schnitt in den rechten Torso, während der schwere Laser sich ins Zentrum fraß und eine halbe Tonne Panzerung wegbrannte.

Schließlich schien der Pilot des *Hermes II* seine Lage zu erfassen. Er konnte nicht springen, hatte keinen Fluchtweg und offensichtlich keine Chance, einen Schußwechsel mit einem voll funktionsfähigen *Hurone* zu überleben. Der Pilot brachte seinen Mech auf die

Beine und rannte die Gasse hinunter. Dann brach er zur Seite aus, auf das Parkhaus zu, und gedachte wohl, einfach durch das Gebäude durchzubrechen und zu entkommen. Aber die luftige Garage war viel stabiler als sie aussah, und so prallte der *Hermes II* einfach ab, in die Mitte der Gasse zurück.

Raven erwischte ihn beim Zurückprall und hämmerte wieder mit ihrem schweren Laser auf die Torsomitte ein. Der Pilot hatte offenbar die Vorderseite seiner Maschine bei dem fehlgeschlagenen Durchbruchsversuch beschädigt, denn jetzt schnitt der rote Strahl mit Leichtigkeit durch die Panzerung und drang ins Innere des BattleMechs ein. Ein Teil der inneren Struktur wurde einfach durchtrennt, und der Strahl bohrte sich in das Gyroskop des Mechs. Der *Hermes II* fiel wie eine Marionette um, deren Fäden durchschnitten worden waren.

Der Pilot versuchte sofort wieder auf die Füße zu kommen. Das war ein Fehler. Raven beobachtete, wie der Mech sich auf die Knie erhob und dann auf seine bereits zerfetzte linke Seite fiel. Nach einem weiteren Versuch lag er auf dem Rücken. Raven trug noch weiter zum Unglück des Piloten bei, indem sie die nächste halbe Tonne Panzerung vom linken Bein des *Hermes II* wegschoß. Bei seinem dritten Versuch, aufzustehen, fiel er wieder auf seine linke Seite. Dadurch löste sich eine Verbindung, die die Reste des Gyroskops zusammenhielt.

Danach gab es keine weitere Bewegung mehr, und der *Hermes II* schaltete seinen Reaktor ab.

Raven manövrierte ihren *Hurone* wieder auf die Hauptstraße. Das Grinsen war ihr vergangen. Einen Mech so jämmerlich enden zu sehen war nicht zum Lachen. Es erinnerte jeden MechKrieger daran, daß ein Kampf mehr war als Ruhm oder auch nur Überleben. Sie überprüfte, ob ihre Funkverbindung offen war.

»Ein *Hermes II* ausgeschaltet und tot«, sagte sie warnend. »Achtet auf seine Freunde.«

Eine Bewegung erregte ihre Aufmerksamkeit. Ein dunkler Schatten raste an der Westseite des Parkhauses entlang und hielt auf die nächste Kreuzung zu. Der Schatten blieb nahe am Boden und zögerte oft in seiner Bewegung. Vom Strauch zur Laterne und von da zu einem geparkten Wagen. Gute Standardinfanterietaktik, dachte Raven, die die Übungen von ihrer Zeit bei den konventionellen Hiritsu-Streitkräften wiedererkannte. Sie wählte ihren mittelschweren Laser, die kleinste Waffe, die sie für das hatte, was in MechKriegerkreisen ›Aufruhrdämpfer‹ genannt wurde.

Die dunkel gekleidete Gestalt sprintete zu einem anderen geparkten Auto, bewegte sich dabei von Raven weg auf die Kreuzung zu. *Will wohl wieder zu seinen Freunden und denkt, ich sehe ihn nicht.* Raven richtete das goldene Fadenkreuz oberhalb des Autos aus, hinter dem sich die Figur versteckt hatte. Sie wollte gerade abdrücken, als die Gestalt die Deckung verließ und die Straße kreuzte.

Es gab verschiedene Möglichkeiten, mitten im Kampf eine offene Fläche zu überqueren. Üblicherweise hieß es, rüberkommen, so schnell du kannst. Einige andere waren immerhin akzeptabel, wenn man Feuerunterstützung hatte. Und wenn die eigenen Leute einen vom Feind unterscheiden konnten. Haus Hiritsu hatte das Problem damit gelöst, eine Choreographie für die Bewegung auf freier Fläche festzulegen. Da gab es einen Standard, wie man sich einem feindlichen Gebäude näherte oder einen Rückzug deckte oder sich unter feindlichem Beschuß bewegte. Es gab sogar einige Handzeichen, so daß die Infanterie mit den MechKriegern kommunizieren konnte, ohne sich auf Kommunikationssysteme verlassen zu müssen.

Und es gab ein Verfahren für das Überqueren neutralen Gebiets vor einem der eigenen BattleMechs. Haus-Infanteristen würden dann gebückt den Weg kreuzen und hätten dabei ihre Waffenhand untergesteckt, um zu zeigen, daß sie keine Gefahr darstellen, und die andere Hand würden sie in Kniehöhe parallel zum Boden halten. Das war das Signal für ›Übergang frei‹.

Und eine sehr überraschte Raven Clearwater sah, wie die dunkle Figur genau das tat.

18

Tarrahause
Distrikt Tarrahause, Kaifeng
Souveränität Sarna, Chaos-Marschen

23. Juli 3058

Aris glitt über die niedrige Betonmauer und duckte sich neben einige Sträucher, die beim Parkhaus wuchsen. Die Blätter dufteten aromatisch – wie die Eukalyptusbäume auf Randar. Der Geruch brannte aber in der Kehle und trieb ihm das Wasser in die Augen. Er rannte zu einem am Straßenrand geparkten Wagen hinüber. Hier machte er eine Pause, lehnte sich mit dem Rücken gegen ein Hinterrad und versuchte, wieder zu Atem zu kommen.

Der Flammerstrahl des *Hermes II* war zum größten Teil über ihn hinweggegangen. Das Auto, hinter dem er sich verborgen hatte, hatte das Schlimmste abgeschirmt. Außer angesengten Haaren war ihm kaum etwas passiert. Aris hatte die zwei verbliebenen Molotowcocktails aufgesammelt und sich so schnell wie möglich auf den Weg zum Erdgeschoß gemacht. Auf der Rampe war er hingefallen, nachdem der Pilot des *Hermes II*, im Versuch durchzukommen, mit seinem Mech gegen das Gebäude gerannt war. Eine Flasche war ihm aus den Händen geglitten, war auf der Betonrampe zerschellt, und ein wenig des selbstgemachten Napalm war gegen sein rechtes Hosenbein gespritzt. Einmal im Erdgeschoß, war es nur noch ein kurzer Sprint bis zur Westwand.

Aris blickte zur Gasse hinter dem Parkhaus hinüber. Er konnte einen Teil des *Hurone* sehen, der in der Gasse stand. Im flackernden Licht von Kyles immer noch brennendem Auto sah er, daß die Sensorphalanx in einer dunklen Farbe ohne Muster bemalt war. Das konnte dann nur Raven Clearwater sein, die in der Pilotenliege saß, da ihr Mech dunkelgrün gestrichen war. Die Sensorphalanx von Lynn Trahns *Hurone* war schwarz mit hellen, fast gallig grünen Streifen. Sogar in dieser schlechten Beleuchtung konnte Aris erkennen, daß der Mech kein akzentuierendes Muster aufwies.

Dann dachte Aris, daß er in der Ferne das Brechen von Beton hörte. Er beugte sich vor und wartete auf das nächste Geräusch. Von Süden, vielleicht auch Südwesten, war das Kreischen von Metall zu hören. Das Geräusch kam ohne Zweifel aus der Stadt. Aris legte die Fingerspitzen leicht auf die asphaltierte Straße und konnte gerade so eben die leichten, aber beständigen Vibrationen fühlen, die vor der Bewegung eines BattleMech warnten. Dies mußte ein weiteres Mitglied der Söldnerlanze sein, die die Streitkräfte Haus Hiritsus suchten. Die Geräusche klangen hohl, als wären sie ein Echo aus einer Seitenstraße, und die nächste Kreuzung war nicht mehr als dreißig Meter entfernt. Das verhieß Ärger.

Heftigeres Beben und schwere Fußtritte lenkten Aris' Aufmerksamkeit von der drohenden Gefahr ab. Ravens *Hurone* kam aus der Gasse hervor, drehte sich südwärts, um mit der Mission fortzufahren. Aris stieß wütend die Luft aus. Dies war eines der Probleme bei einem MechKampf in der Stadt, dachte er. Die MechKrieger, angeschnallt in ihren Pilotenliegen, konnten sich nur auf ihre Sensoren und visuellen Daten verlassen. In den engen Straßenschluchten blockierten Gebäude die Sicht, und auch die Sensoren lieferten keine verläßlichen Daten. Wenn der Feind nicht auf derselben Straße war oder man eine Aufklärungseinheit hatte, konnte es an jeder Straßenkreuzung leicht zum Kampf kommen, nachdem einer oder beide MechKrieger eine böse Überraschung erlebt hatten.

Infanterie konnte das verhindern. *Aris* konnte das verhindern.

Aris bewegte sich auf die Kreuzung zu. Er machte immer kurze Sprints von einer Deckung zur nächsten. Er wollte Raven warnen, daß der andere Mech näher kam, und ihr mitteilen, daß bei den MechHangars ein Hinterhalt gelegt worden war. Aber er konnte sich ihr nicht nähern, jedenfalls nicht ohne zu riskieren, von ihren Lasern gebraten zu werden. Und, ach verdammt, er war der einzige Hiritsu-Krieger am Boden, und genau jetzt brauchte Raven einen Aufklärer. Er rannte aus der Deckung eines Laternenpfahls zurück auf die Straße und zu einem anderen geparkten Auto.

Alles, was er jetzt noch zu tun hatte, war sicherzustellen, daß Raven ihn nicht wie eine mögliche feindliche Infanteriebedrohung behandelte.

Nach einem tiefen Atemzug verließ er die relative Sicherheit seiner Deckung und schoß auf die Straße. Er hielt sich gebückt, die rechte Hand untergesteckt, und drückte seinen letzten Cocktail gegen die Brust. Die linke Hand hielt er in der Nähe seines Knies, mit der Handfläche nach unten und parallel zum Boden. Es war schon lange her, seit Aris Infanteriedienst geleistet hatte. Über sieben Jahre. Er hatte ganz vergessen, wie verletzlich man sich fühlen konnte, wenn man vor so einer riesigen, tödlichen Kampfmaschine herlief. Nach so vielen Jahren in einem Battlemech fand er den Gedanken, von diesen massiven Waffen markiert zu werden, entnervend.

Als Aris die andere Straßenseite erreicht hatte und an einer Hausecke Atem schöpfte, sprach er ein stilles Dankgebet für die Hiritsu-Infanterietrainingsmethoden. Er blickte zurück, sah wie der *Hurone* nahe dem Eingang zur Gasse pausierte. Von seiner neuen Position aus konnte er die stampfenden, den Asphalt zermalmenden Schritte eines BattleMech deutlich hören.

Er riskierte einen schnellen Blick um die Ecke. Aris sah, wie sich ein *Vulkan* vorsichtig der Kreuzung näherte. Alle paar Schritte hielt er an und überprüfte die Gebäude und Seitenstraßen auf einen möglichen Hinterhalt.

Aris kniete sich nieder und zündete seinen letzten Molli an. Ihm kam der Gedanke, Raven ein Signal zu geben. Aber er konnte sich nicht sicher sein, daß sie ihn genau jetzt beobachten würde, und er hatte nicht viel Zeit. *Hoffentlich erregt dies hier ihre Aufmerksamkeit.*

Als der Lumpen sich entzündete, erhob Aris sich und rannte um die Ecke. Er erlaubte sich fünf Schritte, um genug Schwung zu haben, dann warf er die Flasche mit all seiner Kraft. Sie beschrieb einen Bogen und flog gut dreißig Meter, bevor sie am rechten Knie des *Vulkan* zerschellte und die brennende Flüssigkeit über das Bein des Giganten spritzte.

Damit hatte er die Aufmerksamkeit des MechPiloten. Zuerst sprach das Maschinengewehr am linken Arm des *Vulkan*, und ein Kugelhagel riß den Asphalt nur knapp neben Aris auf. Er machte rasch eine Kehrtwendung und hechtete zur Ecke zurück. Hinter sich hörte er das ihm nur zu bekannte tiefe Grollen eines BattleMech-Flammers. Der Feuerstrahl traf die Gebäudeecke, die Flammen leckten um sie herum, als ob sie aus eigenem Entschluß dem fliehenden Hiritsu-Krieger nachsetzen wollten. Der warme Luftzug in seinem Nacken trieb Aris zu noch größerer Geschwindigkeit an.

Er ballte die rechte Hand zur Faust und berührte damit seinen Scheitel. Es war eine automatische Geste, die ihm während seiner Zeit bei der Infanterie in Fleisch und Blut übergegangen war. Sie warnte vor einem näherkommenden feindlichen Mech. Er hob dann die Hand hoch in die Luft, einen Finger ausgestreckt. *Ein feindlicher BattleMech.*

Aufblickend sah er den *Hurone*, der ihn mit seiner Kopfbewegung markierte. Verdammt! Paßte Raven nicht auf? Schon zum zweiten Mal zog er im wahrsten Sinne des Wortes das Feuer eines feindlichen Battle-Mechs auf sich – nur um sie zu warnen. Sie sollte jetzt langsam den *Vulkan* angreifen. Was dachte sie sich nur? *Sie denkt, was, zum Teufel, mache ich in Tarrahause.*

Aris wußte, daß er ihre Aufmerksamkeit erregt hatte, aber es gab keinen Weg, sie vor der Falle am Tarrahause-Flugplatz und den Mechhangars zu warnen. Jedenfalls keinen direkten Weg.

Er wurde langsamer und stoppte. Ihm blieben nur ein paar Sekunden, bevor der *Vulkan* um die Ecke bog, aber er mußte es versuchen. Er streckte den rechten Arm aus und machte mit der linken Hand hackende Bewegungen dagegen. Ein Infanterie-Scout-Signal an die anderen. Damit wurden die feindlichen Lanzen abgezählt. Er hoffte sehr, daß Raven sich noch an ihr Infanterietraining erinnern konnte. Bei sechs Lanzen hörte er auf. Als nächstes plazierte er die geballte rechte Faust in seiner linken Handfläche und beschrieb einen Kreis in der Luft. *Landungsschiff.* Als letztes schlug er die linke Hand über die Brust und deutete nach hinten auf die Straße, in Richtung Stadtmitte. *Abbrechen! Verschwindet um Gottes willen von hier!* Es gab kein Signal für *Falle* oder *Hinterhalt*, ein Manko, das Aris korrigieren würde, wenn er je nach Randar zurückkäme.

Er hörte das Brausen des Flammers immer lauter werden und sah zurück. Der *Vulkan* kam mit brennendem Flammer um die Ecke und sandte eine Feuerwalze den Bürgersteig entlang direkt auf Aris zu. Da war keine Zeit mehr wegzurennen und keine Deckung parat. Aris hatte nur noch eine Möglichkeit. Die Unterarme schützend vor den Kopf haltend, hechtete er durch ein Fenster des nächstgelegenen Gebäudes.

Das zersplitternde Glas schnitt durch die Ärmel seiner dünnen Jacke in die Arme. Ein Splitter drang zwei Zentimeter tief in seine Wade und brach dann ab. Schmerz durchfuhr seinen Körper, als er innen hart auf dem Boden aufkam.

Aris rollte sich auf die Füße. Die Zähne hatte er vor Schmerz zusammengebissen, aber er schätzte sich glücklich, daß die Flamme vom Gebäude weg und auf den *Hurone* gerichtet wurde. Er humpelte weiter in das Gebäude hinein. Es schien sich um irgendein Bürohaus zu handeln. Dann erzitterte das Gebäude, schwankte wie ein Boot auf hoher See. Aris verlor den Halt. Große Stücke Putz fielen von der Decke, und er hörte, wie Holz und Ziegelsteine über und hinter ihm nachgaben. Er krabbelte in den nächsten Raum, einen Konferenzraum, und kroch schnellstmöglich unter einen großen Hartholztisch.

Nur einen Moment später fiel ein Großteil des Daches darauf.

Aris Sung! Raven stellte das Videobild schärfer ein. Sie war vom plötzlichen Auftauchen ihres Kompanieführers geschockt und mußte sich versichern, daß er es wirklich war. Sie sah, wie er einen Lumpen anzündete, der aus einer Flasche ragte, und dann um die Ecke rannte.

Genauso schnell kam er wieder zurückgesprintet, von einer orangeroten Flamme gejagt. Sie verfolgte Aris' Bewegungen und war erleichtert, als sie sah, daß die Flammen durch die Häuserecke ausreichend abgeschirmt wurden. Mit einemmal machten die Ereignisse um den *Hermes II* einen Sinn. Aris mußte das brennende Fahrzeug hochgejagt haben, und noch mehr von diesen Flaschen, wahrscheinlich mit Benzin oder einer ähnlichen Flüssigkeit gefüllt, geworfen haben, um sie vor dem feindlichen BattleMech zu warnen.

Der *Hermes II* hatte sich in einer Sackgasse versteckt, mußte dort schon vor ihrem Eintreffen auf der Lauer gelegen haben. Entweder handelte es sich hier um eine extrem unwahrscheinliche Koinzidenz, Aris und ein feindlicher Mech in diesem Stadtteil, oder …

Sie fröstelte, und das hatte nichts mit dem in ihrer Kühlweste zirkulierenden Kühlmittel zu tun. *Sie wußten, daß wir kommen?* Aber das konnte nicht sein. Nicht nach all den Sicherheitsvorkehrungen, die Ty Wu Non getroffen hatte. Dann hielt Aris vor ihr im Lauf inne und signalisierte ihr etwas mit den Infanteriesignalen Haus Hiritsus. *Zwei Kompanien BattleMechs. Ein Landungsschiff. Und das Abbrechen/Zurückweichen-Signal.* Raven wurde die Bedeutung schnell klar. Die einzigen Landungsschiffe in der Nähe waren die MSM-Landungsschiffe auf dem Flugplatz von Kaifeng. Eine Falle. Eine weitere verfluchte Falle! Aris warnte Haus Hiritsu, aus der Stadt zu verschwinden!

Dann schrien die Sensoren ihr eine Warnung zu, als ein feindlicher *Vulkan* auf die Kreuzung trat, und Aris hechtete durch ein nahes Fenster, um den Flammen zu entgehen.

Die Reaktionen des *Vulkan* waren ein wenig schneller als die des *Hermes II*. Sofort schwang der Mechpilot den Flammer herum und badete Ravens Mech im Feuer. Zudem feuerten seine schweren Impulslaser praktisch im gleichen Moment, in dem Raven ihre schweren ER-Impulslaser und mittelschweren Impulslaser auslöste. Blaue Pfeile gruben sich in den linken Torso des *Hurone* und schmolzen die Panzerung. Der Flammer trieb das Wärmeniveau hoch, aber solange der Wärmemonitor im gelben Bereich blieb, gab es keinen Grund zur Sorge. Ravens Feuer beschädigte das linke Bein und den unteren linken Torso des *Vulkan*, aber wie sie selbst auch, war auch der feindliche Mech nicht wesentlich beeinträchtigt.

Dann brachte Raven Clearwater ihr Gaussgeschütz ins Spiel.

Die großkalibrige Waffe stieß eine seiner Nickel-Eisen-Kugeln aus, traf auf den rechten Arm des *Vulkan* und riß ihn an der Schulter einfach ab. Ihre schweren Laser drangen erneut tief in sein linkes Bein. Dieses Mal schmolz der Rest der Panzerung, und die Strahlen schnitten in das Skelett aus Endostahl. Raven steckte den leichten Beschuß, mit dem der *Vulkan* sie bestrich, einfach weg, und akzeptierte den Schaden an ihrem rechten Bein.

Die Kombination der beiden schweren Waffen des *Hurone* mit einem höchstwahrscheinlich ruinierten Aktivator im linken Bein des *Vulkan*, kostete diesen das Gleichgewicht. Er stolperte, fiel fast und konnte nur mit Mühe die Balance halten. Dann traf eine zweite Kugel aus dem Gaussgeschütz sein rechtes Bein, wo es am Torso montiert war, und der glücklose Mech verlor sein zweites Gliedmaß. Diesmal gab es keine Rettung. Der *Vulkan* wankte vorwärts, bekam Schlagseite nach links und fiel auf dasselbe Gebäude, in dem Aris Dekkung genommen hatte. Die Wand gab unter dem Gewicht der vierzig Tonnen BattleMech nach, und der *Vulkan* ging in einer Wolke aus zerbröseltem Mörtel und Ziegelsteinen zu Boden.

»Neiiiin!« schrie Raven verzweifelt auf und merkte nicht, daß ihre Funkverbindung auf Stimmaktivierung noch offen war. Ihre drei Lanzenkameraden meldeten sich unmittelbar, fragten sie, was los sei und versprachen, schnell zu ihrer Position aufzuschließen. Raven biß die Zähne zusammen, um nicht noch einmal zu schreien. Ihre Waffen auf den *Vulkan* ausgerichtet, zögerte sie und suchte den Schutthaufen nach Aris ab. Selbst als sich der Vulkan drehte und versuchte, seinen Laser auf ihren *Hurone* zu richten, wartete Raven noch ab.

Der erste Beschuß auf sie kam dennoch nicht von dem Gebäude. Ihre Sensoren warnten sie vor einem dritten feindlichen Mech – und einem vierten. Sie überprüfte ihr HUD und den Primärmonitor. Die beiden neu ankommenden Kampfmaschinen befanden sich weiter südlich auf derselben Straße. Nach den Mech-Icons, die der Computer auf dem Taktischen Monitor anzeigte, handelte es sich um einen *Verteidiger* und einen *Quasimodo*. Der *Verteidiger* feuerte schon über die extreme Distanz seine PPK ab. Der Strahl bohrte sich in den mittleren Torso des *Hurone,* und die Hälfte ihrer Panzerung fiel an dieser Stelle wie Hautfetzen zu Boden. Dann hatte es der *Vulkan* geschafft, wenigstens eine seiner Waffen zu befreien, und sein mittelschwerer Impulslaser stach in den rechten Arm des *Hurone.*

Ganz automatisch feuerte Raven eine Antwort zurück. Das Wärmeniveau erreichte den oberen Bereich des gelben Bandes, als sie alle ihre drei Waffen auslöste. Die Kugel des Gaussgeschützes war nur den Bruchteil einer Sekunde langsamer als ihre schweren und mittelschweren Laser, und alle drei trafen den *Vulkan,* der in der von ihm selbst geschaffenen Höhle im Gebäude lag. Der feindliche Mech schlug im Angesicht des sicheren Todes um sich und verursachte weitere Zerstörungen. Noch eine Gausskugel brach den mittleren Torso auf und durchschlug den Fusionsreaktor, weidete den 40-Tonnen-Mech regelrecht aus. Es war für Raven nur ein geringer Trost, daß der Reaktor nicht explodierte und den Rest des Gebäudes dem Erdboden gleichmachte.

Ein zweiter Strahl aus der PPK ging hoch über sie hinweg. Auf ihrem HUD erschien hinter ihr ein mit Apollo Eins bezeichneter grüner Kreis. Brion Lee, einer ihrer Lanzenkameraden. Jetzt standen die Chancen gleich. Sie wollte auf sie zustürmen, aber ihr Bedürfnis nach Vergeltung machte einem wichtigeren Ruf Platz.

Aris hatte sie davor gewarnt, in die Stadt einzudringen. Hatte sie vor der Falle gewarnt, vielleicht unter Einsatz seines Lebens. Sie würde diese Warnung achten. Mit einem letzten Blick auf die Ruine, die Hälfte des Gebäudes war nur noch ein großer Schutthaufen, wandte sie sich nach Norden und nutzte die Geschwindigkeit ihres *Hurone* aus.

»Hier ist Lanzenführer Clearwater ans Kommando«, sagte sie, nachdem sie die allgemeine Frequenz des Bataillons eingestellt hatte. »Feindliche Streitkräfte in Deckung in der nordöstlichen Ecke der Stadt. Sie haben auf uns gewartet. Wiederhole, sie wußten, daß wir kommen.«

»Bestätigen Sie das, Raven Clearwater.«

Selbst durch den Filter konnte Raven die Stimme von Ty Wu Non identifizieren, und sie verlieh ihr Stärke. Der Bataillonskommandant war hereingeflogen, um diese Operation persönlich zu leiten, und hatte Beijing in den Händen von Kompanieführer James gelassen.

»Bestätigt, Bataillonskommandant. Dies ist eine Falle, und wir ziehen uns zurück. Ich wurde von Kompanieführer Sung gewarnt. Er war in der Stadt. Er hat mir bedeutet, daß auch am Flugplatz eine Falle für uns vorbereitet wurde.«

Ty Wu Non war einen Moment lang still. Als er sich wieder meldete, klang seine Stimme gelassen wie immer. Er bestätigte Ravens Rückzug und befahl dann ruhig den Abzug aller Hiritsu-Streitkräfte auf dem Weg zum Flugplatz und den Mechhangars. Die Sache mußte an ihm nagen, das wußte Raven, aber kein Kommandant führte seine Truppen bewußt in eine Falle, wenn er nicht äußerst verzweifelt war. Nachdem er die nötigen Befehle erteilt hatte, richtete Ty Wu Non seine Aufmerksamkeit wieder auf Raven Clearwater. »Aris Sung ist am Leben?« fragte er.

Raven schaltete einen der Hilfsmonitore auf Rückansicht. Der *Verteidiger* hatte fast zum *Vulkan* aufgeschlossen. »Ich hoffe es, Bataillonskommandant«, sagte sie, und versuchte so gelassen wie möglich zu klingen. »Ich hoffe es.«

DRITTES ZWISCHENSPIEL

»Es gibt keine Gesellschaft.
Es gibt einzelne Männer und Frauen,
und es gibt Familien.«

– Margaret Thatcher, Premierministerin
von Großbritannien, Terra, zirka 1984

Pr'ret-Wald
Sarmaxa
Mark Sarna, Vereinigtes Commonwealth

2. *August 3057*

Aris konnte nicht sagen, was diesen Teil des Pr'ret-Waldes abgefackelt hatte. Vielleicht ein Blitzschlag oder ein nicht genügend überwachtes Lagerfeuer. Der Brand hatte hier erst vor so kurzer Zeit gewütet, daß der Boden immer noch geschwärzt war, und die Geländekarten, die in den Computer des *Spuk* geladen worden waren, diese Zerstörung nicht widergaben. Andererseits kehrte bereits in Form von ein paar grünen Grasbüscheln und kleinen Schößlingen wieder das Leben zurück. Der betroffene Bereich erstreckte sich über mehrere Kilometer Flachland und einige wenige kleine Hügel und formte eine natürliche Arena, die sich die Sarmaxa-Miliz zur Errichtung einer Verteidigungsstellung ausgewählt hatte.

Aris' *Spuk* wurde von den Explosionen eines halben Dutzends Raketen durchgeschüttelt. Er hatte Glück, als sich ein weiteres knappes Dutzend dieser Feststoffraketen neben ihm in den Boden bohrten und die Strahlen mittelschwerer Laser harmlos an ihm vorbeigingen. Der *Paladin* und der *Kreuzritter*, die ihn angegriffen hatten, versuchten sich aus der optimalen Kampfentfernung zurückzuziehen, bis ihre Waffen wieder aufgeladen waren. Aber zu spät. Aris schnitt mit seinem schweren und den beiden mittleren Impulslasern geschmolzene Linien über den faßähnlichen Torso des *Paladin*.

Aris trat die Pedale durch, beschleunigte den Mech auf sein Maximum von fast einhundertzwanzig Stundenkilometern und raste in einem spitzen Winkel auf ihn zu. Er wollte die effektive Feuerreichweite der feindlichen Langstreckenraketen unterlaufen. Aber die feindlichen Nahkampffähigkeiten waren auch nicht zu unterschätzen, also mußte er in Bewegung bleiben. Er bemerkte, daß einen halben Klick entfernt Ty Wu Non noch nicht zum gleichen Schluß gelangt war, obwohl er fast eine volle Breitseite von einer älteren *Schütze*-Variante und einem Standard-*Donnerkeil* einstecken mußte. Die Panzerung seines *Streitroß* absorbierte den ganzen Schaden, und er blieb auf den Füßen, dieses Mal, aber Aris bezweifelte, daß Ty Wu Non noch lange solche Treffer einstecken konnte.

Das konnte niemand in der Einheit, das war von Beginn des Vorstoßes an Aris' Argumentation gewesen.

Die Liao-Marik-Offensive gegen Victor Davions Mark Sarna lief nun schon den zweiten Monat. Mehrere Sonnensysteme waren bereits gefallen. Krieger-Häuser wie Matsukai und Ijori trieben erfolgreich einen Stoßkeil in das Gebiet, das die Konföderation Capella im Vierten Nachfolgekrieg verloren hatte. In der Zwischenzeit kam das, was eigentlich ein Hauptvorstoß durch Sarmaxa, Sarna, Sakhalin und darüber hinaus sein sollte, zum Stillstand. Stapeltons Grenadieren und den Zähnen von Ymir war es nicht gelungen, Sarna zu nehmen. Das hatten Aris und einige andere des Hauses Hiritsu, darunter die Haus-Meisterin York, vorhergesagt. Und so saß der Hauptteil des Hauses Hiritsu weiterhin auf seiner Heimatwelt Randar und wurde von Sun-tzu und Ion Rush in Reserve gehalten. Nur einer Kompanie unter der Führung von Ty Wu Non wurde die Erlaubnis zum Vorrücken gegeben, und das auch nur auf die nahegelegene Welt Sarmaxa.

Die Verteidigung Sarmaxas bestand aus sechs älteren BattleMechs, die von der stehenden Miliz des Planeten geführt wurden. Für ein Kriegerhaus waren sie in einem offenen Kampf kaum ein gleichwertiger Gegner, und sie wußten es. Diese sechs Mechs hatten daher die strategische Planung Kompanieführer Ty Wu Nons erfolgreich über den Haufen geworfen und durch ihre Hit-and-run-Taktik den ganzen Angriff zum Stocken gebracht. Aris hatte seinen Kommandeur von Anfang an davor gewarnt. Die Verteidiger würden Gebietsverluste hinnehmen, wenn sie dafür die schnelleren Hiritsu-Mechs aus der Formation lösen könnten. Dann würden sie sich umwenden und den Verfolgern möglichst viel Schaden zufügen. Li Quan Nohs *Schlange* und Lynn Trahns *Hurone* waren bereits aus dem Kampf ausgeschieden, einer mit einem Gyroschaden, dem anderen fehlte ein Bein. Im Gegenzug hatten die Verteidiger ihren *Ostroc* verloren. Ein guter Tausch für sie.

Aber Ty Wu Non wollte nicht zuhören. Er war darauf fixiert, die Verteidiger in Grund und Boden zu stampfen und so den einzigen Widerstand auf Sarmaxa zu brechen. Daher befahl er seiner Kompanie immer wieder, die im Vereinigten Commonwealth ausgebildeten Krieger zu verfolgen. Aris stellte den Befehl nie wieder in Frage. Ty Wu Non war sein Vorgesetzter, und er hatte seinen Rat zurückgewiesen. Jetzt hatten Aris und sein Kompanieführer in diesem offenen Gelände vier der fünf verbleibenden feindlichen Mechs gestellt.

Aris machte sich keine Illusionen darüber, wer im Vorteil war.

Durch einen plötzlichen Richtungswechsel schüttelte er einige der zielsuchenden Raketen ab. Nur drei davon trafen und rissen einen kleinen Teil der immer noch starken Panzerung ab. Bei dem feindlichen Laserbeschuß hatte er nicht so viel Glück. Während Aris seine eigenen Laser abfeuerte, trafen rote und grüne Lanzen den linken Arm und das linke Bein. Fast eine Tonne Panzerung wurde weggebrannt, und sein Arm war nun besonders verwundbar, aber noch immer funktionsfähig.

Der feindliche *Paladin* war nicht so glücklich dran. Der scharlachrote Strahl aus Aris' schwerem Impulslaser traf in dessen linke Seite, die bereits von seinen mittelschweren Lasern kurz zuvor geschwächt worden war. Der Strahl durchschnitt die letzten Reste der Panzerung und drang tief in die interne Struktur des *Paladin* hinein, bohrte sich durch den Lademechanismus für die Langstreckenraketen des Mechs und schließlich in die Munition selbst. Dieser ältere Mech hatte kein CASE-Munitionslager, und so detonierte nicht nur der Munitionsvorrat, sondern eine unglaubliche Explosionskraft fegte durch den gesamten Torso. Dem folgte darum nur einen Moment später die Explosion des Fusionsreaktors auf dem Fuße, und die Kampfmaschine hörte auf zu existieren. Ein Arm flog in hohem Bogen durch die Luft, schlug schwer auf den *Kreuzritter* und riß diesem ein paar Panzerplatten vom linken Bein. Kein weiteres Teil des Paladin war groß genug, um noch identifiziert werden zu können.

Hochstimmung erfaßte Aris, und er wendete, um den optimalen Abstand zum *Kreuzritter* einzuhalten, der zu seinen zwei Kameraden zurückfiel. Diese Hochstimmung legte sich sofort wieder, als er Ty Wu Nons *Streitroß* unter einem Raketen- und Lasersperrfeuer zu

Boden gehen sah. Der *Schütze* und der *Donnerkeil* rückten vor, um ihn endgültig zu erledigen.

Es spielte keine Rolle für Aris, daß Ty Wu Non sich das selbst zuzuschreiben hatte. Er sah nur ein anderes Mitglied Haus Hiritsus und seinen vorgesetzten Offizier fallen. Haus Hiritsu war sein Zuhause, die Mitglieder bildeten seine Familie. Alle persönlichen Schwierigkeiten zwischen ihm und Ty Wu Non hatten auf dem Schlachtfeld keine Bedeutung. Aris setzte sein Ortungs-/Zielerfassungssystem auf den feindlichen *Schütze* an, da er von den beiden der gefährlichere zu sein schien. Der taktische Monitor zeigte, daß der feindliche Mech haargenau dreihundert Meter entfernt war.

Aris brachte seinen *Spuk* erneut auf Höchstgeschwindigkeit, und die Entfernung schmolz nur so dahin. Einmal mußte er einem Stapel halbverbrannter Stämme ausweichen, über die er sonst gestolpert wäre. Er verschwendete keine Zeit damit, seine Waffen abzufeuern, sondern konzentrierte sich vollkommen auf seine Aufgabe. Der XL-Reaktor seines *Spuk* erlaubte ihm, den Kampfplatz in weniger als zehn Sekunden zu erreichen, gerade in dem Augenblick, als die Langstreckenraketen des *Schütze* geladen waren.

Der Pilot des *Schütze* registrierte Aris, der mit mehr als hundert Stundenkilometern von hinten auf ihn zugeschossen kam, viel zu spät, um etwas anderes zu tun, als in Panik zu verfallen. Nur die nach hinten zeigenden mittelschweren Laser des *Schütze* konnten auf Aris gerichtet werden, und sie sandten Pfeile aus, die den Hiritsu-Krieger aufhalten sollten. Die grünen Strahlen tanzten über den Torso des *Spuk*, schmolzen die Panzerung, behinderten den Mech aber nicht ernsthaft. Der *Donnerkeil* drehte seinen Torso, um seine Waffen auf Aris richten zu können, doch der *Schütze* blokkierte die Schußlinie, und der Sarmaxa-Pilot konnte nur abwarten.

Aris' BattleMech krachte mit unfaßlicher Wucht in den Rücken des *Schütze*. Die Panzerplatten an der Vorderseite des *Spuk* platzten und fielen nutzlos zu Boden. Das war aber nichts im Vergleich zum Schaden, den der glücklose *Schütze* hinnehmen mußte. Der Schulteraktivator seines linken Armes wurde zerschmettert, und durch die starke Erschütterung verlor sein linkes Bein die Hälfte der Panzerung. Die Panzerung seines hinteren Torsos wurde wie Papier weggefetzt. Die Titanstreben, aus denen das Skelett des BattleMechs bestand, bogen sich nach innen. Die Abschirmung um den Reaktor riß, und das Gyro kreiselte und kreiselte. Eines seiner Langstreckenraketensysteme wurde zerstört, obgleich die Munition nicht im Raketenwerfer detonierte.

Das war jedoch das einzige Fitzelchen Glück, das der *Schütze* hatte. Die Wucht des Stoßes warf ihn nach vorne. Da der Pilot unter einem solchen Angriff den Mech nicht aufrecht halten konnte, überließ er ihn der Schwerkraft. Der Mech stolperte, rutschte und überschlug sich dreißig Meter über den geschwärzten Boden. Dabei zog er tiefe Furchen, in denen mehr und mehr seiner wertvollen Panzerung zurückblieb. Als der *Schütze* seinen letzten Überschlag beendet hatte, kam er auf dem Rücken zu liegen. Eine geschwächte Stützstrebe bog sich weiter nach innen und durchstieß das Munitionslager im rechten Torso des *Schütze*. Die Treibstoffzellen brachen und verstreuten den Feststoff zwischen die Raketenkammern. Ein Funkenregen von der Stützstrebe, die über die Hülle des Munitionslagers schrammte, besiegelte das Schicksal des *Schütze*. Sein Torso sprang förmlich in die Luft, von der heftigen Explosion unter ihm in die Höhe geworfen. Als die Munition auf der linken Seite detonierte, explodierte sofort auch der Fusionsreaktor, und der *Schütze* folgte seinem Kameraden *Paladin* ins Nichts.

Das reichte den anderen zwei Sarmaxa-Mechs. Sie traten den Rückzug an und feuerten dabei auf Aris, um ihn auf Abstand zu halten. Aris hatte nach dem Stoß kaum wieder die Kontrolle über seinen *Spuk* erlangt, er konnte sich nur mit alleräußerster Anstrengung auf den Beinen halten. Durchgeschüttelt wie er war und mit all den Quetschungen, dort wo ihm die Sicherheitsgurte in die Schultern geschnitten hatten, entschied er sich gegen eine Verfolgung. Statt dessen manövrierte er seinen Mech zu Ty Wu Nons *Streitroß*, der gerade mühsam wieder auf die Füße kam. Aris half seinem Kompanieführer, unter die Deckung der Bäume zu gelangen. Die Panzerung an Tys *Streitroß* war nur noch Erinnerung. Aus einem Riß im vorderen Torso quoll grauer Rauch, und grünes Kühlmittel lief in winzigen Bächen die Vorderseite hinunter und sammelte sich am Boden zu einer Lache.

»Ich bin wieder auf den Beinen, Aris Sung«, wisperte Tys Stimme durch die Kommunikationsausrüstung, als ob er Aris' Gedanken gelesen hätte. Aris hätte darauf wetten mögen, daß der andere Krieger die Schadensanzeigen seines Mech studierte und die meisten von ihnen im roten Bereich waren.

»Sollen wir sie verfolgen, Kompanieführer Non?« Aris sprach in respektvollem Ton, als ob er die Idee ernsthaft in Betracht ziehen würde. Beide wußten, daß der *Streitroß* nicht in der Lage war, die Verfolgung aufzunehmen, und Ty würde Aris nicht alleine vorschicken. Ty war ein geborener Anführer, das erkannte Aris gut. Er hatte das entsprechende Auftreten. Aber er war kein Taktiker. Und seine Abneigung gegen Aris machte ihn für jeden Rat, den der jüngere Krieger anbieten würde, unzugänglich. »Darf ich eine persönliche Bemerkung machen, Sir?«

»Eine Bemerkung, ja.«

Aris wählte seine nächsten Sätze sorgsam aus. Ty

hatte seinen Rat schon einmal abgelehnt, und damit war das Thema beendet. Aber wenn er einen neuen Faktor vorbringen konnte… »Kompanieführer Non, da ich nicht die Bürde Ihrer Verantwortung trage, ist mir etwas aufgefallen. Die feindlichen Mechs haben sich immer an die dichter bewaldeten Gebiete gehalten, das verlangsamt sie. Sie halten und kämpfen nur dann in einer Lichtung, wenn sie eine Anhöhe erreichen und diese zu ihrem Vorteil nutzen können. Legt das nicht Vorhersagbarkeit nahe?«

Ty Wu Nons Stimme blieb gelassen und neutral. »Sie glauben immer noch, daß wir Mechs vor ihnen absetzen können. Indem wir Landungsschiffe benutzen, oder?«

»Das ist sicherlich eine Möglichkeit, Sir.«

»Nennen Sie eine andere.«

War das ein Riß in der sonst undurchdringlichen Mauer? »Mein *Spuk* ist der schnellste Mech, den wir haben. Ich könnte versuchen, mich ihnen lange genug in den Weg zu stellen, bis eine Streitkraft sie koordiniert von hinten angreifen kann.«

Es gab eine lange Pause, als ob Ty die Möglichkeit in Erwägung ziehen würde. Als er sich wieder meldete, war es dennoch so, als ob Aris nie gesprochen hätte. »Ich habe Terry Chan auf einer anderen Frequenz, Lanzenführer Sung. Sie ist nur noch Sekunden entfernt. Sie werden sie hier erwarten und dann den Feind verfolgen. Verfolgen, zermürben und angreifen, wenn sie sich wieder zum Kampf stellen. Haben Sie verstanden?«

Aris nickte dem leeren Cockpit zu. »Verfolgen, zermürben, angreifen, ja, Sir.« Antwort: Nein; Thema beendet. Aris wendete seinen Mech und manövrierte ihn wieder auf die ausgebrannte Lichtung. Die Sarmaxa-Kampfkolosse verschwanden gerade von seinen Ortungssensoren, und er speicherte ihren Kurs, um ihnen nachsetzen zu können. Ty Wu Non war fest entschlossen, auf diese Art zu gewinnen. Und wenn Aris konnte, würde er den Kampf für seinen Kompanieführer gewinnen. Gedanken darüber, wie er gewonnen werden konnte, oder wie er gewonnen werden sollte, waren nicht länger relevant, und so vertrieb Aris sie aus seinem Geist.

Das war der Weg des Hauses Hiritsu, und Aris war ein hingebungsvoller Sohn dieses Hauses.

19

Tarrahause
Distrikt Tarrahause, Kaifeng
Souveränität Sarna, Chaos-Marschen

24. Juli 3058

Aris saß auf dem Bürgersteig gegen die noch intakte Mauer des ansonsten zerstörten Gebäudes gelehnt, in das er sich vor dem Flammer des *Vulkan* gerettet hatte. Zu seiner linken ragten der untere Torso und das verbliebene Bein des gefallenen *Vulkan* aus dem Gebäude. Das andere Bein und ein Arm lagen in einiger Entfernung. Auf der anderen Straßenseite brannte Kyles Wagen immer noch und tauchte die Umgebung in tanzende Schatten.

Aris war staubbedeckt, blutend und mit Blutergüssen übersät aus dem Haus gekrochen. Sein Haar und seine Kleidung waren angesengt. Er hatte von seiner Jacke ein paar Stoffstreifen abgeschnitten. Er band sich Arme und einen Oberschenkel ab, um die Blutung der tiefen Schnitte zu kontrollieren, die er sich bei seinem Sprung durchs Fenster zugezogen hatte. Der große Hartholztisch hatte sein Leben gerettet, als die Seite des Gebäudes einstürzte. Eine Wand nur hatte unter dem Gewicht der fallenden Trümmer nachgegeben, die andere blieb stehen, und die solide Hartholzplatte hatte Aris vor dem Regen aus Ziegelsteinen und sonstigen Trümmerteilen abgeschirmt. Eine Uhr, die wunderbarerweise inmitten der Zerstörung intakt geblieben war, teilte ihm mit, daß es nach Mitternacht war und die Waffenruhe in Kraft getreten sein sollte. Aris hatte keinen Hinweis auf einen vernichteten *Hurone* finden können und war sich daher sicher, daß Raven Clearwater davongekommen war und Haus Hiritsu vor der Falle am Flugplatz gewarnt hatte. Ein sehr willkommener Gedanke, da er offensichtlich nicht mehr tun konnte.

Scheinwerfer erleuchteten die Straßenkreuzung. Aris überlegte, ob er sich verstecken sollte – und entschied sich dagegen. Einfache Bürger würden ihn nicht belästigen. Mit der Djing-cha konnte er fertigwerden. Und Soldaten ... Aris stellte die Nakjama-Laserpistole ein, die er aus dem Cockpit des *Vulkan* geborgen hatte, und steckte sie hinten in den Hosenbund. Für Soldaten hatte er spezielle Pläne.

Nachdem die Aufregung abgeebbt und der Druck weg war, kreiste in seinen Gedanken Li Wynns Aussage, daß sich ein Hiritsu-Krieger gegen das Haus gewendet hatte. Das lag ihm wie ein Stein im Magen. Aris konnte das nicht anzweifeln; Li hatte geglaubt, was er sagte. Und warum sollte es nicht wahr sein? Es hatte schon so viele Beweise für einen Verrat gegeben. Der Luft-/Raumjägerüberfall bei Nochen. Die Falle am Hafenterminal und dann noch die an der Jinxiang-Brücke. Der Hinterhalt heute nacht. Blinde Hingabe an das Haus hatte verhindert, daß er die Wahrheit erkannte. Der Gedanke war so fremd ... Aber wer außer einem Haus-Krieger hätte der Kaifeng-MSM diese Art Informationen liefern können?

Das Attentat auf Haus-Meisterin York?

Ein kalter Pfeil bohrte sich in Aris' Herz und erschütterte das Innerste seines Wesens. *Nein!* Er wollte schreien, den Himmel anklagen. Ein Haus-Krieger konnte daran nicht beteiligt gewesen sein. Und er konnte insbesondere die Tat nicht selbst ausgeführt haben. Das verletzte die Lehren, die das Herz Haus Hiritsus darstellten. Die Lorix-Gesetze, die lehrten, daß das höchste und wichtigste Ideal im Leben eines jeden MechKriegers die Loyalität sei ... zum obersten Kommandanten des Staates, dem Oberbefehlshaber der

MechKrieger. Und die Lehren von K'ung-fu-tzu betonten, daß die kindliche Ergebenheit, der Gehorsam gegenüber den Eltern, eine der wichtigsten Tugenden sei. Aris wollte nicht an die Möglichkeit glauben, daß ein Krieger des Hauses den Kopf der Familie abgeschlagen hatte.

Dennoch glaubte er es. Es erschütterte sein Vertrauen mehr als alles andere, daß er es nicht nur für möglich, sondern für wahrscheinlich hielt. Er dachte an seine ersten Stunden im Kaifeng-System zurück, an seine Gedanken an Bord des Sprungschiffes *Liu*, als er Ty Wu Non schlagen wollte. War das etwas wesentlich anderes als es tatsächlich zu tun? Und davon ausgehend, wie weit wäre es dann noch zum vollständigen Verrat?

Ein langer Weg, beantwortete Aris sich die Frage selbst. Aber die Saat von Versagen und Verrat war in jedem vorhanden. Wenn sie von genügend Haß und Eifersucht genährt würden …

»Aris? Sind Sie das? Mann, siehst du geschafft aus.«

Li Wynn blickte aus einem Wagenfenster, öffnete dann die Tür und stieg aus. »Wir haben überall nach Ihnen gesucht.«

Aris entspannte sich. Neben Li sah er noch die drei anderen jungen Diebe, die er vorher getroffen hatte. »Ich bin wohl zu gierig geworden«, log er. »Ich kam zu früh hoch und stand dann mitten im Tanz.«

Li beäugte den zerstörten *Vulkan*. »Das war unser Kontakt. Verdammt. Kein Wunder, daß wir kaum Beute gemacht haben. Und Kyles Auto ist weg. Einer von den Metallköpfen hat ihn vermutlich aufgehoben und nach etwas geworfen. Wir mußten uns ein anderes *leihen*.«

»Ihr habt also nichts gefunden?« fragte Aris, während er aufstand.

»Nichts, worüber sich zu sprechen lohnte. Vielleicht

gerade genug, um Kyles Auto zu bezahlen und die Bestechungsgelder bei den Söldnern.«

Aris humpelte zum Wagen hinüber. »Vielleicht kann ich dagegen etwas unternehmen. Was wäre, wenn ich eure Verluste heute nacht wettmachen könnte?«

Damit hatte er Lis ungeteilte Aufmerksamkeit. »Wie?«

»Wir müssen den Tag abwarten, bis sich die Dinge etwas beruhigt haben. In der Nacht können wir zwei dann einen kleinen Ausflug zu dem Club machen, den du erwähnt hast. Wo die MechKrieger rumhängen.«

Und dort würde Aris, wenn das Schicksal gnädig wäre, einen Hinweis auf den Verräter in Haus Hiritsu finden.

20

Jinxiang Flußhafen-Terminal 5 Süd
Distrikt Tarrahause, Kaifeng
Souveränität Sarna, Chaos-Marschen

24. Juli 3058

Umringt von seinem Kommandostab, saß Bataillonskommandant Ty Wu Non am Kopfende des Cafeteriatisches. Stumm ließ er den Blick über die Gesichter seiner Kompanieführer und Lanzenführer schweifen, studierte sie, während sie darauf warteten, daß er als erster sprach. Raven Clearwater, fast am anderen Ende des Tisches, sah auf die cremefarbene Oberfläche und schien den eigenen Gedanken nachzuhängen. Terry Chan, unmittelbar links neben Non, machte auch den Eindruck, als quälten ihre Gedanken sie, konnte es aber beinahe verbergen. Jeder andere begegnete seinem Blick mit einer Mischung aus Unsicherheit und Erwartung, unsicher darüber, was der nächste Schritt sein würde, aber ganz auf die Führung ihres Kommandanten vertrauend. Jeder, außer Thom Lindell, der mit steinernem Gesichtsausdruck am anderen Ende des Tisches saß. Ty setzte sich kerzengerade, als wolle er das Gewicht abwerfen, das auf ihnen zu lasten schien. Mit geradem Rücken und emotionslosem Ausdruck versuchte er, seinen Leuten Stärke zu vermitteln, während in seinem Innern ein Orkan tobte.

Aris Sung lebte. Das hätte ihn nicht überraschen sollen. Der junge Krieger hatte in den vergangenen elf Jahren, in denen Ty sein Ausbilder war, schon oft seine Fähigkeiten zum Überleben unter Beweis gestellt. Und das Glück schien geradezu an ihm zu kleben. Mit der Möglichkeit von Aris' Tod hatte sich Tys Abneigung gegen ihn im Laufe der letzten Tage abgemildert. Er hielt Aris nicht länger für eine Bedrohung seiner Position oder auch nur eine Herausforderung an seine eigenen Fähigkeiten. Aris war ein Aktivposten, ein Sohn Haus Hiritsus, und Ty würde seiner Familie keinen guten Dienst erweisen, wenn er das nicht akzeptierte. Der Junge war intelligent und gewitzt und immer da, wo etwas los war. *Das Jahr des Pferdes*, dachte Ty. Er war niemals den alten chinesischen Gebräuchen gefolgt, Haus Hiritsu orientierte sich mehr an der Philosophie des Konfuzius, aber das verwunderte ihn doch.

Ty schüttelte diese Gedanken ab, wollte nicht, daß sie sich auf seinem Gesicht spiegelten. Aris Sung würde sicherlich in der Diskussion erwähnt werden, war aber jetzt nicht das Hauptthema. Die wiederholte Fähigkeit der Kaifeng-MSM, die Züge Haus Hiritsus vorherzusehen, war nicht länger nur lästig; jetzt bedrohte sie den ganzen Vorstoß. Wenn Aris durch seine Warnung nicht den Überfall auf Tarrahause verhindert hätte, hätte Ty leicht die Hälfte seiner Krieger verlieren können. Ein solcher Verlust wäre von Ion Rush oder sogar Kanzler Liao vielleicht als akzeptabel eingestuft worden, wenn dafür Kaifeng nach Plan erobert und gehalten worden wäre, aber für Non war es ganz und gar nicht so. Er wußte, daß er Krieger verlieren würde, aber er würde sie nicht opfern.

»Nun denn«, flüsterte er mehr zu sich denn zu seinen Leuten, obgleich sie den Unterschied kaum merkten. »Von diesem Tage an erkläre ich den ursprünglichen Angriffsplan gegen Kaifeng für aufgehoben. Der Bericht wird herausstellen, daß niemand einen Fehler machte, insbesondere da die Strategie im Süden so gut – und teilweise auch hier auf dem Nordkontinent – funktionierte. Wir können die Fähigkeit der Kaifeng-MSM, unsere Züge vorherzusehen, aber nicht länger irgend etwas anderem als einem bestehenden Wissen über unsere Pläne zuschreiben. Kommentare?«

Jill McDaniels sprach als erste. »Können wir da sicher sein, Bataillonskommandant? Wir haben in der Nähe des Flugplatzes kein Anzeichen für einen Hinterhalt entdeckt. Wir haben nur ein paar ungewisse Handzeichen von Aris Sung, die dahingehend interpretiert werden *könnten.*«

»Stellen Sie meine Fertigkeit, Infanteriesignale zu lesen, in Frage, MechKrieger McDaniels?« fragte Raven Clearwater und kreuzte ihren Blick mit McDaniels. »Oder ist es Kompanieführer Sungs Warnung, die Sie anzweifeln?«

In Ravens Stimme klang kein Ärger, kein Hinweis auf eine Gegenbeschuldigung; sie war für einen solchen Bruch der Höflichkeit in den Wegen des Hauses viel zu bewandert. Aber die Fragen waren nicht angemessen. Ty Wu Non verstand Ravens Frustration. Sie hatte ihren Kompanieführer niedergehen sehen und war dann ein zweites Mal gezwungen, ihn zu verlassen, um einem höheren Ruf zu folgen. Ty konnte jedoch keine Zurschaustellung von Uneinigkeit durchgehen lassen, insbesondere nicht vor seinem Angesicht.

»Lanzenführer Clearwater«, sagte er mit flacher und tonloser Stimme, um seine Unzufriedenheit zu vermitteln, »ich glaube, die Frage war an mich gerichtet.«

Als Raven ihren Irrtum erkannte, rötete sich ihr Gesicht vor Scham, und sie nickte leicht. »Entschuldigen Sie, Bataillonskommandant, und auch Sie, McDaniels. Ich sprach, ohne an der Reihe zu sein.«

Ty ließ seine Stimme wieder weicher klingen. »Wir verstehen, wie Sie sich fühlen, Raven Clearwater. Wir werden über Aris Sung gleich diskutieren.« Er wandte sich wieder an Jill. »Nun zu Ihrer Frage. Tarrahause hatte Mechs versteckt, die auf Ravens Lanze warteten. Da dieser Stadtteil kaum einen strategischen Wert hatte, können wir nur annehmen, daß sie ganz speziell dazu dienten, unserem Scheinangriff zu begegnen. Dies verleiht Aris Sungs Warnung noch höheres Gewicht. Ich bin der Ansicht, daß sie am Flugplatz auf uns gewartet hatten. Die Frage lautet, wie?«

Kompanieführer Jason James strich sich über sein kantiges Kinn. »Könnten Sie unsere Funkverbindungen abhören?«

Ty schüttelte leicht den Kopf. »Wir haben unsere Pläne niemals über Funk bekanntgegeben. Solche Spionage hätte durch Abhörgeräte erfolgen müssen, und unsere Techniker versichern mir, daß das nicht der Fall sein konnte.«

»Satellitenbeobachtung«, sagte Thom Lindell vom anderen Ende des Tisches herüber; er betonte jede einzelne Silbe. »Oder Jägeraufklärung in großer Höhe.«

Ty dachte einen Augenblick nach. »Ich kann mir nicht vorstellen, wie sie das angestellt haben sollen. Ich hatte entweder die *Dainwu* oder die *Lao-tzu* über uns im Orbit stationiert. Es hat keine Flugzeug- oder direkte Satellitenüberquerungen gegeben. Und nebenbei gesagt, wären das nur visuelle Informationen.«

»Bataillonskommandant«, sagte Terry Chan und zog seine Aufmerksamkeit auf sich, »es scheint, daß wir im Trüben fischen, wo es doch eine offensichtliche Lösung für unser Problem gibt.«

»Fahren Sie fort, Chan ...«

Terry Chan holte tief Luft. »Aris Sung. Ich habe viel darüber nachgedacht.« Sie hielt drei Finger hoch und schlug jeden ab, während sie ihre Gründe aufzählte. »Er ist in Tarrahause. Er ist ein fähiger Scout. Und er hat offensichtlich einiges Wissen über ihre militärischen Aktivitäten, da er sich vor Ravens Ankunft auf dem Schlachtfeld plazieren konnte. Wenn er jetzt noch nicht die Quelle von Kaifengs Hellsicht kennt, wird er doch wissen, wie man an sie herankommen kann.«

»Sie schlagen eine Rettungsmission vor?« Ty war

überrascht, wußte aber nicht, ob auch angenehm. Er hätte nicht gedacht, daß Terry Chan je vorschlagen würde, Aris herauszuholen, da sie dadurch wieder zum Lanzenführer zurückgestuft werden würde. Und wenn es jemanden gab, den er verstehen sollte, dann war es Terry Chan. Aber vielleicht schwand die Feindseligkeit gegen Aris Sung, die sie mit ihm geteilt hatte, wie seine eigene. Er dachte über die Idee nach. »Wir haben nach der Vereinbarung zur Waffenruhe zwei Tage, bevor die Kampfhandlungen wieder aufgenommen werden. Aber Aris konnte überall in der Stadt sein, falls er nach dem letzten Kampf immer noch lebte.«

Raven Clearwater saß vorgebeugt und hatte die Hände vor sich auf dem Tisch verschränkt. »Aber es ist eine Chance, Bataillonskommandant Non, und wir sollten sie nutzen. Ich melde mich freiwillig für die Mission. Ich war gezwungen, ihn zurückzulassen, es ist meine Verantwortung.«

»Nein, Raven«, sagte Terry freundlich. »Ich war Aris Sungs Stellvertreter und für seine Sicherheit verantwortlich. Ihn am Jinxiang zu verlieren, war mein Fehler. Vergessen Sie nicht, daß ich als Infanterist begonnen habe. Ich bin speziell für Guerillaeinsätze in urbaner Umgebung ausgebildet worden. Ich muß gehen, allein.«

Ty Wu Non mühte sich, seine Unentschlossenheit nicht auf seinem Gesicht oder mit seinen Bewegungen zu offenbaren. Terry Chan hinter Aris Sung herzuschicken, schuf eine Situation, die er nicht kontrollieren konnte und daher nicht erlauben sollte. Andererseits hatte Terry Chan für einen solchen Auftrag wirklich die beste Qualifikation, und Aris konnte sehr wohl die dringend benötigten Antworten haben sowie wichtige militärische Informationen über die Kaifeng-MSM. Er entschloß sich, ihre Gründe zu überprüfen. »Lanzenführer Chan, haben Sie an die Verantwortung für Ihre Kompanie gedacht?«

Ihre Antwort war gut vorbereitet. »Ja, Sir. Die letzte halbe Stunde lang. Die Wahrheit ist jedoch, daß meine Kompanie momentan Senior-Kompanieführer Thom Lindell untersteht, gemäß Ihren Anweisungen, und ich daher ohnehin nur als Lanzenführer fungiere. Der minimale Bruch in der Befehlskette wird vom potentiellen Nutzen überwogen.«

Jetzt hatte sie ihn. Ty fühlte die Unsicherheit im Magen, wußte aber nicht, woran es lag. Er hatte also kein vernünftiges Argument gegen Terry Chans Vorschlag. »Nun gut«, sagte er und nickte. »Sie werden nach Tarrahause vorstoßen. Wie, bleibt Ihnen überlassen. Aber Erfolg oder nicht, ich will, daß Sie nicht später als übermorgen um zwanzig Uhr zurück sind. Verstanden?«

Terry Chan nickte. »Verstanden, Bataillonskommandant. Ich erwarte jedoch schon, viel früher zurück zu sein.«

»Warum das?«

Terry lächelte. »Ich glaube, ich weiß, wo ich ihn finden kann.«

Das Hauptwarenlager des Hauptstraßen-Terminals Nummer Zwei West war kürzlich gefüllt worden. Nicht mit Reissäcken oder Obst- oder Gemüsekisten, obgleich in einer Ecke des großen Gebäudes Nahrungsmittel hoch aufgestapelt waren. Der Rest des Lagers beherbergte zwei BattleMechs: einen *Rabe* mit seiner hervorstechenden, schnabelartigen Kanzel, und einen *Totschläger*. Der *Rabe* hatte eine Tarnung in Dschungelfarben, und die Insignie der Kaifeng-MSM prangte auf dem Oberschenkel des rechten Beines. Beim *Totschläger* war nur noch auf dem linken Arm ein Rest Tarnung zu sehen, alles übrige war schwarz grundiert worden. Auf einer hydraulischen Hebebühne arbeiteten zwei Techniker, die mit Sprühpistolen die schwarze Farbe aufspritzten, die die Tarnfarbe verschlang.

MSM-Major Karl Bartlett schritt durch die teilweise offenen Haupttore und tauschte die feuchte Dschungelhitze gegen die Kühle des schattigen Innern des Lagers. Paul Harris und Kevin Yang, zwei Lieutenants, denen er am meisten vertraute, folgten dichtauf. Sie führten in seiner Lanze je ein *Schwergewicht*. Ihre Augen wirkten groß vor Überraschung. Bartlett wußte, daß sie Fragen hatten, aber sie waren gute Soldaten, die auf die Lagebesprechung warteten.

Er hielt an, als ihm die Farbausdünstungen in die Nase stachen. »Okay«, sagte er ruhig, »hier ist der Handel. Unsere *Freunde* bei Haus Hiritsu sind bereit, den Einsatz zu erhöhen. Wenn wir es schaffen, Haus Hiritsu schwer zu diskreditieren, werden sie ihren Bataillonskommandanten und seine loyalsten Anhänger in einen Hinterhalt schicken.«

Bartlett lächelte über ihren geschockten Gesichtsausdruck, genoß ihre Überraschung. Er hatte, seit General Fallon ihm den direkten Zugang zum Hiritsu-Verräter gewährt hatte, an dem großen Wurf gearbeitet. Etwas, das ihn in das Rampenlicht stellen würde, als den Mann, der ein Krieger-Haus der Capellaner besiegt hatte. Damit würde er aus dem Schatten von Cyndi Fallon heraustreten können. Mit Sicherheit würde er nach Sarna geschickt werden. Und wenn die Souveränität Sarna jemals fiel – *und sehen wir der Wahrheit ins Gesicht,* dachte er, *selbst die Buchmacher auf Solaris geben uns nur eine Eins-zu-fünf-Chance, daß wir es als unabhängiger Staat bis ins Jahr 3060 schaffen* – hätte er eine Reputation. Karl Bartlett könnte dann überall ein Kommando bekommen, außer vielleicht in der Konföderation Capella.

Nachdem Kevin Yangs erste Überraschung abgeebbt war, fragte er mit gerunzelter Stirn: »Und was gewinnen unsere *Freunde* dabei? Sieht für mich ziemlich einseitig aus.«

Paul Harris antwortete, bevor Bartlett sprechen konnte. »Offensichtlich arbeiten sie daran, die obere Führungsebene ihres Hauses abzusetzen, so daß sie selbst die Kontrolle über ihr wertvolles Haus übernehmen können. Wie ich es verstanden habe«, er sah um Bestätigung bittend zu Bartlett hinüber, »haben sie nie um etwas gebeten, das über eine Reihe von beschränkten Scharmützeln hinausgeht. Sie wollen das Haus nicht zerstört haben, sondern geschwächt.«

Bartlett nickte. »Daheim in der Konföderation mag es noch andere politische Erwägungen geben, aber das betrifft uns nicht.«

Die beiden Lieutenants blickten erst sich an und dann wieder ihn. »Wie lautet der Plan?« fragte Harris.

»Diese beiden Maschinen«, Bartlett deutete mit seinem Daumen über die Schulter auf den *Rabe* und den *Totschläger,* »werden im Grün und Schwarz des Hauses Hiritsu angestrichen. Der *Rabe* gehört Trufeau von unserer eigenen Scoutlanze. Er denkt, daß er wegen Schwierigkeiten mit den Aktivatoren überholt wird. Den Totschläger haben wir von Jacobs Juggernauts ausgeliehen. Beide haben das Standard-Liao-Design, das auch schon bei der Angriffsstreitmacht Hiritsus gesehen wurde.

Morgen, während des Drachenboot-Festes, werdet ihr beide unsere Verteidigungslinie damit durchbrechen und das Ufergebiet, wo das Fest stattfindet, zerstören. Bruch der Waffenruhe und Störung der Fruchtbarkeitsriten. Das Volk von Kaifeng wird sich rasend vor Wut gegen die Capellaner wenden. Hiritsu würde nicht mal dann den Planeten halten können, wenn die MSM die Sachen packte und abzöge und ihnen vorher die Schlüssel zum Planeten gäbe.« Er gluckste vor Lachen, so sehr amüsierte ihn der Plan.

»Unsere Verteidigungslinien durchbrechen?« bemerkte Paul Harris zweifelnd. »Wissen sie, daß wir kommen?«

»Und was meinten Sie mit zerstören?« fügte Yang hinzu.

»Selbstverständlich wissen sie nicht, daß Sie kommen«, sagte Bartlett. »Ich will, daß das nur in einem kleinen Kreis bekannt ist. Ich habe aber die Aussichtsposten so verteilt, daß im südwestlichen Sektor eine ausreichend große Lücke ist. Damit haben Sie freien Zugang zum Westufer des Sees Ch'u Yuan. Das Fest findet am Nordufer statt, daher müssen Sie ein Stück um den See herumgehen.«

»Und was ich mit *zerstören* meinte«, sagte Bartlett und sah Kevin Yang fest in die Augen, »sind schwere Sachschäden. Treten Sie in Gebäude, trampeln Sie auf Autos, schießen Sie mit einem mittelschweren Laser ein paarmal auf einen Zongjistand, stören Sie das Fest.«

Kevins Augen weiteten sich, als könnte er nicht glauben, was er hörte. »Zwei Worte, Karl. Ares-Konvention. Haben Sie je davon gehört?«

Bartlett warf ihm einen vernichtenden Blick zu. Natürlich hatte er davon gehört. Die Ares-Konvention war eine Reihe von Regelungen, die dazu bestimmt waren, den Krieg auf dem Schlachtfeld zu halten und die Zivilbevölkerung so weit wie möglich herauszuhalten. Die Regelungen waren verabschiedet worden, um zu verhindern, daß der Krieg die Innere Sphäre wieder in das Dunkle Zeitalter zurückwarf. Aber verdammt, er verlangte von ihnen nicht das Kentares-Massaker. »Wir fälschen den Bericht später und geben massive Verluste zu Protokoll«, erklärte er. »Wir zielen nicht auf unsere eigenen Leute.«

Er erwähnte nicht die realen Opfer, die es einfach durch die Sachschäden, quasi unbeabsichtigt, geben würde. Am Ausdruck in Harris' Augen erkannte Bartlett, daß er das bereits verstanden und akzeptiert hatte. Da seine Frau sich auf der Aufladestation in Händen der Hiritsu befand, war es zweifelhaft, daß der Mann ablehnen würde.

Yang trat unruhig von einem Fuß auf den anderen. »General Fallon weiß davon?«

»Nein!« bellte Bartlett und mäßigte seinen Ton dann etwas zu einem leisen Grollen. »Und sie wird es auch nicht. Cyndi Fallon würde dem nicht zustimmen, da sie keine harten Entscheidungen treffen kann. Sie sitzt lieber herum und betet um Verstärkungen und erlaubt unseren *Freunden*, uns die Strategie zu diktieren. Und wissen Sie was, Gentlemen? Sarna steht unter Blokkade. Drei Liao-Kriegsschiffe – Kriegsschiffe! Zwei Fregatten und ein Zerstörer sowie eine beachtliche Jägerunterstützung halten Sarna fester im Griff als ein lyranischer Händler seine Börse. Und die Sarna-Sprungpunkte sind mit Sturmschiffen überschwemmt worden. Jedes Spungschiff, das nicht das Risiko des Sprungs von einem Piratenpunkt eingehen will, muß mit Entertruppen rechnen. Sie haben bereits drei Versuche, von Sarna durchzubrechen und uns Verstärkung zu bringen, zurückgeschlagen.«

»Warum wurde uns das nicht früher mitgeteilt?« fragte Paul Harris aufgebracht. »Ich würde sagen, daß das ganz offensichtlich unsere Strategie beeinflußt.«

Bartlett lächelte dünn. *Damit ich euch hier und jetzt damit schockieren konnte.* »Fallon wollte nicht, daß überall bekannt wird, daß wir von Sarna abgeschnitten sind.« Das war wahr genug. Er ließ seine Stimme kalt werden. »Nach gegenwärtigen Schätzungen von Sarna wird ihnen innerhalb der nächsten Wochen ein Durchbruch gelingen.«

»Wochen?« schrie Harris auf und fuhr dann leiser fort. »Das heißt, wir können mindesten einen weiteren Monat nicht auf Hilfe hoffen.«

Bartlett nickte. Er hatte ihre ungeteilte Aufmerksamkeit. »Oder wir können die Sache selbst beenden.«

Kevin Yang hatte immer noch Vorbehalte, aber Bartlett sah, wie sein Widerstand dahinschmolz. »Sie vertrauen diesen Leuten? Ich meine, capellanische Krieger-Häuser waren noch nie dafür bekannt, Verräter zu beherbergen.«

»Das ist wahr«, gab Bartlett zu. »Aber ich denke, die Zeiten ändern sich, sogar in der repressiven Konföderation Capella. Unsere *Freunde* hatten schon ein paarmal auf Kosten von Hiritsu-Leben und -Ausrüstung recht. Ich würde meinen, sie haben ihre Glaubwürdigkeit bewiesen.«

Und nicht nur das, dachte Bartlett, denn heute nacht würde er den Vermittler treffen, der bisher die Informationen weitergeleitet hatte. Von Angesicht zu Angesicht. Damit hätte er eine Möglichkeit, die Einzelheiten zu überprüfen und etwaige Unsicherheiten auszubügeln. Insbesondere diesen Aris Sung, der vermutlich schon lange in Tarrahause war; er könnte ein Problem sein. Das einzige, was ihn verwunderte, war, warum der Informant ein Treffen an einem öffentlichen Ort wünschte. Das war für ein solch empfindliches Geschäft unüblich.

Plötzlich meldete sich Paul Harris zu Wort. »Sie denken, daß die Leute glauben werden, daß ein capellanisches Kriegerhaus absichtlich zivile Ziele angegriffen hat?«

Bartlett war auf diese Frage vorbereitet. »Sehen Sie sich die Hiritsu-Strategie an. Sie konzentrierten sich darauf, die Nahrungsmittellieferungen zu stoppen, unsere Exporte zu verhindern. Sie kommen von Westen, und die Hauptdocks, die die Schiffsladungen über den

Jinxiang in Empfang nehmen, liegen am südöstlichen Ufer.«

»Wir bewegen uns also auf die Docks zu, und das Fest ist im Weg«, beendete Harris den Gedankengang. Die restlichen Zweifel waren aus seiner Stimme verschwunden. Er war offensichtlich gekauft.

Kevin rieb sich das Kinn. »Ich würde mich besser fühlen, wenn sie es wirklich selbst wären, die das Verbrechen begehen. Ihr Bataillonskommandant, nicht?«

»Mir wurde versichert, daß ihr Kommandant und einige seiner loyalsten Anhänger anwesend sein werden.« Bartlett lehnte sich vor. »Ich glaube, wir können eine ganze Kompanie zusammen mit ihren höherrangigen Offizieren ausschalten und sie zwingen, ihren Angriff gegen Kaifeng abzublasen. Selbst wenn sie mit allem, was sie haben, einen Vorstoß gegen Mahabodhi starten wollten, wäre ihre Streitmacht nicht stark genug, es einzunehmen.« Um des Effektes willen machte er eine Pause und fuhr dann fort. »Was sagen Sie, Gentlemen? Will einer von Ihnen dafür bekannt werden, ein Liao-Kriegerhaus dezimiert zu haben?«

Die beiden Männer tauschten Blicke aus und sahen noch mal auf die beiden Mechs, dann antwortete nach einem schnellen Nicken von Kevin Yang Paul Harris für sie beide. »In Ordnung. Was *genau* sollen wir tun?«

21

Der Goldene Pavillion, Tarrahause
Distrikt Tarrahause, Kaifeng
Souveränität Sarna, Chaos-Marschen

24. Juli 3058

Der Goldene Pavillion war laut und anrüchig. Eine ganze Wand wurde von den neuesten Videospielen Kaifengs eingenommen, die die Reflexe und gelegentlich auch die Intelligenz der Gäste forderten. Der Großteil des Lärms war auf die zwei Musikboxen zurückzuführen, die an den beiden gegenüberliegenden Seiten des großen, offenen Raumes in Widerstreit lagen. Auf den Musikboxen tanzten die Holobilder der entsprechenden Band. Die Bar befand sich in der Mitte des Raumes wie eine Insel in dem kleinen, schlecht beleuchteten See dunkler Wände, Tische und Körper. Es war genau die Art Ort, die bei Kaifengs MechKriegern populär war.

Aris hatte sein dunkles Haar kurz geschnitten und über den Ohren wegrasiert, um seine auffälligen, angesengten Strähnen loszuwerden. Damit hatte er zudem eine Frisur, die der neuesten Mode entsprach. Li Wynn hatte draußen einen Beobachtungsposten eingenommen. Offiziell sollte er auf den dunklen Straßen nach Djing-chas Truppen Ausschau halten, aber hauptsächlich wollte Aris ihn aus dem Weg haben. Aris wanderte derweil durch den Raum und nippte an seinem Vier-C-Noten-Softdrink, den er sich an der Bar besorgt hatte. Er bezweifelte, daß irgendein anderer Krieger Haus Hiritsus jemals freiwillig ein solches Etablissement aufsuchen würde. Die disharmonische Musik und rauchgeschwängerte Atmosphäre beleidigten die Sinne, es war ein himmelweiter Unterschied zu dem asketischen Leben, das vom Haus kontrolliert wurde.

Die Kaifeng-Mechkrieger hatten eine Ecke des Raumes förmlich übernommen. Sie hatten die Stühle dicht um drei zusammengeschobene Tische aufgestellt, als ob es sich um die Verteidigungsstellung einer wichtigen Einrichtung handeln würde. Offenbar kam die Kaifeng-MSM mit ihren Söldnerfreunden gut zurecht. Beim Vorbeigehen zählte Aris drei reguläre Milizangehörige und vier Söldner sowie zwei, über deren Zugehörigkeit er unsicher war. Zum größten Teil waren sie informell gekleidet, sie trugen Jacken oder Hemden mit den Insignien der Einheit. Natürlich gab es noch andere Hinweise, wie die militärischen Haarschnitte und die ausrasierten Bereiche am Kopf für den besseren Kontakt der Neurohelmsensoren, aber darauf konnte man sich nicht immer verlassen.

Das Hauptziel von Aris' kleiner Erkundungsmission saß mit zurückgekipptem Stuhl gegen die Wand gelehnt, während es eine Zigarette genoß und dabei das Vorgehen im Raum beobachtete. Der Mann trug eine Fliegerjacke aus dem leichten, aber festen Stoff, der von den MechKriegern des VerCom bevorzugt wurde, wenn sie ihr heißes Cockpit verließen. Auf einer Schulter prangte das rot-schwarze Abzeichen der Kaifeng-MSM, und ein anderes Abzeichen auf seiner linken Brustseite wies ihn als Major Karl Bartlett aus. Aris hielt ihn für einen VerCom-Überläufer, der hierblieb, als Sarna unabhängig wurde. Der Mann wirkte ziemlich hochnäsig, wenn er seinen Mitkriegern zuhörte oder mit ihnen sprach, ganz als ob er dem durchschnittlichen Sarnesen überlegen wäre. Alle paar Sekunden nahm er den Kopf hoch und blies den Zigarettenqualm gegen einen Dachbalken, wo der Rauch dann in dünne Streifen geschnitten wurde und sich bald auflöste.

Die MechKrieger hatten Stühle von mehreren nahe

stehenden Tischen geholt. Aris griff sich nun einen der unbesetzten Stühle und drehte ihn wieder in seine vorherige Position, so daß er darauf sitzen konnte. Dann stellte er seinen Drink ab und gab vor, die Menge nach Freunden abzusuchen. Einer der Söldner fing an, ihm Beachtung zu schenken, widmete sich aber wieder seinen eigenen Angelegenheiten, als Aris einem unsichtbaren Freund auf der anderen Raumseite zunickte und diesem bedeutete, er hätte hier einen Platz für ihn gefunden.

Spione in den Holovideos taten viele Dinge, dachte Aris. Was sie aber nie taten, war, auf sich selbst aufmerksam zu machen, insbesondere nicht, wenn sie eine Position einnahmen, wo sie ihr Ziel belauschen konnten. Ganz im Gegensatz zu Aris. *Ipso facto* konnte Aris für die MechKrieger kein Spion sein.

Das Gespräch unter den Kaifeng-MechKriegern sprang von Thema zu Thema, von alten Kriegsgeschichten zu den letzten Mechkämpfen auf Solaris. Während seiner ersten zwei Gläser Softdrink konnte er nichts Wesentliches aufschnappen. Er begann, sich schon einen neuen Plan auszudenken, da seine Ich-warte-auf-Freunde-Tarnung langsam unglaubwürdig wurde, als sich das Blatt wendete. Ein Neuankömmling stieß zur Gruppe, der sich, obgleich so viele Stühle im Rund leer waren, selbst einen heranzog, und lenkte die Diskussion auf die Aktivitäten der vorherigen Nacht.

»Was gibt's Neues?« fragte er. »Wissen wir schon, was unseren Gästen letzte Nacht zustieß?«

Das rief mehrere abwertende Kommentare zu verschiedenen Aspekten in Hinsicht auf die Kompetenz Haus Hiritsus auf den Plan. Ein Krieger, ein Söldner, schlug vor, daß die Hauptstreitmacht auf dem Weg nach Tarrahause sich wohl im Dschungel verlaufen hätte.

»Ja, und was war mit Phineas' Lanze?« fragte ein junges Mitglied der Gruppe mit einem starken Hinterlandakzent. »Ich hörte, daß'n einziger KonCap-Mech ihn un' seine Leute in Stücke g'rissen hat.«

Das Gesicht des Söldners rötete sich. »Sie hatten Infanterieunterstützung. Sie sind vor uns aus dem Nichts aufgetaucht, bevor die Mechs in den Hinterhalt gelaufen kamen. Uns wurde gesagt, da wäre keine Infanterie.«

»War auch keine Infanterie«, sagte ein anderer Söldner. »Jedenfalls nicht, wenn die Capellaner ihre KSR-Werfer nicht gegen Molotowcocktails als Standard-Anti-Mech-Waffe eingetauscht haben.«

»Gibt's dazu schon was Neues, Major?« fragte der Neuankömmling. »Kommen die Dissidenten vielleicht aus der Zone gekrochen?«

Aris nippte an seinem Drink, lehnte sich vor und rief mit einem Winken den Kellner heran. Er bestellte noch einen, laut. Dieses Mal mit Alkohol, obwohl er nicht beabsichtigte, ihn zu trinken.

Karl Bartlett zuckte als Antwort nur mit den Schultern. »Vielleicht«, war alles, was er sagte.

»Bist du okay, Karl?« fragte ein anderer MechKrieger. »Du scheinst heute etwas gereizt zu sein.«

»Jooh«, ertönte in dem Hinterlandakzent, »hat es 'ne Nachricht von uns'rem *Freund* gegeben, Major?«

Aris brauchte seine gesamte Selbstkontrolle, sich nicht nach hinten zu lehnen, um besser hören zu können, als der Hiritsu-Verräter endlich erwähnt wurde. Bartlett beugte sich vor und drückte seine Zigarette auf der Tischplatte aus. »Nichts«, sagte er schroff. *Er lügt,* dachte Aris, nachdem der Kaifeng-Major ungeschickt das Thema wechselte. »Ich kann euch sagen, daß unsere Scouts herausgefunden haben, wo die Hiritsu-Streitkräfte untergeschlüpft sind. Hafenterminal Fünf Süd.«

Viele der Krieger setzten sich bei dieser Nachricht aufrecht hin. »Fünfzig Klicks von hier? Das ist ein bißchen nah, findet ihr nicht?« fragte ein nervös aussehendes Mitglied der Gruppe. Aris dachte, vorhin gehört zu haben, daß er Kevin genannt wurde.

»Vielleicht ein bißchen«, sagte Bartlett. »Sie könnten schnell gegen uns zuschlagen, das ist sicher. Ich muß sagen, daß ich ein wenig besorgt bin, sie könnten unter Umständen nicht das Ende der Waffenruhe abwarten.«

Aris konnte ein Stirnrunzeln nicht verhindern. Diese Zeile klang auswendig gelernt, wie auf der Bühne. Gab es einen Grund dafür, daß Bartlett seine Leute nervös machen wollte? Aris konnte keinen erkennen. Es blieb aber eine Tatsache, daß, wenn Ty Wu Non das Wort Haus Hiritsus gegeben hatte – dann würde die Waffenruhe von dem Kriegerhaus auch nicht gebrochen werden.

Andere teilten Aris' Vertrauen nicht. Der Krieger aus dem Hinterland nickte nur bestätigend. »Die verdammt'n Cappies sin' so hinterhältig wie die Dracs, aba nich' halb so ehrlich.«

»Was weißt du schon über das Draconis-Kombinat, Martin?« Das war wieder der Neuankömmling. Er lehnte sich vor, boxte seinem Freund leicht in die Schulter und ahmte den Akzent des anderen spöttisch nach. »Hinterwäldler. Du warst genauso wenig wie jeda and're in Außenwelt, un' ich wette, daß du die Jahre, in denen du vom Südkontinent wech bis', an einer Hand abzählen kanns'.«

Der andere Krieger zeigte seinem Freund den Mittelfinger und fiel ins Lachen ein. Aris erhob sich und nahm den letzten Schluck seines Getränks. Er suchte nach dem Kellner, ganz wie ein anderer ungeduldiger Gast. Er war so beschäftigt, seine Tarnung aufrechtzuerhalten, daß er sie nicht erkannte, bis sie ihn anrief.

»Aris! Aris Sung!«

Aris hätte nicht überraschter sein können, er stand wie angewurzelt neben seinem Stuhl. Terry Chan kam mit einem Drink in der Hand auf seinen Tisch zu und schwankte ein wenig betrunken hin und her. Sie lächelte und leckte langsam über ihre Unterlippe. Als sie den Tisch erreichte, stellte sie das Glas mit einem Knall auf den Tisch und warf ihm dann die Arme um den Hals. Sie beachtete nicht die Blicke, die ihnen zugeworfen wurden, gab ihm einen festen Kuß mitten auf die Lippen und drängte ihren Körper gegen seinen. Aris war geistesgegenwärtig genug, ihre Hüfte zu umfassen und einen freudigen Ausdruck auf sein Gesicht zu zaubern. Die Wahrheit war, daß er jetzt ohne Dekkung dastand, und das machte ihn nervös.

Terry beendete den Kuß. »Aris Sung«, sagte sie schleppend, als ob es ein einziger Name wäre, »du böser Junge. Ich habe überall nach dir gesucht.«

»Nun, du hast mich gefunden«, sagte er mit neuer Geistesgegenwart. Er lächelte ihr einladend zu, während er sich wieder hinsetzte. Sie glitt auf den gegenüberliegenden Stuhl. »Ich dachte, du würdest Ty mal besuchen.« Aris versuchte, nicht besorgt auszusehen, als Karl Bartlett und zwei seiner Leute an seinem Tisch vorbei zur Vorderseite des Clubs gingen. Er wollte ihnen folgen, aber nun mußte er in der Rolle, die Terry Chan ihm aufgedrängt hatte, bleiben, oder er würde den Verdacht der anderen MechKrieger erregen.

»Ty, Ty, Ty.« Sie wedelte mit der Hand in der Luft, als ob sie jede Wiederholung des Namens wegscheuchen wollte. »Er hat momentan andere Dinge im Sinn. Dennoch hat er kürzlich nach dir gefragt. Ich denke, er vermißt die gute alte Zeit.«

Aris war sich nicht sicher, was sie damit meinte. Aber nun begann sich sein Geist dieser neuen Situation zuzuwenden, und er konnte nur annehmen, daß Ty

Wu Non Terry ausgeschickt hatte, um ihn herauszuholen. Aber da war noch der *Spuk*, an den er denken mußte. Die Nachrichten sollten über einen Hiritsu-Verräter weitergeleitet werden. Sie mußten offener miteinander sprechen können. »Schau«, druckste er herum, als ob er mit der Schüchternheit kämpfte, »ich wollte gerade gehen, vielleicht noch in einen anderen Club. Du möchtest doch mitkommen, oder?«

Terrys Lächeln reichte von einem Ohr zum anderen. »Ich dachte schon, du würdest nie fragen.«

Sie standen eng nebeneinander. Terry ließ ihre Hand in Aris' Hosentasche gleiten und drückte ihren Kopf gegen seine Schulter. Aris umfaßte ihre Hüfte mit seinem rechten Arm und geleitete sie zur Vordertür. Sie sahen wie eines der vielen anderen Paare aus, und Aris begann, sich wieder behaglich zu fühlen.

Das dauerte genau zehn Sekunden.

Die einzige Warnung bestand in einer leichten Anspannung von Terry Chans Muskeln, als sie die Tür passierten. Sie erwartete irgendwas. Aris konnte den Gedanken kaum fassen, als er auch schon in die Mündung einer Pistole mit .44 Kaliber sah.

Vor der Tür stand Karl Bartlett gegen ein geparktes Auto gelehnt. Seine Waffe hielt er auf Armeslänge vor sich und hatte sie genau auf Aris' Brust gerichtet. Mit einem schnellen Blick nach rechts und links registrierte er den Standort von Bartletts Freunden, beide mit schußbereiten Handwaffen. Als Terry Chan von seiner Seite wegschlüpfte und ihn allein auf dem Bürgersteig stehen ließ, verstand er alles.

Sie hatte ihn in eine Falle geführt!

22

Tarrahause
Distrikt Tarrahause, Kaifeng
Souveränität Sarna, Chaos-Marschen

24. Juli 3058

Das Verstehen traf Aris wie ein PPK-Strahl. Terry Chan ist der Verräter! Seinen Namen im Club rauszuschreien, hatte Karl Bartlett alarmiert, und sie hatte ihn lange genug aufgehalten, so daß der MSM-Major und seine zwei Freunde draußen ihre Positionen einnehmen konnten. Eine nette, saubere Falle, und er ist direkt reingelaufen.

Aris wollte im ersten Moment am liebsten die Hände um Terry Chans Kehle legen und das Leben aus ihr herauspressen. Das war ein rein emotionaler Wunsch und entsprang keineswegs kühler Überlegung. Sie bedeutete eine unglaubliche Gefahr für Haus Hiritsu; sie bedrohte nicht nur den Erfolg dieser Mission, sondern rührte am Fundament des Hauses. Aris' Leben wäre nur ein kleines Opfer, wenn er dafür das Haus schützen könnte. Er spannte sich, machte sich bereit vorwärts zu hechten, aber die Vernunft siegte im letzten Augenblick. Bei drei auf ihn gerichteten Waffen hatte er nicht die geringste Chance. Er ballte die Hände zu Fäusten und zwang sich abzuwarten.

Als Terry Chan sich weiter von Aris' Seite entfernte, bewegte sich Bartletts Waffe, um beide Hiritsu-Krieger mit der Waffe bedrohen zu können. »Nicht so schnell. Ich weiß es zu schätzen, daß sie unseren Freund hier hochgehen ließen, aber lassen Sie uns doch feststellen, wer Sie sind.« Er lächelte dünn. »Also habe ich gehört…« Seine Stimme hatte einen abwartenden Klang.

Terry Chan nickte. »Daß ein MechKrieger das Recht

hat, persönliche Vergeltung zu verlangen«, sagte sie und starrte auf Aris Sung.

»Ohne Furcht vor Vergeltung«, beendete Bartlett.

Aris mühte sich, gelangweilt dreinzublicken und sah Chan in die Augen. Sie erwartete offenbar eine wie auch immer geartete Reaktion, dafür daß sie die Lorix-Gesetze aus dem Kontext gerissen und ihn aus selbstsüchtigen Gründen zitiert hatte. Aris verweigerte ihr dieses Zeichen des Sieges, obgleich ihn die Verachtung für das, was sie war, zu übermannen drohte. Terry Chan war eine Verräterin an ihrem Haus, sie hatte die Versprechen und Schwüre gebrochen, die die Krieger aneinander banden. Der beißende Geschmack von Galle stieg in seiner Kehle auf, und Aris schluckte.

Bartlett für seinen Teil schien mit der Antwort zufrieden zu sein, und die Läufe der .44er richteten sich wieder auf Aris' Herz.

»Auf die Knie«, befahl er, sehr ruhig, wie nebenbei, als ob er einen Kellner bitten würde, Kaffee zu bringen. Aris gehorchte.

»Kreuzen Sie die Beine an den Knöcheln, und setzen Sie sich auf die Waden zurück. Hände hinter den Kopf.«

Aris kannte das Verfahren, eine der klassischen Haltungen, die seit Jahrhunderten von der Polizei angewandt wurden, um einen Gefangenen in eine Position zu bringen, in der er keine Bedrohung darstellte. Die Leute auf der Straße blieben stehen, um ihn anzustarren – und gingen beim Anblick der Kaifeng-MSM-Soldaten mit gezogenen Waffen schnell weiter. Aris suchte die Gesichter der Passanten nach einem bestimmten ab, konnte Li Wynn aber nicht entdecken. Wenn der junge Dieb einen Überlebenstrieb hatte, war er jetzt wieder in der Zone.

Bartlett beugte sich zu Aris hinunter, die .44er hielt er locker in der rechten Hand, aber immer noch auf

Aris' Brust gerichtet. »Du bist also der, der letzte Nacht unsere kleine Überraschung verdorben hat. Was für eine Schande.«

Aris starrte über Bartletts linke Schulter, sein Blick war fest auf Terry Chan gerichtet. »Warum?« fragte er einfach, aber mit harter Stimme. Da war keine Ungläubigkeit, keine weitere moralische Entrüstung. Er fühlte sich ausgebrannt. Er verlangte schlicht und einfach eine Antwort.

Terry Chan verzog die Lippen zu einem höhnischen Lächeln, ihre Geringschätzung war deutlich zu erkennen. »Warum? Eine vorhersagbare Frage, nehme ich an, von jemandem, der, wie ich glaube, nie das wahre Potential eines Haus-Kriegers verstanden hat.«

Sie schwieg einen Augenblick, als ob das alles wäre, was sie zu sagen hätte. Dann fuhr sie mit einem siegessicheren Lächeln, dem Ausdruck von jemandem, der glaubt gewonnen zu haben, fort: »Wir könnten so viel mehr sein, wenn die Haus-Ausbilder uns nicht mit all den Haus-Gesetzen und -Traditionen ersticken würden. Du kennst die Stelle, Aris.«

Ihre Augen verengten sich zu Schlitzen, als sie sich darauf konzentrierte, die Lorix-Gesetze zu zitieren. »›MechKrieger müssen die Gelegenheit erhalten, ihre verschiedenen Fähigkeiten und ihre Sachkenntnis auf das höchstmögliche Niveau zu steigern.‹ Geschieht das in den Kriegerhäusern? Wir werden als Elite betrachtet. Jetzt stuft das Capellanische Heer die Hälfte der Häuser als reguläre oder gar als grüne Truppen ein. Grün!« Sie warf ihre Arme in einer Geste des Abscheus nach oben. »Und wir sind liebenswürdig und höflich und sagen ›Danke, Sir‹ – ganz wie es unsere Traditionen verlangen.«

Aris sah zu Karl Bartlett hoch, aber der Mann schien gewillt zu sein, dem Gespräch seinen Lauf zu lassen. Und warum auch nicht? Er war der, der die Waffen hielt, und vielleicht gedachte er durch die Diskussion, taktische Hinweise auf die Wege des Hauses Hiritsu zu erhalten. Aris bezweifelte, daß der Mann je verstehen konnte, wie ein Kriegerhaus funktionierte, insbesondere mit Terry Chan als Beispiel, die die Stärke des Hauses als bloße Einschränkung betrachtete. »Hiritsu-Gesetze und -Traditionen lehren Disziplin, Terry Chan. Sie sind die bindende Kraft, die die Kriegerfamilie zusammenhält.«

»Kannst du dich selbst hören? Hiritsu-Gesetze? Kriegerfamilie?« Terry schüttelte den Kopf. »Aris, du stellst dich außerhalb der Familie, sogar wenn du sprichst. Sind es nicht deine Gesetze und Traditionen, deine Familie?«

Aris zuckte vor ihrem Blick zurück, denn in seinem tiefsten Inneren befürchtete er, daß sie recht haben könnte. Nicht, daß Haus Hiritsu seine Krieger erstickte, Mann für Mann stellten die Kriegerhäuser die besten Truppen in der Konföderation, ja in der gesamten Inneren Sphäre. Nein, er fürchtete, daß er selbst nach so langer Zeit nicht wirklich dazugehörte. Daß er noch immer ein Außenseiter war, der spielte, eine Familie zu haben.

Chans Stimme verlor an Lautstärke, gewann aber an Intensität, peinigte Aris mit einem brutalen Flüstern. »Einige im Haus sind nicht mehr damit einverstanden, Sun-Tzu Liaos Schoßhündchen zu sein. Seine und die des immer treuen Ion Rush. Haus Hiritsu wurde seit dem Vierten Nachfolgekrieg an einer viel zu kurzen Leine gehalten. Uns wurde in der Liao-Marik-Offensive letztes Jahr noch nicht einmal ein angemessener Platz zugestanden. Unsere Führer haben ihre Pflicht uns gegenüber vernachlässigt. Das wird sich ändern. Wir werden es ändern. Weiterkommen um jeden Preis – ein Dogma, daß eine Gruppe und auch ein Individuum leiten kann.«

Aris Blick schoß zu Terry Chans Gesicht hoch, sah ihre Entschlossenheit und ihr Selbstvertrauen, fand aber nicht den fanatischen Glanz, den er erwartet hätte. »Weiterkommen um jeden Preis? Du bist ein Assassine?« Der brutale Assassinenkult hatte mit der Unterstützung von Romano Liao und dann später mit Kali Liao in der Konföderation Macht erlangt und sogar eine gewisse Respektabilität. Die Doktrin war jedoch den Wegen Haus Hiritsus so fremd, daß Aris sich nicht vorstellen konnte, wie ein Hauskrieger auch nur in die Versuchung kommen könnte, ihm beizutreten.

Terry lachte ihn an, beißend und kalt. »Nein, Aris Sung. Ich gehöre nicht zum Assassinenkult. Aber ich bewundere ihren Elan, all das zu werden, was sie nur werden können.«

»Und ihre Methoden?« fragte Aris. »Ist es das, was Haus-Meisterin York geschehen ist? Assassinen würden nicht zögern, ihren Führer zu beseitigen, wenn es dem Weiterkommen dient.«

Chans Stirn legte sich in Falten, und die Kriegerin leckte nervös ihre Lippen. Offensichtlich fand sie an diesem Gespräch nicht länger Gefallen. »Ich habe nie die Hand gegen irgendein Mitglied unseres Hauses erhoben.« Aris konnte nicht feststellen, ob sie ihn oder sich selbst überzeugen wollte. »Indem ich der Kaifeng-MSM taktische Unterstützung gewährte, schuf ich Situationen, in denen das Überleben bestimmter Krieger von ihren eigenen Kampffähigkeiten abhing. Und wenn ich Sie direkt an den Feind verraten habe, dann haben Sie offenbar bei Ihrer Vorausplanung dieses Abends einen Fehler gemacht.«

Worte, mit denen jemand anders sie gefüttert hatte, dachte Aris. Terry Chan war also nicht der Anführer. Konnte es Ty Wu Non sein? Aris fand es unglaubwürdig, daß der Bataillonskommandant, der kurz davor stand, die Kontrolle über das Haus zu übernehmen, dieses schädigen würde. Aris brauchte noch mehr Informationen. »Nennen Sie, wen Sie wollen, Terry Chan. Haus Hiritsu wird niemals einem Renegaten folgen.«

»Immer der loyale Sohn des Hauses, nicht wahr, Aris?« fragte Terry mit einem traurigen Ausdruck. »Ich wünschte, Sie könnten die Möglichkeiten sehen, die sich uns eröffnen. Sie kamen als Außenseiter ins Haus und paßten sich besser als viele andere an die Traditionen an. Ich wünschte, das hätte Sie nicht blind gemacht.«

»Mögen Sie mich deshalb nicht?« fragte Aris. »Weil ich damit zufrieden bin, während die einfache Wahrheit die ist, daß Sie nichts als eine Schurkin und Verräterin an Ihrem Haus sind? Ich denke, Sie schenkten unseren Ausbildern zu wenig Glauben. Haus Hiritsu ist stark und wird ihre Versuche, eine Änderung zu erzwingen, überstehen.«

Der Schwinger traf Aris' rechte Kopfseite. Er hatte keine Zeit auszuweichen, und seine knieende Position schloß alle wirksamen Aktionen aus, selbst wenn er Zeit gehabt hätte. Der Schmerz explodierte in seinem rechten Wangenknochen und Ohr, dann begann sich alles zu drehen. Aris konnte sich gerade noch abfangen, bevor sein Körper hart auf dem Bürgersteig aufgeschlagen wäre. Seine Hüfte war aber zur Seite gedreht, und er gewann nur langsam seine Balance wieder. Bartlett war einen Schritt zurückgetreten, um sein Werk zu begutachten, und schien sehr überrascht, daß Aris nicht zu Boden gegangen war.

Terry Chan sah ohne Emotionen zu. Sie stoppte Bartlett mit einer Berührung an der Schulter, so wie ein Herr seinen vertrauten Hund. Als sie sprach, war es wie jemand, der einem Kind eine Aufgabe erklärte. »Sie unterschätzen Haus Hiritsu, Aris Sung. Sie vor allen anderen sollten wissen, daß Veränderung, sogar radikale Veränderung, in das Herz unserer Philosophie eingebunden ist. Der Wille des Haus-Meisters ist der Wille des Hauses. Erinnern Sie sich? Und Haus-Meister wechseln.«

Aris konnte nicht antworten. Mit einer weiteren Berührung ließ Terry Chan Major Bartlett frei, der ihm einen soliden Tritt gegen den Kopf versetzte, und Schwärze umfing ihn. Mit seinem letzten Gedanken verfluchte er Terry Chan für ihre verdrehten Visionen, und sich selbst dafür, daß er sein Haus im Stich gelassen hatte, da er nicht besser vorbereitet war.

Wie Aris erbeten hatte, schlenderte Li Wynn vor dem Club herum und hielt nach Anzeichen für Ärger Ausschau. Der junge Dieb hatte sich an die Seite des Gebäudes zurückgezogen, wo er den Vordereingang beobachten konnte, ohne zu verdächtig zu wirken. Die Neonschilder des Goldenen Pavillion warfen über den Bürgersteig und die Straße einen gelben Schein, der nur kurz von den Lichtern vorbeifahrender Autos gestört wurde. Li sorgte dafür, daß sein Gesicht in den Schatten blieb.

Ärger war ein äußerst unspezifischer Ausdruck, dachte er. Üblicherweise waren damit die Djing-cha-Truppen gemeint, aber Li hatte irgendwie den Eindruck, daß Aris nicht wegen der lokalen Obrigkeit besorgt war. Nachdem er Aris' Zustand letzte Nacht gesehen hatte, nach dem Überfall, war Li nicht sicher, ob er überhaupt wissen wollte, worüber Aris sich sorgte. Dann hatten drei Männer den Club verlassen. Zwei trugen Fliegerjacken mit Insignien der Kaifeng-MSM, und der dritte hatte einen dieser militärischen Haarschnitte, die nie auszusterben schienen und seine Kopfhaut nur mit einem Minimum blonder Haare überzogen. Der erste Mann, einer von denen mit den Fliegerjacken, hatte sich umgedreht und war rückwärts von der Tür weggegangen, bis er am Straßenrand ein geparktes Auto erreicht hatte. Die anderen zwei stellten sich links und rechts neben der Tür auf. Alle drei zogen die Waffen.

Li hatte entschieden, daß dies Ärger darstellte. Der Gedanke fand prompte Bestätigung, als Aris auf die Straße trat und in der Falle steckte.

Das vor dem Goldenen Pavillion geparkte Auto war ein altes Bodenfahrzeug mit gerade genug Bodenfreiheit, daß Li darunterkrabbeln konnte. Er ging zum Straßenrand, als ob er den schwachen Verkehr nach einem Taxi absuchte. Dann ließ er sich auf seinen Bauch fallen und robbte schnell unter den Wagen. Der Geruch von Teer und Öl drang in seine Nase, und der Straßenbelag schürfte seine Unterarme und sein Gesicht auf. Er konnte nicht viel sehen: Aris' Beine und Hüfte, die Füße und Hosenbeine der anderen. Aber er konnte hören. Zuerst um herauszufinden, was sie mit Aris vorhatten und was er, Li Wynn, tun könnte, um zu helfen. Dann hörte er mit zunehmender Unruhe, wer Aris war.

Li Wynn konnte nicht als Patriot beschrieben werden. Wie die meisten Einwohner der Zone fühlte er für die momentane Situation kaum mehr als Geringschätzung, und sein größter Traum war, von hier wegzukommen, koste es, was es wolle. Aris war ein Feind, so schien es wenigstens. Das bedeutete höchstwahrscheinlich Gefangenschaft, und später gab es vielleicht einen Handel, Aris gegen einen gefangenen Kaifeng-Krieger oder so. So wurde das Spiel jedenfalls in den Vids gespielt. Aber da war noch ein anderer Ausdruck, einer, der auf die Hilfe, die Li Aris gewährt hatte, angewendet werden konnte. Verrat. Für Verrat konnte Li Wynn an die Wand gestellt und erschossen werden. Seit er Aris kannte, hatte er jetzt nicht das erste Mal das Gefühl, daß das nicht ganz seine Liga war.

Was sollte er tun? Keine leichte Fragestellung. Das Sicherste wäre, sich in die Zone zurückzuschleichen und sich in einem tiefen Loch zu verstecken. Aber wenn sie Aris zwangen, ihnen zu sagen, wer ihm geholfen hatte? Li Wynn machte sich über seine Chancen, verborgen bleiben zu können, keine Illusionen. Kaifeng konnte ein riesengroßer Ort sein, voller Verstecke, so lange man ein kleiner Fisch war. Aber jemand, der einem feindlichen Spion geholfen hatte? Sie würden Li aus jedem Schlupfloch zerren, in das er kroch. Aber was sonst konnte er tun? Sein innerer Kampf war noch nicht vorbei, als Aris stürzte und sein Kopf mit einem dumpfen Schlag auf den Gehsteig traf.

»Yang«, befahl eine harte Stimme oberhalb von Li Wynns Sichtbereich, »holen Sie meinen Wagen.« Eine Pause. »Harris, Sie ziehen unseren Freund zur Seite und bewachen ihn, ja?«

Hände neigten sich herab und umfaßten Aris' Knöchel, und dann wurde der Bewußtlose mit dem Gesicht nach unten mehrere Meter über den asphaltierten Bürgersteig gezogen. Damit blieb ein Kaifeng-Krieger allein mit dem Hiritsu-Verräter, der Frau, die Aris Chan genannt hatte, auf dem Gehsteig zurück.

»Wann können Sie den Bataillonskommandanten übergeben?« fragte die gleiche männliche Stimme. »Übermorgen, ich muß das schnell über die Bühne bringen, bevor Lieutenant General Fallon zu viele Fragen stellen kann.«

Die antwortende Stimme war lässig und distanziert, fast überheblich. »Nicht der privateste Platz, um diese Dinge zu erörtern«, bemerkte sie. Für Li klang sie wie eine der auf sich selbst bezogenen Frauen in der Zone, die einen Mann nach seiner Arbeit und dem Preis seines Autos beurteilten. Was war es bei dieser? Der Rang und das Gewicht seines BattleMech?

»Sie haben den Ort ausgesucht«, erinnerte der Mann sie.

»Da ich wußte, daß Aris Sung Ihnen mittlerweile auf den Fersen sein würde«, sagte sie in einem spottenden Ton. »Ich mußte ihn an einem öffentlichen Ort fassen. Er kann sehr schlüpfrig sein.«

»Nun, danke für die Identifizierung.« Nach einem Augenblick des Schweigens fuhr er fort. »Ich frage mich, wieviel er im Club erlauscht hat.«

Ihre Stimme wurde leiser, vernünftiger. »Wenn Sie wegen morgen besorgt sind, das ist unnötig. Wenn Aris das gewußt hätte, hätte er hier nicht rumgehangen. Er hätte sich beim Versuch, diese Information zu Ty Wu Non zu bringen, oder zu General Fallon, umgebracht.«

»Fallon?« Bartlett war verblüfft.

»Ich sagte Ihnen«, sprach sie, offensichtlich das Unbehagen des anderen genießend, »er ist schlüpfrig.«

Das zweite Mal schon hatte sie ein Ereignis erwähnt, das für morgen geplant war, und Li Wynn fühlte ein Flattern in der Magengegend. Daß sich die Kaifeng-MSM mit einem Hiritsu-Verräter zusammentat, erstaunte ihn kaum, das war in jedem guten Kriegsmovie in den Holovids der beste Teil. Aber dies hörte sich mehr nach einer privaten Abmachung an. Es erinnerte ihn an ein anderes Gespräch, das er einmal mitgehört hatte, als ein Übermittler private Aufträge für die Solaris-Kämpfe notiert, diese aber dann nicht an den Buchmacher weitergegeben hatte. Das funktionierte eine Zeitlang, bis einer der Wetter einen großen Wurf gelandet hatte und der Mann den Gewinn nicht auszahlen konnte.

»Wie auch immer«, sagte er und wischte augenscheinlich die Sache vom Tisch. »Unser Freund wird den nächsten Morgen nicht mehr erleben. Das Problem ist also gelöst. Ich quetsche heute nacht so viele Informationen aus ihm heraus wie möglich, und dann werfe ich ihn in irgendein Loch. Gut?«

»Er ist seit Tagen nicht mehr auf dem laufenden. Sie werden kaum etwas Wesentliches erfahren, aber wie Sie wollen. Wann ich Ihnen Bataillonskommandant Non liefern kann, laß ich Sie über unsere private Frequenz wissen. Und natürlich hängt das alles von Ihren Männern ab, die das Fest morgen in Grund und Boden stampfen.«

Li zog scharf die Luft ein, inhalierte den Staub und den Geruch des Straßenbelags, während er versuchte, der schmerzhaften Kontraktionen in seiner Brust Herr zu werden. Das Drachenbootfest in Grund und Boden stampfen? Er unterdrückte einen Hustenanfall, als der Staub in seiner Kehle kitzelte. Das konnte doch nicht bedeuten …

»Die Mechs sind gestrichen und bereit«, versicherte der Mann ihr. »Ich sorge für den Zwischenfall, und Sie kümmern sich nur um Ihren Teil.«

Oder vielleicht bedeutete es doch, was er dachte. In Lis Kopf drehten sich die Folgerungen. Mitglieder der Kaifeng-MSM würden ihre Stadt angreifen, und dann dem Kriegerhaus die Schuld zuschieben? Was wäre damit erreicht, außer die Bürger der Souveränität Sarna noch mehr gegen Liao einzunehmen? Es machte keinen Sinn, aber Li war hier auch sehr weit außerhalb seiner Expertise. Er brauchte Aris, mußte mit ihm sprechen. Vielleicht konnte der Hiritsu-Krieger helfen. Li Wynn gab nicht viel auf Politik oder Nationalität, solche Dinge betrafen ihn nicht. Tatsächlich hatte der capellanische Angriff auf Kaifeng ihm vollkommen neue Möglichkeiten eröffnet. Aber morgen würden viele seiner Freunde draußen am See Ch'u Yuan sein, einige würden arbeiten, andere nur die Festlichkeit genießen – und sie könnten verletzt werden. Ehre unter Dieben? Nein, nicht wirklich. Aber Freundschaft war ein geschätzter Wert unter denen, die normalerweise ihr Leben allein lebten.

Daher war die Entscheidung fast ohne sein Zutun gefallen; er mußte Aris Sung einfach befreien. Li Wynn kroch zur Straßenseite unter dem Auto hervor, seine Gedanken rasten.

Kevin Yang drosselte den Motor, als er Major Bartletts Schweber zur Vorderseite des Clubs gefahren hatte. Der Tempest verlangsamte und ruckte dann leicht, als die Leiste, die die großen Ventilatoren schützte, auf den Bordstein traf. Er prüfte, ob das Gyro des Fahrzeugs, im Vergleich zu dem massigen Gyro eines BattleMech ein nur kleines Bauteil, das Fahrzeug geradehielt, und stieß dann die Seitentüren auf, die wie Flügel nach oben schwangen. Kevin glitt heraus und ließ den Wagen mit laufendem Motor stehen. Glatt, dachte er, und lobte das Fahrzeug im Stillen sowohl für sein Aussehen als auch für die Fahrweise.

»Yang, helfen Sie Harris«, befahl Major Bartlett. »Werfen Sie unseren Freund auf den Rücksitz.« Dann nahm er wieder seine private Besprechung mit der Hiritsu-Verräterin auf.

Nickend ging Kevin Yang hinüber, um Paul Harris zu helfen, den bewußtlosen Hiritsu-Krieger auf die Füße zu ziehen. Er mochte das alles nicht. Nicht, daß Major Bartlett sie beide für die ›Mission‹ morgen rekrutiert hatte, nicht die beiläufige Verwendung der Hiritsu-Verräterin Terry Chan. Es schien ihm, daß Bartlett seinen eigenen Rat von vor einigen Tagen ignorierte und den Forderungen der Verräterin zuviel Beachtung schenkte. Wog das, was sie versprach, wirklich die Kosten auf? Yang schenkte Karl Bartlett sehr viel Vertrauen, er wußte wohl, was zum Teufel er da tat. Er half Paul Harris Aris' Körper auf den Rücksitz des Tempest zu bugsieren. Ehrlich gesagt, er hatte von der Intrige die Nase gestrichen voll und wünschte sich, einfach weggehen zu können.

Als der Tempest sich urplötzlich vom Bordstein entfernte und sich in den Verkehr einordnete, war sein erster Gedanke Erleichterung. Dann sah er Karl Bartlett immer noch zu seiner Linken stehen, neben dem geparkten Auto und Terry Chan.

»Was zur Hölle?« brüllte Bartlett und rannte zum Straßenrand, zu Harris und Yang.

Sie hatten keine Chance, den Schweber einzuholen, der andere Fahrzeuge mit halsbrecherischer Geschwindigkeit überholte. Kevin Yang hatte seine Pistole den Bruchteil einer Sekunde vor den anderen gezogen. Der Donner der Schüsse hallte durch die enge Straßenschlucht, als alle drei Männer hofften, die Flucht mit ein paar gut gezielten Bleistücken zu stoppen. Dieses Glück hatten sie nicht, und der Tempest verschwand schnell außer Sicht.

Das Echo des letzten Schusses verklang, und die normalen Straßengeräusche herrschten wieder vor. Alle drei Kaifeng-MechKrieger standen stumm am Straßenrand, bis Terry Chan sich zu ihnen gesellte. Ihre Stimme war nur ein Wispern, an niemand besonderen gerichtet. »Es scheint, Gentlemen, daß wir ein Problem haben.«

Kevin Yang sah zu Karl Bartlett hinüber, der nickte. Eine harte Maske legte sich über sein Gesicht, während er den sich entfernenden Rücklichtern seines Wagens nachstarrte.

23

See Ch'u Yuan, Tarrahause
Distrikt Tarrahause, Kaifeng
Souveränität Sarna, Chaos-Marschen

25. Juli 3058

Die späte Morgensonne funkelte über dem See Ch'u Yuan, streute leuchtende Lichtpunkte unter das dunkle Blau des reflektierten Himmels. Zwölf Drachenboote glitten friedlich durch das ruhige Wasser, jedes war zwischen zwanzig und dreißig Meter lang und mit bis zu sechzig Ruderern bemannt. Jedes der Boote lag weniger als dreißig Meter vor der Küste, den Bug auf die Mitte des Sees gerichtet. Die Boote waren schlank, aus einem leichten Holz handgeschnitzt und in den fünf elementaren Farben leuchtendbunt dekoriert – rot, himmelblau, gelb, weiß und schwarz. Aus dem Bug eines jeden Fahrzeugs erhob sich ein detailreich gestalteter Drachenkopf, einige mit offenem Maul und feuerspuckend, andere mit zusammengebissenen Zähnen und die Lippen zu einem Zähnefletschen zurückgezogen, während am Heck ein schuppiger Schwanz im Wind flatterte.

Die teureren Boote hatten Drachen aus geschnitztem und bemaltem Holz, andere wiesen aus Geld- oder Gewichtsgründen nur solche aus Plastik oder glasiertem Pappmaché auf. Ein Boot hatte zur Schande seiner Ruderer den Drachen nicht richtig glasiert, und das Seewasser hatte sich seinen Weg durch das Schwanzende gebahnt und das Material aufgeweicht. Halbherzig versuchten sie, die Heckdekoration zu retten, während die Ruderer anderer Boote und einige der Zuschauer am Ufer in Gelächter ausbrachen und sie *rwan wei,* die Schlappschwanzruderer, riefen.

Aris drehte sich auf seinem Sitz in einem der Drachenboote um, beschattete seine Augen mit der rechten Hand, als er die Menschenmenge am Ufer absuchte. Überall hingen Fahnen und Wimpel. Die Leute trugen um den Hals und die Handgelenke Bänder in den fünf elementaren Farben, deren Enden in der leichten Brise hinter ihnen herflatterten. Die Musiker spielten lebhafte Melodien, und Menschen mit großen Drachenmasken, die eigentlich eher zur Neujahrsfeier gehörten, tanzten herum. An verschiedenen Stellen wurden kleine Feuerwerke entzündet, meistens farbiger Rauch und kleine Kracher, auch die waren wahrscheinlich Überbleibsel vom Neujahr. Andere Bereiche waren mit Seilen abgesperrt, so daß kleine Inseln innerhalb der Menge entstanden, von denen aus die Händler verschiedene Sorten *zongzi* verkaufen konnten, einen traditionellen Reiskloß mit verschiedenen süßen Füllungen. Der, den Aris zum Frühstück verspeist hatte, war mit in Honig gerösteter Ente und Walnüssen gefüllt gewesen.

Haus Hiritsu stützte sich nicht auf das chinesische Erbe der Konföderation. Ein Kriegerhaus war eine Welt, eine Nation, eine Familie für sich und bezog sich auf seine eigene Geschichte und Tradition. Aber jeder Krieger war in der Geschichte bewandert, und so verstand Aris, was hier vorging. Das Drachenbootfest war bunt, fröhlich und lebendig. Diese Energie fehlte Aris gerade jetzt, als er besorgt das Ufergelände nach der Ankunft der Kaifeng-BattleMechs in den Farben Haus Hiritsus absuchte.

Li Wynns Geschichte, die der junge Dieb vor dem Goldenen Pavillion mitgehört hatte und die er ihm direkt nach seinem Erwachen erzählte, jagte ihm kalte Schauder über den Rücken. Es schien mit den Verbrechen, die Terry Chan bereit war zu begehen, kein Ende zu nehmen. Er hatte Li das Gehörte auf verschiedenste

Art und Weise wiedergeben lassen, mündlich und schriftlich, bis er sich sicher war, daß kein Informationsfitzelchen fehlte.

Chans Arrangement machte für Aris Sinn, in einer pervertierten Form zwar, aber immerhin. Wenigstens konnte er erkennen, was jede Seite dabei gewann. Die Kaifeng-MSM konnte behaupten, daß Haus Hiritsu die Waffenruhe gebrochen hatte, was für das Kriegerhaus zu einem politischen Alptraum werden konnte, sobald Sun-Tzu Liao davon hörte. Darüber hinaus war es eine offensichtliche Verletzung der Ares-Konvention. Dieser Angriff würde auch das gemeine Volk aufs schärfste gegen die Konföderation Capella einnehmen, wodurch der Job Haus Hiritsus hier nicht gerade erleichtert würde. Dann schien es da noch den Plan zu geben, Ty Wu Non der MSM ans Messer zu liefern. Dieser Verlust würde den Kampfwillen des Hauses Hiritsu stark schwächen, der bereits unter dem Verlust Virginia Yorks gelitten hatte.

Terry Chans Belohnung war weniger offensichtlich. Dem Gespräch gestern ließ sich entnehmen, daß sie die Reihen Haus Hiritsus durch Abnutzung im Kampf ausdünnen wollte. Und dann war da noch die Erinnerung daran, daß der Wille des Haus-Meisters der Wille des Hauses ist. Wie Aris die Sache sah, war dies alles eine Anstrengung, um zu verhindern, daß Ty Wu Non zum Haus-Meister befördert werden würde. Wenn die Kaifeng-MSM Ty im Kampf töten würde, auch gut. Und wenn nicht, dann würde die Anschuldigung, er habe die Waffenruhe gebrochen, die im Geiste, das chinesische Erbe Liaos zu ehren, getroffen worden war, ihn genauso sicher verdammen.

Selbstverständlich setzte diese Argumentationskette voraus, daß Ty Wu Non an Terry Chans Verrrat keinen Anteil hatte und dies alles eine interne Angelegenheit war und nicht zu den Machtspielchen von Kali Liao gehörte. Nachdem Aris endlich sicher war, daß er alle brauchbaren Fakten von Li erfahren hatte, versprach er dem besorgten Li Wynn seine Hilfe, einen Angriff auf Kaifengs Zivilisten zu verhindern, und schickte den jungen Mann los, für ihn ein Boot zu finden.

Aris sah auf seine starken Hände hinunter, die eines der Ruder des Drachenbootes umfaßten. Das war nicht ganz das, was er dabei im Sinn hatte, zur Bootscrew der Zone zu gehören. Aber jeder andere Verkehr auf dem See war in Vorbereitung auf die Bootsrennen unterbunden worden, und soweit Aris es unter Zuhilfenahme der Landmarken, die er sich vom Wasser aus einige Tage zuvor ausgesucht hatte, abschätzen konnte, lag sein *Spuk* irgendwo unterhalb der Mitte der Rennstrecke.

»Aris«, sagte Li und stubste ihn von hinten an. »Ich denke, es geht gleich los.«

Einen Moment lang glaubte Aris, Li meine den Mechangriff, und sah schnell zur Küste und zur Stadt. Dann bemerkte er die Vorbereitungen auf den anderen Booten und verstand, daß Li Wynn das Rennen meinte. Alle Boote hatten schon einen Durchgang um die Boje einen Kilometer vor der Küste hinter sich. Ihre Ehrenrunde. Jetzt kam das Rennen. Der Kapitän ihres Bootes, ein grimmig aussehender Mann mit einem rasierten, sonnenverbrannten Schädel, nahm seine Position im Bug ein. In Hüfthöhe befand sich eine Trommel, die an einem Riemen um seinen stämmigen Hals hing, und in seinen riesigen Händen hielt er zwei gepolsterte Schlegel, mit denen er für die Ruderer den Takt schlagen würde.

»Duanwu!« rief jemand am Ufer ins Megaphon. *Drachenboote!* Es war das Zeichen, sich vorzubereiten. Es würden über den Tag verteilt drei Läufe stattfinden. Die drei Gewinner und ein Boot, das durch Zurufe der Menge ausgewählt werden würde, würden im letzten

Lauf irgendwann am frühen Abend gegeneinander antreten. Aris bezweifelte, daß die Rennen beendet werden würden. Nicht wenn es nach der MSM-Chan-Verschwörung ging.

»Saipau!« ertönte dieselbe verstärkte Stimme vom Ufer. *Los!*

Aris tauchte sein Ruder ein. Im Bug des Bootes schlug der Kapitän einen schnellen Takt an, der in diesen ersten wenigen Sekunden vollkommen ignoriert wurde. Das Boot schwang hart nach Steuerbord und Backbord, bis die Ruderer endlich in der Lage waren, sich synchron zum Takt zu bewegen. Dann sprang das Drachenboot elegant nach vorne, sein schlanker Rumpf durchpflügte das ruhige Seewasser.

Aris stellte schnell fest, daß die Crew seines Bootes sehr gut war. Sie hielt den Takt und stieß sich kraftvoll durchs Wasser. Schon bald gehörten sie zur Führungsspitze aus drei Booten, glitten anmutig dahin, während die anderen dichtgedrängt hinter ihnen zurückblieben. Aris erfreute sich einen Moment lang am Wettbewerb und fragte sich, warum er auf Randar nie an einem solchen Spektakel teilgenommen hatte. Diesen Fehler würde er korrigieren, wenn er die Chance dazu erhielt.

Da Aris in der Stadt geboren und aufgewachsen war, wußte er über die Fruchtbarkeitsriten, den Ursprung des Festes, nur wenig. Er hatte gelernt, daß es etwas mit dem Wechsel vom positiven Yang zum negativen Yin zu tun hatte, in der Mitte der Wachstumszeit. Im alten China sollte das Fest die Götter überzeugen, schwere Regenfälle für die Reisfelder zu schicken. Auf dieser wasserreichen Welt schien das kein Problem zu sein. Aber das Fest bestand weiter und änderte sich über die Jahrtausende kaum. Die Boote, das Rennen, das Essen. Alles im Dienste, um ein reiches Erbe zu erhalten. Das konnte Aris verstehen und würdigen.

Ein plötzlicher Stoß riß Aris aus seinen Gedanken.

Als das Boot nach Backbord schlingerte, sein hinteres Ende ungefähr in die gleiche Richtung schwang, war Aris' erster Gedanke, daß sie irgendwie über seinen versteckten *Spuk* geschrammt waren. Dann hörte er die Beleidigungen und das Hohngelächter und bemerkte, als er sich umsah, daß eines der anderen führenden Boote nähergekommen war, die Richtung schließlich scharf geändert hatte und sie am Heck rammte.

Der Kapitän des Bootes befahl wieder, den Takt einzuhalten, und verlangsamte diesen, damit die Ruderer sich reorganisieren konnten. Einmal mehr glitt das Drachenboot vorwärts, diesmal dichtauf vom zweiten gefolgt. *»Quechuan!«* riefen die Ruderer des anderen Bootes, versuchten die anderen zum Verlangsamen zu verleiten. *Feiglingsboot.*

Das Gesicht des Kapitäns wurde so rot wie seine Kopfhaut, und er ging zu einem einarmigen Takt über, während er mit der anderen Hand ein kleines Bündel unter seinem Sitz hervorzog. Dieses warf er über die ganze Länge des Bootes zu den Männern, die im Heck saßen. Da Aris ungefähr in der Mitte des Bootes saß, konnte er nicht sehen, was es war.

Das hintere Boot unternahm einen weiteren Vorstoß. Es versuchte von rechts kommend, das führende Drachenboot erneut durchzuschütteln. »Ruder einholen«, rief der Kapitän. Die Ruder wurden nach oben genommen, und so verhinderte man, daß sie vom Bug des anderen Bootes zerschmettert wurden. Aber das Manöver verlangsamte sie auch. Daher kam das angreifende Boot mittiger als beabsichtigt auf sie zu. »Wurf«, schrie der Kapitän. Aris verstand das Kommando nicht, bis er sah, was als nächstes geschah.

Im Heck stand ein Mann, der ein Netz lose in der Hand hielt. Mit einer geübten Drehung warf er es. In der Luft breitete es sich aus und fiel über den Kapitän und die vordersten Ruderer. Dann kollidierten die

Boote, und der Bug schlug zwischen Aris und Li Wynn eine Bresche in die Reling. Mehrere von Aris' Mitruderern gingen über Bord. Aris schaffte es, im Boot zu bleiben, indem er sein Gewicht im Bemühen, das Boot aufrecht zu halten, nach Steuerbord warf. Es war ein Patt, keines der Boote kenterte. Dann stand im Heck ein zweiter Mann auf und warf ein weiteres Netz. Dieses fiel mehr über die Mitte des anderen Drachenbootes, verwickelte die Ruder sowie fünf oder sechs Ruderer.

»Stoßt uns ab. Verdammt, stoß uns doch jemand ab.« Der Kapitän von Aris' Boot schlug auf seine Trommel, um die Flüche und Beleidigungen, die ausgetauscht wurden, zu übertönen.

Der von der Attacke mehr als verblüffte Aris bewegte sich schließlich. Er und Li Wynn griffen die andere Reling und stießen dagegen. »Kommt das oft vor?« fragte Aris.

»Nur gesunder Wettbewerb«, antwortete Li. Die beiden schafften es, das andere Boot ein wenig wegzuschieben, gerade genug, daß die Ruder wieder ins Wasser gelassen werden und sie weiterrudern konnten. Das andere Boot, in dem immer noch gegen die Netze gekämpft wurde, fiel weit zurück.

»Letztes Jahr haben wir einige ihrer Ruder in der Nacht davor halb durchgesägt«, sagte Li lachend zwischen den Ruderschlägen. »Die meisten brachen während des ersten Laufs, und sie hatten vor dem zweiten eine Menge Lauferei, um sie zu ersetzen.«

Da ein Boot Probleme hatte, befanden sich nun nur noch zwei vor dem Feld. Das Boot der Bewohner der Zone war wegen der Verzögerung auf den zweiten Platz zurückgefallen. Daher wurde der Takt schneller und jeder Mann ruderte so kraftvoll wie möglich, um den Abstand zu verringern. Mehrere Minuten harter Arbeit zahlten sich aus, und der Takt wurde wieder etwas langsamer, damit die Männer sich ein wenig verschnaufen konnten. Aris sah zum anderen Boot hinüber, sah sie voller Selbstvertrauen lächeln. Sie machten bei weitem keinen so erschöpften Eindruck, und das Rennen war noch nicht halb vorbei.

Offensichtlich hatte der Kapitän von Aris' Boot den gleichen Gedanken gehabt und sich entschlossen, die Kräfteverhältnisse auszugleichen. Der Kapitän holte ein anderes Paket vor, von dem Aris annahm, daß darin zwei weitere Netze enthalten wären, und warf es zum Heck hinüber. »Hart Backbord«, rief er. Die Ruderer auf der Backbordseite tauchten ihre Ruder ein und ruderten eine Weile rückwärts, mit dem nächsten Schlag setzten sie aber wieder die Vorwärtsbewegung fort. Nun hielten sie auf das andere Fahrzeug zu, und Aris hatte über das Heck einen guten Ausblick auf das Nordufer des Sees.

Zwei schwarz und grün gestrichene BattleMechs schritten am Nordufer entlang und hielten nach Osten auf das Fest zu.

»Ruder einholen!« rief Aris in seiner besten Kommandostimme.

Nur diejenigen, die dem Kapitän am nächsten saßen, gehorchten ihm nicht, und so verlor das Boot schnell an Fahrt und kam zum Stillstand. Alle schrien wild durcheinander, protestierten gegen Aris' Befehl. Aber schnell wurden alle still, als Aris auf die Stadt und die beiden falsch gefärbten BattleMechs deutete. In der plötzlichen Stille hörten sie die ersten Salven, mit denen die Kampfkolosse die Gebäude am Ufer beschossen. Da sie mitten auf dem See Ch'u Yuan saßen, fast dreiviertel Kilometer vom Ufer entfernt, konnten sie nur zuschauen.

Konnten *sie* nur zuschauen.

Aris überprüfte die Landmarken, die er sich noch im Wasser direkt nach dem Verlassen des Mechs ausgesucht hatte. Er war der Überzeugung, daß er ziemlich genau die richtige Entfernung zum Ufer hatte, aber ein wenig zu weit nördlich war. Vielleicht zwei- oder dreihundert Meter. »Kapitän, ein Takt bitte«, rief Aris. »Ruder raus, hart nach links, dann rudern.«

Der Kapitän blinzelte sprachlos, bis Li Wynn ihn mit seinem Namen anrief und für Aris sprach. »Er kann helfen«, versprach er, »aber er muß da hinüber.« Er deutete mit einem Finger grob in die Richtung, in die Aris wollte.

Mit einem Nicken wiederholte der Kapitän Aris' Befehl und schlug einen schnellen Takt. Aris versuchte das Vordringen der BattleMechs im Auge zu behalten und gleichzeitig überprüfte er ständig die drei entfernten Landmarken. Als er dachte, daß sie nahe dran wären, befahl er die Ruder einzulegen und ließ alle nach seiner Flaschenmarkierung Ausschau halten. Vierzig Augenpaare suchten die Wasseroberfläche ab.

Einen Augenblick lang fürchtete Aris, er hätte sich geirrt, oder seine Markierungen wären untergegangen. Der bloße Gedanke trocknete ihm Mund und Kehle aus, und er mußte schmerzhaft schlucken. Wenn das der Fall wäre, dann müßte er tauchen und hoffen, daß die Glücksgötter mit ihm waren. Dann deutete jemand nach Backbord und rief: »Da!«

Es war eine der Getränkeflaschen, die auf den leichten Wellen in der Brise auf und ab hüpften. Das Etikett war abgewaschen worden, und so war die durchsichtige Plastikflasche vor dem Wasser fast unsichtbar. Die Ruderer bewegten das Boot darauf zu. Aris sah, daß die Nylonschnur algenüberzogen, aber immer noch befestigt war.

Er überprüfte das Fortschreiten der BattleMechs. Sie waren nahe an der Stelle, an der das Nordufer fast in einem Neunzig-Grad-Winkel abbog und nach Süden führte. Die Leute auf dem Ostufer zerstreuten sich, aber zu langsam. Es gab keine Hinweise auf irgendwelche Kaifeng-MSM-BattleMechs.

Aris tauschte mit Li Wynn ein schnelles Händeschütteln. »Geht zur Küste, und dann nichts wie raus aus der Stadt.« Die Furcht in den Augen des anderen sagte Aris, daß Li verstand, in wie großen Schwierigkeiten er wäre, wenn Major Bartlett schließlich zwei und zwei zusammenzählen würde. Dann glitt Aris aus dem Boot und tauchte an der Flasche vorbei. Er ergriff die Schnur, die er an der Schulter spürte, und machte sich, eine Hand vor der anderen, auf den Weg in die dunklen Tiefen des Sees Ch'u Yuan.

24

See Ch'u Yuan, Tarrahause
Distrikt Tarrahause, Kaifeng
Souveränität Sarna, Chaos-Marschen

25. Juli 3058

Der *Rabe* schritt auf die Mitte der Straßenkreuzung, sein schnabelartiger Kopf bewegte sich, wie bei dem Vogel, dessen Namensvetter er war, ruckartig hin und her. Der Mittelschwere Zwillingslaser, der auf dem stummeligen rechten Arm saß, spuckte grüne Pfeile, die sich in nahe Gebäude fraßen. Rauch stieg aus der Startrampe im rechten Torso auf, nachdem sechs Kurzstreckenraketen daraus abgefeuert worden waren und auf ein verlassenes Auto trafen, es auseinanderrissen und seinen Treibstofftank entzündeten. Das Auto flog in die Luft, erhob sich auf einer Säule aus Feuer und knallte dann mit voller Wucht wieder auf die Straße.

Eine beeindruckende Arbeit, dachte Lieutenant Kevin Yang bitter. *Vielleicht ist noch ein gefährlicher Eiscremestand in der Nähe, der ein würdiges Ziel abgäbe.*

Yang drehte den oberen Torso des *Rabe* und suchte, weit entfernt von allen Leuten, ein neues Ziel. Die verängstigten Bürger von Tarrahause waren überall, die meisten rannten vor dem BattleMech weg, aber einige verwirrte bewegten sich tatsächlich auf ihn zu, als ob sie nicht mehr wüßten, wo sie seien. Yang schluckte, um die Enge in seiner Kehle zu vertreiben, die ihn zu ersticken drohte. »Ich folge nur Befehlen«, flüsterte er in der Einsamkeit seines Cockpits. Nun, das war aber auch eine originelle Verteidigungsrede.

Es war nur gut, daß Yangs Kommunikationssystem für diese Mission lahmgelegt worden war. Er redete, seit er die Außenbezirke der Stadt betreten hatte, pausenlos mit sich selbst, und es wäre nicht gut, wenn das ein anderes Mitglied der Kaifeng-MSM mitgehört hätte. Vielleicht war es ein geheimer Wunsch von ihm, ertappt, entdeckt und von der Mission wegbefohlen zu werden. Sicher gab es jetzt keinen Rückweg mehr, jetzt, da er wirklich auf Tarrahause gefeuert hatte. Er mußte das Spiel bis zum Ende mitspielen.

Es war schon zu spät gewesen, als er mit Karl Bartlett und Paul Harris das gottverdammte Terminal betreten hatte. Yang hatte Bartlett schon immer respektiert und ihn manchmal auch gefürchtet. Kevin Yang war ein guter MechKrieger. Er würde sich niemals den Lebensunterhalt bei den Spielen auf Solaris verdienen, aber er bezweifelte auch, daß er in den Rängen der Militärs der Souveränität Sarna je sehr hoch steigen würde. Nein, nicht jeder hatte das Zeug zu Kommandopositionen. Nein, er war ein guter Mechpilot und ein loyaler Gefolgsmann, und zwei Jahre lang hatte er seinem Kompaniekommandanten vertraut, die harten Entscheidungen zu treffen, während er das einzige tat, was er konnte, nämlich einen Mech zu steuern.

Nun fiel alles auseinander. Er vertraute Karl Bartlett nicht mehr. Er dachte, daß Bartlett weit außerhalb seiner Liga spielte, da er sich allein mit dem Hiritsu-Verräter befaßte, ohne das Wissen Lieutenant General Fallons. Mittlerweile stellte Yang auch Bartletts Fähigkeit, ein Kommando zu führen, in Frage. Yang fühlte sich verloren und allein, und seine Aktionen ähnelten einem Automaten. Er wünschte, daß etwas, irgend etwas, geschehen würde, sein Elend zu beenden.

Hitze schlug über ihm zusammen, als er erneut beide mittelschweren Laser und seine Kurzstreckenraketen auslöste. Dieses Mal hatte er auf ein paar Bäume im K'ung-fu-tzu-Park gezielt, und sie zersplitterten und flogen unter seinem Beschuß auseinander. Er zuckte bei dem Gedanken an die vielen angenehmen

Abende, die er in der Kühle des Parks verbracht hatte, zusammen. Wie zur Vergeltung schrien ihm die Sensoren seines Mechs Warnungen entgegen, und einen Moment lang fürchtete er, daß der Geist von K'ung-fu-tzu selbst sich aus der verwundeten Landschaft erhoben hätte, um ihm gegenüberzutreten.

Der Computer des *Rabe* zeigte auf dem HUD einen roten Kreis. Hinter ihm, gemäß der taktischen Anzeige, war ein als *Spuk* bekannter BattleMech aufgetaucht. Der Name dieses Mech schien ein Echo seiner Gedanken von eben zu sein. Yang drehte den *Rabe* herum, brachte das Fadenkreuz in die linke Ecke des Schirms und hielt es dort, während eine Kombination aus der Drehung des Torso und einem Schritt zur Seite ihn zum See hin ausrichtete.

Der *Spuk* kam durch das hüfttiefe Wasser, watete zum Ufer. Der Mech glitzerte blau metallen, gleichzeitig schön und tödlich. Yang war viel zu verblüfft, um sofort auf ihn zu feuern. Er dachte an die Legende von Ch'u Yuan, nach dem der See benannt war, einem Poeten aus alter Zeit, der sich aus Verzweiflung über die kriegführenden chinesischen Staaten selbst ertränkt hatte. Es wurde gesagt, daß die alten Götter ihm eine Form von Unsterblichkeit gewährt hätten und daß sein Geist immer noch umherwanderte, um den Frieden zu denen zu bringen, die die Werkzeuge des Krieges nicht beiseite legen wollten.

Kevin Yangs erster annähernd zusammenhängender Gedanke war der, daß Ch'u Yuan einen schweren Laser auf ihn richtete.

Sein letzter Gedanke, bevor ein scharlachroter Strahl sein Cockpit durchschnitt, war ein verzweifelter, halbgeformter Wunsch, daß das, was die alten Religionen lehrten, wirklich wahr war und daß er darauf hoffen durfte, wiedergeboren zu werden und dann seinen wahren Platz im Leben zu finden.

Das Wärmeniveau in Aris' *Spuk* sank wieder in den gelben Bereich, nachdem er den *Rabe* erledigt hatte. Er ließ ihn in der Mitte der Straßenkreuzung zurück, einen rauchenden Kadaver. Seine erste Salve hatte das linke Bein aufgerissen und eine Schneise bis zur Torsomitte geschlagen. Seine zweite drang wie ein Speer direkt in das Cockpit, zerschmolz die Panzerung, den Sichtschirm – und den Piloten. Und das ohne Gegenfeuer, dachte Aris, und hoffte, daß sein Glück anhalten würde.

Die Antwort kam in Form von zwei 32-mm-Autokanonenkugeln, die Panzerplatten von seinem linken hinteren Torso rissen; ihre Einschläge wurden vom Schrillen der Warnsensoren begleitet.

Aris brachte seinen *Spuk* auf Gehgeschwindigkeit, ging an der Kreuzung und den Überresten des *Rabe* vorbei und um die Ecke in den Schutz eines Gebäudes. Ein Blick auf seinen HUD hatte ihm gezeigt, daß der *Totschläger* eine perfekte Position einen Block hinter ihm eingenommen hatte. Entweder war der Pilot vorsichtig, oder er hatte die Hitzeentwicklung im Auge – und Aris daher den Zorn der vier mittelschweren Laser des *Totschläger* erspart. Darauf wollte Aris aber nicht bauen, nicht im Hinblick auf seine schwächere, man könnte auch sagen nichtexistente Rückenpanzerung.

Als er den *Totschläger* vom Drachenboot aus gesehen hatte, hatte er befürchtet, daß es der OmniMech wäre, auf den er an der Jinxiang-Brücke getroffen war. Das hätte fünfzig Tonnen eines modernen BattleMech bedeutet; sechsundzwanzig komma fünf Tonnen Waffenmodule. Genug, um seinen *Spuk* mit einer einzigen glücklichen Breitseite zu erledigen. Der Kampfcomputer konnte ihn in dieser Hinsicht beruhigen. TG-1 zeigte das rote Dreieck. Aris wußte, daß das für ihn vier mittelschwere Laser und zwei der kleinsten verfügbaren Autokanonen bedeutete. Nicht sehr schnell, aber sprungfähig. Alles in allem betrachtet war sein *Spuk* überlegen.

Der TG-1 würde versuchen, sich auf extreme Distanz zurückzuziehen, wo nur seine kleine Autokanone wirksam wäre. In einer städtischen Umgebung, wo der Kampf in der Regel sehr eng und persönlich geführt wurde, nicht sehr praktikabel. Die zweitbeste Lösung wäre, extrem nahe heranzukommen, wo seine mittelschweren Laser die große Schlagkraft von Aris' schwerem Impulslaser wettmachen konnten und der *Spuk* nicht mehr den Vorteil größerer Mobilität ausnutzen konnte. Ein vorsichtiger Pilot würde die erste Möglichkeit wählen, ein aggressiver Krieger die zweite. Aris zündete seine Sprungdüsen, sprang über das Gebäude, hinter dem er Zuflucht gefunden hatte, und hielt direkt auf die letzte bekannte Position des *Totschläger* zu.

Er setzte darauf, daß der andere ein Krieger war.

Der *Spuk* reagierte träge, durch den Verlust zweier Sprungdüsen am Jinxiang war er nicht im Gleichgewicht. Aber er kam über das Gebäude. Und als Aris auf der anderen Seite runterkam, meldete seine Ortung den *Totschläger,* der sich unter ihm auf die Ecke zubewegte, um die Aris verschwunden war. Er drehte seine Steuerknüppel. Dies und die Neurohelmsignale drehten den *Spuk* mitten in der Luft wie eine Art gepanzerte Ballerina, die eine Pirouette ausführte. Er kam hinter dem *Totschläger* runter, sein goldenes Fadenkreuz direkt auf dessen hinteren Torso gerichtet.

Trotz Aris' vorteilhafter Stellung war der *Totschläger* noch in keinster Weise besiegt. Der feindliche Mech schwang die Arme hoch und über die Schulter, um direkt hinter seinen Rücken zu feuern. Das war eine Eigenschaft, die den *Totschläger* so populär machte: das Fehlen von Armaktivatoren. Er konnte zwei Drittel seiner Bewaffnung in Anschlag bringen, die Autokanone und zwei seiner Laser. Die gelbbraunen Strahlen fraßen am Bein des *Spuk*, schmolzen die Panzerung, die in feurigen Bächen zu Boden rann. Die Granaten hämmerten auf seinen linken Torso und rissen sogar einen Teil der Panzerung seines Cockpits ab.

Aris überstand den Schaden gut, behielt mit geübter Leichtigkeit die Kontrolle über seinen Mech. Er legte alle seine drei Waffen auf seinen Hauptauslöser und drückte ihn. Rote Strahlen schnitten sich pulsierend in den Rücken des *Totschläger*, genau auf das Zentrum gerichtet, und bohrten sich tief in seine interne Struktur. Aris blickte auf die taktische Anzeige, um sich über den Zustand des feindlichen Mechs zu informieren und sah, wie eine Hitzewelle sich über die gesamte Torsomitte ausbreitete. Ein Reaktortreffer, und kein leichter. Er wußte, daß der *Totschläger* dem Piloten wie ein Hochofen vorkommen mußte, aber die schnelle Reaktion des anderen Kriegers zeigte ihm, daß die Schlacht noch nicht vorbei war.

Als der *Totschläger* sich umdrehte, um Aris' *Spuk* von Angesicht zu Angesicht gegenüberzustehen, schnellten auch seine Arme wieder nach vorne. Aris wußte, was er tun würde, wenn er an den Kontrollen des anderen Mechs sitzen würde: die Hitze aussitzen und versuchen, mit allen vier mittelschweren Lasern einen Volltreffer zu landen. Er hatte jedoch keine Absicht, seinem *Spuk* so viel Schaden zuzumuten. Er ließ den Mech rückwärts gehen, bis er sich mit seiner maximalen Gehgeschwindigkeit von fünfundsiebzig Stundenkilometern bewegte. Es reichte, um fast zweihundert Meter zurückzuweichen. Damit befanden sich die mittelschweren Laser am Ende ihrer effektiven Reichweite, er war aber immer noch nah genug dran, um mit dem schweren Impulslaser leicht treffen zu können.

Den Piloten des *Totschläger* verließ das Glück. Ein

einziger Schuß seiner Autokanone streifte den *Spuk*. Im Gegenzug traf den *Totschläger* ein gut gezielter Strahl scharlachroter Energie in den linken Torso – und einer von Aris' mittelschweren Lasern ins Zentrum. Der Kaifeng-MSM-Krieger stand vor unangenehmen Alternativen. Aris besaß die Waffe mit höherer Reichweite – und auch die Mobilität, um in optimaler Entfernung zu bleiben. Eine Kraftprobe würde sicher zu einem langsamen Tod führen. Die andere Option des Piloten war zu fliehen, aber der Rücken des *Totschläger* war bereits von Panzerung entblößt. Es gab einen erneuten Schlagabtausch. Aris erhielt einen einzigen Lasertreffer in sein rechtes Bein, aber der *Totschläger* verlor an der Torsomitte doppelt soviel Panzerung.

Damit war die Frage für den anderen MechKrieger entschieden. Er benutzte die Sprungdüsen, hob seinen *Totschläger* auf Plasmastrahlen in die Höhe und versuchte, ein Gebäude zwischen sich und den *Spuk* zu bekommen. Aris hielt seine Position und bereitete sich auf einen einfachen Schuß vor, als sich der *Totschläger* auf dem Hochpunkt seiner Flugbahn umdrehte. Zu seiner Verblüffung ging der schwere Laser völlig daneben, und einer seiner mittelschweren schälte nur mehr Panzerung vom linken Bein des *Totschläger*. Der letzte mittelschwere Laser traf jedoch die offene Wunde im Rücken und bohrte sich tiefer in die Abschirmung des Fusionsreaktors.

Aris sah, wie der Pilot, keine zwei Sekunden bevor der Mech auseinanderflog, mit dem Schleudersitz ausstieg. Kleine Stücke der Panzerung prasselten gegen den *Spuk*, aber keines hatte genug Masse oder Durchschlagskraft, um ihn zu beschädigen. Das größte Stück des BattleMechs fiel auf das Gebäude, das er überspringen wollte, und durchschlug das Dach und wer weiß wie viele Stockwerke darunter.

Zeit zu gehen, dachte Aris. Er checkte seine taktische

Anzeige. Der erste Kaifeng-MSM-Mech erschien gerade auf seinem Monitor, noch mehr als einen Kilometer entfernt am Nordufer. Es würden mehr kommen. Aris hatte sein Versteck aufgegeben, um ein paar Zivilisten das Leben zu retten. Das war es ihm wert, vorausgesetzt, er konnte jetzt aus der Stadt entkommen.

Und vielleicht hatte er noch ein paar Sekunden Zeit. Aris lokalisierte den Piloten des *Totschläger,* der an seinem Fallschirm nach unten schwebte. Er zielte sorgfältig, ließ den Fallschirm in sein Fadenkreuz kommen, während er gut zehn Meter über dem Boden war. Ein Schuß mit dem mittelschweren Laser setzte den Schirm in Brand, und der Pilot fiel die letzten zehn Meter zu Boden. *Dadurch wird er sich etwas brechen,* dachte Aris. *Oder wenigstens wird er hart genug durchgeschüttelt – und eine schnelle Flucht unmöglich.* Wie auch immer, er würde ein paar Fragen beantworten müssen. Befriedigt steuerte Aris seinen *Spuk* zum Ufer.

Jetzt waren schon drei Kaifeng-Mechs zu sehen, zwei im Westen, einer südlich, alle nutzten das freie Ufergelände. Durch die Stadt zu verschwinden, wäre das reine Todesurteil. Damit blieb Aris nur eine Option. Er mußte wieder in Deckung gehen und seinen Durchbruch an einem – hoffentlich – abgeschiedenen Ort wagen. *Mehr als zwanzig Kilometer Uferlinie,* erinnerte er sich, warf seine Sprungdüsen an und flog so weit wie möglich über den See. Schon zum zweiten Mal seit Beginn des Vorstoßes auf Kaifeng machte Aris sich fürs Eintauchen bereit.

Langsam entwickelte er einen Haß auf Wasser.

25

Jinxiang Flußhafen-Terminal 5 Süd
Distrikt Tarrahause, Kaifeng
Souveränität Sarna, Chaos-Marschen

25. Juli 3058

Das Hafenterminal lag an der Südseite des Jinxiang, fünfzig Kilometer hinter dem See Ch'u Yuan. Eine volle Kompanie Hiritsu-BattleMechs stand in enger Formation auf dem Beladeplatz. Drei andere patrouillierten in einigem Abstand, verstärkten die Infanterieposten, die fast drei Kilometer weiter draußen stationiert waren. Zwei weitere BattleMechs wurden in einem großen, hangarartigen Lagerhaus einer routinemäßigen Wartung unterzogen, während Ty Wu Non und Terry Chan in einem Büro im zweiten Stock eine private Besprechung abhielten.

Der Bataillonskommandant stand mit geschlossenen Augen vor der Klimaanlage, der kalte Zug blies ihm ins Gesicht und kühlte den dünnen Schweißfilm, der sich beim Gang durch das Lagerhaus gebildet hatte. Er hielt die Hände hinter dem Rücken verschränkt, da er wußte, daß sie sonst seine Verzweiflung verraten würden. *Ein Haus-Meister muß immer beherrscht wirken,* erinnerte er sich. *Selbst wenn er es nicht ist. Gerade wenn er es nicht ist.*

»Sind sie sicher?« fragte er und hielt seinen Ton sorgsam neutral. Eine Bitte um Klarstellung, kein Zweifel an den Fähigkeiten. »Es war Aris Sung?«

Terry Chan stand neben dem Bürotisch weiterhin stramm. Non hatte sie nicht aufgefordert, sich zu setzen oder sich zu rühren. Das hätte sie erwartet; Haus-Meisterin York hielt private Besprechungen immer in entspannter Atmosphäre ab. Ty würde ein solch informelles Verhalten nicht dulden. Er wußte, daß er nicht Virginia Yorks ehrfurchtgebietendes Charisma besaß, und vom Standtpunkt der Disziplin aus gesehen hatte er dieses Verhalten ohnehin nie befürwortet.

»Ich habe Aris im Kampf gesehen«, sagte sie. »Ich habe neben ihm trainiert. Niemand anders kann diesen *Spuk* gesteuert haben. Er«, sie gestikulierte, als ob sie das rechte Wort suchte, »er *bewegte* sich wie Aris.«

Ty nickte kurz. »So, Aris Sung ist nicht nur am Leben, er ist auch noch immer im Besitz seines *Spuk*. Und wir haben zwei MechKrieger der Kaifeng-MSM, die sich als Hiritsu-Krieger ausgaben und ihre eigene Stadt angriffen. Und schließlich vernichtet Aris beide und verschwindet wieder.« Ty blickte zu Chan hinüber. »Sie waren da. Was denken Sie?«

Terry druckste herum, trat unbehaglich von einem Fuß auf den anderen. Ihre Augen wichen dem Blick ihres Bataillonskommandanten aus. »Sir, ich kann nur annehmen, daß Aris Sung zu einem Renegaten geworden ist.«

Ty blinzelte vor Erstaunen. Terry Chan mochte Aris nicht, das war sicherlich wahr und vielleicht sein Fehler, aber diese Anschuldigung schockierte ihn doch. »Fahren Sie fort«, sagte er mit gemessener Stimme.

»Aris ist niemals gut mit Ihnen zurechtgekommen, Bataillonskommandant. Und seit dem Hinterhalt bei dem Mond Nochen wurde sein Angriffsplan ständig kritisiert. Daher kämpft er jetzt unabhängig vom Haus. Ich bin mir sicher, daß er, seinem Urteil zufolge, alle seine Handlungen rechtfertigen kann. Es ist aber so, daß er mit der Standard-Hausdoktrin zur Ausführung von Militäroperationen gebrochen hat.«

Ty bemühte sich, in seinem Gesicht weder Er- noch Entmutigung zu zeigen. Er wollte Terrys unbeeinflußte Stellungnahme. Sie konnte recht haben. Er wollte das nicht glauben, nicht einmal von Aris Sung, aber wenn das jemand fertigbrachte, dann er. »Und der vorgetäuschte Angriff auf Tarrahause?«

Sie war auf diese Frage vorbereitet. Ihre Unschlüssigkeit schwand, als klar wurde, daß er ihr zuhören würde. »Aris ist sehr gut ausgebildet. Ich glaube nicht, daß es seine Fähigkeiten übersteigt, hiesige unzufriedene Krieger anzuwerben und sie gegen ihre Vorgesetzten zu wenden. Sein Plan ist der gleiche wie immer, die Verteidiger irgendwie zu provozieren, bis sie sich uns stellen. Es scheint dieses Mal funktioniert zu haben, nur daß er so die Waffenruhe verletzt hat.«

»Und sie konnten das Zusammenziehen von Streitkräften in Tarrahause bestätigen?«

Terry Chan nickte. »Es ging durch die ganze Stadt, daß Lieutenant General Fallon wenigstens eine komplette Lanze Mechs von Mahabodhi abzieht und nach Tarrahause holt. Dieser Major Bartlett nennt die Affäre ein Hiritsu-Komplott, Kaifengs eigene Krieger aufeinander zu hetzen und gleichzeitig die Waffenruhe zu verletzen. Bartlett schreit nach unserem Blut, aber das könnte ein Manöver sein, die öffentliche Entrüstung gegen Fallon zu richten.«

Ty Wu Non wandte sich wieder seinem Tisch zu, langsam und in Gedanken. War das die Gelegenheit, auf die sie warteten? Die Verteidiger aus der Stadt zu locken, wo Haus Hiritsu sie überwältigen könnte?

»Aris Sung wird als Renegat betrachtet«, sagte er, die erste Angelegenheit abhandelnd. »Er soll unter Hausarrest gestellt werden, sobald er gesehen wird. Wenn er Widerstand leistet, sind die Haus-Krieger ermächtigt, jede nötige Gewaltmaßnahme zu ergreifen, um ihn zu fassen. Geben Sie diese Anweisungen an den Offizier vom Dienst zur weiteren Übermittlung weiter.« Er wartete das bestätigende Nicken ab. »Sie denken also, daß sie rauskommen werden?«

»Das müssen sie, wenn sie keinen Volksaufruhr haben wollen.«

Ty Wu Non studierte Terry Chan mit harten Augen. Schließlich nickte er. »Dann werden wir sie treffen und zermalmen. Ich werde eine weitere Lanze von Beijing hierherbeordern. Wenn die Kaifeng-MSM und ihre Söldner sich auf dem Schlachtfeld stellen, könnte dies gut die Entscheidungsschlacht sein.«

»Abtreten.«

»Wo sind sie jetzt?«

Major Bartlett schaltete den Overheadprojektor ein, während der Assistent des Generals den Raum abdunkelte, indem er den Dimmer herunterregelte. Der Projektor warf eine Farbkarte des Distriktes Tarrahause an die leere Wand im Büro des Majors. Bartlett, Lieutenant General Cynthia Fallon und ihr Assistent, Major Cabander, schwiegen einen Augenblick, während sie die Karte studierten. Der Jinxiang war ein silberfarbenes Band, das von Nordost nach Südwest verlief und sich in der Mitte zu der umgedrehten L-Form des Sees Ch'u Yuan verbreiterte. Tarrahause war ein grauer Fleck, der das nördliche und westliche Seeufer umschloß.

»Meinen Scouts zufolge hier«, sagte Bartlett und erleuchtete mit dem Laserpointer einen dunklen Fleck am südlichen Teil des Jinxiang, der mit Hafenterminal Nummer Fünf Süd bezeichnet war. »Wir konnten das mit unserer Luftaufklärung bei einem Überflug in großer Höhe bestätigen, bevor das *Overlord*-Schiff sie verjagte. Und natürlich hat unser Hiritsu-Freund es auch bestätigt.«

Er schwieg, um der Generalin die Möglichkeit zu geben, etwas zu sagen.

»Wie konnte Haus Hiritsu einen BattleMech in die Stadt bringen?« fragte Fallon schneidend, ohne die Augen von der Karte zu nehmen.

Bartlett räusperte sich unbehaglich. »Wir glauben, daß er nahe der nördlichen Brücke in den Jinxiang gegangen ist und dann unter Wasser nach Süden in den See hinein. Wir haben das wegen der speziellen Probleme von Unterwasseroperationen nie als ernstzunehmende Gefahr betrachtet. Insbesondere nicht bei irgendwas, das Lanzenstärke übertrifft.«

»Es scheint, daß drei BattleMechs vollkommen ausreichend waren, um in Tarrahause eine Panik auszulösen.« Fallon sah zu ihm hinüber und zog eine Augenbraue hoch. »Zwei von ihnen waren ihre eigenen, gesteuert von zwei MSM-Mechkriegern.«

Bartlett fühlte eine Enge in seiner Brust und schluckte krampfhaft. »Wie ich der Generalin schon sagte, übernehme ich für meine Männer die volle Verantwortung. Kevin Yang und Paul Harris könnten durch capellanische Bestechung oder Drohungen oder was Hiritsu auch immer an schrecklichen Methoden eingesetzt hat, beeinflußt worden sein.«

Cyndi Fallon starrte ihn lange ohne zu blinzeln an. »Sie glauben, sie wurden vielleicht bedroht? Womit?«

Sie war darauf angesprungen. Bartlett zuckte mit vorgetäuschter Gleichgültigkeit die Schultern. »Ich glaube, das ist die einzige Möglichkeit. Kevin Yang hat Verwandte auf dem Südkontinent, im Distrikt Franklin. Paul Harris' Frau tat gerade auf der Aufladestation Dienst.« Er schüttelte leicht den Kopf. »Wir werden es wahrscheinlich nie herausfinden. Von Yang blieb nicht viel übrig. Aus seinem *Rabe* haben wir gerade genug herauskratzen können, um eine kleine Schachtel zu füllen. Ich habe Paul Harris begleitet, in der Hoffnung, von ihm eine Erklärung zu erhalten, aber er hatte das Bewußtsein nie wiedererlangt.« *Dafür habe ich gesorgt.*

Karl Bartlett bemerkte, daß die Generalin bei der Beschreibung von Kevins Tod fröstelte. Alle MechKrieger, einschließlich ihm selbst, fürchteten sich davor, im Cockpit lebend zu verbrennen. Das kam vermutlich daher, daß sie mit dem Hintern direkt auf dem Fusionsreaktor saßen. Reaktorexplosion, Inferno-Raketen, ein glücklicher PPK-Treffer in den Kopf, das war der Stoff, aus dem die Alpträume eines MechKriegers waren. Und er hatte auf ihre Reaktion gebaut, um nicht näher auf Harris' Tod eingehen zu müssen. Das letzte, was er von ihr wollte, war die Anordnung einer genauen Autopsie, nicht nachdem das Krankenhaus bereits Schock-Trauma bescheinigt hat.

»Major«, sagte General Fallon beiläufig, »der Nachrichtendienst in Mahabodhi hat Berichte über einen Transfer von vier weiteren BattleMechs von Beijing zu den Hiritsu-Streitkräften im Distrikt Tarrahause aufgefangen.«

Karl Bartlett nickte und versuchte, sich so zu benehmen, als ob er das bereits vermutet hätte. »Sie wissen, daß wir sie jetzt angreifen werden. Daran kommen wir nicht mehr vorbei. Es geht ohnehin schon das Gerede um, daß wir uns feige in der Stadt hinter den Zivilisten als Schilden verstecken.« Die Gerüchte waren sorgsam ausgestreut worden, ein oder zwei Worte am richtigen Platz. »Einige dieser Anschuldigungen wurden wirklich brisant, als die Leute von Yang und Harris hörten. Wenn wir nicht handeln, könnten wir es hier bald mit einer Rebellion zu tun bekommen.« Dies erklärte ebenfalls Terry Chans Wunsch nach dem vorgetäuschten Angriff. Sie wollte sie unter Druck sehen. Er hatte nicht an diese Möglichkeit gedacht, aber er war ja auch nicht auf die Idee gekommen, daß die Identität seiner Leute entdeckt werden würde. Nun, er hatte selbst noch ein paar Trumpfkarten in der Hand.

»Was ist mit unserer *Freundin*?« fragte Fallon. »Bietet sie immer noch Informationen gegen begrenzte Scharmützel an?«

Ich wußte, daß du das fragen würdest, dachte Bartlett. »Gemäß ihrer letzten Transmission glaubt sie, daß Haus Hiritsu zurückweichen wird, wenn wir mit einer genügend starken Streitmacht rauskommen. Wir können sie tagelang jagen.«

»Aber können wir das lange genug, bis wir Verstärkungen bekommen?« sagte Fallon, während sie sich besorgt das Kinn rieb. »Die Blockade um Sarna funktioniert erstaunlich gut für die Konföderation, größtenteils weil niemand in letzter Zeit gegen Kriegsschiffe gekämpft hat. Ich meine, was könnten wir tun, wenn Sun-Tzu diese Art von Feuerkraft im Orbit um Kaifeng geparkt hätte? Nichts, außer vielleicht ein paar Landungsschiffe zu opfern. Der einzige Vorteil liegt darin, daß Sun-Tzu keine Reserven mehr übrig hat. Er hat letztes Jahr seine Fronten überdehnt. Wenn es die Blokkade nicht gäbe, könnte Sarna uns Verstärkungen schicken und die Gelegenheit gleich dazu nutzen, einen Schlag gegen Sarmaxa oder gar gegen Randar zu führen.« Fallons Gesicht leuchtete bei dem Gedanken auf. »Wäre das nicht ein schönes Geschenk für unsere Kriegerhaus-Freunde, ihr Heim in Schutt und Asche und unter der Regierung der Souveränität Sarna zu finden, wenn sie zurückkehren?«

Bartlett fühlte, wie er langsam die Geduld verlor. Er brauchte eine klare Aussage, bevor Fallon den Raum verließ, oder er würde nie eine bekommen. »Solche Spekulationen sind mir zu hoch, General. Aber wir sollten eine Woche oder mehr im Feld überstehen können, dann können wir zur Stadt zurückkommen und uns wieder eingraben. Das wäre sicherlich Zeit genug, bis Verstärkungen auf dem Planeten eintreffen können, und dann wird sich Hiritsu zurückziehen müssen.«

Tatsächlich bezweifelte Bartlett, daß es mehr als zwei Tage dauern würde, seine Pläne auszuführen. Sobald Terry Chan ihren Bataillonskommandanten und einige seiner engsten Anhänger ausgeliefert hatte, wäre Bartlett in einer Position, das Kriegerhaus vollkommen zu zerquetschen. Und er würde sicherstellen, daß jeder erführe, wer das getan hat. Nicht Cyndi Fallon, das war mal sicher. Karl bezweifelte, daß die Generalin das Ende der Kampagne erleben würde.

Wenn Terry Chan spezielle Ziele anfordern konnte, gab es keinen Grund, warum nicht auch er …

26

Jinxiang Hafenterminal 5 Süd
Distrikt Tarrahause, Kaifeng
Souveränität Sarna, Chaos-Marschen

26. Juli 3058

Aris stand über der bewußtlosen Wache im Schatten des Hauptlagerhauses und rieb sich den geprellten Knöchel der linken Hand. Sein Handkantenschlag war nicht genau genug gezielt gewesen und streifte den Helm des Infanteristen. Er mußte danach noch einen Tritt nachsetzen, bis der Mann endlich am Boden lag. Aris schätzte sich glücklich, daß kein Alarm geschlagen wurde.

Das Hiritsu-Sammelgebiet zu infiltrieren, war leichter gewesen, als er gedacht hatte. Er kannte Ty Wu Non gut genug, um anzunehmen, daß der Bataillonskommandant von der Standardmilitärdoktrin des Hauses Hiritsu nicht abweichen würde. Die Infanteristen waren in einem Perimeter drei oder vier Kilometer außerhalb postiert worden. Unterstützt wurden sie von einer Mechpatrouille, die nicht mehr Mechs als eine Lanze umfaßte. Sobald Aris da durch war, mußte er nur noch mit den Patrouillen am Hafenterminal fertigwerden.

Und der Leibwache des Bataillonskommandanten.

Aris hatte seinen *Spuk* ein drittes Mal unter Wasser versteckt. Er war sechs Kilometer stromaufwärts in den Fluß gestiegen, um auf der sicheren Seite zu sein, und war genau wie im See Ch'u Yuan aus dem Cockpit ausgestiegen. Mit dem einzigen Unterschied, daß er diesmal seine Markierungsschnur an einem Baum am Ufer festgebunden hatte. Wenn nicht eine der Fußpatrouillen buchstäblich über das Seil stolperte, würde der Mech nicht entdeckt werden, da war er sich sicher. Dadurch, daß er in der Lage gewesen war, den Weg der Patrouillen und den Standort der Wachen erst im umgebenden Dschungel und dann innerhalb des Hafenterminals richtig vorherzusagen, konnte er sich jetzt eine Verschnaufpause leisten. Jeder gut trainierte Hiritsu-Krieger konnte vermutlich jederzeit die Standardsicherheitsmaßnahmen unterlaufen. Es wurde nur nicht als Möglichkeit betrachtet, daß sich ein Hiritsu-Krieger je gegen das Haus stellen würde.

Die Gefahr von Routinen und Traditionen, dachte Aris. Ihnen war Haus-Meisterin Virginia York zum Opfer gefallen. Vorausgesetzt, daß er Ty Wu Non von der Bedrohung in seinem eigenen Haus überzeugen konnte, erwartete Aris in dieser Hinsicht viele Veränderungen. Er mochte gar nicht daran denken, was dies Haus Hiritsu antun konnte, seiner Familie. Wenn er nur Ty Wu Non erreichte, bevor ein Alarm ausgelöst wurde. Dann gäbe es vielleicht einen Weg, die Wunde zu heilen, bevor sie zu schwären begann.

Aris zog die Wache zu der Lagerhauswand rüber, wo ein paar leere Fässer standen, und verstaute den Bewußtlosen dahinter. Das war das erste wichtige Problem der Nacht. Aris stand jetzt unter Zeitdruck. Er mußte den Bataillonskommandanten erreichen und ihn überzeugen zuzuhören, bevor die Wache entdeckt wurde, erwachte oder sich nicht rechtzeitig bei dem Kameraden meldete.

Aris gab sich zehn Minuten.

Die großen Tore an der Vorderseite des Lagerhauses waren beiseite geschoben worden, damit die Kühle der tropischen Nacht eindringen konnte. Licht überflutete den Beladeplatz und fiel zwischen die Reihen der BattleMechs, die hier in stiller Formation standen. Aris hörte die Geräusche von Schweißbrennern und Winden sowie ein paar gebrüllte Anweisungen, da die

Techniker im Lagerhaus mit ihrer Arbeit fortfuhren. Morgen würde es einen Kampf geben, ganz wie Aris dachte, und das bedeutete für die Techniker immer eine arbeitsreiche Nacht.

Er fand, was er suchte, an der gegenüberliegenden Seite des Beladeplatzes, ein langes Ziegelsteingebäude mit Klimaanlagen in jedem zweiten Fenster. Es waren von der Regierung gestellte Wohnungen für das Management des Hafenterminals – und die Arbeiter, die nicht jeden Tag den Weg nach Tarrahause auf sich nehmen wollten. Wenn Aris noch Zweifel daran hatte, daß Ty Wu Non in einem der Räume schlief, wurden sie von den zwei Wächtern an der Haupttür des Gebäudes ausgeräumt. Er mußte den beleuchteten Platz überqueren, um auch nur in die Nähe zu kommen. Sich durch die Dunkelheit zu schleichen, würde zu lange dauern und eine weitere Begegnung mit einer Wache geradezu herausfordern.

So versteckte Aris sich quasi direkt unter aller Augen, indem er die gleichen Prinzipien der Irreführung anwandte, die ihm im Goldenen Pavillion gute Dienste geleistet hatten. Gute Dienste geleistet hatten, bis Terry Chan ihn erkannt und verraten hatte, erinnerte er sich mit Bitterkeit.

Er schlüpfte um die Ecke des Lagerhauses und bewegte sich an der Wand entlang, fast ganz bis zu den breiten Türen. Dann trat er ins Licht und schlenderte zu den BattleMechs. Er trug wieder die Kleidung, die er sich in Tarrahause besorgt hatte. Sie war immer noch naß vom Flußwasser, aber auf die Entfernung konnte das niemand sehen, und sie war wesentlich weniger auffällig, als wenn er seine einzige andere Kleidung, Shorts und Kühlweste, getragen hätte. Er hieß die kühle Berührung der nassen Kleidung sogar willkommen, obgleich die mit Wasser vollgesogenen Schuhe an seinen Füßen scheuerten.

Aris brauchte weniger als eine Minute, um den Beladeplatz zu überqueren. Er bemühte sich, nicht zu nah an einem der Techniker vorbeizukommen. Die einzigen Wachen hier im Zentrum des Hafenterminals waren die an der Tür zum Gebäude, und Aris hielt an einer Stelle inne, um sich die Schuhe zuzubinden und ihnen nachlässig zuzuwinken, wo sie ihn voll im Blickfeld hatten. Eine der Wachen winkte zurück. Mit den Händen in den Hosentaschen schlenderte er weiter und pfiff frech vor sich hin, bis er sicher an der Gebäudeecke vorbei und wieder außer Sicht war. Erst dann bemerkte er den Schweißfilm auf seiner Stirn.

Aber der schwierige Teil war vorüber. Um in das Gebäude zu kommen, stemmte er ein Gitter, das eine Klimaanlage hielt, in der oberen Hälfte des Fensters auf. Er stellte sich auf eine der vielen leeren Kisten, die hier überall rumlagen, und konnte so ohne viel Lärm in das Gebäude gelangen. Sein Glück verließ ihn nicht, denn der Raum war leer.

Fünf Minuten, sagte er sich, sein Zeitlimit im Auge behaltend. Er schlich in die Halle und begann mit einer verstohlenen Suche nach dem Hauptkorridor.

Vor Ty Wu Nons Tür stand eine einzige Wache, ein Mann mit einer Nakjama-Laserseitenwaffe und einem Funkgerät, das am Gürtel befestigt war. Es war einer der inneren Räume, also würde kein offenes Fenster nach außen führen. Die Tür befand sich in der Mitte eines langen Korridors, so daß die Wache genügend Zeit hatte, jeden Näherkommenden zu identifizieren und nach seinem Begehr zu fragen. Kluger Mann. Aris wußte, daß die Uhr lief und sein Glück nicht länger anhalten konnte. Es war Zeit zu handeln.

Da Aris keine Möglichkeit sah, sich heimlich zu nähern, ging er ganz offen auf den Mann zu. Er löste die Knöpfe seines Hemdes, um an seine eigene Nakjama, die er in einem Schulterholster aus Nylon trug, herankommen zu können. Dann trat er um die Ecke in den Sichtkreis der Wache.

Aris sah sich sofort über die Schulter, als führte er mit jemandem hinter der Ecke ein Gespräch. »Ich sorge dafür«, rief er den leeren Korridor hinunter. »Was?« Er drehte sich um und ging langsam ein wenig zurück. *Nichts Außergewöhnliches,* dachte er, versuchte der Wache diesen Gedanken einzugeben. *Würde eine gefährliche Person so viel Aufmerksamkeit auf sich ziehen?*

Sein mentales Zureden schien zu funktionieren, denn er hörte hinter sich keine bedrohlichen Geräusche, und Aris schob vorsichtig die Hand unter das Hemd. »In Ordnung«, rief er aus, als hätte er auf eine einfache Bitte geantwortet. Dann wirbelte er herum, die Laserpistole hielt er im klassischen beidhändigen Griff und zielte direkt auf das linke Auge des Infanteristen. »Denke gut nach, Leon«, wisperte er, als er die Wache erkannte und bemerkte, wie die Hand des Mannes zu seiner eigenen Waffe zuckte.

Die Wache verstand offenbar ihre Lage. Sie entspannte sich und hob die Arme seitlich hoch. »Was…«, begann der Mann laut zu fragen. Offensichtlich wollte er auf diese Weise den Bataillonskommandanten warnen, aber Aris schob seine Pistole vor, bis die Mündung nur noch um Haaresbreite vom Auge des Mannes entfernt war. Als Leon weitersprach, tat er dies mit leiser, ruhiger Stimme. »Was wollen Sie, Aris Sung?«

»Ich wünsche, den Bataillonskommandanten zu sprechen.«

Der jüngere Mann leckte sich nervös die Lippen. »Sie wurden zu einem Renegaten erklärt und sollen verhaftet werden.«

»So etwas habe ich mir schon gedacht.« Terry Chan hatte vermutlich nicht durchsetzen können, ihn beim ersten Auftauchen erschießen zu lassen. Obwohl sicherlich jedes Mitglied ihrer kleinen Verschwörung Aris sofort erledigt hätte.

»Ich kann nicht zulassen, daß Sie bewaffnet eintreten, Aris Sung. Sie wissen das.«

Aris sah, wie sich im Gesicht des jungen Mannes Spannung aufbaute, las daraus, daß der andere versuchen würde, seine Waffe einzusetzen. »Warten Sie«, beruhigte ihn Aris. »Ich übergebe meine Waffe. Dem Bataillonskommandanten. Sie rufen ihn, sagen Sie ihm aber weder meinen Namen, noch schlagen Sie Alarm. Bringen Sie ihn nur zur Tür.«

Die Wache dachte darüber nach und nickte dann. Sie streckte eine Hand vorsichtig nach hinten aus, um die Tür zu finden, und klopfte dann leise. Beim dritten Versuch rief ihn eine Stimme an. »Was ist los?«

»Sir, könnten Sie bitte zur Tür kommen?«

Eine solche Bitte durch die Tür hindurch war ungewöhnlich genug, um Ty wachsam werden zu lassen. »Aus welchem Grund?« fragte er.

»Sie haben einen Besucher«, sagte Aris klar und deutlich.

Es folgte mehrere unbehagliche Sekunden lang nur Stille. Dann öffnete sich die Tür, und eine dritte Nakjama nahm an der Party teil, die von Ty Wu Nons kleiner, aber kräftiger Hand gehalten wurde. »Lassen Sie die Pistole fallen, Aris.«

Aris drehte seine Nakjama um und reichte sie dann Ty. »Kompanieführer Aris Sung meldet sich zum Bericht, Bataillonskommandant«, sagte Aris ruhig, als Ty die Waffe nahm und die Wache zur Sicherheit ihre eigene zog. »Ich muß sofort einen Bericht abgeben über Tarrahause und den Tod von Virginia York.«

Aris verpaßte beinahe den Funken Überraschung, der über Ty Wu Nons Gesicht huschte und dann weg war. Ty wurde im Verbergen seiner Gedanken immer besser. Der Infanterist war ganz gespannt. »Wirklich?«

fragte Ty. »Dann sollten Sie vielleicht besser hereinkommen, Aris Sung.«

»Sir«, sagte Aris und hielt damit seinen Kommandanten auf, bevor dieser in den Raum zurücktreten konnte. »Es wäre besser, wenn niemand von meiner Rückkehr wüßte, wenigstens bis wir miteinander geredet haben. Danach überlasse ich alles Ihrem Ermessen.«

»Sie sind kaum in einer Position, mir Ratschläge zu geben, Aris.« Ty Wu Nons Stimme war frostig. Dann überlegte er kurz und gab nach. »Nun gut. Die Kleinigkeit kann ich Ihnen wohl gewähren.« Er wandte sich an den Infanteristen. »Leon, Sie werden auf Ihrem Posten bleiben und niemandem gegenüber Aris Sungs Rückkehr erwähnen.«

»Jawohl, Bataillonskommandant.«

»Und da ist noch eine bewußtlose Wache hinter dem Lagerhaus«, informierte Aris Ty.

Dieses Mal war die Spannung in Ty Wu Nons Gesicht nicht zu übersehen. »Stellen Sie ihr Funkgerät an, Leon. Schicken Sie eine Patrouille, die ihn wecken soll. Sagen Sie ihm, er hat einen Test seiner Aufmerksamkeit durch den Bataillonskommandanten nicht bestanden und soll bis auf weiteres in seinem Raum bleiben. Er hat den Befehl zu schweigen. Kein Gespräch.« Sie warteten, bis Leon den Befehl weitergeleitet hatte. »Kommen Sie jetzt rein, Aris«, befahl Ty und blieb nur mit Mühe höflich.

Aris nahm auf dem Weg durch die Tür Leons Funkgerät an sich, hob es einfach aus der Halterung am Gürtel der Wache heraus. Der jüngere Krieger wußte nicht, was er machen sollte und sah seinen Bataillonskommandanten fragend an, ob er etwas unternehmen solle. Ty Wu Non trat aber nur in den Raum hinein und schloß die Tür lautstark hinter sich. »Wenn Sie wissen, was gut für Sie ist, haben Sie jetzt hoffentlich eine verdammt gute Geschichte parat«, preßte er durch die zusammengebissenen Zähne und machte sich keine Mühe mehr, seine Wut zu verbergen.

Aris legte los.

Zwei Minuten später ließ sich Ty schwer auf sein Bett fallen und rührte sich nicht mehr, bis Aris geendet hatte. Nur seine Gesichtszüge waren noch in Bewegung. Aris sah abwechselnd Schrecken, Abscheu, Wut und Ablehnung in Ty Wu Nons Gesicht. Als Aris geendet hatte, mußte dieser die Szene vor dem Goldenen Pavillion wiederholen. Niedergeschmettert ließ sich Ty alles durch den Kopf gehen. Aris wartete mehr als fünf Minuten, bevor Ty zu sprechen begann.

»Wenn ich nicht Ihr Ausbilder gewesen wäre, Aris, hätte ich vermutlich nicht geglaubt, was Sie mir gerade erzählt haben.«

»Aber Sie glauben mir«, sagte Aris leise.

»Aber ich glaube Ihnen«, stimmte Ty ihm zu. »Es macht alles Sinn, wenn man die Idee von komplettem Verrat in Haus Hiritsu akzeptiert.« Er blickte auf. »Können Sie das beweisen?«

»Das kann ich.«

»Und der Tod von Haus-Meisterin York. Wie paßt der da rein?«

Aris schüttelte leicht den Kopf. »Ich bin mir noch nicht sicher«, sagte er – und damit nur die halbe Wahrheit. »Ich nehme nicht an, daß es Terry Chan war, aber ich glaube, daß diese Ereignisse zusammenhängen. Ich habe das nur gesagt, um ihre Aufmerksamkeit zu erregen.«

Ty Wu Non schüttelte ungläubig den Kopf. »Bei den älteren Göttern, Aris, können Sie sich vorstellen, was das für unser Haus bedeutet?«

Unser Haus. In der Vergangenheit hatte Ty Wu Non es immer ›*mein* Haus‹ genannt, um damit Aris Sung auszuschließen. Auf diese einfache Art eingeschlossen zu werden, selbst wenn es nur ein Versehen war, das auf den Schock über Aris' Neuigkeiten zurückzuführen war, wärmte Aris das Herz – zum ersten Mal wieder seit Virginia Yorks Tod. Genau jetzt hatte Ty Wu Non ihm ein Gefühl der Zugehörigkeit vermittelt.

»Ja, Bataillonskommandant«, sagte er. »Es bedeutet Befragungen, Anhörungen, Exekutionen. Und wenn sich der Staub dann legt, ist Haus Hiritsu gebrochen. Es wird Generationen dauern, bis der interne Schaden an der Familie behoben ist, und das auch nur, *wenn* der Kanzler uns nicht auflöst.«

Ty Wu Non zwinkerte schnell. »Sie versuchen nicht, es zu forcieren, oder?«

»Ich muß sicher sein, daß wir uns recht verstehen, Ty Wu Non.«

Die familiäre Benutzung seines Namens durch Aris riß Ty aus seinem Schockzustand. »Warum das?« fragte er vorsichtig.

Aris atmete tief ein. »Weil ich vielleicht einen Weg weiß, wie wir die Untersuchung vermeiden können und die ganze Lage zu einem Vorteil für Haus Hiritsu auf Kaifeng verwandeln können.«

Nichts spiegelte sich auf Tys Gesicht oder in seiner Stimme wider. »Das ist eine große Sache. Was wird es mich kosten?«

»Sie müssen darauf vorbereitet sein, die ganze Sache zu begraben, einschließlich des Todes von Virginia York. Soweit bekannt ist, wurde sie von einem sarnischen Attentäter getötet. Dabei muß es bleiben. Sie müssen zudem meinen Rat in Hinsicht auf die morgigen Schlachtpläne, und in einigen anderen Bereichen auch noch, akzeptieren.« *Einmal in Ihrem Leben müssen Sie mir zuhören und mir vertrauen,* dachte Aris. *Können Sie das?*

Ty Wu Non überraschte ihn. »Lassen Sie hören«, sagte er.

27

Jinxiang Hafenterminal 5 Süd
Distrikt Tarrahause, Kaifeng
Souveränität Sarna, Chaos-Marschen

26. Juli 3058

Der Morgen brach mit einem leicht bedeckten Himmel, ein wenig Wind und der unversöhnlichen Hitze des Dschungels an. Am späten Morgen lagen die Temperaturen bereits über fünfundzwanzig Grad und bewegten sich auf die dreißig zu. Die Luft war feucht und schwer vom Duft der tropischen Pflanzen. Es war eine ungemütliche, drückende Hitze, aber die Wolken, die sich am westlichen Horizont auftürmten, versprachen Erleichterung in Form von heftigen Schauern am Mittag.

Terry Chan ging über den Beladeplatz, die heiße, feuchte Luft badete sie in Schweiß. Auf halbem Wege schloß sie zu Senior-Kompanieführer Thom Lindell auf, der im üblichen, gemessenen Schritt ging. Obgleich auch er schweißbedeckt war und nach so langer Zeit auf Kaifeng einen schweren Sonnenbrand bekommen hatte, war seine Haltung so steif wie immer. Terry bewunderte die Selbstdisziplin dieses Mannes, aber sie erschreckte sie auch. Man konnte nie sicher sein, welche Gedanken unter der ruhigen Oberfläche schwirrten. Das machte jemanden mit so vielen Geheimnissen, wie Terry Chan sie hatte, unsicher.

Sie eilte vorbei, begierig, den Schatten des Lagerhauses zu erreichen.

Ty Wu Non hatte auf seinem Tisch in seinem Büro im zweiten Stock eine große Karte ausgebreitet. Die beiden Bürostühle waren auf den Korridor vor die Treppen gestellt worden, während innen drei der Lanzenführer des Hauses ein privates Gespräch direkt neben der Klimaanlage führten. Ty Wu Non betrachtete die Karte gedankenversunken. Terry Chan studierte sie ebenfalls, versuchte zu raten, was ihr Bataillonskommandant als ihren Schlachtplan bekanntgeben würde. Sie sah viele Möglichkeiten, aber sie mußte sicher sein, bevor sie Karl Bartlett kontaktierte.

Gewissensbisse wegen ihrer Loyalität zu Haus Hiritsu nagten an ihr. Wie schon seit mehreren Wochen, sagte sie sich immer wieder, daß sie das richtige tat. Das Haus würde stärker werden, und eines Tages würde sie es führen, wie Virginia York es getan hatte. Die Vision dieses Tages war so klar, daß sie sich überhaupt nicht vorstellen konnte, es könnte anders kommen. Sie würde Haus Hiritsu und den anderen Kriegerhäusern eine Stärke zeigen, die in den letzten Jahren verlorengegangen war.

Als letztes traten Senior-Kompanieführer Lindell und einer seiner Lanzenführer ein. Lindell schloß die Tür hinter sich, dann stand er stoisch da und wartete, daß Ty Wu Non die Einsatzbesprechung beginnen würde.

»Ich bin der festen Ansicht, daß die Verteidiger von Tarrahause morgen aufmarschieren werden«, sagte Ty ohne Einleitung. »Lieutenant General Cynthia Fallon hatte fast vierundzwanzig Stunden, um einen Gegenschlag zu planen. Wir wissen, daß sie die Stadt nicht verlassen hat, was bedeutet, daß sie wahrscheinlich selbst den Vorstoß gegen uns leiten wird. Ich denke nicht daran, hier zu warten und ihr die Initiative zu überlassen. Wir treffen zwischen diesem Ort und Tarrahause auf sie.«

»Warum sollten sie nicht schon heute aufmarschieren, Bataillonskommandant?« fragte Terry Chan.

Ty Wu Non starrte ins Leere, als ob er versuchte, seine Gedanken zu ordnen. »Lieutenant General Fallon hat uns öffentlich des Bruchs der Waffenruhe beschuldigt, sie hat behauptet, daß wir in Franklin und auf der Aufladestation Geiseln genommen hätten, mit denen wir ihre Leute so eingeschüchtert hätten, daß sie sie verrieten. Es ist eine heikle Situation. Sie wird bis zum Ablauf der Waffenruhe warten, um ihre moralische Überlegenheit zur Schau stellen zu können.«

»Bataillonskommandant Non.« Der Tonfall Raven Clearwaters, in dem sie ihre erste Frage formulierte, war gelassen und angemessen respektvoll. »Kennen wir ihre volle Stärke?«

Ty wandte sich an Senior-Kompanieführer Lindell, der, wie Terry wußte, damit beauftragt war, genau das herauszufinden. Der Krieger sprach mit steinernen Gesichtszügen direkt den Bataillonskommandanten an. »Das Landungsschiff *Lao-tzu* hat gestern nachmittag einen Höhenüberflug über Tarrahause vorgenommen, und desgleichen heute morgen, bevor die Stadt schließlich ihre eigene Luftdeckung aufgebaut hat, um uns abzuschrecken. Wir glauben daher, daß Fallon zwei Lanzen Söldner von Mahabodhi nach Tarrahause verlegt hat sowie ihre eigene Kommandolanze der Kaifeng-MSM. Die Söldner könnten entweder die Ace Darwin's WhipIts oder Elemente von Carlton's Brigade sein.

Damit liegt ihre Gesamtstärke unter drei Kompanien«, schloß Ty Wu Non. »Ungefähr die Hälfte davon sind Söldner. Darin sind die *Von Luckner-Panz*er nicht eingeschlossen, von denen wir wissen, daß sie in Tarrahause stehen. Aber ich erwarte, daß sie diese zurücklassen. Die Panzer sind für die Verteidigung der Stadt hochgradig geeignet, und sie können ihre Stadt nicht vollständig ohne Schutz lassen.«

»Sie sind uns also zwei- oder dreifach überlegen«, überschlug Terry. »Unsere bessere Ausrüstung und Fähigkeit gleicht das aus, Bataillonskommandant.«

Ty Wu Non lächelte dünn. »Ich gedenke, die Waagschale in unsere Richtung zu neigen, Terry Chan.« Er nickte zur Karte hinüber, die ausgebreitet auf seinem Tisch lag, und alle beugten sich vor, um genau zuzusehen.

»Der Fluß Jinxiang verläuft vom See Ch'u Yuan aus ungefähr südwestlich und verbindet Tarrahause mit uns im Hafenterminal Fünf Süd.« Er fuhr mit einem Finger über die Karte, um den Bereich zu zeigen, den er meinte. »Da ist eine Straße am Fluß, sie nennen das vermutlich eine Hauptstraße, die die Kaifeng-MSM sicher nehmen wird. Die Straße grenzt den ganzen Weg lang im Südosten an einen Damm und den Jinxiang. Auf der anderen Seite gibt es außer Reisfeldern und flachem, offenem Boden nur wenig. Ein BattleMech würde auf mehrere Kilometer Entfernung gesehen werden. Wenig, abgesehen von hier.« Er tippte auf fünf grüne Flecken.

»Dies sind Gürtel von urwüchsigem Dschungel. Kaifeng läßt ihn teils als Windschutz und teils, um eine vollständige Destabilisierung der einheimischen Ökologie zu verhindern, stehen. Er formt dort, wo er sich der Straße nähert, natürliche Flaschenhälse. Sie sollten Fallon sehr nervös machen, da sie einen blinden Fleck an ihrer rechten Flanke bedeuten. Wir werden sie hier«, er klopfte mit einem Finger auf einen der Bereiche, »am vierten Flaschenhals angreifen. Nur werden wir sie entlang der linken Flanke schlagen.«

»Vom Fluß aus?« fragte Jill Mc Daniels.

»Genau. Wir werden unsere BattleMechs im Jinxiang verstecken und zur Kommunikation Schwimmer montieren. Die versteckte Infanterie wird uns benachrichtigen, wenn das Gros sich genau gegenüber unserer Position befindet. Wir kommen dann über den Deich und zerschmettern sie. Wir konzentrieren unser Feuer auf vorher festgelegte Ziele. Mit ein bißchen Glück haben wir nach kurzer Zeit schon ihren Widerstand gebrochen.« Ty Wu Non studierte weiterhin die Karte, nickte sich selbst zu, wie um sich seinen eigenen Plan zu bestätigen. »Hat jemand Fragen oder Kommentare abzugeben?« Als keiner etwas sagte, sah er Senior-Kompanieführer Lindell an. »Thom?«

»Ich finde den Plan gut«, sagte Lindell, obgleich sich das nicht an seinem Ton oder Gesichtsausdruck ablesen ließ. »Er ist einfach, aber effektiv. Ich mag keine komplizierten Pläne. Sie gehen zu leicht schief.«

Als niemand sonst etwas sagte, hielt Ty Wu Non eine Computerdiskette hoch. »Hier sind die Pläne. Ich will, daß sie jemand zum Funkraum bringt, sie kodiert und sie der *Lao-tzu* übermittelt, um sie an Kompanieführer James weiterzuleiten. Ich möchte seine Meinung hören. Ich will auch, daß er in Bereitschaft steht, um uns sofort beistehen zu können. Dies könnte die Entscheidungsschlacht um Kaifeng sein, und ich muß alle Eventualitäten abdecken.«

Terry Chan war während der Lagebesprechung recht schweigsam geblieben, wie die meisten anderen auch. Ty Wu Non hatte einen guten, soliden Plan erarbeitet, und sie konnte die ganze Zeit, während sie zuhörte, nur daran denken, wie sie das an Karl Bartlett weitergeben konnte. Nun hatte Ty Wu Non ihr die Gelegenheit auf dem Silbertablett serviert. »Ich kümmere mich um die Übermittlung, Bataillonskommandant.«

Einen kurzen Moment lang dachte Terry Chan, sie hätte den Widerschein eines starken Gefühls in Ty Wu Nons Augen gesehen. Traurigkeit? Bedauern? Aber dann war es vorbei, und er hielt ihr die Diskette hin.

»Alle anderen instruieren ihre Lanzen. Wir nehmen die Planung an diesem Nachmittag um dreizehn Uhr wieder auf. Alle Fragen oder Kommentare können dann geäußert werden. Und Terry…« Er schwieg einen Augenblick, als hätte er etwas sagen wollen und dann seine Meinung geändert. »Ich will, daß Ihre Lanze innerhalb der nächsten Stunde unterrichtet wird, damit sie Zeit hat, sich mit der Mission auseinanderzusetzen.«

Terry lächelte. »Ich habe mehr als genug Zeit, Bataillonskommandant.«

Ty Wu Non wollte nicht, daß seine Landungsschiffe in einem unbefriedeten Territorium landeten, daher befand sich die *Lao-tzu* gegenwärtig im Orbit über ihnen, während die anderen beiden Schiffe in Franklin und Beijing warteten. Aber die Streitkräfte in Tarrahause mußten dennoch die Kommunikation aufrechterhalten, daher hatte er den Technikern befohlen, einen starken Sender und Empfänger aufzustellen. Diese wurden nun im Verwaltungsgebäude des Hafenterminals installiert.

Der Techniker vom Dienst wurde schnell entlassen und die Tür hinter ihm verschlossen. Die vier Komponenten der großen Funkanlage waren immer noch auf ihren Transporthilfen befestigt, die eher einer Trage ähnelten als einem Schiebekarren. Die Haupteinheit hatte an der Rückseite zwei Wartungsklappen, die nur von je einer Schraube gehalten wurden, damit sie im Notfall schnell und einfach geöffnet werden konnten. Rasch öffnete Terry eine von ihnen. Sie ersetzte einen der Radiokristalle durch einen aus ihrer Tasche. Das änderte den Kanal niedriger Priorität zu einer Frequenz, die von Karl Bartlett und einem seiner vertrauten Techniker überwacht wurde. Es war sehr unwahrscheinlich, daß eine andere Hiritsu-Einheit merken würde, daß die Station momentan auf dieser Frequenz nicht zu erreichen war. Oder falls doch, würden sie es wahrscheinlich nicht für wert halten, einen Bericht darüber abzugeben.

Terry Chan griff nach der Tastatur und gab schnell

einige Befehle ein. Dann lud sie die Diskette. Eine Kopie, kodiert und gesendet an die *Lao-tzu* zur sofortigen Weitergabe an Kompanieführer Jason James in Beijing. Dann wählte sie die neue Frequenz.

Sie sah sinnend die Nachricht auf dem kleinen Monitor an. Es fiel ihr ein, daß es mit der weiteren Lanze, die letztlich zu den Streitkräften in Tarrahause gestoßen war, viele doppelte Mechdesigns gab. Daher entschloß sie sich, eine detailliertere Liste der fünf sogenannten *freundlichen* BattleMechs hinzuzufügen, auf die die Kaifeng-MSM – wenn möglich – nicht feuern sollte. Sie gab jede Variation in Hinsicht auf Waffenkonfiguration oder, wenn nötig, das Farbenmuster an. Alles, was notwendig war, um ein *feindliches* Ziel von ihren Freunden zu unterscheiden. Fünf Krieger, alle mit einer ähnlichen Vision von dem, was Haus Hiritsu sein konnte.

Chan besaß auch einen Kristall, der ihr die Kommunikation mit Lieutenant General Fallon erlauben würde. Aber sie hatte schon vor Tagen festgestellt, daß Fallon sich nie so wie Bartlett verkaufen würde. Die Generalin würde das Wartespielchen weiter spielen, mit dem sie begonnen hatten. Aber nur jemand, der so ehrgeizig war wie Bartlett, würde so weit gehen und MSM-Mechs und Mechpiloten einsetzen, um einen Hiritsu-Angriff auf seine eigenen Leute in Tarrahause zwei Tage zuvor vorzutäuschen. Bartlett würde blindlings handeln, denken, er könnte jede entstehende Situation handhaben, und auf diese Weise würde er die letzten Hindernisse im Haus Hiritsu wegräumen und zusätzlich unwissentlich Kaifeng verurteilen. *Der nächste Angriff,* dachte sie. Sobald Ty Wu Non aus dem Weg geräumt war, würde Terry Bartlett mit falschen Informationen füttern und ihn direkt in einen Hinterhalt laufen lassen. Und wenn Fallon ihn begleiten würde, wäre der gesamte Vorstoß nur um so schneller beendet. Sie überprüfte die Nachricht noch einmal und drückte dann die Sendetaste.

Nichts geschah.

Terry hieb wieder auf die Taste. Und wieder. Die Mitteilung war auf dem Schirm, das Sendebereitschaftssignal blinkte, die Taste ließ sich leicht drücken, und dennoch geschah immer noch nichts.

Dann öffnete sich die Tür hinter ihr.

Terry Chans rechte Hand fuhr zur Sunbeam-Laserpistole, die sie an ihrer rechten Seite statt der standardmäßigen Nakjama trug, während sie im Stuhl herumfuhr. Ty Wu Non stand in der Tür, sein Gesicht verriet keine seiner Emotionen. Aris Sung stand direkt hinter ihm.

»Es wird nicht senden, Terry«, sagte Ty Wu Non tonlos. »Nicht, wenn Sie nicht auf einem Hauptkanal sind. Und Sie werden jetzt auf keinen umschalten können.«

Terry starrte auf Aris Sung, und ihr dämmerte, was geschehen war. Er hatte den Sender modifiziert, genau wie auf der Aufladestation. Sie hatten ihr den Zutritt zu diesem Raum erlaubt, damit sie sich selbst ans Messer lieferte. Dann erinnerte sie sich an die Liste, die sie für Bartlett eingegeben hatte. Sie hatte auch ihre Mitwisser verurteilt! Mit der Hand am Knauf ihrer Pistole suchte sie verzweifelt nach einer Möglichkeit. Sie konnte keine finden.

Aris war auf einige ihrer Optionen vorbereitet. »Sie könnten versuchen, den Sender zu zerstören«, sagte er. »Aber wenn Sie zu Ihrer Linken schauen, werden Sie ein Kabel sehen, das eine Hilfsspeichereinheit im nächsten Raum füttert. Wir haben alles auf Disk.«

»Ich könnte Sie niederschießen, Aris Sung.« Selbst in ihren eigenen Ohren klang das hohl und leer. Es war vorbei, und in ihrem Innern wußte sie es.

»Sie haben Ihre Hand nie direkt gegen einen anderen

Krieger des Hauses erhoben«, erinnerte Aris sie. »Wollen Sie tatsächlich jetzt damit beginnen?«

Nein, das wollte sie wirklich nicht. »Warum reden wir dann miteinander?« Sie spielte auf Zeit, versuchte herauszufinden, was die anderen im Sinn hatten. Denn das hatten sie offensichtlich, oder es wäre ein Infanterist hier, um sie in Gewahrsam zu nehmen oder um sie an die Wand zu stellen und zu erschießen.

»Übergeben Sie Ihre Waffe, Terry Chan.« Ty Wu Nons Stimme war hart wie Stahl. »Treten Sie vom Sender zurück und lassen Sie Aris dorthin. Machen Sie das, und Sie werden eine Chance auf Wiedergutmachung haben.«

Terry wollte lachen, aber die Sache lastete zu schwer auf ihrer Seele. »Wiedergutmachung? Ich soll wohl glauben, daß Sie mich am Leben lassen?«

»Sagte ich am Leben lassen?« Ty Wu Non schüttelte den Kopf. »Ich sagte, daß Sie etwas wiedergutmachen können. Sie können als ein Krieger des Hauses Hiritsu sterben, an den man sich wegen seiner Courage und Hingabe erinnern wird. Oder Sie können in Schande sterben, jetzt und hier. Die Entscheidung liegt bei Ihnen.«

Da gab es keine Entscheidung zu fällen. Von dem Augenblick an, als sie hier reingekommen waren, wußte sie, daß es vorbei war. Aber ihre Ehre zu verlieren und als Verräterin erschossen zu werden, konnte sie nicht ertragen. Sie fragte sich plötzlich, ob sie je wirklich darüber nachgedacht hatte, was sie dabei verlieren konnte.

Terry stand langsam auf und reichte Ty Wu Non ihre Sunbeam mit dem Knauf voraus. Ty und Aris traten ganz in den Raum und schlossen die Tür hinter sich. Aris glitt in den Sitz, den sie gerade verlassen hatte und las ihre Nachricht. »An was denken Sie, Bataillonskommandant?«

Ty erklärte es, während Aris fortfuhr, die Mitteilung durchzusehen und zwischenzeitlich am Sender zu arbeiten. Chan hörte angelegentlich zu und antwortete nur, wenn sie direkt gefragt wurde. In einem Fall antwortete Aris für sie. Ty Wu Non wollte wissen, wie viele andere daran beteiligt waren, worauf Aris sagte: »Vier. Ich kann sie über die Mechbeschreibungen in der Nachricht identifizieren.«

Da waren *fünf* Mechs gewesen. Hatte sie einmal eine falsche Taste gedrückt oder einen vergessen? Wenn das so war, würde sie ihnen das gewiß nicht sagen. Sollte die fehlende Person den Traum weiter tragen, wenn sie konnte. Und die anderen, nun, Ty Wu Nons Angebot war großzügig, wenn man die Umstände bedachte. Auf eine Art gab es ihnen etwas, was sie wollten, die Gelegenheit, jedem zu zeigen, was ein Haus-Krieger sein sollte. Vielleicht nicht in dem Maßstab, den sie sich vorgestellt hatten, aber es war nun die einzige Chance, die ihnen blieb.

Sie stimmte den Bedingungen zu.

Bataillonskommandant Non blickte zu Aris. »Ist der Sender bereit?«

Aris nickte.

»Dann senden Sie die Nachricht an Tarrahause. Genau, wie sie sie eingetragen hat.«

»Die Nachricht senden?« Terry runzelte verwirrt die Stirn.

»Sagen Sie es ihr, Aris«, forderte Ty ihn auf.

Aris wandte sich ihr zu. »Wir wollten diese Strategie nie umsetzen«, sagte er mit einem Auflachen. »Aber wir wollten, daß Bartlett und Fallon das denken sollten.«

28

Jinxiang-Flußstraße
Distrikt Tarrahause, Kaifeng
Souveränität Sarna, Chaos-Marschen

27. Juli 3058

Dem Haupttrupp der Kaifeng-MSM fast einen Kilometer voraus marschierte eine Lanze leichter Mechs, die Vorhut, eine Mischung aus regulären Truppen und Söldnern. Sie gingen hintereinander die Jinxiang-Flußstraße am Rand des Dschungels entlang. Ein BattleMech, der *Merkurius* eines Söldners, der das Ende bildete, blieb stehen, um den Dschungel zu scannen. Aber es war nur eine oberflächliche Ortung mit Standardsensoren. Der Dschungel war für die Beagle-Sonde des Mechs außer Reichweite, und der Pilot schien kein Verlangen danach zu haben, die leicht begehbare Straße zu verlassen.

Schließlich wußten sie doch, wo und wann der Angriff stattfinden würde, oder?

Aber Aris Plan sah vor, die Kaifeng Streitkraft glauben zu lassen, daß der Angriff später kam, und sie dann frühzeitig mit einem klassischen Ablenkungsmanöver zu treffen. Nach Ty Wu Nons Karte würde Haus Hiritsu tatsächlich beim dritten Flaschenhals zwischen Tarrahause und dem Hafenterminal Fünf Süd im Hinterhalt liegen, nicht beim vierten. An dieser Stelle reichte der Dschungel bis auf dreihundert Meter an die Straße heran, das Gelände dazwischen war mit niedrigen, großblättrigen Pflanzen bewachsen.

Über die Hälfte der Hiritsu-Streitkräfte waren innerhalb des dunklen Dschungels verborgen, ihre Fusionsreaktoren waren heruntergefahren, um von den feindlichen Sensoren nicht entdeckt zu werden. Sie hatten mehr als eine Stunde gebraucht, um ihre Position zu erreichen, da sie sich durch den dichten Dschungel kämpfen mußten – und eine weitere dauerte es, bis das schrille Geschrei der Vögel wieder zu hören war. Auf der anderen Seite des Dammes, in den Fluten des Jinxiang verborgen, wie es der ursprüngliche Plan vorsah, erwarteten Terry Chan und ihre Verschwörerbande sein Signal.

Terry Chan. Lanzenführer Jill McDaniels. Brion Lee, einer von Ravens Kriegern. Kevin Larsen, ein Lanzenführer unter Thom Lindell. Vier ungeratene Söhne und Töchter des Hauses, und doch hing so viel von ihnen ab. Wenn sie nicht ihren Teil einhielten... Aber Aris versprach ihm, daß sie das würden, und Ty Wu Non hatte seinen Versicherungen vertraut. Aris konnte Menschen gut einschätzen, und davon abgesehen sah Ty keine andere Möglichkeit, die Situation zu retten, ohne die ganze Geschichte publik zu machen. Aris hatte recht, daß der Schock für Haus Hiritsu leicht irreparabel sein konnte. Nein, entweder so oder gar nicht.

Es nagte ein wenig an seiner Selbstachtung, das Schicksal Haus Hiritsus in die Hände von Aris Sung zu legen. Ty hatte den jungen Krieger immer noch nicht vollständig akzeptiert, obgleich er sich redlich mühte. Aris war jetzt sein Sohn, oder würde es sein, wenn Sun-Tzu Ty als nächsten Haus-Meister bestätigte. Der Führer eines Kriegerhauses konnte keine kleinlichen Animositäten pflegen, insbesondere nicht, wenn er dadurch gegen gute Ratschläge voreingenommen wäre. Ty hoffte, Aris die Planung dieser Offensive anzuvertrauen, würde sein letzter Schritt sein, mit dem er sich von alten Eifersüchteleien und Haß reinigen könnte.

Zumindest, wenn sie erfolgreich war.

Durch eine sorgsam arrangierte Lücke in den efeubewachsenen Bäumen beobachtete Ty Wu Non, wie die Scouts hinter einer Straßenbiegung verschwanden und die Hauptstreitmacht der Verteidiger von Kaifeng um die nordöstliche Biegung herum auftauchte. Sie wurde von einem *Atlas* angeführt, dessen grinsender Totenschädel das Gelände absuchte. Es war einer der größten überschweren Mechs, und Ty war sich sicher, daß er von Lieutenant General Fallon geführt wurde. Dreißig Meter hinter ihr ging – Ty hätte beinah gesagt, stolzierte – ein TG2-O *Totschläger* OmniMech. Major Karl Bartlett. Mit seinem Zielerfassungscomputer auf Bereitschaft identifizierte Ty Wu Non so viele Mechs wie möglich allein durch das Fernglas.

Die Distanz, mit der die Scouts dem Feld vorangingen, brachte Ty auf eine Idee. Er wählte einen Hilfskanal seiner Funkverbindung. Dieser Kanal umging die Senderschaltkreise und ging direkt durch ein Kabel, mit dem die Infanteristen des Hauses die wartenden Mechs verbunden hatten. Sobald der Kampf losging, würden die Kabel zerrissen werden, aber jetzt stand ihnen eine sichere Kommverbindung zur Verfügung.

»Sie kommen jetzt, Krieger. Seid bereit. Artillerie Drei und Ersatz Zwei«, rief er die zwei BattleMechs an, die sich mit ihm versteckten und Raketen trugen. »Diese Scouts werden um die Ecke geschossen kommen, sobald das Feuerwerk hier beginnt. Werfen sie ihnen auf dieser Seite der Biegung ein herzliches Willkommen entgegen. Jeder zwei volle Breitseiten.« Er überprüfte die Position der feindlichen Mechs. Die Führungsgruppe kam gerade an seiner Stellung vorbei. »Taktisches Kommando geht auf Kompanieführer Aris Sung über. Übernehmen Sie, Aris.«

Aris verfügte über den einzigen anderen BattleMech mit vollem Ausblick auf die Straße und die Kampfkolosse darauf. Während Ty zuhörte, identifizierte Aris jeden einzelnen BattleMech. Jeder der fünf versteckten Lanzen wies er einen speziellen Gegner zu, die gefährlicheren der feindlichen Mechs, und befahl konzentriertes Feuer, bis sie vernichtet seien. Das dauerte weniger als eine Minute, und dann war der Feind in einer perfekten Position. »Jetzt«, befahl er. »Senden Sie das Signal an Terry Chan.«

Das mußte Terry Chan Aris schon lassen. Er hatte ihr Eintreffen außerordentlich gut getimed. Als ihre Lanze aus vier BattleMechs den höchsten Punkt des Deiches erreicht hatte, befanden sie sich genau gegenüber der Nahtstelle zwischen Kaifeng-MSM und den Söldnern. Die feindliche Linie zog sich über einen halben Kilometer in beide Richtungen, und die beiden nächsten waren nicht mehr als vierzig Meter vom Fuß des Deiches entfernt.

In diesem Augenblick hätte Terry Chan Aris Sung von ihrem *Cataphract* anfunken und ihm gratulieren können, aber ihr Funkgerät konnte nur empfangen und nicht senden. So gewährte sie sich selbst den Bruchteil einer Sekunde, um den Anblick zu genießen und sich den überraschten Ausdruck auf Karl Bartletts ansonsten nichtssagendem Gesicht vorzustellen. Dann markierte sie einen nahen Kaifeng-*JägerMech* und drückte den Hauptauslöser. 50-mm-Granaten fraßen sich in den *JägerMech,* begleitet von einer Wolke LB-X/10-Bündelmunition. Abgerissene Panzerplatten krachten auf die Straße zu Füßen des *JägerMech,* während Terry Chan den ersten Treffer für sich in Anspruch nahm.

Zu ihrer Linken und Rechten griffen die anderen drei Mechs ihrer Lanze den Feind mit der gleichen Wildheit an, spielten dem *JägerMech* und einem *Cicada* in der Nähe übel mit. Panzerung schmolz und lief an einigen Stellen in Bächen herunter, an anderen Stellen fiel sie in großen Stücken. Die *Cicada* krachte zu Boden, nachdem sie ein Bein verloren hatte, und die Kaifeng-Aufmarschlinie fiel ins Chaos, als mehr als zwei Dutzend Mechs versuchten, auf diesen plötzlichen und wilden Ansturm zu reagieren. Einige hielten ihre Position und brachten Waffen für die kurze Distanz zum Einsatz, während andere sich im Gelände auf der anderen Straßenseite verteilten, bevor sie sich zum Kampf umwendeten.

Terry Chan und ihre Lanzenkameraden feuerten fast gleichzeitig eine weitere Salve ab. Dieses Mal legte sie ihre zwei nach vorne feuernden mittelschweren Laser auf ihren Hauptauslöser, stellte die 50-mm-Autokanone/Ultra auf Schnellfeuer, und richtete die volle Wut des *Cataphract* auf den glücklosen *JägerMech*.

Ich werde tot sein, bevor ich keine Munition mehr habe, dachte sie. *Deshalb ist alles egal. Ich kann genausogut eine tolle Show bieten.* Jetzt bahnten sich die Granaten ihrer Autokanone ihren Weg in die innere Struktur des Torso des *JägerMech,* gefolgt von fast der Hälfte ihrer LB-X/10-Bündelmunition. Der *JägerMech* zuckte und stolperte vorwärts. Seine linke Seite war nur noch eine Ruine, aus der grau-grünes Kühlmittel floß und schwarzer Rauch aufstieg. Er stürzte donnernd zu Boden, ohne je einen Schuß abgegeben zu haben.

Als der Feind schließlich das Feuer erwiderte, kämpfte Terry an ihrem Steuerknüppel um die Balance und schrie in der Enge ihres Cockpits eine Herausforderung an den Feind hinaus. Das heftige Sperrfeuer schüttelte sie in ihrer Pilotenliege wie eine Strohpuppe durch, doch mit ihrem bloßen Willen hielt sie den Kampfkoloß auf den Füßen. Verdammter Aris Sung und Ty Wu Non und die ganze Kaifeng-MSM! Bevor sie abtrat, würde sie ihnen noch zeigen, was ein Krieger Haus Hiritsus vermochte!

Aris sah dem Kampf mit mehr Mitgefühl für die verurteilten Haus-Krieger zu, als er für möglich gehalten hätte. Sie waren seine Brüder und Schwestern. Sie waren irregeleitet, aber das änderte nicht sein Verhältnis zu ihnen. Aris hoffte, daß jeder einzelne von ihnen seine Sache gut machen würde.

Aber er befahl den Mechs der Hauptstreitmacht, nicht aus ihrem Dschungelversteck vorzurücken, was die isolierte Lanze hätte retten können. Die Kaifeng-MSM und ihre gekauften Krieger hatten einen Angriff vom Fluß erwartet, und Aris hatte ihnen den in Form von Terry Chan und ihrem Selbstmordkommando geliefert. Jetzt war es seine Verantwortung, dafür zu sorgen, daß ihr Opfer die bestmöglichen Folgen zeitigte.

Er sah zu, wie Terry Chan den Kaifeng-*JägerMech* erledigte und direkt danach unter intensiven Feindbeschuß genommen wurde. Zuletzt gruben sich drei feurige PPK-Strahlen in den 70-Tonnen-Mech und zogen geschmolzene Kanäle durch seine Beine und den oberen Torso. Grüne und rote Laserstrahlen schnitten Terrys Panzerung weg, bis Aris keinen einzigen Fleck mehr sehen konnte, an dem nicht geschmolzener Stahl hinunterlief. Autokanonen und Raketensalven rissen große Stücke aus dem Mech und trennten den linken Arm des *Cataphract* am Ellbogen ab. Aus mehreren Löchern stieg der grünliche Rauch brennenden Kühlmittels auf.

Eine Salve von fast zwanzig Langstreckenraketen traf den unteren Beinbereich und die Füße. Im Boden um Terrys Mech entstanden einige Krater, die einen Vorhang von Staub und Trümmern hochzogen. Aris hätte nicht geglaubt, daß ein Mech soviel Schaden überstehen könnte, und erwartete, daß der *Cataphract* jede Sekunde zu Boden stürzte. Dann trat der jedoch durch den Vorhang aus Rauch und Dreck, ging selbstsicher in schrägem Winkel den Damm hinunter und hielt auf die hinteren Einheiten der Kaifeng-MSM zu. Der *Cataphract* zog Bänder aus grünem und grauem Rauch hinter sich her, und immer wieder fielen Teile der geschmolzenen Panzerung zu Boden, als ob er eine Art BattleMech-Lepra hätte. Doch er ging weiter.

Ein 30-Tonnen-*Skarabäus* stellte sich Chan in den Weg und schlug mit seinem Beil noch mehr von dem linken Arm ihres BattleMech ab, während seine Laser sich weiter in die Risse der Panzerung fraßen und nach wichtiger innerer Ausrüstung suchten. Der *Cataphract* wischte den leichten Mech mit einem Schlag seines rechten Armes beiseite, als ob die kleinere Maschine nur eine lästige Mücke sei. Der *Skarabäus* ging in die Knie und lag dann ausgebreitet auf der Straße. Terry richtete ihre Laser und die große Autokanone auf ihn, wechselte von Bündelmunition zu 180-mm-Granaten – und schoß. Danach trat sie ihn. Er kam nicht mehr hoch.

Aris zuckte bei Terry Chans brutalem Angriff gegen den kleineren Mech zusammen und überblickte dann das Schlachtfeld. Alle vier Hiritsu-Mechs waren immer noch auf den Füßen. Wie das möglich war, konnte Aris sich nicht vorstellen. Er hatte warten wollen, bis der erste Krieger zu Boden ging, aber wenn er nicht bald den Befehl zum Angreifen gab, würde die Charade unglaubwürdig werden. Er öffnete einen Kanal auf der sicheren Leitung.

»Krieger bereitmachen«, sagte er. *Nun zum letzten Akt.* »Chan, fallen Sie zum Fluß zurück«, befahl er und hielt die Hand über vier ganz besondere Schalter. Er erwartete nicht, daß sie dem Befehl Folge leistete, aber er hatte den Schein zu wahren. »Verschwindet hier.«

Natürlich konnte Terry Chan nicht antworten. Aris war nicht wirklich besorgt, daß sie und ihre Leute Ärger verursachen würden, nachdem der Kampf einmal lief. Aber er zog es vor, kein Risiko einzugehen. Ein Stubs gegen den Schalter auf seiner Kommkonsole und Chans aufgezeichnete Antwort wurde über diese

Frequenz übertragen. »Negativ, wir bleiben. Köderlanze, treibt sie in die Enge!«

»Verdammt«, fluchte Aris für seine Zuhörer. »Infanteriestreitkräfte, konzentrieren Sie sich auf gefallene Mechs und nehmen Sie Gefangene. Hiritsu-MechKrieger, rückt ihnen zu Leibe.«

Seinem eigenen Befehl nachkommend, löste er die Sicherungen seines Fusionsreaktors und lächelte grimmig, als der Reaktor brüllend zum Leben erwachte. Als er jedes bißchen Geschwindigkeit aus seiner 55-Tonnen-Maschine kitzelte, brach der *Spuk* mit mehr als sechzig Stundenkilometern aus dem Dschungel und beschleunigte. Zu seiner Rechten und Linken schien der Urwald lebendig zu werden, als tausend Tonnen BattleMechs des Hauses Hiritsu aus der Deckung brachen und die Nachhut des Feindes angriffen.

Die Langstreckenraketen wurden zuerst abgeschossen und trafen in einem Bogen auf mehrere MSM-BattleMechs. Von diesem ersten Sperrfeuer waren auch die zwei speziell ausgewählten Ziele betroffen; zwei der Hiritsu-Kampfkolosse hatten auf der Straße nach Südwesten bereits Donnerminen um diese ausgestreut. Dreihundert Meter oder weniger trennten die Hiritsu-Streitmacht von der zerstreuten Kaifeng-Linie, eine Lücke, die plötzlich mit Strahlen und Pfeilen kohärenten Lichts und himmelblauen Blitzen von PPK-Energie erfüllt war. Die Granaten der Autokanonen und die Gaussgeschosse waren im Erstrahlen der Energieentladungen nicht zu sehen – aber die Schäden, die sie der Kaifeng-Streitmacht zufügten, waren deswegen nicht weniger real.

Die Kaifeng-MSM und die Söldner hatten auf die Bedrohung, die vom Fluß kam, reagiert, und ihre schwächere Rückenpanzerung war dem Dschungel zugewandt. Nun bezahlten sie dafür, sich auf den Bericht eines Verräters verlassen zu haben. Panzerplatten zerbrachen und zerplatzten wie Eierschalen. Laser schnitten tief durch die dünne Schutzschicht, während die blau-weißen Lanzen der PPKs sich mit Leichtigkeit durch die Panzerung brannten und in die interne Struktur und die kritischen Systeme bohrten. Reaktoren und Gyroskope wurden ausgebrannt, töteten die BattleMechs. In einem besonders spektakulären Fall, einem *Schütze,* wurden beide Munitionslager für die im Torso montierten LSR-Werfer fast gleichzeitig zur Explosion gebracht. An der Stelle, an der der BattleMech einen Moment vorher noch gestanden hatte, war nichts mehr zu sehen, nur die Explosion warf noch einen in der Nähe stehenden Söldner-*Vollstrecker* zu Boden, während die größeren Stücke in bizarren Flugmustern weggeschleudert wurden.

Aris hatte fünf Mechs für den konzentrierten Beschuß ausgesucht, und innerhalb weniger Sekunden waren drei davon nur noch Ruinen. Genau wie Brion Lees *Apollo,* vermerkte Aris, der das Design mit den hochgezogenen Schultern in dem geschwärzten und zerstörten Mech wiedererkannte. Er streckte die Hand aus und schnippte von einem der vier wichtigen Kippschalter die Schutzabdeckung hoch. Jeder dieser Schalter konnte per Fernzündung Explosivladungen in den Fusionsreaktoren der vier Mitglieder des Selbstmordkommandos zünden. Nur für den Fall, daß sie dabei Hilfe brauchten, um den Märtyrertod zu sterben, war Aris bereit, sie ihnen zu gewähren. Er kippte den Schalter jetzt, nur um auf der sicheren Seite zu sein.

Er wandte sich von dem explodierenden Mech ab, und suchte ein neues Ziel. Zwei der fünf Mechs, die er für am gefährlichsten hielt, waren immer noch funktionsfähig, der *Atlas* und Bartletts *Totschläger*-OmniMech. Als der geordnete Angriff, den er arrangiert hatte, nun in mehrere kleinere Kämpfe aufbrach, verlor Aris den Sichtkontakt zu beiden. Er entschloß sich, die Geschwindigkeit und die Manövrierbarkeit seines *Spuk* auszunutzen und auf die Jagd zu gehen.

Der Kampf war noch nicht gewonnen.

Rauch stach in Karl Bartletts Augen und brannte in seiner Kehle. Der Beschuß einer Autokanone hatte den Kopf seines *Totschläger* gestreift und das Cockpit wie ein riesiges Ei aufplatzen lassen. Der größte Teil seines Sichtschirms war intakt geblieben und beschützte ihn vor den schlimmsten Auswirkungen der Schlacht, wie dem blendenden Schein der Laser und den Hitzewellen seiner eigenen Energiewaffen. Aber der eindringende Rauch stank nach heißem Kühlmittel und brennendem Metall und riet ihm, den Kampfplatz zu verlassen.

Er würde nicht fliehen. Noch nicht. Wut und der Durst nach Vergeltung trieben ihn an. Er hielt nach der verräterischen Terry Chan Ausschau und entledigte sich grob jedes Hiritsu-Kriegers, der es wagte, sich seiner Queste in den Weg zu stellen. Die schwelende Vegetation, die rauchende, aufgewühlte Erde und die brennenden Überreste gefallener BattleMechs, die über das Gebiet verteilt waren, machten die Suche schwierig, aber Bartlett blinzelte nur die Tränen aus seinen Augen und machte weiter.

Ein 75-Tonnen-*Kampfhund* torkelte ins Blickfeld, der Rauch eines in der Nähe brennenden *No-Pasaran* schlang sich wie eine Art kriechende, schwarze Schlingpflanze des Dschungels um seine Beine. Der rechte Arm des *Kampfhund* war halb abgerissen, durch PPK-Feuer, nahm Bartlett an, und hatte sein Gaussgeschütz ruiniert. Mit den Lasern war noch alles in Ordnung, offensichtlich, denn rote Pfeile stachen in das linke Bein des *Totschläger* und arbeiteten sich zur linken Seite hoch. Sie fanden eine Lücke in der Panzerung, genau unter der linken Brust des OmniMech, und schnitten noch mehr von der Abschirmung des Fusionsreaktors herunter.

Die Hitze im Cockpit des *Totschläger* wurde glühend, während das atomare Feuer, das die mächtige Kampfmaschine antrieb, durch die Abschirmung leckte und Hitze in die innere Struktur pumpte. Aus dem Spalt im linken Torso schlugen Flammen, leckten um den Sichtschirm. Aber Bartletts Zielcomputer hatte den *Kampfhund* bereits als einen der vier Mechs identifiziert, die den Hinterhalt gelegt hatten, und er schoß alle Waffen ab, ohne einen Gedanken an die Wärmeentwicklung zu verschwenden.

Der OmniMech der Inneren Sphäre konnte mit jeder der vier verschiedenen Waffenkonfigurationen ausgerüstet sein. Bartlett hatte sich für die ›C‹-Klasse Konfiguration entschieden, bei der jeder Arm eine LB-X-Autokanone und einen mittelschweren Laser enthielt. Die Autokanonen waren beide darauf eingestellt, ihre 80-mm-Granaten abzufeuern. Eine traf den *Kampfhund* in die Torsomitte und die andere seitlich des knollenförmigen Cockpits. Die Laser schnitten nur tiefer in den bereits funktionsunfähigen rechten Arm, aber die harten Treffer der Autokanonen reichten, um den *Kampfhund* zu stoppen und ihn mehrere Meter zurücktaumeln zu lassen.

Er ging nicht zu Boden, aber der Pilot war so durchgeschüttelt worden, daß seine nächste Salve Laserfeuer weit vorbeiging. Bartlett grinste gemein und fletschte die Zähne. Eine Hitzewelle schlug über ihm zusammen, nahm ihm den Atem. Er ignorierte die Wärmeanzeige, die sich tief im roten Bereich befand, und wählte für seine beiden Autokanonen Bündelmunition. »Zeit zu sterben«, flüsterte er.

Die Bündelmunition zerfiel gleich hinter dem Lauf in kleinere Geschosse, hatte aber keine Zeit, sich weit zu zerstreuen. Der konzentrierte Geschoßhagel traf den *Kampfhund* im oberen Torsobereich und Cockpit, ein Teil der Bündelmunition fand auch den Weg zur inneren Struktur. Die riesige Maschine zuckte und stolperte zurück, fast wie ein Mann, der von einer doppelläufigen Schrotflinte in die Brust getroffen wird. Bartlett sah, wie sich ein roter Streifen über dem großen, aufgebrochenen Sichtschirm des Mechs ausbreitete, und dann fiel der *Kampfhund* nach hinten.

Er bejubelte seinen Sieg nicht. Er akzeptierte ihn nur. Als das Wärmeniveau vom kritischen Bereich in den nur noch gefährlichen fiel, versuchte er, den Geruch versengten Haares und den Schmerz in den von Blasen überzogenen Knöcheln zu ignorieren. Er starrte durch den Rauch und die Flammen, die vom stark beschädigten Torso seines Mech dicht aufstiegen, und bewegte sich mit seinem *Totschläger* weiter in das Chaos des Schlachtfeldes hinein. Immer auf der Suche.

29

Jinxiang-Flußstraße
Distrikt Tarrahause, Kaifeng
Souveränität Sarna, Chaos-Marschen

27. Juli 3058

Der *Cataphract* zitterte heftig, seine Gliedmaßen zuckten in der Luft, als ob er plötzlich einen epileptischen Anfall bekommen hätte. Ein Blick auf die Schadensanzeige ihres Mech bestätigte Terry Chans Sorge; das Gyro war zerstört.

»Nein!« schrie sie laut und langgezogen, ihre Stimme wurde innerhalb der Enge ihres Neurohelms verstärkt. Sie war wieder den Damm hinaufgegangen und hatte nach Bartlett Ausschau gehalten, und für ein paar kurze Sekunden hatte sie seinen *Totschläger* das Schlachtfeld entlangstolzieren sehen, da wo der Anfang der Kolonne gewesen war. Aber als sie wieder herunterkam, hatte sich ein *Gallowglas* der Kaifeng-MSM in ihren Rücken geschlichen. Sein schwerer Laser und die PPK hatten die letzte Panzerung von ihrem Rücken geschält, waren dann tief eingedrungen und hatten das große Gyroskop beschädigt, das dazu diente, die siebzig Tonnen Metall auf den Beinen und in Bewegung zu halten.

Der *Cataphract* ging zu Boden, ohne daß Terry es verhindern konnte. Ihre Kontrollen reagierten nicht, und die Gravitation kann sehr hartnäckig sein. Terry weigerte sich, es so leicht enden zu lassen. Ein Krieger des Hauses Hiritsu brauchte keinen BattleMech, um eine tödliche Waffe zu sein. Das hatte Aris Sung im Laufe seiner Karriere wieder und wieder bewiesen. Jetzt war sie an der Reihe.

Ihr Schleudersitz war von Aris Sung deaktiviert worden, genau wie ihr Funkgerät. Es gab nichts, was

Terry Chan tun konnte, außer die Maschine fallen zu lassen. Sie fiel mit dem Gesicht nach unten, aber sie kämpfte mit den Kontrollen, um den fast unkontrollierbaren Koloß zu drehen. Am Ende fiel er auf die Seite, und wenigstens knallte das Cockpit nicht direkt gegen den Boden.

Das Cockpit wurde bei dem Sturz heftig durchgeschüttelt – und sie gegen die Sicherheitsgurte und dann wieder in die Pilotenliege geworfen. Als der Mech schließlich still lag, öffnete sie die Gurte, kletterte zitternd aus der Liege und warf ihren Neurohelm zur Seite. Sie hatte praktisch keine Offensivwaffe im Cockpit – außer einer Sunbeam-Laserpistole, die unter dem Sitz verborgen war. Sie holte sie vor und legte sie um.

Die Cockpitluke befand sich an der Rückseite des keilförmigen Kopfes. Sie schlug auf den Öffnungsknopf und öffnete die Luke. Der beißende Geruch des Schlachtfeldes erreichte sie zuerst. Da war der scharfe Geruch von Lasern, die die Luft ionisierten, brennendem Metall und von schwelender Vegetation und verbrannter Erde. Aus den dunklen Wolken über ihrem Kopf fielen die ersten fetten Regentropfen. Die, die Terry Chans Gesicht trafen und zu ihren Lippen hinunterrannen, schmeckten nach dem schmierigen Rauch, der über dem Kampfplatz hing. Sie schüttelte heftig den Kopf, Schweiß flog in Tropfen von ihrem Gesicht und ihren Haaren.

»Lanzenführer Chan«, rief eine Stimme sie überraschend an. Sie sah hinunter, und zu ihrer Linken entdeckte sie am Boden vier Hiritsu-Infanteristen, die hinter einem kleinen Hügel hockten, den der Sturz ihres BattleMech aufgeworfen hatte. Sie trugen Enterstäbe und Sprengladungen.

Terry Chan lächelte, dankte dem Schicksal und kletterte hinunter.

Ihr *Cataphract* explodierte weniger als eine Minute später.

Von seiner Position in der Nähe der Front aus konnte Ty Wu Non nicht genau sagen, wie der Kampf verlief. Sein *Streitroß,* unmodern im Vergleich zu den meisten anderen Hiritsu-Mechdesigns, aber immer noch der beste Mech, den er je geführt hatte, humpelte momentan mit einem zerstörten Hüftaktivator über den Kampfplatz.

Er suchte den *Atlas,* der sein Gaussgeschütz mit unheimlicher Genauigkeit führte. Der feindliche Pilot hatte bisher bei sechs Schüssen fünfmal getroffen. Zwei der Gaussgranaten hatten das rechte Bein des *Streitroß* bis zur Hüfte aufgebrochen und dort den Aktivator zerstört. Zwei weitere hatten die Panzerung der Torsomitte zu kleinen Stücken zerbröselt, die nun wie Scherben auf dem Schlachtfeld lagen. Die letzte eiförmige Granate war in seinen linken Torso eingeschlagen, hatte ihm aber noch ein wenig Schutz gelassen.

Ty Wu Nons Rückenpanzerung wurde stark beschädigt, als die vorausgeschickte Scoutlanze zurückkehrte. Der *Merkurius,* der ihm schon zuvor aufgefallen war, und ein MSM *Kampffalke* rannten durch das mit Donnersprengköpfen verminte Gebiet an der Südwestbiegung und hatten einige von den Minen ausgelöst. Ihre Beine waren an den Knien amputiert worden, und dann an den Hüften, so daß die leichten Mechs durch das Minenfeld rollten und von noch mehr Minen in Stücke gerissen wurden. Kurz hinter den ersten beiden kamen eine *Spinne* und etwas, was wie ein fabrikneuer *Jenner* aussah, angerannt. Sie hatten ihre Sprungdüsen aktiviert und das gefährliche Terrain einfach überflogen. Sie waren weniger als fünfzig Meter hinter Tys *Streitroß* gelandet und hatten mit einer Vielzahl grüner und blauer Lanzen ihrer mittelschweren Laser seine Rückenpanzerung beschädigt.

Ty hatte wertvolle Sekunden damit verschwendet, den *Jenner,* den er für den gefährlicheren der beiden hielt, zu zerstören. Die *Spinne* war auf Sprungdüsen entkommen, weiter ins Schlachtfeld hinein, wo sie, wie Ty hoffte, ihr Ende finden würde. Aber in der Zwischenzeit war er gezwungen, den Beschuß durch das Gaussgeschütz des *Atlas* auszuhalten. *Nicht mehr,* sagte er sich. Er würde Lieutenant General Fallon höchstpersönlich zur Strecke bringen.

Ty wandte sich von einem MSM-*Bandersnatch* ab, der von Hiritsu-Infanterie umgeben war, die Sprengladungen an seinen messerklingenartigen Hüften anbrachten. Mit seinen klotzigen Armen schlug er vergeblich nach den gewandten Infanteristen, und Ty Wu Non schrieb ihn als so gut wie tot ab.

Die ersten Regentropfen prasselten gegen den Sichtschirm, als er seine Beute fand. Der Totenkopfschädel grinste auf den etwas kleineren Mech hinunter, der ihn umkreiste. Aris Sungs *Spuk* stürmte vor, um seine mittelschweren und schweren Impulslaser aus dem Hinterhalt abzufeuern, und wich dann wieder zurück, bevor Fallon in ihrem *Atlas* eine konkrete Zielerfassung von ihm hatte. Er nutzte seine hohe Geschwindigkeit, um sich von einer Seite zur anderen zu bewegen und den überschweren Mech daran zu hindern, seine eindrucksvollen Waffen einsetzen zu können. Der Tanz war fast schön zu nennen, eine eindrucksvolle Zurschaustellung, daß Fertigkeit über rohe Feuerkraft ging, und Ty Wu Non fühlte einen plötzlichen Anflug von Stolz, daß er Aris' Ausbilder war.

Aber es konnte nur auf eine Art enden. Der *Atlas* mit seinen zwanzig Tonnen Panzerung hatte ein unglaubliches Stehvermögen. Er schlug mit seinen Langstreckenraketen und seinem Gaussgeschütz, mit seinen schweren und mittelschweren Lasern zu, verfehlte Aris zwar häufiger als er traf, aber nach jedem Treffer war Aris nur um so verwundbarer. Bereits jetzt konnte Ty die klaffenden Breschen in der schützenden Panzerung des *Spuk* erkennen. Schon bald würde der *Atlas* einen kritischen Treffer landen, die Reaktorabschirmung oder das Gyroskop oder vielleicht einen Beinaktivator, und dann wäre Aris seiner Gnade ausgeliefert.

Ty Wu Non hatte bereits zu viele Krieger verloren, um Aris vor seinen Augen fallen sehen zu wollen. Er drückte einen Auslöser und startete eine volle Salve von zwanzig Langstreckenraketen aus dem im Torso des *Streitroß* montierten Raketenwerfer. Sein Torso wurde vom Rückstoß der gestarteten Raketen rechts nach hinten gerissen. Bevor sein Computer noch die Treffer anzeigen konnte, brachte Ty den Mech auf Laufgeschwindigkeit und schloß zum *Atlas* auf. Achtzig Tonnen eines heranstürmenden überschweren Mechs würden Fallon zu denken geben.

Über die Hälfte der Raketen fanden ihr Ziel und schlugen in den rechten Arm und den Torso des *Atlas* ein. Der Totenschädel schwang herum, suchte die Maschine, die es wagte, ihn anzugreifen, obgleich seine Sensoren Fallon ohne Zweifel alles, was sie wissen mußte, meldeten. Das war die Ablenkung, die Aris brauchte. Er schlüpfte hinter die monströse Kampfmaschine und dezimierte die schwächere Rückenpanzerung, während Ty seine vier mittelschweren Impulslaser auslöste und weiterhin die Aufmerksamkeit auf sich zog.

Die Gaussgranate traf seinen *Streitroß* rechts am Torso, gefolgt von dem Treffer eines schweren Lasers, der sich seinen Weg durch die interne Struktur bohrte und das Artemis-Feuerleitsystem sowie einen mittelschweren Impulslaser zerstörte. Der zweite schwere Laser traf zu weit unten, und daher waren die smaragdgrünen mittelschweren Laser des *Atlas* gegen seinen linken Arm ineffektiv. Ty Wu Non kämpfte mit dem Steuerknüppel, um die Kontrolle zu behalten, und ließ den Schaden über sich ergehen. Der *Atlas* füllte den Sichtschirm ganz aus. Dann kam der Schock des Stoßes, gefolgt von dem Kreischen und Krachen, mit dem die Panzerungsplatten sich aneinander rieben und abplatzten.

Die Sensoren schrillten aufmerksamkeitsheischend, und seine Schadensanzeige zeigte den *Streitroß* komplett in Rot. Ty machte sich keine Illusionen darüber, den 80-Tonnen-Mech nach einer solchen Kollision noch aufrecht halten zu können, und ergab sich der Wirkung der Gravitation, während er die Steuerknüppel bearbeitete, um den Fall abzumildern.

Der *Streitroß* krachte schwer auf den Boden und die großblättrigen Pflanzen, die diesen bedeckten und grünen Matsch auf dem Sichtschirm hinterließen. Ty wurde in seinen Sicherheitsgurten vor und zurück geworfen, sein Kopf baumelte von einer Seite zur anderen. Alles verschwamm vor ihm, dann wurde ihm schwarz vor Augen.

Das Rennen und die konstante Entladung seiner Laser hatten die Wärmeentwicklung in den unteren Bereich des roten Bandes getrieben. Der Schweiß rann ihm an den Wangen, den Armen und Beinen hinunter. Die heiße Luft brannte ihm in der Lunge und trocknete seine Kehle aus. Er hieß den Regen willkommen, als die großen Tropfen gegen den Sichtschirm schlugen, obgleich er in seinem Cockpit dadurch keine Erleichterung bekommen würde.

Ty Wu Non kam genau zur richtigen Zeit. Aris *Spuk* hatte zwar lediglich eine Sprungdüse verloren, ihm verblieben nur noch insgesamt drei Tonnen Panzerung, und es war daher nur eine Frage der Zeit, bevor eine

Gaussgranate oder der Strahl eines schweren Lasers ihm ein Ende machte. Er hatte bereits die anderen drei Fernzünder ausgelöst, nachdem er sicher gewesen war, daß das Krebsgeschwür des Hauses tot war. Als der *Atlas* sich umwandte, um sich dem *Streitroß* zu stellen, seufzte Aris vor Erleichterung und bewegte sich in den Rücken der überschweren Maschine, um die dortige Panzerung zu beschießen.

Die Kollision der beiden überschweren Mechs traf ihn unvorbereitet. Er hätte nicht gedacht, daß Ty Wu Non sich einer solchen Gefahr aussetzen würde, einfach der Feuerkraft des *Atlas* entgegenzustürmen und dann seinen Mech absichtlich gegen die schwerere Maschine prallen zu lassen. Aris sah erst in der letzten Sekunde, was vorging, und schaffte es gerade noch, aus dem Weg zu gehen, bevor der *Atlas* und das *Streitroß* fielen und dort über den Boden rollten, wo er eben noch gestanden hatte.

Ty Wu Nons *Streitroß* schlug hart auf den Boden auf und wirkte beeindruckter als der *Atlas*. Aris sorgte sich um seinen Bataillonskommandanten, aber er wußte, daß das dem anderen Mann wohl kaum helfen würde. Er rannte mit seinem *Spuk* zum *Atlas*, der sich eben mühte, wieder auf die Füße zu kommen. Aris schlug wiederholt auf den Hauptauslöser und ließ die scharlachroten Strahlen seiner drei Laser immer wieder über den feindlichen Mech tanzen.

Den *Atlas* schien das nicht zu berühren. Geschmolzene Panzerung rann von seinen Armen, Beinen, dem Torso, und auch seine linke Seite war eingedrückt. Dennoch erhob er sich langsam aber sicher, sein grinsender Totenschädel schien Aris' *Spuk* anzublicken.

Dann fanden die roten Pfeile von Aris' schweren Impulslasern die zerstörte linke Torsoseite des *Atlas*, brannten ihren Weg durch die letzten Reste der Panzerung und drangen schließlich in das Munitionslager der Langstreckenraketen. Feuer und grauer Rauch entquollen dem Torso, als die Raketen hochgingen. Der größte Schaden wurde durch die CASE-Konstruktion des *Atlas* zum Rücken hin abgeleitet, aber nur wenige Mechpiloten waren in der Lage, im Angesicht der rohen Kraft einer solchen Explosion die Kontrolle zu behalten. Nicht zu erwähnen, daß der extraleichte Reaktor des *Atlas* schwer beschädigt wurde. Der *Atlas* taumelte nach links und bohrte sich mit der rechten Schulter voran in den Boden.

Er bewegte sich nicht mehr.

»Gut gemacht«, flüsterte eine bösartige Stimme in Aris' Ohr. »Schade, daß Sie nicht mehr lange genug leben werden, um den Sieg zu genießen.«

Aris erkannte die Stimme von Karl Bartlett sogar durch die Störfilter des Funkgeräts. Er blickte rasch auf seine Kontrolltafel, da er dachte, daß das Hiritsu-Kommnetz geknackt oder schon früher von Chan an die MSM verkauft worden war. Aber der Sensor teilte ihm mit, daß Bartlett einfach auf einer offenen Frequenz sendete, ganz ohne Kodierung. *War der Mann verrückt, mitten im Kampf ein Schwätzchen zu halten?*

Der *Totschläger*-OmniMech stand oben auf dem Damm, nur hundert Meter entfernt, aber er hatte Aris erwischt, als der *Spuk* die Arme gesenkt hatte. Wenn Aris versuchte, seine Waffen in Anschlag zu bringen, würde eine einzige Salve der LB-X-Autokanone ausreichen, um seinen Mech komplett aufzureißen, wie einen Soldaten, der auf eine Handgranate gefallen war.

»An diesem Ende des Schlachtfeldes ist der Kampf vorbei«, sagte Bartlett. »Der Tag mag Ihnen gehören, Aris Sung, aber den Abend werden Sie nicht mehr erleben. Ich konnte Chan nicht finden, aber Sie tun's auch.«

Aris hatte sich angespannt, hatte sich auf eine Bewegung vorbereitet, die Bartletts Zielerfassung zunichte machen würde. Der *Totschläger* sah nicht gut aus. Von drei verschiedenen Stellen an seiner Vorderseite stieg Feuer und schwarzer Rauch auf. Vielleicht konnte er Aris gar nicht genau markieren. Er wollte das schon riskieren, als er eine Bewegung an der Seite des Dammes wahrnahm; jemand bewegte sich auf den OmniMech zu. *Infanterie,* dachte er zuerst, bis er sah, daß die Gestalt nur Shorts trug, T-Shirt und eine Kühlweste. Er legte das Bild auf einen seiner Hilfsmonitore und vergrößerte es, bis er die Person erkannte. Terry Chan! Lebend und mit einem Enterstab näherkommend.

Aris zögerte, seine Muskeln waren gespannt und schrien nach der Erlösung durch Bewegung. Wenn er jetzt feuerte, wäre Chan zwischen den beiden Mechs gefangen. Wenn er wartete, würde sie vielleicht nicht eingreifen, bevor Bartlett aus seinem *Spuk* einen Haufen Altmetall gemacht hatte. *Zeit, die eigene Überzeugung zu überprüfen,* forderte Aris sich selbst heraus. Er hatte Ty Wu Non garantiert, daß Terry Chans Verlangen, Haus Hiritsu zu dienen, jede Animosität überwog, die sie Aris oder Ty oder wem auch immer gegenüber fühlen würde. Das war das entscheidende Argument dafür gewesen, ihrer Gruppe als Selbstmordkommando zu vertrauen, obgleich Aris durch das Anbringen der Sprengladungen auf ihren Fusionsreaktoren auf Nummer sicher gegangen war. Dieses Mal hätte er keine Sicherheitsvorkehrung, auf die er sich stützen könnte. *Alles oder nichts,* sagte er sich. *Wie sehr glaubst du an die bindenden Kräfte in Haus Hiritsu?*

Aris ließ den Steuerknüppel los und lehnte sich zurück, wartete auf Schutz – oder auf einen raschen Tod.

Einer der Infanteristen hatte einen zweiten Enterstab, ein anderer eine zweite Sprengladung bei sich. Terry hatte sich von ihnen verabschiedet, als sie weitergingen, um einen langsamen *Bandersnatch* zu verfolgen. Terry schlug die Richtung ein, in die sie den *Totschläger* hatten verschwinden sehen. Der Regen wurde stärker, fiel in schweren, aber immer noch spärlichen Tropfen. Schon bald würden sie sich zu einem Wolkenbruch entwickeln, der die Sichtweite auf wenige Meter einschränkte. Sie mußte Bartlett vorher finden. Dieser Gedanke trieb sie an, das Verlangen, diesen letzten Dienst für das Haus Hiritsu zu leisten. Er wärmte sie und verlieh ihr Stärke.

Sie fand den OmniMech, als er den Deich hochkletterte und dann auf Aris Sung hinabsah. Terry hatte Ty Wu Nons Sturmangriff verpaßt, aber der Anblick des *Spuk,* der sich dem *Atlas* stellte, rührte an ihrem Innersten. Sie wußte, daß Aris Sung das gefallene *Streitroß,* das hinter ihm ausgestreckt auf dem Boden lag, bis zu seinem Tode verteidigen würde. Und dieser Anblick weckte etwas in Terry, das in den Jahren des Hasses auf den jungen Krieger und ihrer heimlichen Unzufriedenheit mit Virginia Yorks und dann Ty Wu Nons Herrschaft nur verschüttet, aber nicht ausgelöscht worden war. Als der *Atlas* unter dem Beschuß durch Aris endlich fiel, lachte sie laut auf.

Aber nun war der *Totschläger* in einer viel günstigeren Position, bereit, Aris in Stücke zu reißen, doch er hielt sich noch zurück. Weidete er sich an der Situation, fragte sich Terry? Einen siegreichen Augenblick genießend, innerhalb einer ansonsten offensichtlichen Niederlage? Sie bewegte sich den Damm hinauf und machte den Enterstab bereit.

Die Sprengladung schlug gegen ihre Schulter, während sie den klebrigen Ball direkt nach oben schoß, auf den Kopf des OmniMech zu. Der Ball traf dort, wo bei einem Menschen die Stirn gewesen wäre, und blieb kleben. Terry stellte den Fuß in die Schlinge, drückte den Rückholknopf und wurde an der Schnur nach oben zum Cockpit gerissen.

Sie erinnerte sich an ein Holo von Aris Sung, der vor Jahren ein ähnliches Manöver vollbracht und einen MechKrieger mit einem Medpack getäuscht hatte. Aris war bereit gewesen, sein Leben zu riskieren, um seiner Haus-Meisterin ein paar Minuten zu erkaufen, damit sie entkommen konnte. Jetzt war sie hier und ahmte seine Taktik nach, um diesen letzten Abschuß zu schaffen. Aber wo Aris hätte fliehen können, wenn ihm der Bluff nicht gelungen wäre, verfügte Terry Chan nicht über diesen Luxus, und sie wußte es.

Der Weg führte für sie nur in eine Richtung.

Eine Hitzewelle veranlaßte sie, sich schützend zusammenzurollen, als sie der Enterstab an einem Riß im Torso vorbeizog, aus dem Flammen schlugen. Der Schmerz in ihren nackten Armen und Beinen wirkte schier unerträglich, und eine Sekunde lang war sie unfähig zu atmen. In dem Moment hätte sie beinahe losgelassen, und nur ihr eiserner Wille verhinderte das. Dann gab es einen Stoß, als der Stab seinen Begrenzungsschalter erreichte und aufhörte, die Schnur aufzuwickeln.

Als Terry Chan die Augen öffnete, stellte sie fest, daß sie am Sichtschirm des Cockpits baumelte. Karl Bartlett schaute sie mit großen, ungläubigen Augen durch den aufgeplatzten Schirm an. Terry griff nach unten und zog an dem Aktivierungsring der Sprengladung, die an ihrem Gürtel hing. Der Rauch trieb ihr Tränen in die Augen und drohte, sie zu ersticken. Flammen züngelten an ihren Füßen. Aber Terry Chan war jenseits aller Schmerzen, als sie die Sprengladung vom Gürtel löste, den Arm zurücknahm und dann das ganze Paket durch eine zerbrochene Stelle im Sichtschirm stieß.

Scherben des durchsichtigen, hochstoßfesten Plastik brachen ab, einige schnitten ihr tief in den Arm, doch sie hielt fest, bis die Ladung innerhalb des Cockpits war. Erst dann ließ sie sie fallen, das gelbbraune Paket prallte auf die Hauptkontrolltafel und fiel zu Boden. Karl Bartlett schrie vor Furcht und Panik, versuchte das Paket zu fassen. Dann richtete er sich auf und starrte Terry Chan haßerfüllt an.

Terry, die die Sekunden gezählt hatte, lächelte, als er nach den Kontrollen des Schleudersitzes langte. *Zu spät*. Feuer erfüllte das Cockpit und schoß aus dem Sichtschirm.

30

Hotel Lampur, Mahabodhi-Raumhafen
Mahabodhi, Kaifeng
Souveränität Sarna, Chaos-Marschen

4. August 3058

Das Hotel Lampur lag in der Nähe des Raumhafens und war daher zum Hauptquartier von Haus Hiritsu gemacht worden. Li Wynn hatte es empfohlen. Wie es sich gehörte, war der Vorschlag über Aris Sung weitergeleitet worden. Li packte gerade, denn zu seiner Sicherheit wollte er an Bord der *Lao-tzu* gehen. Der junge Dieb war schon zu alt, um noch in das Kriegerhaus aufgenommen zu werden, aber Aris hatte ihm eine Passage zu einem anderen Planeten und Hilfe bei der Niederlassung in einer der größeren Städte Randars garantiert.

Aris lehnte an der Wand, gleich neben der offenen Doppeltür des Ballsaales. Seine Arme hatte er vor Ungeduld übereinandergeschlagen, während er darauf wartete, daß die Übergabe begann. Andere Haus-Krieger saßen oder schlenderten durch den großen Raum. Am Eingang des Ballsaales standen zwei Hiritsu-Infanteristen Wache – und zwei weitere an dem einzigen Fenster des riesigen Raumes. Die Mitglieder des Hauses trugen ihre grün-schwarzen Paradeuniformen und entweder eine Seitenwaffe oder die zeremonielle Katana. Die Wachen waren praktischer gekleidet und führten Sturmgewehre.

Ein einziges Kamerateam hatte Zugang erhalten, aber das Signal würde an jede wichtige Sendestation zur Ausstrahlung übermittelt werden. Deren Ausrüstung war in einer Ecke der großen Tanzfläche aufgebaut worden. Lieutenant Ellen Harris stand neben dem

Rednerpult auf dem Podium; sie war von der Aufladestation hierhergebracht worden. Das Wappen von Haus Liao und der Konföderation Capella, Panzerhandschuh und Katana, zierte die Stirnfläche des Rednerpultes. Irgendwo weiter hinten bewachten, wie Aris wußte, zwei Infanteristen die zwei Kinder von Ellen Harris.

Ty Wu Non hatte seinen Kompanieführern persönlich versichert, daß er den Kindern niemals weh tun würde. Aber das sollte Lieutenant Harris nicht wissen. Ty wollte, daß die Übergabe ohne Störung verlief, und das hieß, daß er sie fest im Griff haben mußte. Aris lehnte solche Taktiken immer noch ab, aber das war nur seine persönliche Meinung, und die behielt er für sich. Ty Wu Non würde der nächste Haus-Meister werden, und der Wille des Haus-Meisters …

In diesem Augenblick stand Bataillonskommandant Non mit Lieutenant General Cynthia Fallon an der Seite. Der Kampf hatte nach dem Tod von Major Karl Bartlett nicht mehr lange gedauert. Die Kaifeng-MSM, fast bis zum letzten Mech dezimiert, hatte sich von dem Hiritsu-Ablenkungsangriff und dem Angriff auf die Nachhut nicht wieder erholt. Den Söldnern, Jacobs Juggernauts und Elementen der Ace Darwin's WhipIts, ging es besser. Sie hatten schneller auf die wechselnden Bedrohungen reagiert und es geschafft, einen gemeinschaftlichen Gegenangriff zu organisieren, den die Lanze von Raven Clearwater zurückgeschlagen hatte. Am Ende hatten die Söldner um die Standardbedingungen für einen Rückzug gebeten und das Feld Haus Hiritsu überlassen.

Aris Sung und Ty Wu Non hatten zusammen Cynthia Fallon aus ihrem zerstörten *Atlas* gezogen. Anfänglich zeigte sie sich unkooperativ. Daraufhin hatte ihr Aris die gesammelten Beweise gezeigt, darunter auch ein paar private Aufzeichnungen von Terry

Chans Gesprächen mit dem Lieutenant General und Major Karl Bartlett, die schlüssig bewiesen, daß sich die Kaifeng-MSM – und Fallon im besonderen – mit Mitgliedern des Hauses Hiritsu verschworen hatten. Aris konnte ihr die Schande des Angriffs auf das Drachenbootfest zuschieben. Verrat. Verletzung der Ares-Konventionen. Es würde die Kaifeng-MSM vernichten und für die interstellaren Beziehungen der Souveränität Sarna einen argen Rückschlag bedeuten. Nach dieser Art politischer Bedrohung hatte Lieutenant General Fallon ruhig die Hände gefaltet und einer Kooperation zugestimmt.

Der Kampf um Kaifeng war vorbei. Es blieben noch die Formalitäten und ein persönlicher Schwur.

»Ich wurde ersucht, für die Kaifeng-MSM eine formale Erklärung abzugeben«, sagte Lieutenant Harris. Ihre Stimme war gelassen und vertrauenerweckend; sie war die ideale Sprecherin.

Aris nickte zustimmend, als die Übergabeformalitäten begannen. Dann stieß er sich von der Wand ab und ging leise zur Tür hinaus. Nun würden die Erklärungen von Cynthia Fallon und Ty Wu Non folgen. Alle dienten dem Ziel, den Übergang auf die capellanische Herrschaft zu erleichtern.

Aris verblieben etwa dreißig Minuten.

Ty Wu Non merkte, daß Aris Sung den Raum verließ, und er zog eine Augenbraue in die Höhe. Es erschien seltsam, daß der junge MechKrieger nicht bis zur formalen Kapitulation blieb. Aris hatte sich um das Arrangement der Zeremonie gekümmert und war in der Tat für den gesamten Sieg hauptverantwortlich – seine Anwesenheit wäre nur zu angemessen gewesen. Andererseits wußte Ty, daß er trotz seiner Jahre als Ausbilder von Aris, diesen nicht so gut kannte, wie er sollte.

Aris war als ungeschliffener Diamant zum Haus Hiritsu gekommen. Wenn Haus-Meisterin York den Jungen nicht beschützt hätte, hätte Ty dieses Potential mit einem Hieb seiner Klinge verschwendet. Aber statt dessen war er sein Ausbilder geworden. Auf diese Weise hatte Virginia York sichergestellt, daß Aris es in der Familienstruktur Haus Hiritsus niemals zu leicht hätte. Ty konnte jetzt den subtilen Einfluß der ehemaligen Haus-Meisterin auf Aris erkennen, genau wie seinen eigenen, keineswegs subtilen. Scharfblick und Handeln. Eine gute Mischung. War das die ganze Zeit Haus-Meisterin Yorks Plan gewesen, Ty jemanden zur Seite zu stellen, der seine Impulsivität zügelte?

Ty Wu Non würde Aris Sung sehr sorgfältig beobachten.

Alle MechKrieger, Kompanie- und Lanzenführer, abgesehen von der Lanze, die Dienst tat, hatten den Befehl, bis zur formalen Kapitulation hierzubleiben. Aris fand Senior Kompanieführer Thom Lindell in einem der vielen Räume, die im zweiten Stock des Hotels für die Hiritsu-Offiziere reserviert waren. Lindell starrte aus dem Fenster. Wie Aris erwartet hatte, war Lindell allein. Thom Lindell schien ein einsamer Mann zu sein; in Sieg … oder Niederlage.

Aris schloß mit einem leisen Klicken die Tür hinter sich. Lindell sah sich nicht um, seine Aufmerksamkeit war noch immer auf die Straße gerichtet. Als er sprach, war es ein Flüstern in seinem neutralsten Tonfall. »Ich habe Sie erwartet, Aris Sung. Wenn auch nicht unbedingt so früh.«

Aris zuckte erst mit einer Schulter und dann mit der anderen, um seinen kurzen Umhang nach hinten zu schütteln, dann öffnete er die Schließe und ließ den Umhang hinter sich auf den Boden gleiten. Es überraschte ihn nicht sonderlich, daß Thom Lindell mit seinem Kommen gerechnet hatte. »Ihr Name erschien nicht auf der Liste der *freundlichen* Mechs, die Terry Chan an Bartlett übermitteln wollte.«

Lindell nickte einmal, sah immer noch aus dem Fenster. »Sie müssen den Eintrag entfernt haben. Terry dachte, daß sie irgendwie aus Versehen den Eintrag gelöscht hatte.«

»Sie war nicht so unfähig.«

Lindells Stimme blieb gleichmäßig. »Das ist wahr. Aber angesichts der Alternative, daß Sie mich geschützt haben …« Er brach ab.

Aris verstand ihn gut. Es hätte für Terry Chan keinen Sinn ergeben, daß Aris Thom Lindell vor der Gerechtigkeit, die an ihr und den anderen ausgeübt wurde, geschützt hätte. »Terry kannte Sie nicht so gut, wie sie dachte. Sie wären niemals wie die anderen in den sicheren Tod gegangen, egal wie ehrenvoll das Ende auch sein mochte. Sie hätten weitergekämpft und dabei das Haus vernichtet.« Aris fühlte, wie sich die Röte über sein Gesicht zog, als er die Anschuldigung laut aussprach.

»Woher kommt der Mangel an Respekt vor meiner persönlichen Ehre?« fragte Lindell. Sein Tonfall war monoton wie immer, kein Ärger, keine Neugier, nur eine einfache Frage, die der Antwort harrte.

»Sie haben Haus-Meisterin York getötet«, sagte Aris gelassen.

Immer noch keine Reaktion. »Wirklich? Sie müssen furchtbar schlecht von mir denken, daß sie glauben, ich würde meine Hand gegen den Führer unseres Hauses richten.«

Aris ließ die Hand auf die Schwertscheide, die er an seiner Seite trug, fallen. »Was war es, Thom? Daß Virginia York nicht gegen unseren Ausschluß vom Angriff auf die Davion-Welten letztes Jahr protestierte? Daß sie

Ty Wu Non zu ihrem Nachfolger bestimmte und nicht Sie?«

Lindells Schultern zuckten, als er ein kleines, hustenartiges Lachen ausstieß. Aris brauchte eine Sekunde, um festzustellen, daß das Thoms Bemühen war, über die Anklage zu spotten. Er war darin nicht sehr gut. »Und dafür habe ich sie erwürgt?«

Darauf hatte Aris gewartet. Das Katana glitt mit einem metallischen Geräusch aus der Scheide. Aris legte beide Hände um das Heft und streckte die Klinge vor, bis die Spitze direkt an Thom Lindells Kehle saß.

»Woher wußten Sie, daß sie erwürgt wurde?« verlangte er zu wissen. »Ich habe die Quetschungen nicht einmal Ty Wu Non gegenüber erwähnt. Der Bericht Doktor Hammonds wurde versiegelt. Jeder wußte von der aufgeschlitzten Kehle, wegen all des Blutes.«

Thom Lindell ging vorsichtig vom Fenster weg, um sich nicht selbst zu schneiden. Aris sah am Gesichtsausdruck, daß der andere Mann seinen Fehler erkannt hatte. Es gab keine weiteren Versuche mehr, Aris von seinem Vorhaben abzubringen. Er betrachtete Aris Sung mit kalten, reuelosen Augen, die sich nur um eine Winzigkeit weiteten, als er die Klinge erkannte. »Mondsichel? Sie haben sie aus Ty Wu Nons Kabine gestohlen? Sie würden erneut die Traditionen des Hauses verletzen, nur um ihr Bedürfnis nach Rache zu befriedigen? Ein seltsamer Weg, Gerechtigkeit zu üben, Aris Sung.«

»Ty Wu Non ist noch nicht Haus-Meister«, sagte Aris kalt. »Dies ist Virginia Yorks Schwert und Virginia Yorks Gerechtigkeit. Und eines der letzten Dinge, die ich von meiner Haus-Meisterin gehört habe, war ein Versprechen, daß auch das kleinste Anzeichen von Widerstand als Kapitalverbrechen betrachtet werden würde.«

Aris holte aus und schlug einmal mit aller Kraft zu.

Er erlaubte seiner Wut auszubrechen, ließ sie seinen Arm führen, bevor er es sich noch anders überlegen konnte. Die Klinge durchschnitt Lindells Gesicht und schnitt weiter hinunter bis zur Brust.

Aris beugte sich über die Leiche von Senior-Kompanieführer Lindell. Seine Brust hob und senkte sich in schneller Folge, und in seinem Magen schien ein Stein zu liegen, als er die Klinge an Lindells Kleidung abwischte. »Das waren die letzten Worte meiner Haus-Meisterin«, sagte er – teils zu sich selbst und teils zu dem toten Mann. »Und der Wille des Haus-Meisters ist der Wille des Hauses.«

Aris ließ Lindell dort liegen, das Blut breitete sich in einer immer größer werdenden Lache auf dem Fußboden aus.

EPILOG

Palast des Himmels
Verbotene Stadt, Sian
Kommunalität Sian
Konföderation Capella

9. August 3058

Haus-Meister Ion Rush stand mit Oberst Talon Zahn im Strategieplanungszentrum des Palasts des Himmels. Der Raum war auch als Kriegsraum bekannt. Nur wenige kamen hierher, und noch weniger wußten, wo er war. Der linke Arm des Haus-Meisters unterstützte seinen rechten Ellbogen, und mit der rechten Hand strich er über sein Kinn. Beide Männer betrachteten aufmerksam die holographische Sternenkarte, die vom Boden bis zur Decke reichte, eine zweidimensionale Darstellung der Konföderation Capella und der umliegenden Raumbereiche.

Ein Gefühl von Wärme kitzelte Rushs Nacken, und er sah über die Schulter, suchte die Schatten des mäßig beleuchteten Raumes ab. Nichts. Er zog die Schultern hoch und ließ sie wieder fallen, um sie zu entspannen. Egal wohin er im Palast des Himmels auch ging, er hatte immer das Gefühl, beobachtet oder studiert zu werden. Die Wahrnehmung kam und ging, aber nie hatte er einen Beweis gefunden, der seine leichte Paranoia erklärt hätte.

Es ist nur, daß ich lieber wieder in der Feste Haus Imarras wäre, dachte er, und wendete sich nochmals der holographischen Karte zu. *Mich um die Belange des Hauses kümmern und unter Kriegern sein.* Der Palast des Himmels barg zu viele Geheimnisse, zu viel Politik, um sich hier je heimisch zu fühlen. Aber der Kanzler war abwesend. Er hatte gerade eine diplomatische Mission in die Peripherie beendet und war nun auf dem Weg zu einem Gipfeltreffen in der Hauptstadt der Lyranischen Allianz auf Tharkad, via Marik-Hauptstadt auf Atreus. Das bedeutete, daß Ion Rushs Platz genau hier war, im Palast, wo er und der Direktor für Strategische Militärfragen, Oberst Zahn, sich darum kümmern konnten, die Konföderation in Bereitschaft zu halten.

Ion Rush strich sich den Nacken und versuchte, mit dieser Massage seine Unruhe zu vertreiben. *Das heißt nicht, ich muß es mögen.*

»Sie wollen die Blockade von Sarna aufheben?« fragte Oberst Zahn, obwohl es mehr wie eine Feststellung klang. Haus-Meister Rush hatte um dieses private Treffen gebeten, und er war schon zu lange schweigsam gewesen.

Der Imarra Haus-Meister nickte. »Sie hat ihren Zweck erfüllt. Auf Sarna wußten sie anfangs nicht, wie man auf unsere Kriegsschiffe reagieren sollte, aber sie lernen dazu. Schon bald werden sie einen Weg gefunden haben, sie zu umgehen oder vielleicht eins zu beschädigen.«

Dafür, daß er zum Strategischen Direktor der Konföderation Capella ernannt worden war, war Talon Zahn noch recht jung, obgleich er darauf hinweisen konnte, daß er älter als Sun-Tzu Liao selbst war. Er war immer noch schlank und muskulös und schonte sein rechtes Bein und sein künstliches Hüftgelenk kaum. Ion Rush hielt die etwas über dreißig Jahre des Mannes für einen Vorteil. Er war alt genug, um die Position zu halten, und jung genug, daß seine Ernennung die älteren Kommandanten im Feld bedrohte. Vor allem war er dem Kanzler ergeben.

Jetzt runzelte der Direktor die Stirn, selbst als er bestätigend nickte. »Diese Schiffe sind zu neu, haben einen zu großen Teil des Budgets verschlungen, um sie aus Dummheit einem Risiko auszusetzen. Wenn Sie glauben, daß sie in Gefahr sind, werde ich sie abziehen. Aber was ist mit unseren Leuten auf Kaifeng?«

Ion Rush betrachtete die drei Sterne, die bis vor ein paar Tagen die Souveränität Sarna ausgemacht hatten. Zwei von ihnen glühten immer noch im Türkis unabhängiger Systeme, Sarna und Sakhalin. Der Lichtpunkt, der Kaifeng auf der Sternenkarte repräsentierte, war in einen erhabenen grünen Schein gehüllt, der Ion Rush zum Lächeln brachte. »Nach den Berichten von Bataillonskommandant Non wurde Kaifeng befriedet. Er bittet um ein weiteres Bataillon, um Kaifeng gegen Sarna halten zu können.«

»Wir haben eines auf Capella«, sagte Zahn leichthin. »Und ich werde für eine Änderung unserer Schiffsrouten sorgen, so daß wir uns die Nahrungsüberschüsse Kaifengs zunutze machen können. Wir können sie an unserer Grenze auf mehrere Welten verteilen.«

Rush räusperte sich, um seinen Widerspruch zu zeigen. »Wir sollten erwägen, die Überschüsse an Sarna zu verkaufen«, sagte er gelassen.

»Wir sollen was?«

Rush lächelte, wenn auch nicht bis zu den Augen. »Wir haben bereits Berichte über eine Nahrungsmittelknappheit auf Sarna. Sie haben sich zu sehr auf Kaifeng verlassen. Sakhalin ist noch schlimmer dran, aber da sie nicht annähernd so bevölkert sind, werden sie sich schneller an die neue Lage anpassen. Wenn wir die Nahrungsmittellieferungen an Sarna abschneiden, werden sie keine Wahl haben und auf Kaifeng hart zuschlagen. So würden wir unseren Vorteil verlieren. Wenn wir ihnen aber Nahrungsmittel liefern, erkaufen wir uns Zeit. Sobald wir angemessene Verstärkungen für unsere Welten in der Nähe gefunden haben, erhöhen wir langsam die Preise und verringern die Lieferungen. Wir können eine Schlinge um die ganze Souveränität Sarna legen.«

Talon Zahn sah zum unteren Ende der Sternenkarte, zu der Peripherie, wo der Magistrat von Canopus an die Konföderation Capella angrenzte. »Mit Glück haben wir die Verstärkungen bald hier«, sagte er. Der Kanzler selbst hatte die Operation zuwege gebracht, die die Truppen des reichen Peripheriestaates von Canopus mit dem Militär von Capella vereinen würde.

Das Problem der Konföderation Capella war nicht das Erobern von Planeten, sondern ihre Erhaltung. Ion Rush hatte zu Jahresbeginn mit Sun-Tzu darüber gesprochen, und der Kanzler hatte versprochen, die nötigen Truppen zu finden. Ion Rush hatte seinen Teil des Handels, den sie in jener Nacht geschlossen hatten, eingehalten. Nun war es am Kanzler, den seinen zu halten.

»Ihr Wort in des Kanzlers Ohr«, sagte Rush.

In einer der dunklen Ecken des Kriegsraumes, von einer Büste von Elias Jung Liao, dem Gründer der Liao-Dynastie, teilweise verdeckt, lugten grüne Augen aus einem kleinen finsteren Quadrat in der Wand. Wie die Augen einer Katze fingen sie das Licht, glühten fast und blinzelten nur selten. Schließlich glitt ein kleines Stück Holzpaneel wieder an seinen Platz zurück und verdeckte die Öffnung.

Kali Liao richtete sich auf und schlich den Geheimgang entlang. Diese Geheimgänge, die den Palast des Himmels durchzogen, waren zahlreich und lang, und sie kannte viele von ihnen aus dem Gedächtnis. Ihre ausgestreckten Finger lokalisierten den ersten Gang, der nach rechts abzweigte, und sie trat in diesen hinein. Erst jetzt schaltete sie die winzige Taschenlampe ein.

Ty Wu Non lebt noch immer, was bedeutet, daß Lindell

gescheitert ist. Die Häuser LuSann und Ijori befinden sich außerhalb meiner Reichweite, dank Ion Rush. Und jetzt kehrt mein Bruder mit Truppen aus der Peripherie zurück. Äußerst lästig.

Verärgert warf sie den Kopf herum, ihr ungezähmtes, dunkles Haar schlug ihr gegen die Wangen. *Mutter hätte mich zur Nachfolgerin bestimmen sollen.* Das hätte sie auch getan, war sich Kali sicher, wenn sich ihre Tante Candace nicht eingemischt hätte. Nun hielt ihr Bruder sie im Schatten, und die um ihn herum taten alles, um sie zu schwächen. *Am Ende wird es aber keine Rolle spielen,* versprach sie sich. Die grünen Augen wild und strahlend, lächelte Kali Liao in die Dunkelheit. *Die Todesgöttin selbst hüllt sich in Schatten und hat viele Arme. Nur einer muß erfolgreich sein.*

GLOSSAR

Autokanone: Eine automatische Schnellfeuerkanone, die in schneller Folge panzerbrechende Hochexplosivgranaten abfeuert. Kaliber 30 mm–90 mm für Fahrzeug- und 80 mm–120 mm für schwere Mechkanonen.

Bataillon: Ein Bataillon ist eine militärische Organisationseinheit der Inneren Sphäre, die in der Regel aus drei Kompanien besteht.

BattleMech: BattleMechs sind humanoide, gepanzerte Kampfroboter – und die gewaltigsten Kriegsmaschinen, die je von Menschen erbaut wurden. Sie wurden vor über 500 Jahren von terranischen Wissenschaftlern und Technikern entwickelt. Sie sind in jedem Gelände schneller und manövrierfähiger, besser gepanzert und schwerer bewaffnet als jeder Panzer des 20. Jahrhunderts. Ihre Größe beträgt zehn bis zwölf Meter, und sie sind bestückt mit Partikelprojektorkanonen, Lasergeschützen, Schnellfeuer-Autokanonen und Raketenlafetten. Ihre Feuerkraft reicht aus, jeden Gegner mit Ausnahme eines anderen BattleMechs niederzumachen. Die Energie für die Kampfmaschinen wird von einem kleinen Fusionsreaktor erzeugt. BattleMechs können auf so verschiedene Umweltbedingungen wie glühende Wüstenei und arktische Eiswüsten eingestellt werden. Außerdem ist ein Einsatz im Vakuum möglich.

Blakes Wort/ComStar: Das interstellare Kommunikationsnetz ComStar wurde von Jerome Blake entwickelt, der in den letzten Jahren des Sternenbunds das Amt des Kommunikationsministers innehatte. Nach dem Zusammenbruch des Bundes eroberte

Blake Terra und organisierte die Überreste des Sternenbund-Kommunikationsnetzes in eine Privatorganisation um, die ihre Dienste mit Profit an die fünf Häuser weiterverkaufte. Seitdem hat sich ComStar zu einem mächtigen Geheimbund entwickelt, der sich jahrhundertelang in Mystizismus und Rituale gehüllt hat und pseudoreligiös gab, bis es nach der Entscheidungsschlacht gegen die Clans auf Tukayyid unter Prima Sharilar Mori und Präzentor Martialum Anastasius Focht zur Reformation des Ordens und Abspaltung der erzkonservativen Organisation Blakes Wort kam.

Blitz-Kurzstreckenraketen: Blitz-KSR enthalten Zielsuchgeräte, die ein Abfeuern erst gestatten, wenn die in die Lafette geladenen Raketen ein Ziel erfaßt haben. Ist dies einmal geschehen, treffen es die Raketen automatisch.

Chaos-Marschen: Raumsektor um die Mark Sarna, der ursprünglich zur Konföderation Capella gehörte und von Hanse Davion im 4. Nachfolgekrieg erobert wurde. Nach dem Tode Melissa Steiners errangen die Welten der Chaos-Marschen nach und nach ihre Unabhängigkeit. Die Konföderation Capella ist natürlich bestrebt, sich die Planeten wieder einzuverleiben.

Clans: Beim Zerfall des Sternenbundes führte General Aleksandr Kerensky, der Oberkommandierende der Regulären Armee des Sternenbundes, seine Truppen beim sogenannten Exodus aus der Inneren Sphäre in die Tiefen des Alls. Weit jenseits der Peripherie, mehr als 1300 Lichtjahre von Terra entfernt, ließen Kerensky und seine Leute sich auf fünf wenig lebensfreundlichen Welten nahe eines Kugelsternhaufens nieder, der sie vor einer Entdeckung durch die Innere Sphäre schützte. Innerhalb von fünfzehn Jahren brach unter Kerenskys Leuten jedoch ein Bürger-

krieg aus, der alles zu vernichten drohte, für dessen Aufbau sie so hart gearbeitet hatten.
In einem zweiten Exodus führte Nicholas Kerensky, der Sohn Aleksandrs, seine Gefolgsleute auf eine der Welten im Innern des Kugelsternhaufens, um dem Krieg zu entfliehen. Dort, auf Strana Metschty, entwarf und organisierte Nicholas Kerensky die faschistoide Kastengesellschaft der Clans.

Dezgra: Eine Kampfeinheit, die Schande auf sich lädt, wird als Dezgra-Einheit bezeichnet. Der Name wird auch für das Ritual verwendet, mit dem die betreffende Einheit bestraft oder gekennzeichnet wird. Jede Einheit, die einen Befehl verweigert, unter Feindbeschuß in Panik gerät oder eine unehrenhafte Handlung begeht, gilt als dezgra.

Division: Eine in etwa dem Regiment entsprechende, aber Truppen verschiedener Waffengattungen umfassende Einheit der ComGuards, des militärischen Arms ComStars, und der BlakeGuards, des militärischen Arms von Blakes Wort.

Donner-Langstreckenraketen: Donner-LSR erzeugen Streuminenfelder. Die ›Donner‹-Kennzeichnung ist die in der Freien Inneren Sphäre gebräuchliche Bezeichnung für FA-(Feldartillerie-)Streuminen-Gefechtsköpfe. Nahezu identische Geschosse werden von den Clans verwendet.

Elementare: Eliteinfanterie der Clans. Diese Männer und Frauen sind wahre Riesen, die speziell für den Einsatz in den von den Clans entwickelten Rüstungen gezüchtet werden.

Extremreichweiten-Laser: Versionen des normalen Lasers mit verbesserten Fokussier- und Zielerfassungsmechanismen. In der Clan-Version haben diese Waffen eine deutlich größere Reichweite als normale Laser und erzielen einen etwas höheren Schaden. Allerdings verursachen sie dabei eine um 50 % höhere

Abwärme. In der Freien Inneren Sphäre befindet sich die ER-Lasertechnologie noch in den Kinderschuhen. Bisher machen Umfang und Größe der benötigten Ausrüstung eine Anwendung nur bei schweren Lasern möglich. Zudem erreicht der schwere ER-Laser der Freien Inneren Sphäre zwar eine größere Reichweite als ein normaler schwerer Laser, der Reichweitengewinn ist jedoch geringer als bei entsprechenden Clan-Waffen, und die Schadenswirkung ist nicht höher als bei einem normalen S-Laser. Die Wärmeentwicklung ist jedoch ebenso groß wie bei einem schweren Clan-ER-Laser.

Extremreichweiten-PPK: Verbesserte Version der Partikelprojektorkanone, ursprünglich von den Clans entwickelt. Die Extremreichweiten-PPK ist kleiner, leichter und leistungsfähiger als die Normalversion, mit größerer Reichweite und höherer Durchschlagskraft. Allerdings ist auch die Wärmeentwicklung erheblich größer, was beim Einsatz dieser Waffe zu einem Problem werden kann. Die Freie Innere Sphäre besitzt ebenfalls eine ER-Version der PPK, die höher entwickelt ist als die der Clans. Größe und Gewicht entsprechen denen einer Normal-PPK, ebenso wie die Schadenswirkung, während Reichweite und Abwärme in etwa denen der Clan-Version entsprechen.

Gaussgeschütz: Mittels Elektromagneten wird ein Projektil durch den Geschützlauf in Richtung des Ziels beschleunigt. Obwohl der Einsatz mit enormem Energieaufwand verbunden ist, erzeugt das Gaussgeschütz nur sehr wenig Abwärme, und die erreichbare Mündungsgeschwindigkeit liegt doppelt so hoch wie bei einer konventionellen Kanone.

Impulslaser: Ein Impulslaser verwendet einen Hochfrequenz-Hochenergiepuls zur Erzeugung gepulster Laserstrahlen. Der Effekt ist vergleichbar mit MG-

Feuer. Diese Konstruktion erhöht die Trefferwahrscheinlichkeit des Laserangriffs und erzeugt einen größeren Schaden pro Treffer, allerdings unter Inkaufnahme erhöhter Hitzeentwicklung und verringerter Reichweite.

Innere Sphäre: Mit dem Begriff ›Innere Sphäre‹ wurden ursprünglich die Sternenreiche bezeichnet, die sich im 26. Jahrhundert zum Sternenbund zusammenschlossen. Derzeit bezeichnet er den von Menschen besiedelten Weltraum innerhalb der Peripherie. Der nicht von den Clans besetzte Teil der Inneren Sphäre wird auch als ›Freie Innere Sphäre‹ bezeichnet.

Kaste: Die Clangesellschaft ist streng in fünf Kasten unterteilt: Krieger, Wissenschaftler, Händler, Techniker und Arbeiter. Jede dieser Kasten umfaßt zahlreiche Unterkasten, die auf Spezialisierungen innerhalb eines Berufsfeldes basieren. Die Kriegerkaste pflanzt sich unter strenger Kontrolle des genetischen Erbes durch ein systematisches Eugenikprogramm fort, bei dem Genmaterial angesehener und erfolgreicher lebender und toter Krieger verwendet wird. Andere Kasten sorgen durch strategische Heiraten innerhalb der Kaste für einen hochwertigen Genfundus.

K3-Computer: Das K3-Computersystem (Kommando/Kontrolle/Kommunikation) steht nur Einheiten der Freien Inneren Sphäre zur Verfügung. Es ist für den Einbau in Befehls- oder Scout-Mechs bzw. -Fahrzeuge vorgesehen und soll den Einheitskommandeur bei der Koordination von Aktivitäten auf Lanzen- und Kompanieebene unterstützen, indem es angeschlossenen Einheiten gestattet, das Zielerfassungssystem einer beliebigen anderen Einheit des K3-Netzwerks zu benutzen.

Kompanie: Eine Kompanie ist eine militärische Organisationseinheit der Inneren Sphäre, die aus drei

BattleMech-Lanzen oder, bei Infanteriekompanien, aus drei Zügen mit insgesamt 50 bis 100 Mann besteht.

Kröten: Die in der freien Inneren Sphäre übliche Bezeichnung für mit speziellen Kampfanzügen ausgerüstete Eliteinfanterie, eine zuerst bei den Clans entwickelte Waffengattung.

KSR: Abkürzung für Kurzstreckenrakete. Es handelt sich um ungelenkte Raketen mit hochexplosiven oder panzerbrechenden Sprengköpfen.

Landungsschiffe: Sprungschiffe können nur weit abseits von großen Massen einen sicheren Sprung durchführen und müssen daher die inneren Bereiche eines Sonnensystems meiden. Um die Entfernung von den Sprungpunkten zu den Planeten einer Sonne zu überbrücken, werden Landungsschiffe eingesetzt. Diese werden während des Sprungs an die Antriebsspindel des Sprungschiffes angekoppelt. Landungsschiffe besitzen selbst keinen Überlichtantrieb, sind jedoch sehr beweglich, gut bewaffnet und aerodynamisch genug, um auf Planeten mit einer Atmosphäre aufzusetzen bzw. von dort aus zu starten. Je nach System und Größe (bzw. Masse) der dort vorhandenen Sonne dauert die Reise vom Planeten zum Sprungpunkt mehrere Tage bis Wochen.

Lanze: Eine Lanze ist eine militärische Organisationseinheit der Inneren Sphäre, die in der Regel aus vier BattleMechs besteht.

Laser: Der Laser (Light Amplification through Stimulated Emission of Radiation oder Lichtverstärkung durch stimulierte Strahlungsemission) erzeugt kohärentes Licht, d. h., die Lichtwellen sind in Phase und verstärken sich daher. Als Waffe fungiert ein Laser, indem er extreme Hitze auf einen minimalen Bereich konzentriert. BattleMechlaser gibt es in drei Größenklassen: leicht, mittelschwer und schwer.

Laser sind auch als tragbare Infanteriewaffen verfügbar, die über einen als Tornister getragenen Energiespeicher betrieben werden. Manche Entfernungsmeßgeräte und Zielerfassungssensoren bedienen sich ebenfalls schwacher Laserstrahlen.

LB-X-Autokanone: Die LB-X-(Large Bore-Extended, Großkaliber-erweiterte Reichweite)-Autokanone ist eine verbesserte Version der gewöhnlichen Autokanone, bei der durch den Einsatz leichter, wärmeableitender Legierungen Gewicht und Wärmeentwicklung reduziert worden sind. Die eingesetzten Materialien machen die Waffe teurer als eine gewöhnliche Autokanone, aber die Vorteile wiegen die höheren Kosten auf. Die LB-X kann Bündelmunition abfeuern, die man mit Schrotmunition im BattleMechformat vergleichen kann. Nach Verlassen des Laufs zerfällt eine Bündelgranate in kleinere Geschosse. Dadurch wird die Chance auf einen Glückstreffer erhöht, gleichzeitig jedoch der erzielte Schaden über das gesamte Zielgebiet verteilt, statt auf einen Punkt konzentriert. Bündelmunition kann nur in LB-X-Autokanonen eingesetzt werden.

LSR: Abkürzung für Langstreckenrakete, zum indirekten Beschuß entwickelte Raketen mit hochexplosiven Gefechtsköpfen.

MSM: Mark-Sarna-Miliz. BattleMechtruppe der Mark Sarna, die unter anderem auch auf Kaifeng stationiert ist.

Nachfolgerfürsten: Die fünf Nachfolgerstaaten werden von Familien regiert, die ihre Herkunft von einem der ursprünglichen Lordräte des Sternenbunds ableiten. Alle fünf Hausfürsten erheben Anspruch auf den Titel des Ersten Lords. Sie kämpfen seit Ausbruch der Nachfolgekriege im Jahre 2786 gegeneinander. Ihr Schlachtfeld ist die riesige Innere Sphäre, bestehend aus sämtlichen einstmals von den

Mitgliedsstaaten des Sternenbunds besetzten Sonnensystemen.

Nachfolgerstaaten: Nach dem Zerfall des Sternenbunds wurden die Reiche der Mitglieder des Hohen Rats, die sämtlich Anspruch auf die Nachfolge des Ersten Lords erhoben, unter dem Namen Nachfolgerstaaten bekannt. Die Nachfolgerstaaten bestehen aus ursprünglich fünf und derzeit noch vier Herrscherhäusern: Haus Kurita (Draconis-Kombinat), Haus Liao (Konföderation Capella), Haus Steiner-Davion (Vereinigtes Commonwealth) und Haus Marik (Liga Freier Welten). Die Clan-Invasion unterbrach die Jahrhunderte des Krieges seit 2786 – die Nachfolgekriege – einstweilen. Die Nachfolgerfürsten setzten ihre Streitigkeiten aus, um der Bedrohung durch den gemeinsamen Feind, die Clans, zu begegnen. Die trügerische Ruhe seit Abschluß des Waffenstillstands von Tukayyid hat diese Solidarität jedoch inzwischen sehr brüchig werden lassen, und im Jahre 3057 brechen die Kämpfe innerhalb der freien Inneren Sphäre wieder aus.

Peripherie: Jenseits der Grenzen der Inneren Sphäre liegt die Peripherie, das weite Reich bekannter und unbekannter Systeme, das sich bis in die interstellare Nacht erstreckt. Die einstigen terranischen Kolonien in der Peripherie wurden durch den Zerfall des Sternenbundes technologisch, wirtschaftlich und politisch verwüstet. Derzeit ist die Peripherie größtenteils Zufluchtsort für Banditenkönige, Raumpiraten und Ausgestoßene.

PPK: Abkürzung für Partikelprojektorkanone, einen magnetischen Teilchenbeschleuniger in Waffenform, der hochenergiegeladene Protonen- oder Ionenblitze verschießt, die durch Aufschlagskraft und hohe Temperatur Schaden anrichten. PPKs gehören zu den effektivsten Waffen eines BattleMechs.

Regiment: Ein Regiment ist eine militärische Organisationseinheit der Inneren Sphäre und besteht aus zwei bis vier Bataillonen von jeweils drei oder vier Kompanien.

Sprungschiffe: Interstellare Reisen erfolgen mittels sogenannter Sprungschiffe, deren Antrieb im 22. Jahrhundert entwickelt wurde. Der Name dieser Schiffe rührt von ihrer Fähigkeit her, ohne Zeitverlust in ein weit entferntes Sonnensystem zu springen. Es handelt sich um beinahe unbewegliche Raumfahrzeuge, die aus einer langen, schlanken Antriebsspindel und einem riesigen Solarsegel, das an einen gigantischen Sonnenschirm erinnert, bestehen. Das Segel besteht aus einem Spezialmaterial, das gewaltige Mengen elektromagnetischer Energie aus dem Sonnenwind des jeweiligen Zentralgestirns zieht und langsam an den Antriebskern abgibt, der daraus ein Kraftfeld aufbaut, durch das ein Riß im Raum-Zeit-Gefüge entsteht. Nach einem Sprung kann das Schiff erst weiterreisen, wenn es durch Aufnahme von Sonnenenergie seinen Antrieb wieder aufgeladen hat.

Sprungschiffe reisen mit Hilfe ihres Kearny-Fuchida-Antriebs in Nullzeit über riesige interstellare Entfernungen. Das K-F-Triebwerk baut ein Raum-Zeit-Feld um das Sprungschiff auf und öffnet ein Loch in den Hyperraum. Einen Sekundenbruchteil später materialisiert sich das Schiff am Zielsprungpunkt, der bis zu 30 Lichtjahre weit entfernt sein kann.

Sprungschiffe landen niemals auf einem Planeten und reisen nur sehr selten in die inneren Bereiche eines Systems. Siehe auch Landungsschiff.

Sternenbund: Im Jahre 2571 wurde der Sternenbund gegründet, um die wichtigsten nach dem Aufbruch ins All von Menschen besiedelten Systeme zu vereinen. Der Sternenbund existierte annähernd 200 Jahre, bis 2751 ein Bürgerkrieg ausbrach. Als das

Regierungsgremium des Sternenbunds, der Hohe Rat, sich in einem Machtkampf auflöste, bedeutete dies das Ende des Bundes. Jeder der Hausfürsten rief sich zum neuen Ersten Lord des Sternenbunds aus, und innerhalb weniger Monate war die gesamte Innere Sphäre im Kriegszustand. Dieser Konflikt hält bis zum heutigen Tage, knapp drei Jahrhunderte später, an. Die Jahrhunderte nahtlos ineinander übergehender Kriege werden als die Nachfolgekriege bezeichnet.

Waffenstillstand von Tukayyid: Der Waffenstillstand von Tukayyid hat eine fünfzehnjährige Waffenruhe zwischen den Clans und der Inneren Sphäre begründet. Khan Ulric Kerensky, ilKhan der Clans, vereinbarte mit dem Präzentor Martialium ComStars, Anastasius Focht, auf dem Planeten Tukayyid eine Entscheidungsschlacht. Bei einem Sieg der Clans verpflichtete sich ComStar, ihnen Terra auszuhändigen, bei einem Sieg ComStars verpflichteten sich die Clans zu einem fünfzehnjährigen Waffenstillstand. Der nach einem überwältigenden Sieg der ComGuards auf Tukayyid unterzeichnete Vertrag etablierte eine Grenzlinie, die durch den Planeten Tukayyid verläuft. Die Clans dürfen diese Grenzlinie bis zum Ablauf des Waffenstillstands nicht überschreiten.

Zug: Ein Zug ist eine militärische Organisationseinheit der Inneren Sphäre, die üblicherweise aus etwa achtundzwanzig Mann besteht. Ein Zug kann in zwei Abteilungen aufgeteilt werden.

Spuk

Tomahawk

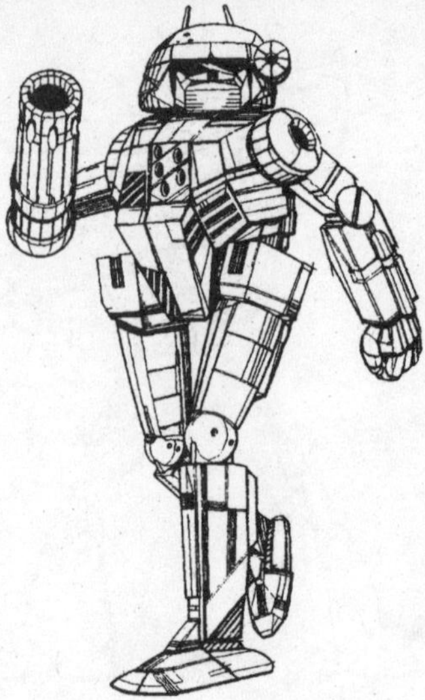

Verteidiger

Hurone

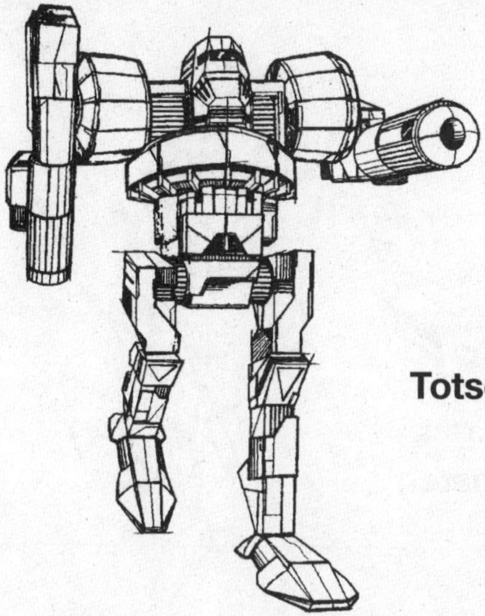

Totschläger

No-Pasaran

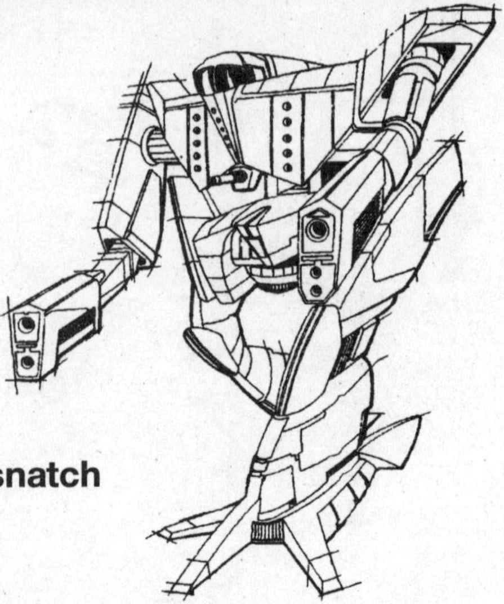

Bandersnatch

Skarabäus

Olymp

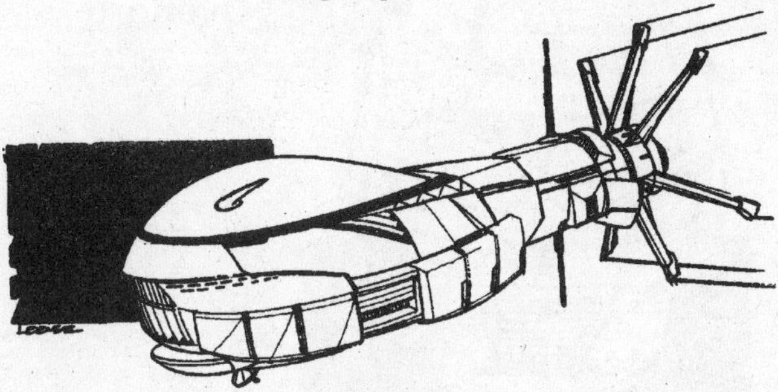

Drossel

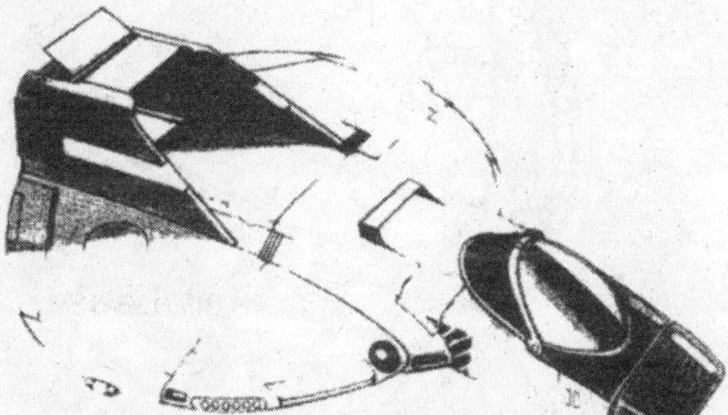

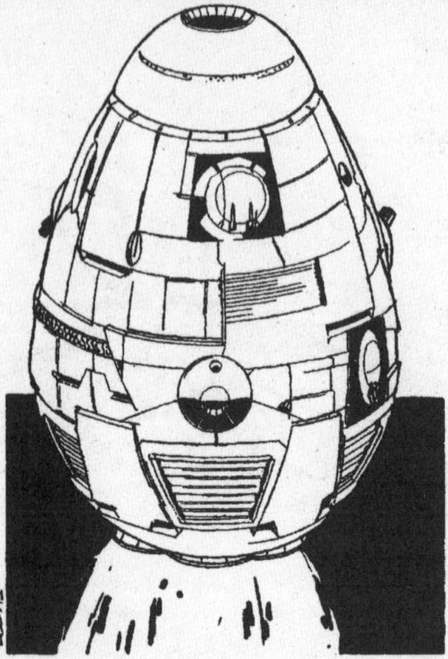

Overlord

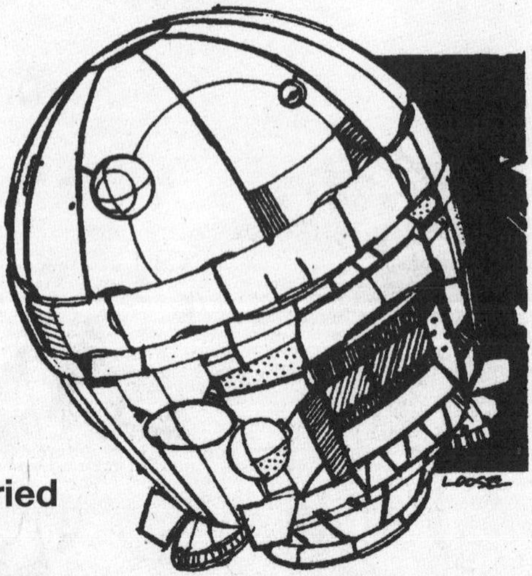

Störenfried

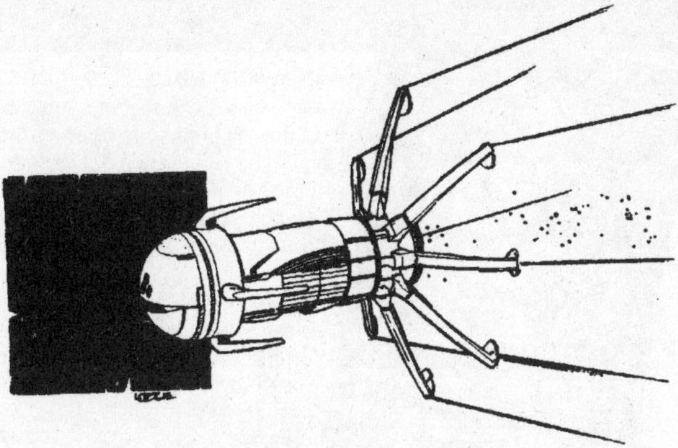

Händler

Union

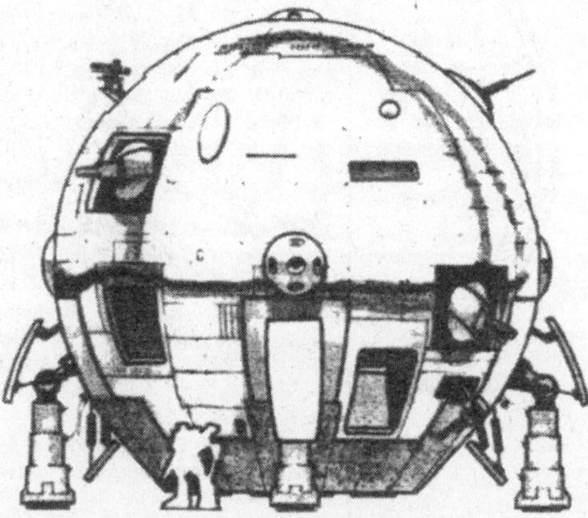